캐릭터
만들기의
모든 것
2

THE NEGATIVE TRAIT THESAURUS: A Writer's Guide to Character Flaws

by Angela Ackerman, Becca Puglisi

© 2013 by Angela Ackerman & Becca Puglisi for THE NEGATIVE TRAIT THESAURUS: A Writer's Guide to Character Flaws
Published by special arrangement with 2 Seas Literary Agency and EntersKorea Co., Ltd.
Korean language edition © 2018 by Erumbook

캐릭터 만들기의 모든 것

2

THE NEGATIVE TRAIT THESAURUS
A Writer's Guide to Character Flaws

앤절라 애커먼 · 베카 푸글리시 지음 | 안희정 옮김

—— 106가지 부정적 성격 ——

이룸북

시부모님께 감사한 마음을 전합니다.
두 분의 지원과 용기, 사랑, 인정 그리고 유쾌함은
더할 나위 없이 최고였습니다.
당신들의 아들과 제게 그리고 우리 아이들에게 베풀어주신
모든 것에 감사드립니다. 많이 사랑합니다!
베카 퍼글리시

내게 믿음을 가르쳐준 가족과 친구(온라인과 오프라인 모두!)에게
감사를 전합니다.
앤절라 애커먼

모든 작가에게 진심으로 감사합니다.
당신들의 헌신, 인내, 열정에서 영감을 얻고 있습니다.
이 책을 통해 너무 이른 나이에 먼 곳으로 떠난
캐럴린 코프먼을 기억하고 기리고자 합니다.
캐럴린의 혜안과 우정이 몹시도 그리울 것입니다.
앤절라 & 베카

문제적 성격을 탐색하고 규명하다

캐럴린 코프먼

심리학 박사

성격이론에서는 인간을 다섯에서 열 가지 핵심 성격으로 규정할 수 있다고 말한다. 성격을 구분하기는 쉽다. 당신을 가장 잘 설명하는 성격의 목록을 후다닥 만들면 된다. 이 목록을 검증하고 싶다면, 친한 친구 몇몇이나 가족에게도 목록을 작성해달라고 요청해 둘을 비교해보라. 놀랍게도 두 목록이 비슷할 확률이 높다.

당신과 당신에게 관심 있는 사람들은 당신의 긍정적 자질을 강조할 테지만, 우리는 긍정적 성격만 갖고 있지는 않다. 작가로서 당신은 자신의 문제적 성격을 탐색하고 규명하고 싶을 것이다. 거기서 내적 갈등과 외적 갈등이 발견되고, 당신만의 이야기가 찾아지기 때문이다.

나는 심리상담사로서 심리치료를 시작하면서 많은 사람의 비밀에 연루되었다. 그리고 겉으로 어떻게 보이든 간에 누구나 속으로 애쓰고 힘겨워한다는 사실을 알았다. 누구에게나 상처가 있고, 그중 일부는 다른 사람보다 더 크고 깊은 상처를 안고 살아간다. 우리가 인생에서 겪는 고통은 상흔을 남기고 세상과 자신을 바라보는 방식을 바꾼다. 때때로 상처를 더 깊어지지 않게 하려다가 결점으로 발전시키기도 한다.

결점 중에는 우리가 가진 긍정적 성격이 드리운 그림자도 있다. 이를테면 당신이 자신감과 매력이 넘치고 혈기 왕성하며 성공한 사람이라면, 긍정적 기질 때문에 그림자가 드리웠을 가능성이 크다. 예를 들어 극단적으로 말하면, 자신감은 거들먹거리는 오만으로 변하고 매력은 허영심과 얄팍함으로 빠질 수 있다. 그리고 성공한 이들 가운데 어떤 이들은 카리스마는 넘쳐도 잘 속거나 우유부단한 성격 때문에 앞으로 더 나아가지 못하기도 한다. 당신의 인물은 배후 조종, 흉계, 냉혹한 결정이 가져오는 긍정적 측면에 기대어 유명인이나 부자가 될 수도, 물론 이런 결점으로 파멸을 자초할 수도 있다.

사람들은 때때로 자신의 결점이 문제라고 생각하지만, 평소에는 모른 체하면서 명랑하게 살아간다. 그러다 이를 지적당하면 이런 투로 말하곤 한다. "어, 전에도 들어본 말인데, 나는 그렇게 생각하지 않아." 또 어떤 사람들은 자신의 결점에 완전히 깜깜해서 균형감을 상실하곤 한다. 예를 들어 오만한 지식인 가운데는 간혹 사람들이 너무 멍청하지 않았다면 자신을 잘 대접해주었을 거라고 주장하는 경우가 있다. 아니면 사람들이 재미있게 이야기를 했다면 잘 들어주었을 거라고 말하는 자아도취형 방송인도 있다.

모든 사람은 내면에 각자의 경험에 의해 형성된 주관적 영역이 있다. 진실은 당신이 결코 남들이 어떻게 느끼고 또 어떻게 세상을 바라보는지 알 수 없다는 것이다. 그러므로 우리는 최선을 다해 세상에서 얻은 지식을 토대로, 그리고 나와 다른 경험에 대해 열린 마음으로 탐구해야 한다. 이 책은 당신이 이야기 속 인물들을 위해 고르거나 찾아준 결점을 이해시키고, 당신이 생각하지 못한 가능성을 열어준다.

작가로서 당신이 직설적인 성격이라면 소심하거나 의기소침한 누군가의 머릿속을 헤아리기 어렵다. 또 당신이 조심성이 많고 성실하다면, 무모하고 충동적인 사람을 이해할 수 없기 마련이다. 다행히도 당신에게는 작가로서 이 딜레마를 해결할 방안이 있다. 이 책의 '무모한 성격' 항목을 찾아가 사람들이 무모해지게 된 배경과 이 성격에 기초해 어떤 특유의 행동을 하는지를 확인해보라. 현실에서는 타인의 결점을 대놓고 일러주는 사람이 없다는 점을 명심하자("그 여자는 위선자임에 틀림없어요"). 대신 우리가 이들의 행동에 기초해 알아내고 판별해야 한다.

당신이 결점 한 가지를 결정했거나 전개하는 중이라면, 인물이 이를 처리하게끔 해야 한다. 이 책은 또한 각 결점의 긍정적 측면과 부정적 측면을 모두 알려준다. 사람들은 자신의 결점에 계속 의지하는데, 왜냐하면 어떤 측면에서든 결점이 도움을 주기 때문이다. 이 책은 당신의 인물에게 자신의 결점을 자각하게 만들 개연성 있는 방법과 그것으로 자신의 문제에 어떻게 맞설 수 있는지를 설명한다.

잘 들어보라. 변화하기는 어렵다. 이는 엄청나게 '어려운 일'이다. 많은 사람이 자아실현 단계까지 도달하지 못한다고 욕구의 위계를 창시한 유명한 심리학자 에이브러햄 매슬로조차 시인했고, 이 현상을 요나콤플렉스라고 명명하기도 했다.

《성경》의 요나와 고래 이야기에서 하느님은 요나에게 어려운 임무를 맡긴다. 그러자 요나는 이런 상황에서 사람들이 하지 않을 일들을 많이 한다.

그는 임무를 회피하고자 하느님이 가라는 방향의 반대쪽으로 가는 배편을 이용해 도망친다. 폭풍이 거세게 몰아치자 선원들은 하느님이 요나에게 격노한 탓이라 믿어 요나를 배 밖으로 던지고, 물에 빠진 요나를 고래가 삼켜버린다.

《성경》 해석자 대다수는 요나가 고래의 배 속에서 사흘 밤낮을 있었던 것을 예수가 처형되고 부활하기까지의 시간을 예언하기 위해서라고 주장한다. 하지만 나는 하느님의 말씀을 요나가 한참 후에 따르지 않았을까 싶다. 말 안 듣는 아이를 본 적이 있는가? 아이는 어른과의 권력투쟁에서 거부, 말대꾸, 떼쓰기 등의 전술을 닥치는 대로 동원한다. 우리는 나이가 들어갈수록 티를 안 내며 변화를 거부하고, 이따금 수동공격적 행동*으로 대응한다. 하지만 인간은 고집불통의 피조물이라 자신의 오랜 안전지대를 벗어나지 않을 놀라운 방법을 강구한다. 설령 그곳이 안전하지 못한 경우에도 그렇다.

무슨 말인가 하면, 이 책의 저자 앤절라와 베카가 '인물 창조의 시작'(33-

---

* 겉으로 드러나지 않는 고의적 지연과 같은 소극적 방식으로 적대감이나 공격성을 표출한다.

35쪽)에서 설명한 대로, 당신의 인물이 자신의 결점을 자발적으로 버릴 만한 동기가 있어야 한다는 것이다. 변화는 새해 첫날 결심을 한다고 일어나지 않는다. 그것은 우리의 통상적 대응방식이 먹히지 않고 궁지에 빠졌을 때에야 일어난다. 위기는 곧 변화의 기회라고들 하지만, 당신의 인물에게도 요나의 고래처럼 선택의 여지가 없음을 각인시킬 필요가 있다.

작가들은 집착이 강한, 변덕스러운, 과대망상 또는 피해망상 등의 성격들로 작업할 때 이따금씩 이런 심리 진단이 타당한지 혼란스러울 수 있다. 사회에서는 전문가의 진단을 받아서 누군가의 삶(또는 그 주변 사람들의 삶)을 괴롭히는 문제들을 찾아내지만, 작가들은 '진단 없이' 인물의 결점을 어떻게 글로 써야 할지 확신하지 못한다.

인물이 충동적이고 주의가 쉽게 산만해지는가? 주의력결핍 과잉행동장애가 분명하다. 인물이 늘 좌불안석인가? 범불안장애*가 분명하다. 인물이 무엇이든 자기 위주인가? 자기애적 인격장애가 확실하다.

● 일상생활의 다양한 주제에 대해 과도하고 통제하기 힘든 비합리적 걱정을 하는 정신장애다.

인간의 성신건강이 정상 아니면 비정상(장애), 이 두 가지 범주로 확실히 구분된다고 생각하는 사람들이 많다. 그러나 사실 그 사이에는 온갖 종류의 행동들이 분포되어 있다.

실제 심리 진단에서는 슬픔 같은 정상적 경향이 (우울장애처럼) 과도해지거나 (양극성기분장애의 조증 단계처럼) 완전히 소멸되어서 일상생활이 거의 불가능할 때 문제로 여긴다.

한 가지 예를 들면 사람들은 대부분 정리를 하고, 집을 청결하게 유지하고 싶어한다. 이들 중 일부는 도를 넘어 남을 성가시게 하고 때로는 자신도 들볶을 정도로 청결에 매달린다. 하지만 강박장애로 진단되려면 인생을 청소로 소모해야 한다. 예를 들어 이들은 집 안의 옷감, 즉 침대시트, 옷가지, 커튼, 어쩌면 카펫 한 올 한 올의 먼지를 털어내면서 날밤을 새고 있을지도 모른다.

심리학 수업을 듣는 학생들은 종종 두 가지 진단 기준에 매여서 지극히 정상인 자신을 문제가 있다고 넘겨짚는데… 그저 결점이 있을 뿐이다. 그래서 당신에게 불안감과 씨름하지만 일상생활이 가능한 신경과민한 성격의 인물이 있는가? 이런 인물에게 불안장애 진단을 내리는 것은 과도하지만, 그는 여전히 '결함'을 가진다.

흥미롭게도 결점은 심리적 장애보다 훨씬 더 부지불식간에 전개되기도 한다. 인물이 자신의 문제가 얼마나 심각한지 깨닫지 못할 수 있어서다. 더욱이 특정한 장애에는 효과가 입증된 약물치료와 심리치료가 있다. 동일한 치료법이 결점을 가진 인물에게 효과가 있을 수 있지만, 장애 진단이 없으면 의료보험이 적용되지 않을 테고 당신의 인물에게 도움을 줄 만한 대안은 몇 가지가 안 된다.

그러니 결점이 있는 인물을 만들 생각이라면《정신장애 진단 및 통계 편람The Diagnostic and Statistical Manual of Mental Disorders》*을 보지 말고, 이 책으로 시작해보라.

● 미국 정신의학회에서 공식적으로 사용하는 정신장애 진단 분류체계다.

차례

부정적
성격 **106**

찾아보기

결핍이 있기에 인간적이고 매력적이다

온라인과 오프라인상에 재미있는 것들이 너무 많아서 이야기에 독자를 끌어들이기가 점점 더 어려워지는 현실이다. 그렇지만 어떻게 하면 사람들이 눈을 떼지 못할 이야기를 만들 수 있을까? 무엇이 다른 이야기들과 차별되면서 독자의 마음에 들 수 있을까? 그리고 가장 중요한 것으로, 어떻게 하면 독자가 등장인물과 끈끈한 공감대를 형성하게 할 수 있을까?

사람들이 즐거움을 얻고 현실도피를 하기 위해 책을 읽는다는 생각이 널리 퍼져 있지만, 그것이 유일한 이유는 아니다. 독자들이 시간을 들여 생각해본다면 최고의 책, 곧 마지막 페이지를 읽은 지 한참 후에도 계속 함께하는 책은 자신과 자신이 사는 세상에 대한 심오한 진실을 드러내는 책이라고 결론 내릴 가능성이 크다. 그렇다면 어떻게 이런 통찰에 이르게 할 수 있을까? 인물 시점에서 자기인식과 내적 변화, 그리고 성장을 통해 가능하다.

잘 만들어진 인물은 너무 생생해서 이야기를 읽는 동안 우리가 이들과 함께 온갖 경험을 하는 듯 느끼게 한다. 이들이 아프면 우리도 아프다. 이들이 원하는 것을 우리도 원한다. 이들의 마음이 찢어지고 혼란스러우면 우리도 그렇다. 어째서 우리는 복합적이고 사실적인 인물에 강하게 끌리는 것일까? 의미를 찾으려는 그들의 분투가 왜 독자인 우리에게 깊은 울림을 남기는 것일까?

그것은 우리 모두가 각자의 인생에서 의미를 발견하고자 노력하기 때문이다. 우리의 내면에는 자신이 누구인지를 이해하고 싶은 열망이 깊이 뿌리내려 있다. 욕망과 결핍, 두려움과 희망을 지니고 있으며, 이번 생에서 자신의 역할은 무엇이고 무엇을 성취해야 할지 묻는다. 이런 면에서 우리는 이야기 속 인물들과 마찬가지로 인생의 답을 찾아가는 여정에 있다.

우리가 그중 어떤 노선을 따라갈지

는 대체로 각자의 성격에 좌우된다. 개인의 태도와 사상, 생각, 행동은 각자의 욕구와 믿음, 도덕률, 가치관에 따라 특별하게 맞춰진다. 오락가락하는 감정이나 기분과 달리 성격은 일관성이 있고, 우리의 행동을 결정하는 데 큰 역할을 담당한다.

실제처럼 인물은 결점과 긍정적 성격이 합쳐지면서 독특한 결을 만들어 간다. 이런 성격들은 인물의 좋은 경험과 나쁜 경험 둘 다에 의해 오랜 시간에 걸쳐 만들어지고 서서히 발현된다.

인물 구축이라는 점에서 작가는 이야기 속 인물이 어떤 사람이고, 어떤 동기에 따라 움직이는지 반드시 이해해야 한다. 그렇게 찾아낸 모든 것을 이야기에 활용하지 못하더라도 말이다. 결점이 특별히 인물을 정의하는 데 중요한 이유는, 독자는 인물의 상처에 마음 아파하고 그 결핍이 만든 성격에 눈길이 가며 이를 기억해서다.

무엇이 결점일까?

인격과 성격에 대한 이론들은 각각 관점이 달라서 여러 쟁점에서 격렬한 논쟁을 벌인다. 그럼에도 개인과 각각의 성격은 저마다의 도덕률에 따라 기본적 욕구와 필요를 충족하기 위해 한꺼번에 작동하는 기질의 용광로라는 주장에는 대부분 동의한다. 예를 들어 올림픽 금메달을 꿈꾸는 어떤 인물이 결단력과 엄격한 직업윤리, 끈기 같은 자질을 갖췄다고 하자. 그 인물은 공정함과 근면을 중시하므로 스테로이드 약물과 같은 꼼수를 멀리할 가능성이 크다. 대신 근력강화운동을 꾸준히 하고 건강한 식습관을 지키는 등 목표 달성에 필요한 기술을 연마할 것이다.

이렇듯 장점은 인물이 자신의 욕망을 현실화하는 데 분명한 도움을 준다. 그런데 결점은 어떤 역할을 할까? 어떤 것이 긍정적 성격이고 어떤 것이 결점인지 구별하는 방법은 무엇일까?

성격은 누군가의 개성을 정의하는 데 기여하는 특유의 태도나 자질, 행동—부정적, 긍정적, 중립적—을 가리킨다.

더 자세히 살펴보면, 이 가운데 **긍정적 성격**은 인물의 개인적 성장을 이끌어내거나 건전한 수단을 통해 목표를 이루려는 자질이다. 이는 또한 인간관계를 강화하고 어떤 식으로든 다른 인물들을 이롭게 만든다. 예를 들어 '명예를 중시'하는 성격은 인격 바퀴●에서 긍정적 측면에 속하기 쉽다. 진실하게 명예를 추구하는 인물은 성공을 위해 건전한 수단을 사용할 테고, 자신의 본성에 따라 타인을 돕는 과정에서 인간관계가 강화될 수밖에 없다.

반면에 **결점**, 곧 **부정적 성격**이란 인간관계를 망가뜨리거나 축소하고 타인의 안위를 전혀 배려하지 않는 기질을 가리킨다. 또한 이런 성격은 타인보다 자기 위주로 생각하는 경향이 크다. 이 개념에 따르면 '강한 질투심'은 분명 결점에 속한다. 질투심이 강한 인물은 자

● personality wheel: 자신의 내면에 어떤 인격이 있는지 확인하는 방법과 여러 인격의 특징을 시각적으로 표현해 그것들의 상호작용과 대립관계를 파악하도록 돕는 도구다.

신의 욕구와 불안정한 상태에 집중하고, 이들의 원망과 신랄한 태도는 다른 사람들을 불편하게 만들어 인간관계가 돈독해지기보다 망가지기 쉽기 때문이다.

중립적 성격은 긍정적 자질과 부정적 자질이 혼합되어 있어서 범주를 나누기가 더욱 어렵다. 이런 성격은 결점이 가진 제약적이거나 불건전한 측면이 없기 때문에 이 책에 싣지 않았다.

인물의 결점은
어떻게 발전하는가?

인물에게는 자아발견, 의미 찾기, 목표 달성이 전부로 대부분이 자신을 향상시킬 방법을 모색한다. 일이나 인간관계, 정신적으로, 또는 자기성장을 통해 어떻게든 더 나은 사람이 되려고 한다. 하지만 몇 번이고 자신의 결점에 가로막혀 의식적, 무의식적 차원에서 원하는 바를 얻지 못한다. 인물들이 가진 현재 정체성과 원하는 것이 때때로 불화를 일으키면서 그들이 원하는 성공이 요원해 보인다는 점은 참으로 역설적이다. 그렇다면 이들은 왜 이런 결점들을 갖게 되었을까? 이 결점들은 어디서 비롯되었을까?

당연히 이들의 과거에서 비롯되었다. 인물이 어떤 사람이 될지를 결정하는 요인은 다양한데 성장 과정, 롤모델, 환경 그리고 유전적 특성이 포함된다. 이야기 속 인물의 세계가 우리와 같다면 그곳 역시 결점을 가진 인물들로 가득하고, 삶은 그들이 바라는 대로 완벽하고 조화로운 열반의 경지일 수 없다. 인물은 특별한 사건들을 겪고, 오랜 기간 불건전한 생각과 행동양식 그리고 그런 관계에 노출되다 보면 기가 꺾일 수밖에 없다. 예를 들어 무식한 인물은 오랫동안 교육을 받지 못했거나 다른 사람들과 교류가 없었거나 교제능력이 제한되도록 차단당했을 수 있다. 이렇듯 있는 그대로의 사실을 배울 수 없던 과거로 인해 인물에게 결핍이 생기고 자신의 잠재력을 충분히 발휘하지 못한 것이다.

그러나 가장 치명적인 요인, 즉 작가들이 언제나 자기 인물의 과거에서 힘써 발굴해야 하는 것은 트라우마와 같은 감정의 응어리다. 해묵은 상처는 인물에게 엄청난 충격을 가하고 현재 행동에까지 영향을 미친다. 이렇듯 감정적으로 고통스러운 사건들을 **상처**라 하고, 이것의 위력은 엄청나다. 과거에서 비롯된 감정적 경험은 인물의 심신을 쇠약하게 만들어 그런 고통을 다시 겪지 않기 위해서는 무엇이든 하게 몰고 간다. 이로 인해 우리는 세상을 보는 방식에 영향을 받고 자신과 타인에 대한 신념이 바뀐다. 이런 트라우마를 겪으며 깊은 두려움이 주입된 인물은 그것에 대항해 자신을 지키지 못하면 그 상처가 다시 덧난다.*

질병으로 불구가 되거나 신체적 변형이 오는 것과 같은 심리적 영향이 지속되는 신체적 결함도 똑같은 결과를 가져올 수 있다. 두 경우 모두 인물이 정서적 안정감을 위해 감내해야 한다는 그릇된 믿음에서 부정적 성격이 발현된다.

인물의 상처

인물은 때로 자신의 상처를 숨기는

데, 그 안에 **거짓말**이 깊숙이 자리하기 때문이다. 여기서 거짓말이란 인물이 자신에 대해 잘못 알고 있는 허위사실을 일컫는다. 인물은 자신에게 벌어진 일에 대해 당해도 싸다거나 자신이 보살핌이나 사랑, 행복 따위를 누릴 자격이 없다고 생각할 수 있다. 이런 거짓말 속에는 대체로 자책과 수치심이 뿌리박혀 있어 인물로 하여금 다시 상처받지 않으려면 행동을 바꾸라고 강제하는 두려움을 생성한다.

예를 들어 약혼녀가 총에 맞는 것(상처)을 막지 못했기 때문에 자신은 사랑받을 자격이 없다고(거짓말) 믿는 남자가 있다고 해보자. 그는 다른 여자들이 자신을 바람직하지 못한 사람으로 생각할 만한 태도, 버릇 그리고 부정적인 성향을 선택하기도 한다. 누군가와 가까워지고 진지해지기 전에 남자는 관계를 고의로 어그러뜨리거나 자신이 다른 사람을 책임져야 하는 상황을 회피할 수도 있는데, 결국에는 자신이 사람들을 실망시킬 것이라고 믿기 때문이다.

좀더 평범한 상황을 가정해보자. 가족보다 일이 중요한 아버지 밑에서 자란(상처) 딸이 있다. 그녀는 남들의 주목과 인정을 받는 유일한 길이 일에서

---

* 마이클 호지Michael Hauge, 《팔리는 시나리오 쓰기Writing Screenplays That Sell》의 저자

성공하는 것이라 믿어서(거짓말) 일중독에 빠질 수 있다. 그녀는 가족을 꾸리고 싶지만 일에 몰두하기 위해 이 욕구를 희생시킨 채 일에만 매달리다가 건강이 나빠지고 친구들과 멀어지며, 생활이 오로지 승진을 위한 활동 중심으로 돌아가면서 성공하지만 텅 빈 마음을 채울 길이 없다.

당신의 인물을 괴롭히는 거짓말은 다음에 나오는 인간의 기본 욕구 다섯 단계와 관련되어야 한다.*

기본 욕구 자신의 생물학적, 생리적 욕구를 충족시키고 싶음
관련된 거짓말 "나는 나 자신이나 다른 누군가를 부양할 능력이 안 돼."

기본 욕구 자신과 가족을 안전하게 지키고 싶음
관련된 거짓말 "나는 안전함을 누릴 자격이 없어."

기본 욕구 사람들과 교류하고 사랑받는다고 느끼고 싶음
관련된 거짓말 "나는 사랑이나 보살핌을 받을 자격이 없어."

기본 욕구 다른 사람들과 자기 자신, 양쪽 모두로부터 존중받고 싶음
관련된 거짓말 "나는 제대로 하는 일이 하나도 없어."

기본 욕구 자신의 가능성을 완벽히 실현하고 싶음
관련된 거짓말 "나는 결코 좋은 _____ (부모, 직원, 친구 등)가 되지 못할 거야."

(기본 욕구와 관련된 거짓말은 부록A '인간의 기본 욕구와 거짓말' 참고)

여타의 결점들은 생각하기도 싫은 끔찍한 상처 때문이라기보다는 인물의 성장 과정이나 환경과 복잡하게 얽혀 있다. 하지만 인물의 **중대한 결점**은 결정적 상처를 남긴 경험으로 거슬러 올라가야 한다. 중대한 결점은 목표 달성을 위태롭게 만들고 잠재성을 실현하지 못하게 방해한다. 인물이 이 결점을 극복하기 위해서는 결국 과거를 되짚어 자신의 해묵은 상처를 들여다봐야 한다.

보호조치: 결점 감추기

인물이 자신의 결점을 숨기려 하는 것은 당연한 반응이다. 사교적 상황에

---

* 에이브러햄 매슬로의 욕구단계론을 토대로 개작했다.

서는 **페르소나**, 즉 가면을 써서 진짜 감정을 숨기려 할 수도 있다. 과거에 이용당한 적이 있는 한 여자를 가정해보자. 그녀는 심술궂고 기가 센 여자의 가면을 쓴다. 다시는 상처받을 일을 용납하지 않겠다는 듯, 그녀는 사람들이 가까이 다가오지 못하게 벽을 쌓고 그들은 연약했던 과거의 그녀를 결코 알 수 없다.

또한 페르소나는 내면의 어둠을 감추는 역할을 한다. 즉 인물이 남들이 알지 못했으면 하는 부정적이고 추악한 성격의 일면을 감추는 것이다. 이기적이거나 해로운 편견, 부적절한 생각, 건강하지 못한 욕망 등과 같은 속성들이 성격의 일부일지라도 인물은 진짜 자아가 노출될 때 발생하는 죄책감과 수치심에 시달리고 싶어하지 않는다.

가장 중요한 점은 이런 가면의 뒷면에 결점과 부정적 생각을 발현시키는 거짓말이 있음을 명심해야 한다는 것이다. 앞서 말한 대로 이 거짓말은 인물 각자의 감정적 상처에서 비롯된다.

인물을 구축할 때 결점을 부여하고 이를 독자에게 이해시키는 열쇠는 이런 거짓말의 발굴이다. 기획 단계에서 인물의 뒷이야기를 깊이 파내려가 두루 탐색하다 보면, 과거의 상처와 현재를 움직이는 동기를 더 잘 납득할 수 있다.

인물의 변화에서 결점이 하는 일: 여정 복잡하게 만들기

결점은 형태와 크기가 모두 제각각이다. 소소한 결점은 일상적이고 삶이 바뀔 만큼 행동에 영향을 미치지 않는다. 인물은 이런 결점들과 공존하는 법을 터득했으므로, 대체로 감정의 강도가 높을 때에만 튀어나온다. 반면 중대한 결점은 자신과 주변 상황에 대한 생각을 비틀면서 치명적 결과를 가져온다.

중대한 결점은 **치명적 결점**이라고도 하며, 주인공이 이야기 초반에 어떤 식으로든 '꼼짝달싹 못하는' 원인이 된다. 주인공은 이 결점에 완전히 무지할 수도 있고, 또는 알고 있더라도 장점으로 오해해 목표 달성을 방해한다는 사실을 지각하지 못할 수도 있다. 이런 인식 때문에 인물은 이야기 초반에 성취가 없어도 만족감을 느낄 수도 있다. 대부분 인물을 저지하는 외적 세력이 있는 반면, 충만감을 느끼고 자기 정체성에 만족하려면 극복해야 할 내적 결함도 있다.

이야기가 전개되는 내내 인물이 겪는 내면의 변화를 **인물의 변화**라고 한다. 이야기 시작 부분에서 인물은 자신과 세계의 한쪽 면만 보지만, 성장과 내면의 변화를 거치면서 삶의 더 깊고 유의미한 차원을 알게 된다.

외적 동기와 외적 갈등

인물은 본디 네 부분으로 이루어져 있다. **외적 동기**는 인물이 성취하려는 것이고, **외적 갈등**은 이 목표를 이루지 못하게 막는 요인이다. 익숙한 사례로 살펴보자. 〈어 퓨 굿 맨〉(1992)에서 대니얼 캐피 중위(톰 크루즈 분)는 재판에 승소해 의뢰인에게 무죄가 선고되기를 바라지만(외적 동기), 제셉 대령(잭 니컬슨 분)이 야망과 영향력을 행사해(외적 갈등) 목표 달성을 가로막는다. 이것이 이 영화의 외적 스토리에 해당된다.

내적 동기와 내적 갈등

이야기가 설득력 있으면서 입체적이려면 외적 여정과 나란히 가는 내적 여정이 있어야 한다. 모든 외적 동기에는 **내적 동기**가 따라붙어야 한다는 말이다. 이는 인물이 목표를 성취하고 싶은 이유이자, 어떤 식으로든 언제나 더 큰 자존감을 찾으려는 노력이기도 하다. 내적 동기에는 **내적 갈등**이 동반되어야 하는데, 말하자면 인물이 내적 동기를 달성하지 못하도록 내면에 결점 그리고/또는 거짓말이 있어야 한다는 것이다.

캐피 중위는 늘 하던 대로 형량을 흥정(plea bargain, 사전형량조정제도)하지 않으면서 법정 싸움에서 승리하고 자신의 가치를 증명해(내적 동기) 죽은 아버지가 걸출한 법정 변호사로 이룬 명성에 어느 정도 부응해야 한다. 인정을 향한 그의 욕구는 엄청나게 성공한 아버지의 그늘에서 자라면서(상처) 생겨났다. 그 결과로 캐피는 자신과 자기 능력을 의심한다(내적 갈등). 그는 자신의 가치를 증명하고 싶지만, 아무리 노력해도 아버지를 따라잡지 못하고 만년 2등에 머물까봐 두려워한다.

인물의 변화는 외적 스토리의 기복을 반영할 때 가장 잘 작동한다. 인물은 적이나 난관을 극복하듯 자기 안의 가장 큰 두려움을 극복하려 애써야 한다. 변화가 일어나는 내내 상처받은 인물은 자신과 자신의 약점을 마주해야 하는데 치유하고 온전해지려면 상처를 받아들여야 하고, 거짓말이 무엇 때문에 생겨났는지를 알아야 한다. 일단 거짓된 믿음을 떨쳐버리면, 이제껏 자신의 행동을 끌어온 거짓말이 더이상 삶을 좌지우지하지 못한다.

인물이 여정 동안 모든 결점을 극복할 필요는 없지만, 강하고 균형이 잡힌 인물의 이야기로 끝나려면 치명적 결점이 소멸되거나, 하다못해 더는 그의 삶을 좌우하거나 방해할 수 없을 만큼 약화되어야 한다. 인물이 자신의 두려움을 마주하지 못한 채 이야기가 끝나지 않으려면, 이야기의 처음에서 시작된 인물의 노력이 말미에서 반전을 이루어야 한다. 인물이 미래를 두려워했다면 결말에서는 이를 낙관적으로 마주해야 한다. 인물이 한때 고립된 삶을 살았다면 다른 사람들과 공동체를 형성하는 가치를 깨달으면서 끝나야 한다.

인물의 변화를 이야기 구조에 어떻게 펼쳐낼지는 마이클 호지의 《팔리는 시나리오 쓰기》, 그리고 호지와 크리스토퍼 보글러가 함께 강연한 〈영웅의 두 여정The Hero's 2 Journeys〉(CD/DVD)을 참고하기 바란다.

결점과 내적 갈등

발전과 변화로 가는 여정은 험난하다. 인물이 가는 길에 결점은 도로에

삐죽 나온 돌맹이들처럼 극복해야 할 장애물을 투척한다. 장애물에는 인물이 배워야 할 인생의 교훈들이 심어져 있다.

미키라는 인물을 설정해보자. 그는 자신이 저지르지 않은 죄를 뒤집어쓰고 교도소에 수감되었다가 막 출소했다. 그는 체포될 당시 가까운 친구들에게 배척당했고, 그 배신감과 상처를 안고 홀로 세상을 살아간다. 미키의 외적 목표는 법을 지키고 말썽을 일으키지 않아서 다시는 교도소에 들어가지 않는 것이다. 하지만 세상에 대한 원망과 울분이 마음 깊이 사무쳐 있으며, 특히 경찰과 사법체계에 대한 분노가 극에 달한 상태다.

이제 멋진 갈등의 폭풍 속으로 들어가보자. 미키는 다시는 감옥에 가지 않겠다고 굳게 다짐했지만, 원망과 반항적 기질은 계속해서 그를 실패하게 만든다. 교도소에 있는 동안 뼈저리게 느낀 무력감 탓에 그는 지배력을 갈망하지만, 되찾은 자유를 잃지 않으려면 타인들이 정해둔 규칙을 따라야만 한다.

이것은 결점으로 인해 인물의 내적 분열이 어떻게 더 커질 수 있는지를 보여준다.

인물의 분투를 복합적으로 만드는 또 하나의 방법은 인물에게 상반된 욕망이나 필요를 심어놓고 선택을 강제하는 것이다. 주인공이 한동안 소식이 없던 전처와 아들의 실종 사실을 알게 되면서, 이 사건의 해결과 더불어 원래의 목표를 추구한다고 가정해보자. 미키는 범죄 사건이 아닐까 의심하지만 경찰은 심드렁하게 반응하며 전과자인 미키에게 관여하지 말라고 경고한다. 이제 미키에게는 두 가지 목표가 생겼다. 법을 지켜 교도소로 돌아가지 않기와 어떻게 해서든 전처와 아들을 구해내기.

결점은 모순을 만들어내 인물에게 무엇이 가장 중요한지 묻게 한다. 실제로 사람들은 힘든 결정에 고군분투하고 결점 때문에 객관적으로 처신하기가 힘들다. 이로 인해 갈등과 긴장이 증폭하고, 인물은 출구를 찾기가 어려워진다.

결점이 도움이 될까, 아니면 방해만 할까?

누군가는 결점에 대한 이런 판단이 부당하다고 주장할지도 모른다. 결국 결점의 대부분이 인물이 자신을 지키려는 방어기제로 처음 발현된 것이 아니냐면서, 그리고 누군가를 해치지 않는다면 어째서 나쁘다고 할 수 있느냐고 말한다.

문제는 결점이 거짓말과 부정적인 믿음에 의해 강화된다는 점이다. 결점들은 인물의 배움과 성장을 제한하고, 올바른 판단을 가로막으며, 타인과의 관계를 저해할 수 있다. 대부분의 상황에서 결점은 인물이 개인적 목표와 직업적 목표를 달성하지 못하게 막는다.

예를 들어 건전했던 인물은 배신을 당한 후 '불신'이라는 성격이 발현된다. 그는 있는 그대로를 받아들이지 못하고, 믿을 만하다는 것이 입증되기 전까지는 타인을 의심하며, 어떤 일에 돌입하기 전에는 철두철미하게 조사를 할 것이다.

외견상으로는 논리적이며 상식에 들어맞아 보인다. 하지만 생각해보면, 불신의 결과로 인물은 예전처럼 친근하지 않다. 인물은 더이상 즉흥적이지 않고 앞으로 어떤 일이 벌어질지 모르면 한발도 디디지 않으려 한다. 그는 사람들과 멀어지고, 감정을 감추며, 비밀을 지킨다. 또 헌신적인 관계에 겁을 먹고, 관계가 발전하기 시작할라치면 너무 심각해지기 전에 멈춰버린다.

이는 그리 아름다운 모습이라 할 수 없지 않은가?

인물이 감정적 상처를 피하기 위해 발현시킨 결점은 어떤 식으로든 '내적 성장을 억제'하며 '역기능을 초래'한다. 이런 부정적인 성격은 중대하든 소소하든 인물을 편견에 빠뜨리고 인간관계에 영향을 끼친다.

결점의 긍정적 측면

중요하게 기억할 것은 결점 자체는 파괴적이지만, 잘만 적용하면 이야기 맥락상 인물에게 도움을 준다는 점이다. 부패와 범죄의 소굴로 들어간 주인공을 가정해보자. 서로를 이용하지 못해 안달인 이곳에서 거짓말을 잘하는 능력은 가치 있는 자산이다. 마찬가지로 경쟁심이 강한 인물은 사생결단으로 경쟁해야 하는 상황에서 이 결점 덕분에 스스로를 구할 수도 있다.

또한 결점에도 긍정적 측면이 있는데, 물론 부정적 측면이 너무 분명하기 때문에 그다지 명확하게 드러나지는 않는다. 사람들을 잘 믿는 인물은 사기당하기 쉽지만, 한편으로 믿음직스럽고 친근하며 너그럽다. 버릇없는 인물은 제멋대로 굴고 이기적이지만, 자신이 원하는 것과 욕망을 숨김없이 내보이고 거뜬히 자립할 능력이 있다. 따라서 주인공의 부정적 성격을 점검할 때

는 긍정적 측면도 같이 탐구하라. 두
가지 측면을 다 활용해야 입체적이고
그럴듯한 인물로 만들 수 있다.

인간관계에서 결점이 하는 일: 불화 일으키기

결점은 맛깔나고 강력한 내적 갈등을 빚어낼 뿐만 아니라, 주인공과 다른 인물 사이에 알력을 일으키기도 한다. 또한 상충하는 성격으로 인해 주인공의 어두운 면이 들춰지는 동시에 충돌하는 우선순위와 욕망, 행동 습관을 가진 인물들 간에 갈등을 촉발시킬 수 있다.

다음의 상황을 가정해보자.

데이나는 주문받은 케이터링 서비스를 준비하느라 눈코 뜰 사이가 없다. 이 행사가 잘되면 세간의 주목을 받고 사업체도 알릴 수 있다. 완벽주의자인 데이나는 맨 먼저 나갈 애피타이저에 고명이 제대로 올라갔는지, 음식 온도가 적당한지 일일이 이중 삼중으로 점검하느라 스트레스가 엄청나다. 그러는 사이 오랜 친구이자 회사에 새로 합류한 앤지는 음식을 돋보이게 할 접시를 윤나게 닦고 있다. 앤지는 일에 집중하려 하지만, 얼마 전에 겪은 실연의 아픔이 떠오르면서 다시는 짝을 만나지 못할 것만 같은 불안감이 가시지 않는다. 그때 바람기가 다분한 웨이터가 부엌

문을 밀고 들어와 담배나 한 대 피우자고 하자, 앤지는 두 번 생각하지 않는다. 급기야 제대로 닦이지 않은 은쟁반에 음식이 담겨 손님들에게 나가고, 데이나는 물 얼룩이 흉한 쟁반들이 연회실로 향하는 모습에 부아가 난다. '이게 얼마나 중요한 행사인데, 어떻게 일을 망칠 수 있지?' 데이나는 친구가 남자문제에 젬병이고 실연당한 후 가뜩이나 마음이 약해진 것은 알지만, 자신이 정말로 절실할 때 앤지가 도움을 주지 않는 사실에 속이 상한다.

여기서 불화는 두 가지 차원에서 발생해서 플롯을 복잡하게 만들고 인간관계에 긴장감을 형성한다. 데이나가 힘든 시기를 이겨내도록 친구를 도와주고 싶어하는 한편으로, 자기 사업을 성공시키고 싶어하면서 상황이 한층 더 복잡해진다. 그녀는 둘 다 가능하리라 생각하지만, 한편으로 두 목표 중에서 하나를 선택해야 하는 것은 아닌지 고민이 시작된다.

더불어 두 사람의 서로 다른 성격이 충돌을 일으키는데, 데이나의 안달복

달하고 성실한 성격은 앤지의 충동적인 성향과 잘 맞지 않는다. 앤지의 우선순위가 제 몫을 다해 친구를 돕는 것에서 웨이터와 시시덕거리며 욕구 채우기로 바뀌면서, 둘의 갈등이 수면 위로 올라온다.

몇몇 긍정적 성격도 갈등을 일으키고 인간관계에 긴장감을 가져오지만, 가장 큰 싸움은 결점들이 서로 부딪힐 때 벌어진다. 그 결과로 다양한 정도의 불화가 일어나고 이를 **불꽃, 폭죽, 폭발** 순으로 대략 범주화할 수 있다.

불꽃

대립의 정도가 약한 불화는 때때로 참을성이 없음, 불만, 짜증, 실망감으로 표출되는데 이것은 대부분 수면 아래서만 끓어오르고 인물의 기분과 판단, 인식에 영향을 준다. 겉으로는 두 사람이 말로 치고받으면서 드러나는 생각이나 신념의 간극이 될 수도 있다. 이런 상황에서 인물은 상대방의 의견에 수긍하지 못하거나, 능력을 의심하거나, 비판을 가할 수도 있다. 불꽃은 친

구관계를 경색시켜 상대의 우선순위를 의심하게 만든다.

인물들은 결국 양쪽으로 갈라서고 삐친 속내를 내비치거나 거리를 두자고 할 수도 있다. 시시때때로 **중심인물**은 대립 상황을 되돌아보면서 그 이유를 이해하려 들 것이다. 인물들이 재회할 때 어색한 기류가 흐르지만, 용서를 통해 화합과 평정심을 되찾을 가능성이 있다.

데이나와 앤지의 대립은 다음처럼 작은 불화에서 시작될 수도 있다.

앤지가 엷은 미소를 띠고 문으로 슬며시 들어온다. 곧바로 따라 들어온 웨이터가 앤지의 재킷에 쪽지를 찔러넣고 나간다. 그녀는 수세미를 쥐고 할당된 그릇 더미에서 쟁반 하나를 집어 올린다. 자신이 자리를 비운 동안 그릇이 얼마나 줄어들었는지 모르는 눈치다. 데이나가 손에 들고 있던 클립보드를 내려놓는다. "데이트 약속이라도 한 거니?" 앤지의 얼빠진 듯한 웃음에 데이나는 가까스로 목소리를 제어해 큰소리를 내지 않았다. "다음에는

먼저 쟁반을 닦았는지 확인해야 할 거야. 물 얼룩이 덕지덕지한 쟁반 여섯 개가 그대로 나갔거든." 앤지의 어깨가 축 처지고 입가에 미소가 가신다. "어. 내가 접시를 두 더미로 분리해놨는데. 설마 플레이팅 하는 애들이 깨끗한 것과 아닌 것을 구분할 줄 안다고 생각하는 건 아니겠지."

앤지는 더러운 쟁반에 대한 책임을 회피함으로써 일을 제대로 수습하지 못한다. 말 한마디로 기적을 만들 수도 있다는데, 앤지는 데이나의 조심스러운 비난을 무시하기로 한다. 필시 친구가 질책 대신 자신이 데이트 약속을 잡은 것을 함께 기뻐해주리라 기대했기 때문이다. 두 사람의 우정은 장담할 수 없다. 둘 사이에 흐르는 무언가가 사라지기 전까지 이 싸늘한 분위기는 계속될 것 같다.

폭죽

대립의 정도가 중급에 해당하는 불화는 감정을 한 단계 더 심화시킨다. 말다툼, 격한 몸짓, 충동적 행위, 공감의 저하가 전개될 수 있다. 인물이 마음속 생각을 끄집어낼수록 목소리가 올라가고, 이따금 알면서도 상대의 마음을 상하게 할 일들을 들춰낼 수도

있다. 따라서 폭죽 단계의 불화는 관계에 오랫동안 영향을 끼치고 화해를 더욱 힘들게 만든다. 불화는 해소될 수 있지만, 당사자 모두 자신의 상처를 치유하고 자존감을 회복하는 데 시간과 노력이 필요하다.

앤지와 데이나의 갈등이 폭죽에 의해 어떻게 전환될지 상상해보자.

"지금 데이트 약속을 해, 그 숱한 날들 동안 가만히 있다가?" 데이나는 차근차근 말했지만 말 한마디 한마디에 분노가 배어 있다. "정신 차려, 앤지! 이 행사에 얼마나 많은 게 달려 있는지 너도 알잖아." 쟁반을 닦던 앤지가 얼어붙었다. "뭐가 그리 심각해? 담배 한 대 피우고 온 것뿐인데." 데이나가 더러운 그릇들을 가리킨다. "그렇지. 그런데 그것 때문에 안 닦인 쟁반 여섯 개가 연회실로 나갔어." 데이나는 깊은 한숨을 내쉰다. "봐, 리언이 떠나서 네 마음이 아프고 다시 연애하려고 노력하는 것은 알겠는데, 직장에서는 그런 일은 밀어둬야 하잖아. 난 네가 네 몫을 해낼 거라고 믿었어."

"나도 일을 하고 있다고." 앤지가 접시를 떨어뜨렸고, 더미가 통째 흔들렸다. "깨끗한 쟁반과 더러운 것도 구분 못할 정도로 무심한 누군가의 잘못을 내 탓으로 돌

리지 마. 게다가 손님들은 작은 얼룩 같은 건 눈치채지도 못한다고. 완벽주의자인 척 좀 그만해."

이쯤 되면 데이나는 속이 상한 나머지 말을 조심하지 않고, 남자에 대한 결핍을 끄집어내고 신뢰성이 없다는 점을 암시해서 앤지에게 인신공격을 가한다. 앤지는 제대로 닦이지 않은 쟁반에 대한 데이나의 좌절감을 무시하고, 분노에 분노로 화답할 것이다. 설상가상으로 완벽주의에 대한 데이나의 집착을 들춰내어 두 사람 사이에 일촉즉발의 긴장감이 타오르고, 두 인물은 자존심에 타격을 입는다.

폭발

이런 고급 단계의 불화는 관련된 당사자들이 조절되지 않은 날것의 분노나 격분, 배신감, 또는 굴욕감을 느끼게 한다. 부산물로 잘난 체, 자부심과 경멸이 포함되면서 증오심이 발생할 수 있다. 인물들은 불안정한 기분에 고함을 치거나 비명을 지르거나 폭력적으로 변하거나 자리를 박차고 나갈 수도 있다. 그들은 말 그대로 또는 비유적으로 일을 끝장내거나, 욕을 하고 비밀을 터뜨려서 관계를 깨뜨려버리기도 한다.

신뢰가 부너지고, 한쪽 당사자가 상대방에게 감정적 고통을 주어 복수하면서 만족감이 만개한다.

폭발의 여파로 인간관계는 깨진다. 오랫동안 이어질 회한이 시작되고 그 사건이 언급되거나 떠오를 때마다 화가 치밀 것이다. 시간이 흘러 두 사람이 한자리에 모여도 예전의 관계를 회복하기 힘들다. 두 당사자는 지나치게 민감해져서 자신을 보호하기 위해 어떤 주제를 피하고 한계를 정한다. 이들은 상대뿐만 아니라 비슷한 상황에 놓인 어떤 사람도 다시 믿지 못할 수 있다. 폭발로 인해 새로운 감정적 상처가 만들어지면서 앞으로의 인식과 행동에 변화가 일어난다.

두 친구의 시나리오에 이어서 어떻게 폭발을 전개할지 살펴보자. 이번에는 앤지의 시선으로 그 장면을 그려본다.

"완벽주의자인 척?" 데이나의 고함에 벽의 페인트가 떨어지고 샴페인 잔을 올려둔 선반이 흔들거린다. "라라랜드에서는 그런 식으로 부르나본데? 내가 이 회사를 꾸려올 수 있었던 것은 하나하나에 집중했기 때문이었어. 넌 아주 가끔이라도 그런 걸 해봤는지 모르겠다."

앤지가 턱을 치켜든다. "그 말이 무슨 뜻

이야?"

"그러니까 먼저, 네게 전화번호를 찔러주었던 그 남자? 너보다 한참이나 어려 보이던데, 그 남자가 네게 원하는 게 뭐라고 생각해?" 얼굴이 열로 들끓기 시작한 앤지가 은쟁반을 던진다. "오, 갑자기 연애 전문가라도 되셨나보네? 대학 때 이후로 제대로 된 데이트 한 번 못해본, 일과 결혼하신 분께서?" 그녀는 부엌에 있는 사람들이 들어도 아랑곳하지 않고 짜증나게 웃는다. "다른 사람들이 진짜 삶을 사는 걸 봐주기 어려우신 건 알겠지만, 내 인생에서 꺼져주는 게 어떠셔?"

이쯤 되면 생채기를 내는 말들이 날아다니고, 판단이 내려지며, 명성은 바닥에 떨어져버린다. 데이나는 앤지의 민감한 곳을 잘못 건드렸다고 생각하지만, 화가 난 나머지 결과를 고려하지 않고 말을 막 내뱉는다. 여기에 앤지도 맞대응으로 나서고 누가 보든 말든, 직원들이나 호텔 측에서 기대하던 데이나의 명성에 누가 되든 말든 상관하지 않는다.

갈등이 적절한 수준이라면, 상충하는 성격에서 오는 긴장감의 온도가 잘 조절되었는지를 상상해본다. 원하는 온도로 끓어오를 때까지 조절하고, 그 장면이 어디로 갈지를 생각한다. 인물의 감정 기복을 신선하게 보여줄 손짓과 몸짓, 생각, 생체반응은 《인간의 75가지 감정 표현법》에서 아이디어를 얻을 수 있다.

인물 창조의 시작:
적절한 결점을 고르는 방법

인물을 창조할 때 결점이 어떻게 형성되었고 이야기에서 어떤 역할을 하는지를 이해하는 것은 매우 중요하다. 다음 단계는 어떤 결점이 당신의 인물을 괴롭힐지 결정하는 것이다. 글쓰기의 모든 측면이 그러하듯, 가장 효과가 좋은 결점을 결정하는 방법에는 여러 가지가 있다.

비정해지기

다시 말하면, 당신의 인물이 원하는 것을 파악한 후에 그 욕망을 성취하기 가장 어렵게 만들 결점을 부여한다. 인물이 사랑을 갈구한다면, 냉담하거나 말이 안 통하는 성격이 원하는 바를 갖기 어렵게 할 것이다. 마찬가지로 인정받고 싶어하는 누군가가 남의 말을 하기 좋아하는 참견쟁이 성격이라면 힘든 세월을 보낼 것이다. 무정하게 들리겠지만 갈등 없이는 좋은 이야기가 나올 수 없다. 갈등을 만들기 원한다면, 이 기술을 활용해 인물의 삶을 가장 험난하게 끌어갈 결점들을 생각해보자.

목표 달성에 유리한 장점
방해하기

인물의 욕망을 역이용하는 '비정해지기' 기술과 달리 이 방법은 인물의 긍정적 성격을 적극 활용한다. 먼저 인물이 목표에 도달하는 데 가장 도움이 될 긍정적 성격을 결정하고 나서, 그 반대의 일을 하는 결점을 부여한다. 예를 들어 당신의 주인공이 학교를 자퇴하고 15년이 지난 후에 고등학교 졸업장을 얻고 싶어한다고 가정해보자. 그가 이 목표를 달성하는 데 도움을 줄 긍정적 성격은 지적, 끈기, 부지런함이다. 그렇다면 이 여정이 험난해지도록 장점 하나와 정반대가 되는 결점 하나를 골라 부여한다. 어쩌면 인물은 다소 실없는 성격일 수 있다. 결정은 했지만 진득하지 못해서 어떤 어려움이 발생하자마자 금세 포기해버리는 것이다.

게다가 다른 인물들이 이런 면을 알게 되고 주인공의 열의와 능력을 의심하면 주인공에게 또다른 장애물이 추가된다. 어떤 성격이 목표 달성에 효과적일지 생각하고 그 반대되는 성격을 부여함으로써, 인물의 자신감을 약화시키고 극복할 무언가를 던져줄 수 있다.

인물의 배경 되짚어보기 도구
활용하기(부록B 참고)

이 도구는 인물의 목표와 결점, 상처가 서로 어떻게 얽혀 있는지를 시각적으로 서술하는 데 유용하다. 당신이 인물의 과거를 이해하려 애쓰고 있다면, 이를 통해 인물의 동기와 욕구에 관해 질문하는 동안 기틀을 만들 수 있다.

이 도구는 다용도로 활용할 수 있는데 인물의 목표와 장점을 먼저 결정하고 나서 거기에서 결점을 선택하거나, 아니면 인물의 결점에서 시작해서 인물의 목표와 상처를 준 사건을 되짚어갈 수도 있다. 또한 인물이 스스로 생각하는 자신의 욕구나 거짓에서 시작하고 이를 되짚어가면서 적절하고 도전해볼 만한 목표를 정하는 방식도 가능하다.

당신이 이 도구를 어떤 방식으로 활용하든 간에, 단순하지만 효과적인 이 자료는 인물의 뒷이야기에서 중요한 공백을 메우는 데 매우 유용하다.

다른 인물과 대조되는 결점
선택하기

성격의 충돌은 말 그대로 성격 때문에 갈등이 일어나는 것을 가리킨다. 이것은 미국 드라마의 고전인 〈오드 커플〉 시리즈의 시나리오에서 핵심이고, 주인공을 위해 갈등과 복합적인 사건을 구축할 때 상당히 효과가 좋다.

당신의 인물이 통제하고 지배하려는 성향을 지녔다면, 어떤 종류의 권위도 거부하는 반항적인 성격의 상대와 짝을 이루면 심각한 문제가 발생한다. 당신의 주인공이 유머를 모르고 너무 진지한가? 그렇다면 짓궂은 장난을 즐기는 조수를 채용하라.

당신의 이야기 속 모든 인물에게 신중하게 결점을 골라주면 인물들이 같이만 있어도 갈등이 빚어지고, 주인공의 여정은 더욱 험난해질 것이다.

당신의 경험에서 끄집어내기

당신과 당신이 살면서 만난 사람들을 제약하는 결점에 대해 생각해보라. 당신이 갖고 싶지 않았던 결점은 무엇이고, 왜인가? 타인에게서 본 결점 가운데 어떤 것이 당신을 참을 수 없게 만드는가? 그중 당신의 인물에게 효과적인 것이 있는가?

그렇다면 이제 어떤 결점이 어떤 모습으로 드러나는지 목격한 다음 그것을 생생하게 글로 써보자.

TIP 체계적으로 접근하고 싶다면 **인물의 성격 피라미드 도구(부록C)**를 활용해보라. 이를 이용하면, 인물이 가진 결점들과 이를 어느 수준으로 방해할지를 파악하는 데 도움을 받을 수 있다.

악당과 그들의 결점들: 균형 맞추기

악당을 만들어내는 것은 만만찮은 일이다. 이야기의 성공은 주인공에 맞서는 악당을 그럴듯하게 그려내는 작가의 능력에 달렸다 해도 과언이 아니다. 주인공이 되려면 막강한 세력, 그에 맞서는 또다른 인물이 있어야 한다. 허약한 악당은 주인공에게 약간의 시련밖에 주지 못하지만, 강력한 악당은 주인공이 가능하다고 생각했던 것보다 훨씬 더 많은 것을 스스로에게 요구하게 만든다.

악당은 지독한 결점을 지녔고 터무니없는 도덕률에 따라 움직임에도 불구하고, 현실적이며 독자들과 교감해야 한다. 이들은 존재만으로 주의를 끌어야 하고, 이들의 행동은 어두운 세력임에 한치의 의심도 불러일으키지 않아야 하는 반면, 그들의 의도나 동기는 논리적이어야 하고 이해받을 수 있어야 한다.

문제 있는 과거는 결점이 뿌리내릴 비옥한 토양이지만, 너무 멀리 나가면 과장된 성격을 가진 인물이 되기 쉽다. 이를 방지하기 위해 악당의 숱한 결점들을 보완할 만한 장점 한두 가지를 부여해 균형을 맞춘다.

악당도 공들여 창조하기

적대자, 곧 악당은 이야기의 핵심적인 한 부분으로, 주인공으로 하여금 발전에 필요한 용기와 힘을 찾게 강제한다. 겉으로는 독자의 응원을 받기 위해 주인공과 물리쳐야만 하는 혐오스러운 악당 한 명을 만들어내는 것이 작가의 일로 보일 수도 있다. 하지만 이 일은 사실 훨씬 더 복잡하다. 악당은 주인공이 가는 길을 편하게 가로막는 풍선인형이나 등신대 입간판일 수 없다. 주인공에게 맞서려면 악당은 주인공만큼이나 풍성하고 복잡해야 한다. 이야기 안에서 악당의 입지는 인물 창조 과정 내내 존중되어야 한다.

복합적인 동기와 목표 설정하기

주인공과 마찬가지로 악당에게도 꿈이 있고, 욕구와 욕망을 가진다. 이들의 시점에서 보면 자신이 주인공이므로 다른 누군가처럼 자존감을 높이려 애쓴다. 하지만 건전한 방식으로 더 큰 충족감을 바라는 주인공과 달리, 악당은 바람직하지 않은 방식을 끌어들인다. 이들은 목표에 도달하면 완전해질 것이라고 생각하지만, 자신의 결점과 세상에 대한 왜곡된 시각이 진정한 행복에서 멀어지게 한다는 사실을 납득하지 못한다.

중요한 점은 악당의 성격을 철저하게 파고들어 독자에게 주인공과 대립하기 전의 정상적인 상태를 보여주는 것이다. 이들의 배경을 탐구하다 보면 마음을 다치게 된 사건을 비롯해 과거의 경험이 그를 오늘날 어떤 모습으로 변하게 했는지 이해할 수 있다.

스티븐 킹의 《미저리》에서 애니 윌크스의 첫 등장은 한겨울에 우연히 자동차 사고를 목격하고 크게 다친 소설가 폴 셸던의 생명을 구하는 장면이다. 애니는 은퇴한 간호사로 흔쾌히 자신의 콜로라도 집에서 폴의 부러진 다리를 부목으로 고정하고 진통제를 놔준다. 하지만 폴은 이내 수상한 낌새를 알아차리기 시작한다. 애니는 폴이 쓴

소설의 주인공 미저리 채스테인에 광적인 애정을 보이고, 자신이 폴의 1호 팬이라 주장하며, 사고를 목격하고도 그를 병원으로 이송하지 않은 이유에 대해 갖은 핑계를 댄다. 이 모든 것이 위험신호를 보낸다. 애니는 자신이 좋아하는 여주인공 미저리의 죽음으로 끝나는 출간 전 원고를 읽은 후에 광분해 날뛰고, 이에 폴은 애니의 광기가 심상치 않음을 짐작한다. 그는 애니에게 방치와 수차례의 위협 그리고 고문을 당하고, 문이 잠긴 방 너머를 염탐하면서 탈출할 방법을 강구한다. 그러다가 실종자 10여 명의 기사와 더불어 애니가 근무했던 병원에서 일어난 영아연쇄사망 사고의 기사가 담긴 스크랩북을 찾아낸다. 폴이 가장 두려워하던 일이 사실로 밝혀진 것이다. 애니 윌크스는 연쇄살인자다.

스티븐 킹이 《미저리》에서 한 것처럼, 악당의 과거 일부를 독자와 공유하면 그의 정신 상태를 슬쩍 이해시킬 수도 있고, 어떻게 현재의 모습이 되었는지를 설명하는 데도 도움이 된다. 중

요한 단편적 사실을 흘리면 독자와 악당 사이에 연결고리가 만들어진다. 독자는 그의 욕망이나 선택한 방식에 수긍할 수는 없더라도, 적어도 왜 그렇게 행동하는지를 이해할 정도는 된다.

피 흘릴 때까지
악당의 과거 들춰내기

주인공과 악당 둘 다 과거에 의해 지금의 모습이 만들어졌다. 과거의 경험과 환경, 영향을 준 사람 모두가 현재의 인물을 규정한다. 악당은 주인공과 마찬가지로 자신에게 중상을 입힌 사건 때문에 괴로워하고, 이 감정적 트라우마의 결과로 인생의 노선이 바뀐다. 상처받은 사건에서 부정적 감정이 솟아날 때, 악당은 결점 때문에 통증을 잊거나 아니면 똑같은 고통을 다시 겪지 않도록 스스로를 지킬 수 있다.

그러므로 주인공에게 한 것처럼 악당의 배경을 조사해야 한다. 누구의 손에서 어떻게 자랐고, 그 과정에서 어떤 대우를 받았을지 생각한다. 누가 사랑을 주었고 누가 상처를 주었는가? 어떤 실패와 어떤 과거의 고통을 피하기로 다짐했으며, 이것이 그의 목표와 동기에 어떤 영향을 미쳤는가? 이런 질문들에 답하다 보면, 악당의 정체와 최악의 악당으로 만들기 위해 어떤 최악의 결점을 활용할지 더 깊이 이해할 수 있다.

무엇보다 어떤 사건 때문에 도덕적으로 변모하게 되었을지 생각해보라. 악당과 주인공 사이의 가장 큰 차이가 도덕성이다. 같은 목표와 욕망을 품을 수 있지만, 도덕적 잣대에 따라 목표 달성 방식이 달라지기 때문이다. 누구에게나 각자의 결정적 순간이 있다. 따라서 모든 작가는 인물을 창조하는 동안 인물이 '왜' 변했는지에 대한 질문에 답을 찾아야 한다.

악당이 장점으로 여기는
결점 선택하기

악당이 다른 등장인물과 중대하게 다른 점 한 가지는 역경을 마주하면 그는 자신을 도와줄 긍정적 성격을 구축하기보다 결점을 연마한다는 것이다. 악당은 이런 부정적 성격들 때문에 뒤로 물러서지 않는다. 오히려 결점으로부터 앞으로 나아가는 데 필요한 힘을 얻는다.

당신의 악당이 어디에서 왔고 어떤 요인들로 인해 현재의 그가 되었는지를 이해하고 나면, 적절한 결점을 선택할 수 있다. 특히 자신을 힘 있는 사람이라고 느끼게 하는 결점을 찾아보라. 이를 통해 목표에 도달할 방법을 선별할 수 있다. 부정적 성격 대다수는 긍정적 성격이 극대화되었을 때 발현된다. 예를 들어 자신감이 지나치면 과신이 되고, 야심이 도를 넘으면 탐욕이 되며, 지지하고 충직한 마음은 맹종이 될 수도 있다. 악당은 도덕적 의무감이 약하고 세상 속 자신의 입지를 왜곡된 시선으로 바라보면서, 긍정적 성격을 쉽게 어두운 성격으로 대체해버린다.

악당은 주인공의 거울

결점을 고를 때 악당의 장점이 주인공의 약점을 거울처럼 반사하는 방식을 생각해보라. 주인공이 소심하고 확신이 없다면, 악당은 단호하고 자신감이 넘치게 만든다. 또 주인공의 장점이 잘 믿고 참을성이 많은 성격이라면, 적대자는 의심 많고 참을성이 없는 인물로 만든다. 결점과 장점을 신중하게 선택해 주인공과 악당이 맞붙을 때마다 충돌과 갈등이 터져나오게 해야 한다.

치명적 결점과 비극적 결점

주인공의 경우 적어도 결점 한 가지가 치명적으로 두드러지면, 그가 성장해서 변화를 성공적으로 완수해야 극복되는 결핍이 강조된다. 악당 또한 변화해야 하는데, 이때 치명적 결점이나 비극적 결점이 관여되어야 한다. 악당의 경우 결점을 약화하거나 물리치지 못하면서 결국에 실패를 맞이하는 것이다. 악당이 감정적으로 각성하고 자신의 믿음이 틀렸음을 깨닫게 되는 경우도 아주 드물게 있다. 이때 그는 어둠이 걷히면서 세상을 있는 그대로 보고 자신의 치명적 결점이 가져온 장애물을 깨뜨려버린다. 하지만 그 변화가 너무 늦게 일어나서 살아남지 못하거나 자신이 저지른 해악의 대가를 치르게 된다.

실패한 악당: 진단과 치료법

작가가 저지를 수 있는 최악의 실수 중 하나가 쓸모없는 악당을 투입하는 것이다. 다음에 작가들이 꼭 피해야 할 가장 뻔한 악당 유형 몇 가지를 소개한다.

'음하하' 악당

이는 '권력을 위해 권력을 원하는' 전형적인 악당이다. 이들은 자신이 원하는 것을 빼앗고, 자신이 가진 것에 만족하는 법이 없으며, 자신에게 맞설 용기가 있다는 이유만으로 주인공을 괴롭힌다.

진단 이 악당은 스케치, 즉 얼개만 그린 그림처럼 독자가 매력을 느낄 만한 진짜 동기가 결여되었다. 이런 악당은 지루하고 쉽게 기억에서 사라져버리기 마련이다.

치료법 당신의 악당이 누구고, 왜 그러는지를 탐구해서 뼈대에 살을 붙여라. 과거를 파고들어 어떤 사람인지를 이해하고, 깊이 뿌리내린 심리적 욕구를 충족시켜야 하는 목표에 매력적인 이유를 부여한다. 중상을 입을 만한 사건으로 망가질 도덕성을 장착해서 주인공의 신념과 대립하게 만든다. 더불어 독자들에게 복합적이고 단호하며 성공할 능력이 충분한 인물로 보이도록 긍정적인 자질도 부여한다.

무능한 지도자

이 악당에게는 원대한 목표와 졸개들, 권력을 향한 갈망이 있다. 그가 무엇을 원하든 간에 단호하게 그것을 획득하려 노력한다. 한 가지 문제는 통솔력이 형편없다는 것이다. 그는 (충성을 맹세하는) 부하들을 홀대하고, 전략적 과오를 저질러 참화를 불러오며, 형편없는 판단으로 시간과 인력과 자원을 허비한다.

진단 이런 악당은 현실에 없다. 주인공의 승리를 위해 가공된 인물일 뿐이다.

치료법 논리를 거부하는 악당은 쉽게 패배하고 이야기를 허술하게 만든다. 주인공의 승리를 위해서 무능한 상대를 투입해 해결하려 하면 안 된다. 주인공이 발전해서 시련에 잘 대처하고 능력을 발휘하게 만들 유능한 악당을 붙여줘야 한다.

악당처럼 보이니 악당이 분명함

이 악당은 흉터와 덴 자국, 종기가 있고, 절름거리며, 고약한 냄새가 나고, 어쩌면 기형이나 경찰과의 시비로 생긴 장애 때문에 고통스러워할 수도 있다. 그는 무섭고 혐오스러운 외모 때문에 갓 태어난 새끼 판다를 도살하기도 전부터 악당으로 정의된다.

진단 자연스럽지 않은 신체장애는 독자에게 네온사인으로 이런 메시지를 뿌리는 것과 같다. "삑! 삑! 전방에 악당 출현!"

치료법 겉모습이 추하다고 내면도 추하리라는 생각은 오류다. 악당의 몸에 흉터가 있다면 그것을 인물의 성격 구축에 이용하지 마라. 대신 행동을 통해 그가 어떤 사람인지를 보여주자. 부록C '인물의 성격 피라미드 도구'를 활용해 부정적 성격에 동조하는 행동과 생각, 의견과 행위를 세심히 기획해야 한다. 왜곡된 동기와 도덕의식을 심어서 착한 편이 아니라 악당의 편임을 분명히 드러낸다.

이해타산만 따지는 악당

이 악당은 좋을 때도 나쁠 때도 냉정하다. 조금의 흔들림도 없이 좌절감을 처리하고, 걸림돌을 날려버리는 동안 크리스털유리병에 담긴 최고급 브랜디를 조심스레 따르고 있을 수도 있다. 이 악당은 언제나 자제력을 잃지 않는다. 승리에 살짝 미소를 머금을 뿐이고, 어쩌면 타오르는 모닥불 앞에서 브랜디를 또 한잔 즐길지도 모르겠다.

진단 사기꾼을 조심할 것. 작가는 상투적인 감정들로 희롱하느라 인류의 성장동력 중 하나를 무시할 수 있다. 그것은 바로 열정이다. 누구도 일하기 위해 일하지 않는다. 누구든 행동하기로 했다면, 좋은 때든 나쁜 때든 감정이 얽히고 표현되어야 한다.

치료법 악당에 관한 심층적인 인물 프로필을 작성해 그의 욕구와 욕망을 이해한다. 악당을 주인공이라 가정하고 인터뷰를 한다. 무엇 때문에 기쁘거나 슬프고, 희망을 느끼는가? 무엇을 바라며 그 이유는 무엇인가? 자신의 목표가 어떻게 충만하고 가치 있다는 기분이 들게 하는가? 어떤 감정에 민감하고, 두려워하는가? 악당에게 싸워서라도 쟁취할 만한 목표와 임무가 있다면, 열정이 부채질을 한다. 그에게 광범위한 감정을 경험시켜 행동을 자극하고, 자존감에 영향을 주며, 성공이나 실수 중 하나로 몰아가라.

회개는 저세상에서나

이 악당은 악몽에나 등장할 법한 결점의 집약체다. 너무 부정적 존재라서 누구도 가까이 가지 않는다. 그가 하는 모든 행동과 선택이 사악하고 타락했다. 그는 일말의 연민도 없고, 고통 속에서 쾌락을 느끼며, 자신이 한 짓이나 해친 사람에 대해 뉘우치는 법이 없다. 이 악당은 악의 화신으로서 자신이 만나는 모든 사람을 이용할 뿐이다.

진단 이렇게 불균형이 심한 악당은 혐오스러워서 독자를 차단시킬 뿐이다. 너무 끔찍한 악당의 면모에 독자는 그의 욕구나 욕망 또는 목표를 이해하거나 공감할 수 없다. 이런 유해한 인물은 당신의 이야기를 망칠 수도 있다.

치료법 모든 악당에게는 비호감도와 상관없이 긍정적 성격 한두 가지가 필요하다. 그의 어두운 면들과 충돌하는 장점을 부여하면, 독특하면서 흥미로운 악당이 나올 수 있다. 악당의 감성과 열정이나 특이한 버릇을 기꺼이 보여주자. 중요한 점은 독자가 악당을 응원하게 만드는 것이 아니다. 악당이 왜 지금과 같은 모습을 갖게 되었는지를 이해하고, 또한 결점을 보완하는 장점도 있음을 알게 하는 것이다.

안하무인 유아독존의 철부지

무능한 지도자처럼 이런 유형의 악당은 어이없는 실수를 저지르는데, 힘든 일과 어려운 결정을 감당할 능력이 없기 때문이다. 이들은 안락함과 허영에 빠져 큰 목표에 잘 집중하지 못한다. 보통 재력을 갖춘 덕분에 값비싼 대가를 치르는 실수에도 태연하고, 자신의 일을 부하들에게 미루는 것으로 만족한다. 이 악당은 자기 손을 더럽히기 싫어하고 오로지 특권에만 관심을 둔다.

진단 힘을 안 들이고 인생을 날로 먹으려는 악당을 그리는 것은 시간 낭비다. 이런 얄팍한 악당은 꼭두각시이자 자격이 없는 상대고, 독자의 시간과 관심만 축낼 뿐이다.

치료법 안하무인 유아독존 철부지의 이야기를 읽고 싶을 사람은 없으니, 악당에게 실체감을 부여하자. 특권과 재력은 사람을 자유롭게도 하지만 덫이 될 수도 있다. 악당에게 자신의 환경 때문에 제약을 받는 느낌을 주어서 무언가를 하게 만들어라. 이 악당은 일을 타인에게 맡겨두지만은 않고 자신의 운명에 적극적으로 관여해 주인공이 물리칠 만한 존재임을 증명해야 한다.

인물의 결점에 대해
알아야 할 것들

작가로서 우리는 독특하면서 복합적인 성격을 지닌 인물을 만들어내야 한다. 상충하는 성격들은 밀고 당기는 효과를 내면서 인물의 성공을 훨씬 더 어렵게 만들 것이다.

작가는 자신이 만든 가상우주의 창조주이자 신이다. 인물을 비롯해 이야기의 모든 측면을 세세하게 다 안다는 뜻이다. 인물이 공감을 얻으려면 독자가 납득해야 한다. 다시 말해 인물이 그렇게 행동하는 이유가 있어야 한다. 이들의 두려움을 촉발하는 계기, 불안감을 조장하는 기억, 불편해서 피하고 싶은 사람들과 장소 등. 인물의 진정성을 확보하려면, 결점이 존재하는 이유와 이 결점이 인물을 어떤 행동으로 몰아가는지를 알아야 한다. 다음은 인물을 창조할 때 명심해야 할 몇 가지다.

행동과 태도

인물이 가질 결점을 정하고 나면 다양한 상황에서 어떻게 반응할지 계획하기가 수월해진다. 특히 예기치 않은 상황에서는 본능적으로 반응하기 마련

이므로 인물의 진짜 모습이 드러난다. 예를 들어 도시 전체가 정전되었을 경우, 고층 사무실에서 일하는 이들은 각자 달리 반응할 것이다. 걱정이 많은 이는 정전의 배후에 테러 조직이 있을까 의심되어 사랑하는 사람들에게 연락하려 전화기를 집어들 수 있다. 느긋한 성격의 인물은 이를 이용해 쪽잠을 잘지도 모른다. 깐깐한 사람은 생산성 저하에 짜증을 내면서 안 그래도 불편한 상황에 분열을 일으킬 수 있다.

이야기 속 인물이 흥미로운 것은 진짜 사람들처럼 주어진 상황에서 각자 특유의 반응을 보인다는 점이다. 인간은 긍정적 성격과 결점이 함께 작동해 특이한 반응을 만들어내는데, 앞의 상황에서 동일한 결점을 가진 세 인물은 각자가 지닌 또다른 성격들로 인해 달리 반응할 것이다. 사람들을 잘 보살피는 성격에 걱정이 많은 인물은 자신의 불안감을 밀어두고 타인을 도울 수 있다. 불평분자에 걱정이 많은 인물은 쉴 새 없이 불평하고 재확인을 요구해 모두를 미치게 만들 것이다. 충동적 성향

을 가진 걱정이 많은 인물은 무방비로 어둠 속에 뛰어들었다가 다쳐서 그렇지 않아도 스트레스가 심한 동료들에게 문제만 더 안길 수도 있다.

인물들이 어떤 상황에서 어떻게 반응할지의 선택지는 끝이 없다. 이렇듯 각 결점에 대해 개연성 있는 행동과 태도를 제시하는 이유는 당신의 인물이 어떻게 반응할지 생각할 거리를 마련해주기 위해서다.

생각

행동은 다른 사람들의 눈에 보이는 반면, 생각은 개인적이라서 인물에게 무엇을 어떻게 드러낼지를 신중하게 선택할 기회를 준다. 말과 행동은 어떤 모습을 연출하고 싶은지와 연계되므로, 인물의 생각은 진짜 신념과 성격을 드러내기도 한다. 이런 이유로 작가는 인물이 사람들, 대화, 아이디어, 자기 주변에서 펼쳐지는 사건들에 대해 어떻게 생각하는지 알아야 한다.

감정의 민감도

인물의 성격에서 또다른 중요한 측면은 특정 감정에 대한 민감도다. 어떤 감정에 유달리 격한 반응을 보이는 인물들이 있다. 이를테면 학대를 경험한

희생자는 분노를 마주하면 정서적으로 위축되는 성향이 두드러진다. 반면에 대립을 일삼는 인물은 남들의 절망감과 분노에 끌린다. 이들은 그것을 피하지 않고 욱하는 성격의 연료로 삼기도 한다. 어떤 인물은 자신과 똑같은 결점을 내보이는 인물들과 부딪힐 때 특히 격렬하게 반응한다. 당신의 인물이 어떤 감정에 민감한지를 확인하고, 그것을 활용해서 목표 달성이 어려운 험난한 상황을 만들어보라.

인물의 결점을
보여주는 방법

인물의 과거를 캐내려면 품이 들지만, 이런 연구를 계속하면 친밀감이 생기므로 수고할 만한 가치가 충분하다. 안타깝게도 이런 기초공사가 인물의 성격을 독자에게 효과적으로 전달하는 데 쓰이지 못한다면 아무 소용이 없다. 대부분의 글쓰기 분야에서처럼 주인공을 소개할 때는 말해주기보다 보여주기가 언제나 더 낫다.

인물의 장점과 결점을 말해주는 것은 게으른 글쓰기의 신호다. 이렇게 하면 독자는 다음 둘 중 하나라고 믿는다. 작가는 자신이 일일이 설명해주지 않으면 독자가 어떤 것도 이해하지 못한다고 생각한다거나 작가가 글로 설명하는 것 외에 인물의 성격을 표현하는 능력에 자신이 없다. 이해하기 쉽게 인물의 결점을 말해주기가 어떤 것인지 예를 들어보겠다.

조가 잘생겼다는 사실을 부인할 수 없지만, 매기는 마초적인 태도가 그의 매력을 깎아내린다고 생각한다.

좋다. 그러니까 조는 마초다. 독자는 그렇게 알아듣는다. 하지만 좋은 글이 되려면 단순히 의미만 전달해서는 안 된다. 독자가 몰입하려면 자기 안에 또는 자신이 아는 누군가에게 있는 조의 일면을 발견해야 한다. 조가 어떤 사람인지에 대해 독자가 의견을 가지려면 그가 어떤 모습인지를 들어서 알기보다 그의 마초적 성향을 목격해야 한다. 보여주기는 이 모든 것을 달성해서 독자를 이야기 속에 끌어들인다.

조가 매기의 어깨에 팔을 툭 얹었다. "뭐해, 예쁜이?"

빨개진 그녀의 얼굴을 보고 그가 씩 웃었다. '이렇게 부르면 다들 깜박 죽는다니까.'

"영어 리포트."

그가 제목을 읽으려 허리를 숙이자 매기의 셔츠 안이 훤히 들여다보였다. "로미오와 줄리엣? 그거 쉽지. 그래 알고 싶은 게 뭐야?" 그는 머리카락을 넘기며 또다른 잠재적 표적을 찾아 눈으로 교정을 훑었다.

"진심이야, 라크로스 주장? 내게 셰익스피어에 대해 가르쳐주고 싶어?"

그는 눈살을 찌푸렸지만 냉정을 유지했다. 자신이 간신히 그 과목에서 낙제를 면했다는 사실을 얘가 알고 있나, 아니면 그냥 내숭을 떠는 걸까?

그가 눈썹 한쪽을 살짝 추켜올렸다. "야, 나도 다 할 수 있다고."

매기가 잠시 그를 빤히 쳐다보더니, 한숨을 쉬었다. "넌 그냥 내일 있을 경기나 잘 치르고 16세기 일은 나한테 맡겨두는 게 어때?"

매기가 그의 팔을 밀쳐냈다. 그는 스트레칭을 하는 척하며 셔츠 아래 근육에 힘을 주었다. "알았어, 예쁜이!"

'그래봤자 너만 손해지, 뭐.' 그러고 나서 그는 론다에게로 껄렁거리며 걸어갔다. "뭐 해, 예쁜이?"

이처럼 대화가 오가는 사이에 조가 어떤 사람인지를 보여주는 것이다. 조는 매력적인 외모와 근육질의 탄탄한 몸을 가졌지만, 강한 남자의 페르소나를 유지하려 필사적으로 노력할수록 다른 사람들에게 쉽게 간파당하고 살짝 궁색해 보인다. 그렇다면 그는 왜 이런 식으로 굴까? 무엇을 감추려는 걸까? 인물의 성격에 층을 쌓고, 다음에 설명하는 수단을 통해 결점을 보여주어 진짜 성격을 드러내라.

행동, 버릇, 생각

조를 마초로 읽히게 하는 행동과 버릇은 공격적인 접근, 껄렁거리며 걷기, 잠재적 '표적들' 쫓아다니기, 신체적 특징을 강조하는 자세(근육에 힘주기, 머리카락 넘기기)다. 게다가 그의 생각도 마초적 성향을 보여준다. 인물이 가진 결점이 행동과 생각, 개성 전반에 어떻게 영향을 미치는지 아는 것이 중요한 이유다. 따라서 이 단서들을 활용해 독자에게 당신의 인물이 근본적으로 어떤 사람인지를 보여줄 수 있다.

민감도

사람들은 어떤 분야에서 고군분투하는 모습을 들키고 싶지 않아서 결점을 감춘다. 우리 대다수는 결점을 능숙하게 감추지만, 허술한 곳을 누군가 쿡쿡 찌르면 대응하는 경향이 있다. 앞의 사례에서 조는 자신의 능력에 의심을 표하는 누군가에게 예민하게 반응한다. 매기의 첫 질문을 회피하는 모습에서 이것이 드러나는데, 그 질문에 뒤따른 생각들을 통해 조에 대해 더 많이 알 수 있다. 그의 마초적 태도는 자신의 불안정한 지적 능력을 가리는 보호막인 것이다.

이처럼 민감한 부분을 통해 인물의

결점들을 보여줄 수 있을 뿐만 아니라, 이런 위협에 어떻게 대응하는지를 통해 많은 것이 드러난다. 그가 겁에 질리는가? 도망가는가? 주의를 피하는가? 폭력에 의존하는가? 조의 경우 자신의 이미지를 매우 잘 알기에 침착하려 애쓰지만, 매기가 두 번째로 지성의 부족을 지적하자 물러난다. 자신의 결점에 대한 민감도는 인물의 본모습을 드러내므로, 만일 작가가 인물의 허술한 곳이 어디인지 안다면 그곳을 찔러서 인물이 결코 실토하지 않을 진실을 드러내게 만들 수 있다.

장애물로서 결점

결점이 중요한 이유 중 하나는 인물이 진실로 원하는 것을 방해해서다. 마초적인 조의 본심이 매기에게 과외를 해달라고 설득하는 것이었다면 어떨까? 아마도 그가 낙제를 하면 팀에서 포지션을 잃게 되는 것처럼, 중요한 무언가가 위태로워진다. 그가 매기에게 그냥 솔직하게 부탁했다면 매기가 좋다고 했을지도 모른다. 하지만 조는 자신의 결점이 들통나는 것이 두려워 마초적 방식에 의존하고, 먼저 그녀를 퇴짜 놓는다.

이야기 내내 인물이 가진 결점 한 가지가 목표를 성취하지 못하도록 계속 방해해야 한다. 그가 실패할 때마다 과거의 실패와 상처가 떠오르고, 결점은 점점 더 뚜렷해진다. 동시에 자신이 가장 원하는 것이 손가락 사이로 빠져나가는 모습을 보게 되고 절실함은 점점 더 커질 것이다. 이런 종류의 구조는 이야기 내내 갈등을 점증시킬 뿐 아니라, 독자에게도 인물의 결점을 보여준다. 독자는 인물이 목표를 성취하려면 이런 결점을 극복해야 함을 알게 된다.

인물의 진화

결점은 단번에 치료되거나 약화되지 않는다. 소소한 승리, 통제력 상실, 그리고 또다시 노력하기라는 점진적 과정을 거치면서 우위를 점하게 된다. 이런 과정을 인물의 '변화'라고 부르지만, 사실 주인공이 자신의 목표를 위해 삼 보 전진 이 보 후퇴를 반복하기에 지그재그와 더 비슷하다. 때로는 결점이 승리하고, 또 어떤 때는 인물이 결점을 진압한다.

자신을 향상시키려는 조의 첫 시도는 분명 실패였다. 하지만 그가 영어시험에 낙제하면 위기가 증가한다고 상상해보자. 학교 성적이 곤두박질치자 조는 매기에게 과외를 한 번 더 부탁해보기로 결심한다. 이번에는 좀더 솔직하게 자신의 절박한 상황을 암시하기로 한다. 이번에는 매기가 동의하고 조는 자신의 목표 달성에 더 가까이 다가간다. 하지만 학점이 발표되고 그의 노력은 때를 놓쳤음이 드러난다. 그가 영어시험에서 낙제하고 팀에서 선발 자리를 잃은 것이다. 설상가상으로(언제나 좋은 아이디어다) 스카우터가 시즌 마지막 두 게임에 참석할 예정인데, 조는 벤치에만 앉아 있어야 한다.

자신의 취약점을 감추지 않고 솔직히 말해 성공을 획득한 기억을 떠올린 조는 지도교수에게 자신이 개인교사와 열심히 노력하는 중이니 학점을 올릴 기회를 한 번만 달라고 애원한다. 요청이 받아들여지고, 그는 시험을 통과해 포지션을 되찾는다. 그러나 이제 그가 운동장과 도서관 사이에 시간을 쪼개야 하면서 진짜 압박이 가해진다. 그리고 그의 포지션을 탐내던 팀원이 조가 개인교사를 고용했다는 소식을 듣고는 그의 지능에 대한 헛소문을 퍼뜨리기 시작하면서 위기는 점점 더 상승한다.

이야기 내내 인물의 승리와 패배를 보여주면 그의 결점이 독자의 머릿속에 확고히 자리 잡을 뿐만 아니라, 조를 동정하고 그의 성공을 바라는 마음이 들게 된다.

인간관계

조의 사례에서 입증했듯, 인물이 사람들과 교류하면 나서서 자신의 결점을 밝힐 필요가 없다. 관계를 통해 저절로 드러나기 때문이다. 주인공의 결점을 아는 다른 인물들이 주인공에게 최악의 반응을 끌어낼 수도 있다. 반대로 이들이 주인공을 자극해서 자신에 대해 가장 싫어하는 것을 상기시킬 수도 있다. 자석처럼 어떤 성격은 달라붙는 반면, 다른 것들은 강제력 없이는 공존할 수 없다. 다른 사람들을 당신 인물의 삶 속으로 끌어들이는 간단한 행위가 어쩔 수 없이 불꽃, 폭죽, 폭발 단계를 만들어내 이들의 결점을 크고 분명하게 드러내줄 것이다.

회피

당신의 인물과 같은 결점을 지닌 사람이라면 어떤 것들을 피할 것 같은가? 어떤 상황, 특정 유형의 사람, 감정, 결정, 장소 등은 방아쇠로 작동해서 해묵은 상처와 현재의 두려움을 자극한다. 방아쇠는 난개발의 도시처럼 제멋대로 뻗어나갈 수도 있고, 특정한 색이나 사물처럼 구체적일 수도 있다. 조의 경우에는 크레용 냄새일 수 있다. "멍청하다"고 거듭 놀림받던 1학년 교실에서 그 냄새가 났기 때문이다. 당신의 인물이 이 방아쇠를 피하기 위해 궤도를 이탈하면, 그의 결점에 대해 독자에게 단서를 제공할 수 있다.

결점 있는 인물을
만들 때의 어려움

인물 창조는 복잡한 과정이다. 인물이 누구고, 어디로 가고 싶어하는지, 그리고 거기에 가려고 어떤 계획을 세우는지를 파악하려면 수없이 캐내고 질문을 던져야 한다. 하지만 의자에 앉아서 글을 쓸 때 다음의 것들을 알면, 인물 창조 과정에서 생기는 흔한 문제를 미연에 방지할 수 있다. 여기에 몇 가지 위험과 이를 피하는 방법에 대한 조언을 소개한다.

비호감 인물

독자가 이야기에 빠져들기 위해서는 인물, 특히 주인공에게 마음을 쓰게 만들어야 한다. 작가들은 결점이 있는 인물을 만들 때 도를 넘어서는 위험을 감수한다. 독자가 인물을 좋아하거나 존중하지 않으면 목표를 달성하든 말든 신경 쓰지 않을 테고, 계속 읽어나갈 공산이 낮다.

결점이 있음에도 호감가는 인물을 만들려면 부정적 성격과 긍정적 성격의 적절한 균형점을 찾는 것이 중요하다. 특히 전통적인 주인공답지 않은 안티히어로인 경우에 너무 많은 결점은 불쾌하고 정이 안 가게 한다. 당신의 인물이 강력한 장점 한두 가지씩을 갖게 만들어라. 용기나 충직함, 유머, 관대함처럼 사람들 대부분이 중요하게 여기거나 존중하는 자질을 부여해서 결점과 균형을 맞춘다. 마거릿 미첼의 《바람과 함께 사라지다》에서 스칼렛 오하라는 결점이 많은 인물의 대표적 사례다. 스칼렛은 제멋대로 굴고 남을 조종하며 이기적이라서 사람들에게 경멸을 당할 법하다. 하지만 고향인 타라를 되살리려는 결단력과 다사다난한 사건을 지략을 발휘해 극복해내면서 독자에게 응원하고 싶은 마음을 일으킨다.

일단 인물에게 어울리는 중요한 긍정적 자질을 정했다면, 이야기에서 가능한 빨리 드러내야 한다. 블레이크 스나이더는 《Save the Cat!: 흥행하는 영화 시나리오의 8가지 법칙》에서 이 방법을 멋지게 요약한다. 요지는 이야기 시작 부분에 인물이 사랑스럽거나 아주 흥미로운 방식으로 자신의 장점을 활용하는 모습을 보여주는 짤막한 상황을 포함시키라는 것이다. 〈굿 윌 헌팅〉(1997)의 시나리오를 쓴 작가들도 이 기술을 적재적소에 활용하는데, 영화 오프닝에서 평범한 듯 보이는 청소부가 천재나 풀 수 있는 수준의 수학 문제를 풀어서 엄청난 재능을 드러낸다. 마찬가지로 닉 혼비의 《어바웃 어 보이》에서 주인공 윌 프리먼은 자기 위주로 생각하는 게으른 사람이다. 하지만 윌이 독백을 시작하는 순간 독자는 그의 냉소적인 말재간에 매료된다. 매력적인 성격을 일찌감치 보여주면 인물은 호감을 얻을 수 있다.

인물이 독자의 사랑을 받을 수 있는 또다른 방법은 절박한 상황을 보여주는 것이다. 승산이 없는 상황에 빠진 인물은 독자에게 함께 탈출하고 싶은 동정심을 불러일으킨다. 〈이보다 더 좋을 순 없다〉(1997)에서 멜빈 유돌(잭 니컬슨 분)은 괴팍하고 공격적인 데다가 강박장애로 인해 사람들과 단절되어 있다. 멜빈의 불쾌한 태도에 관객은 안타까움이 들 수밖에 없고 그가 어떻든 나아지기를 바란다.

악당은 주인공의 절망감을 구축하는 데 큰 역할을 할 수 있다. 당신의 악당이 극악해질수록 주인공의 승리를 염원하는 독자의 마음이 커진다. 〈에이리언〉 시리즈에서 에이리언, 〈쏘우〉 시리즈에서 직소를 생각해보라. 정말로 극악무도한 악당이나 승산이 제로인 상황에 놓인 주인공에게 독자는 공감하고, 결점이 많은 인물에게도 마찬가지다.

결점과 호감을 고려할 때 주의할 점이 있다. 인물에게 너무 많은 결점을 장착하면, 부정적 성격이 긍정적 성격을 압도해버린다. 이렇게 되면 그 어떤 '고양이 구하기cat-saving' 전략을 동원해도 독자의 호감을 이끌어낼 수 없다. 인물을 관통하는 결점 하나를 결정하고 강조하라. 그 밖의 부정적 성격은 부록으로 그쳐야 한다.

분명하지 않은 동기

"내 동기는 무엇일까?" 배우들은 가끔 스스로에게 묻는다. 작가도 자기 인물의 동기를 알아야 한다. 인물의 내적 동기와 외적 동기가 중요한 것은 이야기를 끌어가기 때문이다. 당신의 인물이 내리는 모든 결정은 그가 어떤 사람이고 무엇을 성취하고 싶어하는지에 따라 정해진다. 안타깝게도 많은 작가가 자기 인물의 동기를 잘 모르거나, 이야기를 전개하면서 동기가 모호해진다. 이는 일관성 없는 인물과 헤매는 이야기로 이어진다. 만일 당신이 어떤 책을 읽고 스스로에게 '이야기가 어디로 가고 있는 거야?' 또는 '이 인물이 원하는 게 뭐야?' 같은 궁금증이 들었다면, 명확하지 않은 동기는 장애물과 같다. 이는 독자의 혼란과 개연성 부족으로 귀결되면서 독자가 책을 던지고 다른 것으로 옮겨가는 결과를 가져온다.

동기의 일관성을 유지하려면, 먼저 동기를 확실하게 정한다. 앞에서 설명한 대로, 당신의 인물은 외적 동기와 내적 동기가 있어야 한다. 외적 동기는 이렇게 질문하면 알 수 있다. '그/그녀가 원하는 것은 무엇인가?' 내적 동기는 알아내기가 더 어려울 수 있지만, 이렇게 질문하고 좀더 노력하면 들춰낼 수 있다. '그/그녀는 왜 이것을 원하고, 성공이 인물의 자존감을 어떻게 높일까?' 이 질문들에 대한 답을 알면,

당신의 인물이 어떤 반응과 선택을 내릴지 알 수 있다.

두 번째로, 각 장면의 중요도를 확인한다. 한 장면의 목적은 이야기를 앞으로 나아가게 하는 것이다. 이야기는 인물이 동기를 달성하는 내용이어야 하므로, 모든 장면이 어떻게 해서라도 이 목표에 기여해야 한다. 어느 한 장면이라도 이를 충족하지 못하면 다시 작업하거나 잘라내야 한다. 또한 각 장면은 고유의 시작과 중간, 결말이 있는 작은 이야기여야 한다. 장면을 숙고해서 선정하고 각 장면이 완전하다는 확신이 들면, 이야기와 인물들이 올바른 방향으로 순조롭게 나아가도록 도와줄 것이다.

인물의 일관성 없는 변화

작가가 마주하는 또다른 문제는 일관성 없이 변하는 인물이다. 여기에는 그럼직한 이유가 여럿 있다. 하나는 앞서 설명한 이유, 즉 작가가 인물의 동기를 잘 모른다는 것이 여기에도 해당된다. 또다른 가능성은 작가가 인물을 충분히 알지 못하는 것이다. 작가의 지식이 부족하면 인물은 납득되지 않는 말과 행동을 한다. 이들이 동기와 일치되지 않은 선택을 하면, 경로를 이탈하면

서 이야기는 길을 잃고 애먼 곳을 헤맬 것이다.

일관성 없는 변화가 일어나는 세 번째 이유는 내적 동기가 결여될 때다. 이야기를 위해 인물이 반드시 내적 동기를 가질 필요는 없지만, 외적 동기만으로는 전체 이야기를 끌어가기 힘들다. 내적 동기와 갈등이 없으면 내적 성장의 방향도 명확해지지 않는다. 이렇게 되면 인물은 내적 여정이 교착상태에 빠지면서 평면적으로 보이거나, 아니면 불확실함 때문에 변화가 매끄럽지 않을 수 있다. 비평가들이 당신의 인물에게 일관성이 없다고 불평한다면 인물의 내적 동기를 확실하게 이해하고, 인물이 점진적이고 꾸준히 변화를 향해 나아가고 있는지를 확인해야 한다.

내적 변화가 모든 인물에게 필수는 아니지만, 주요 인물은 상당한 변화를 이루어야 한다. 중요한 인물은 여정의 말미에 다다랐을 때 시작과 똑같은 인물이어서는 안 된다. 인물은 변화를 이루어 더이상 예전과 같은 세계에 존재해서는 안 된다.

인물의 성격이 변화하는 동안 당신의 주인공은 좋은 쪽이든 나쁜 쪽이든 변화를 이끌어낼 결정을 내려야 한다. 그가 어떤 결정으로 갈지는 그와 당신에게 달렸다. 하지만 이런 변화가 일관성이 있고 사실적이려면, 작가는 인물을 속속들이 알고 내적 동기와 외적 동기를 완벽히 이해해야 한다.

마지막 노트

이 책에 광범위한 결점을 모두 담으려다 보니 완성된 목록이 너무 많아졌다. 차례에서 당신이 원하는 성격을 찾아보길 권한다. 비슷한 결점들은 한 항목에 함께 실었다. 예를 들어 '쌀쌀맞음, 괴팍함, 짜증을 잘 냄, 성질을 부림'은 사실 맞바꿔 쓸 수 있으므로 '퉁명스러운 성격'에 유사한 결점으로 실었다. 그래도 당신이 원하는 성격을 찾지 못하면 다른 항목의 유사한 결점들을 찾아보라. 그 항목의 정보가 도움을 줄 것이다.

그뿐만 아니라 신체와 관계된 특성(서투름, 지저분함, 섬세함 등)보다는 정신에 깊이 뿌리내린 결점에 집중하기로 했다. 이것들이 더 복합적이고 글로 표현해 쓰기 어려운 까닭이다.

이 책이 인물을 구상하고 이야기를 만들어내는 데 참고자료일 뿐임을 알아두는 것이 중요하다. 모든 결점마다 특유의 행동과 감정, 성격 형성의 배경을 실었지만, 인물은 누구나 독특하다. 이들은 자신이 가진 성격의 조합, 상황의 심각한 정도, 그 순간에 느끼는 감정, 함께 있는 사람, 그 밖의 여러 요인에 따라 반응한다. 따라서 이 책의 내용은 어떤 상황에 대한 인물의 반응을 정하는 데 최종 목록이라기보다 출발점 역할을 해야 한다.

또한 이 책을 단독으로 사용할 수 있지만, 《캐릭터 만들기의 모든 것 1—99가지 긍정적 성격》과 함께 참고하면 더욱 균형 잡히고 복합적이면서도 독특한 인물을 창조할 수 있다.

인물과 성격의 연구 분야에서는 이론과 견해가 넘쳐난다. 인물 창조를 위해 우리는 공통적인 지식 요소에 집중하려 최선을 다했다. 행동의 근본 원인은 특히 광범위하고, 이따금 개인의 과거 경험과 직결되어 있다. 이 책에 열거한 원인은 그저 가능성일 뿐이다. 작가들이 인물의 과거가 현재의 행동에 어떤 영향을 미쳤는지 더 많이 생각하고, 인물의 상처를 구성해보기 위한 단초라는 뜻이다.

이 책을 쓰면서 배운 한 가지가 있다면, 만들 수 있는 독창적인 인물의 수는 한계가 없다는 것이다. 당신이 창조한 인물의 과거를 파헤치고 유전적 구성을 감안하며, 다른 요소들을 연결하다 보면 사실적이면서도 아주 흥미로운, 한 번도 본 적 없는 많은 인물을 만들어낼 수 있다. 이 책이 처음부터 끝까지 독자가 당신의 여정을 함께하고 싶을 수밖에 없도록 아주 매력적인 인물들을 구축하는 데 도움을 주리라 희망하고 진심으로 믿는다. 당신에게 행운이 가득하기를 바란다!

부정적
성격

106

01 아니꼬운 성격

Abrasive

정의	유사한 결점
생각이나 배려가 부족해 남의 비위를 뒤집음; 신경질적	짜증스러움, 신랄함, 야비함, 뻔뻔함, 화를 잘 냄

성격 형성의 배경

——— 사교성이 없다

——— 다른 사람들의 생각에 신경 쓰지 않는다

——— 사람보다 안건 위주로 생각한다

——— 거친 언사가 난무하는 환경에서 자랐다

——— 엄격해야 한다

——— 자신의 지식을 남들에게 내보이려는 욕구가 있다

——— 정신장애 또는 학습장애가 있다

——— 공감능력이 결여되었다

연관된 행동과 태도

——— 사람들에게 조급한 태도를 보인다

——— 너무 큰 소리로 말하거나 웃어댄다

——— 생각 없이 말하고, 지나치게 직설적이다

——— 눈치가 없거나 둔하다

——— 타인의 개인 공간을 존중하지 않는다

——— 상대의 비위를 거스를 게 뻔한 대화 주제를 의도적으로 언급한다

——— 우정을 유지하기 어려워한다

———— 고립적이다

———— 자기감정을 다스리지 못한다

———— 남의 마음을 언짢게 하거나 불편하게 하는 것에 개의치 않는다

———— 자신의 생각이나 기분을 시도 때도 없이 이야기한다

———— 사람들을 기다리게 만든다

———— 난폭운전을 한다; 도로에서 남을 전혀 배려하지 않는다

———— 자만심에 차 있다(거들먹거리기, 남들에게 자기 힘을 과시하기 등)

———— 자기 의견을 고집하고 사람들을 일방적으로 판단한다

———— 이기적이다

———— 농담이나 장난으로 사람들을 화나게 만든다

———— 몰지각하다(물어보지 않고 물건 빌려가기, 이것저것 요구하기 등)

———— 사람들을 존중하지 않고 함부로 대한다

———— 타인의 성과나 기여를 별것 아닌 듯 치부한다

———— 자비심이 없다(남의 불행에는 그럴 만한 이유가 있다고 생각한다)

———— 계획을 세우고 나서 아무런 통보 없이 취소한다

———— 남의 자산을 전혀 존중하지 않는다(남의 집에 진흙 묻은 신발로 들어가기 등)

———— 음악을 아주 크게 틀어놓는다

———— 예고도 없이 그리고 초대받지도 않은 남의 집에 들이닥친다

———— 남의 집에 너무 오래 머문다

———— 사람들을 누군가와 비교해 가치를 매긴다

———— 주목받고 싶어한다

———— 이중 잣대를 들이댄다: 나는 괜찮지만 당신은 안 돼.

———— 사회규범을 따르지 않는다(코 후비기, 공공장소에서의 지나친 애정행각 등)

———— 부적절한 때에 말을 한다(영화 상영 도중, 누군가 말하는 동안 등)

———— 지나치게 비판적이다

———— 예의에 어긋난 옷차림을 한다(학부모와 교사 간담회에 노출이 심한 옷을
입고 참석하기 등)

———— 인간관계에서 경계를 분간하지 못한다(친구의 전 애인과 데이트하기 등)

연관된 생각

———— 그녀는 이런 얘기를 하고 싶지 않겠지만, 나는 말하고 싶어.

———— 아, 내 차에 바짝 붙어 따라오겠다고? 그녀에게 스피드가 뭔지 알려줘
볼까.

———— 그까짓 게 무슨 대수라고? 누구나 수영장에서 오줌을 싸지 않나.

———— 그 남자 같은 멍청한 족속들은 아이를 가지면 안 돼.

연관된 감정

———— 짜증, 자신감, 혼란, 경멸, 불안감, 참을성이 없음, 외로움

긍정적 측면

———— 아니꼬운 인물은 대체로 남들과 그들의 욕구에 개의치 않고 자신의 목
표에만 몰두한다. 이들은 다른 사람들의 생각에 전혀 관심이 없기에 속
이 뻔히 보인다. 타인을 배려한다고 자신의 생각과 감정을 감추는 법이
없기 때문이다. 이들은 남들이 하지 않을 말을 하므로, 불편한 진실을
밝혀야 할 때 적역이다.

부정적 측면

———— 이런 성격의 인물은 짜증을 유발한다. 사람들의 기분을 망치고도 무슨
일이 있었냐는 듯 모른 체하거나 개의치 않아 독자의 비호감을 살 수
있다. 이런 성격 탓에 사람들과 관계 맺기가 어렵고 고립적이다. 또한
사회성이 부족해 학업과 직업, 인간관계에서 목표에 도달하지 못하기
도 한다.

영화 속 사례

─────── 〈이보다 더 좋을 순 없다〉(1997)에서 로맨스소설 작가인 멜빈 유돌(잭 니컬슨 분)은 일종의 강박장애를 앓고 있다. 이는 대체로 그의 아니꼬운 성격에서 기인하는데, 멜빈은 말을 가려 하지 않는 데다가 이기적이고 남들을 얕보기 때문에 친구로 지내기 힘든 사람이다.

드라마와 문학작품 속 사례

─────── 〈하우스〉 시리즈에서 그레고리 하우스 박사, 스티그 라르손의 《밀레니 엄》 시리즈에서 비밀정보 조사원이자 펑크족 천재 해커인 리스베트 살 란데르, 매슈 퀵의 《실버라이닝 플레이북》에서 팻 솔리타노와 티파니 맥스웰

이 성격이 주요 결점일 때 극복하는 방법

─────── 아니꼬운 인물은 때때로 자신이 다른 사람의 기분을 상하게 하거나 짜 증나게 한다는 사실을 모른다(아니면 알지만 개의치 않는다). 만약 몰라 서 그런다면, 이들은 주변 사람들처럼 소통하고 처신하는 방식을 배워 야 한다. 그러나 알고도 그런다면, 유대감이 부족하다는 사실과 인간관 계 발전이 본인에게 어떻게 이로운지를 보여주는 사건이 벌어져 이를 통 해 이기심에서 벗어나 사람들과 어울리는 법을 배워야 한다.

갈등을 유발하는 다른 인물들의 성격

─────── 다정함, 친절함, 아는 체함, 잘 보살핌, 과민함, 소심함

02 중독에 빠지는 성격

Addictive

정의 어떤 물질이나 관행, 사람, 습관 따위에 병적으로 의존하는 성향	

성격 형성의 배경

——— 유전적으로 타고났다

——— 약물이나 술을 남용한다

——— 자존감이 낮고 불안정하다

——— 정신장애가 있다

——— 열정이 과도하다

——— 대처(대항)능력이 없다

——— 예기치 못한 트라우마나 심한 상실감을 겪었다(화재로 가족을 잃는 등)

——— 학대당했다

연관된 행동과 태도

——— 오랫동안 쉬지 않고 컴퓨터게임을 한다

——— 중독된 대상에 집중하기 위해 회사에 병가를 내거나 학교에 결석한다

——— 마약, 약물, 술 등을 남용한다

——— 상식이 부족하다

——— 자신의 한계를 알지 못한다

——— 내내 누군가와 붙어 있고 싶어한다(중독 대상이 사람인 경우)

——— 자신의 중독성을 극복할 의지나 능력이 없다

- 중독 대상과 떨어지지 않으려 한다
- 중독과 관련된 활동을 위해 중요한 약속이나 행사에 나가지 않는다
- 중독된 행동이나 버릇에 얼마나 깊이 빠졌는지를 감추거나 제대로 말하지 않는다
- 욕망과 욕구의 대상에 강박적으로 집중한다
- 대체로 강박적 성향을 보인다
- 충동적이고 참을성이 없다
- 무모하고 위험천만한 일을 저지른다
- 즉각적인 만족을 원한다
- 자신의 행동을 막으려는 가족과 친구들에게 화를 낸다
- 현실을 부정하며 살아간다
- 감정의 이완을 위해 자해한다
- 오랜 시간 동안 중독된 행동을 하지 못하면 불안해하거나 산만해지거나 신경이 곤두선다
- 스트레스를 해소하기 어려워한다
- 식욕부진 또는 영양 상태가 나쁘다
- 특정한 버릇이나 행위를 할 때면 들뜨거나, 흥분하거나, 평정심을 느낀다
- 중독된 대상에 빠져 있지 않을 때는 시간에 과도하게 집착한다
- 사람들이나 사회로부터 소외된 기분을 느낀다
- 어떤 것을 비정상적 수준으로 추구한다(쇼핑이나 저장강박증 등)
- 자신의 감정을 회피하거나 무뎌지기 위해서 탐닉에 빠진다
- 가족과 친구들을 멀리한다
- 혼자 있고 싶어한다
- 섭식장애를 겪는다
- 중독 대상에 편하게 빠지기 위해 생활을 바꾼다(이사하기, 직업 바꾸기 등)
- 방기한다(인간관계, 개인위생, 재정 상태 등)
- 수면장애나 불면증에 시달린다

—————— 피해망상이 심하다

—————— 중독 대상으로부터 차단되었다는 생각이 들면 공황 상태에 빠진다

연관된 생각

—————— 마크가 그걸 가지고 와야 하는데. 안 그러면 나는 미쳐버릴 거야!

—————— 시간이 얼마나 걸리든 상관없어. 만렙이 될 때까지는 잠도 안 잘 거야.

—————— 어째서 엄마는 매일 전화로 참견하는 거지? 내 인생 내가 살게 좀 내버려두면 안 되나.

—————— 스트레스 해소에 쇼핑만 한 게 없는데. 왜 자꾸 그만하라는 건지 모르겠어.

연관된 감정

—————— 동요, 기대감, 욕망, 환희, 두려움, 불안감, 참을성이 없음, 위축감, 피해망상이 심함, 안도감, 수치심

긍정적 측면

—————— 중독에 빠진 인물은 특정한 행동이나 욕망에 엄청난 집중력, 주의, 몰입을 보인다. 이들의 열정은 주의를 흩뜨리는 것을 차단하므로 자신에게 중요한 일에만 집중할 수 있다.

부정적 측면

—————— 이런 인물은 감정적 고통에서 벗어나 만족감이나 안정감을 느끼기 위해 무언가에 비정상적으로 의존한다. 또한 이성적인 한계를 설정하지 못해 스트레스를 해소하기 어렵고, 갈팡질팡하다가 안정감을 주는 대상에 더욱 의존할 수도 있다. 이들은 중독 대상을 인간관계와 자신의 행복을 비롯한 그 무엇보다도 중시한다. 또한 간섭과 비난을 피하고자 중독성을 감추는데, 내심 자신에게 문제가 있다고 생각하지 않음에도 그런다.

드라마 속 사례

─────── 〈하우스〉 시리즈에서 그레고리 하우스 박사는 다리의 신경손상으로 인한 통증 때문에 오랫동안 마약성 진통제인 비코딘에 의존해왔다. 일과 인간관계에서 오는 스트레스로 인해 비코딘 의존성이 더욱 높아져, 그는 약품 절도와 허위 처방전 등 약을 구하기 위해 어떤 일도 서슴지 않는 중증 중독자로 변한다.

영화 속 사례

─────── 〈루퍼〉(2012)에서 루퍼로서 완벽하게 임무를 수행하는 조(조셉 고든 레빗 분), 〈플라이트〉(2012)에서 영웅이 된 파일럿 휩 휘터커(덴절 워싱턴 분), 〈라스베가스를 떠나며〉(1995)에서 할리우드의 극작가 벤 샌더슨(니컬러스 케이지 분)

이 성격이 주요 결점일 때 극복하는 방법

─────── 중독성을 극복하려면 대체로 밑바닥까지 떨어져봐야 한다. 첫 단계로 자신에게 문제가 있다는 것과 변하고 싶은 욕구를 인정해야 한다. 친구들과 가족의 지원과 조언 그리고 중독유발요인 피하기, 강력한 중독치료 프로그램을 통해 중독에 대처하고 극복하는 방법을 배울 수 있다. 또다른 열쇠는 스트레스와 좌절감을 해소할 건전한 전략을 배우는 것이다.

갈등을 유발하는 다른 인물들의 성격

─────── 독실함, 순진함, 애정결핍, 끈기 있음, 엄격함, 강압적, 반항적, 책임감이 있음, 눈치 없음, 다혈질

03 반사회적인 성격

Antisocial

정의	유사한 결점
사회질서나 설립 원칙에 반기를 들고 따르지 않음	인간혐오증

* 반사회성을 비사회성unsociable과 혼동하면 안 된다. 비사회성은 내향적이고 공동체나 단체활동을 꺼리는 성향을 가리킨다.

성격 형성의 배경

——— 유전적으로 타고났다

——— 과거의 부정적인 경험 탓에 사회제도를 불신한다

——— 공감능력이 결여되었다

——— 반사회적 인격장애가 있다

——— 문제가 많은 가정에서 생활했다

——— 유아기 그리고/또는 아동기에 감정적 유대관계를 제대로 맺지 못했다

——— 학대 그리고/또는 방치를 당했다

——— 사람들에게 연거푸 거부당했다

——— 윤리 기준이 낮다

연관된 행동과 태도

——— 범죄나 범죄 조직과 연루된 활동을 한다

——— 약물이나 술을 남용한다

——— 권위를 가진 사람들을 거부한다(부모, 경찰, 종교인, 선생님 등)

——— 공격성과 폭력성을 보인다(사람들과 그들의 자산에 대해)

——— 사람들에게 해를 입히는 행동에 전혀 가책을 느끼지 않는다

——— 자아도취와 오만에 빠진다

- 자신이나 타인의 행복을 무시한다
- 솔직하지 않고 조작을 일삼는다
- 충동적이다
- 불안한 상황에서 갈등을 조장하거나 더 악화시킨다
- 건전하지 못한 관계를 추구한다
- 사람들에게 반항하라고 부추긴다
- 직업을 유지하기 어려워한다
- 동물과 사람들을 잔인하게 대한다
- 의도적으로 사람들을 불편하게 만들려 애쓴다(공공연한 불법행위 등)
- 사람들과 함께하는 것보다 혼자서 일하고 싶어한다
- 재미로 사람들을 괴롭히거나 화를 돋운다
- 불안정하다
- 결과를 전혀 고려하지 않고 무모한 행동을 저지른다
- 처지가 어려운 사람들이나 동물에게 공감하지 못한다
- 자기중심적이다
- 만족의 지연보다 즉각적인 만족을 원한다
- 지시나 규칙을 따르기 힘들어한다
- 뒤를 돌아보기보다 앞을 내다본다
- 자신의 행동을 스스로 책임지기보다 다른 사람들과 사회를 책망한다
- 사회규범과 관습, 신념, 전통적인 역할을 경멸한다
- 자신의 행동을 남들에게 설명하기를 거부한다
- 사회나 정부가 혼란하면 자신이 인정받는 듯한 기분을 느낀다
- 남을 조종하려고 친절하거나 관심 있는 척한다
- 강박적이다
- 난잡하다
- 빌붙어 살아가려는 성향이 있다(받기만 하고 나누지 않는다)

연관된 생각

——— 그 사람들이 뭔데 옳고 그름을 판단한다는 거야?

——— 나는 나 말고 누구에게도 대답하지 않아.

——— 이 규칙은 내가 만든 게 아닌데, 내가 왜 그것을 따라야 해?

——— 저 사람들이 왜 나를 따라오는 거지? 나는 잘못한 게 없는데.

연관된 감정

——— 분노, 경멸, 증오, 마음이 상함, 무관심함, 격분, 억울함

긍정적 측면

——— 반사회적인 인물은 매력적일 수 있다. 물론 이런 호감은 조작과 허위로 만들어졌을 공산이 크다. 죄의식이 없는 이런 인물은 자신의 선택이 합리적이고 용인 가능하다고 믿으며, 남들이 결코 하지 않을 일들을 아무렇지 않게 저지른다.

부정적 측면

——— 이런 인물은 사회의 관행을 경멸하고 따르지 않아서 자신과 사람들 모두에게 피해를 입힌다. 이들은 여러 이유에서 공감능력이 떨어지고 남들에게 해를 입혀도 전혀 자책하지 않는다. 또한 자신의 선택에서 무엇이 잘못인지 모르기 때문에 도움을 받으라고 설득하기 어렵다. 때때로 이들의 행동은 자신이 당한 일의 연장에 있으므로, 이것을 바로잡지 않으면 상해와 학대가 반복되는 악순환의 고리를 끊어낼 수 없다.

영화 속 사례

——— 〈시계태엽 오렌지〉(1971)에서 주인공 알렉스 드라지(맬컴 맥다월 분)는 사회규칙에 아랑곳하지 않는 10대다. 알렉스는 극악무도한 범죄를 저지르고도 반성의 기미가 전혀 없다. 심지어 교도소에서도 반사회적 행동

을 이어간다.

영화 속 다른 사례

———— 〈다크 나이트〉(2008)에서 조커(히스 레저 분), 〈크로우〉(1994)에서 T-버드(데이비드 패트릭 켈리 분)

이 성격이 주요 결점일 때 극복하는 방법

———— 연구에 따르면 반사회적 행동은 오래될수록 개선하기가 어려워진다고 한다. 따라서 인물이 이런 결점을 극복하기 바란다면 너무 오랫동안 고군분투하게 놔두지 마라. 이를 바꾸기 위해서는 개인이 사회적 관행의 필요성을 분명히 인지하고, 옳고 그름에 대한 인식을 확립할 수 있는 사건을 경험하는 것이 도움이 된다.

갈등을 유발하는 다른 인물들의 성격

———— 비겁함, 독실함, 윤리적, 공정함, 정직함, 명예를 중시함, 꼼꼼함, 잔소리가 심함, 완벽주의

04 무관심한 성격

Apathetic

정의	유사한 결점
감정이나 열정, 흥미를 보이지 않음	감정이 없음, 냉담함, 의욕이 없음

성격 형성의 배경

——— 과거의 아픔을 다시는 겪지 않고 싶어한다

——— 성취하려는 목적이나 욕망이 부족하다

——— 실패와 좌절을 반복해서 겪었다

——— 우울해한다

——— 만성질환을 앓는다

——— 갑상샘저하증을 앓는다

——— 신경질환과 심리적 장애가 있다(파킨슨병, 알츠하이머병, 조현병 등)

——— 약물이나 술을 과다 복용한다

——— 뇌 손상을 입었다

——— 이기적이다; 타인으로 인한 불편을 피하고 자신만의 삶을 살고 싶어한다

——— 무력감을 느낀다

——— 실패를 두려워한다

——— 자기 능력에 대한 믿음이 부족하다

연관된 행동과 태도

——— 사람들에게서 떨어져나온다

——— 한때 좋아하던 모임과 활동을 그만둔다

——— 어떤 일에도 관심이나 흥미, 감정이 일지 않는다

——— 일을 설렁설렁하는 데 만족한다

——— 목표를 세우지 않는다

——— 전반적으로 사람들을 존중하지 않는다(남이 말할 때 듣지 않기 등)

——— 의욕이 없다

——— 모임이나 약속, 행사에 지각을 하거나 참석하지 않는다

——— 학교 성적이나 직장에서 실적이 좋지 않다

——— 말수가 적다

——— 수동적이고, 지루해한다

——— 우울해한다

——— 흥분이나 분노, 슬픔을 촉발하는 요인들에 무덤덤하게 반응한다

——— 무기력하다

——— 일을 시작만 하고 마무리짓지 못한다

——— 외모를 꾸미지 않고 내버려둔다

——— 원인을 알 수 없는 체중 증가나 감소를 겪는다

——— 부적절한 행동을 한다(질문에 답하지 않고 쓴웃음 짓기 등)

——— 진짜 감정을 내보이지 않고 시늉만 한다

——— 무언가 잘못되었음을 알지만 문제를 바로잡을 기력이 없다

——— 학교나 직장에 아무런 준비 없이 무방비 상태로 간다

——— 사람들과 함께하는 것보다 혼자 있기를 좋아한다

——— 사교 행사나 가족 모임을 기피한다

——— 편법을 써서 일을 마무리한다

——— 자기 물건을 잘 챙기지 못한다

——— 회피하기 위한 방편으로 잠을 많이 잔다

——— 사람들이 진심 어린 걱정에서 보내는 제스처를 거부한다

——— 멍하게 있는다; 집중하기 어려워한다

——— 인간관계를 소홀히 한다

연관된 생각

──────── 집이 엉망이지만 청소할 기분이 아니야.

──────── 사회학 과제로 아무거나 빨리 대충 써서 내자.

──────── 투표해야겠지만 아무것도 바뀌지 않을 건데, 귀찮은 일을 왜 해?

연관된 감정

──────── 우울, 의심, 무관심함, 체념

긍정적 측면

──────── 무관심은 방어기제로서 희생자와 생존자들이 치료받기 전까지 트라우마를 견딜 수 있게 한다. 이는 스토리텔링의 관점에서 유용하다. 말하자면 무관심한 인물은 도전이나 변화에 관심이 없다. 따라서 이들의 지속적 무관심은 갈등과 압력을 고조시키면서 결정적 위기의 순간으로 내몰아 결국 행동할 수밖에 없게 만든다.

부정적 측면

──────── 이런 성격의 인물은 의욕이 없으며 에너지와 흥미, 감정이 부족하고 반응도가 낮아 직장이나 학교에서 생산성과 성공에 영향을 끼친다. 사람들에게서 멀찍이 떨어져 있는 것은 무관심의 보편적 표식이므로 고립과 외로움을 유발한다. 이들은 치료받지 않으면 순식간에 우울증과 절망감으로 발전하기 쉽다.

영화 속 사례

──────── 〈어바웃 어 보이〉(2002)에서 윌 프리먼(휴 그랜트 분)은 스스로를 '섬'이라 부른다. 독립적이고 사람들과 멀찍이 떨어져 있어서다. 윌의 일과는 텔레비전 보기, 당구 치기, 미용실에서 머리 자르기 따위의 의미 없는 활동으로 채워진다. 어느 날 곤경에 빠진 소년이 자신의 섬을 침범하려 들

자 도와주기를 거부한다. 소년을 돕는다면 자신의 마음이 불편해지고 약해질 것을 알기 때문이다. 윌은 고립에서 빠져나와 소년 마커스(니컬러스 홀트 분)에게 속을 열어 보이고 나서야 자신에게 소속감이 결핍되었고 인간은 섬이 될 수 없음을 깨닫는다.

문학작품과 영화 속 다른 사례

———— 제인 오스틴의 《오만과 편견》에서 베넷 씨, 〈더 행오버〉(2009)에서 필 웨넥(브래들리 쿠퍼 분)

이 성격이 주요 결점일 때 극복하는 방법

———— 인간은 가지각색의 이유로 무관심해진다. 따라서 그 이유를 알아야 극복할 방법도 찾을 수 있다. 의학적, 심리적 이유 때문이라면 적절한 진단과 치료가 필요하다. 매일 집 밖으로 나가야 한다는 것처럼 단지 목적의식이 필요한 인물들도 있다. 때로는 인물이 자신에서 남에게로 관심을 돌림으로써 변화가 일어난다. 인물의 무관심이 가족이나 이웃, 문화권에 부정적인 영향을 끼치는 상황을 만들어보라. 그것이 인물의 무심한 태도를 깨부술 만큼 감정 개입을 유도할 수도 있다.

갈등을 유발하는 다른 인물들의 성격

———— 열정적, 광적, 화려함, 감정과잉, 잔소리가 심함, 참견이 심함, 격정적

05 냉담한 성격
Callous

정의 감정적으로 무감각하고 무정함	유사한 결점 차가움, 몰인정함, 쌀쌀맞음, 냉정함, 비정함

성격 형성의 배경

——— 학대당했다

——— 감정을 드러내지 않거나 정서적 거리감이 있는 양육자 밑에서 자랐다

——— 부모가 동정심이나 공감능력이 부족했다

——— 괴롭힘으로 인해 생긴 상처가 있다

——— 과거의 상처를 마주하지 않으려고 모든 감정을 끊어낸다

——— 폭력이나 냉담한 행동에 반복적으로 노출되었다

——— 중독된 상태다

연관된 행동과 태도

——— 양심의 가책을 느끼지 못한다

——— 사람들이 필요로 하는 것을 무시한다

——— 대화할 때 인간미가 없다(개인적인 정보를 묻거나 제공하지 않기 등)

——— 배후에서 남을 조종한다

——— 정직하지 못하다

——— 공감능력이 결여되었다

——— 감정적 책임을 받아들이지 않거나 자비심이 없다

——— 얄팍한 인간관계를 맺는다

——— 사람들의 곤궁함에 불만과 경멸을 표한다

——— 독립적이고 자주적이다

——— 신체적 접촉을 아주 싫어한다

——— 감정을 잘 내비치지 않는다

——— 불신감이 강하다

——— 부정적이다

——— 창조성이나 자기표현에 대한 욕구가 없다

——— 변화나 다양성을 혐오한다(정해진 방식과 틀에 박힌 일과 고수하기 등)

——— 이웃을 피하고 공동체에서 멀어진다

——— 불간섭주의 육아방식을 택한다

——— 비극을 마주해도 놀라울 정도로 감정이 메말라 있다

——— 타인을 위해 필요한 일 외에는 조금도 더 하지 않는다

——— 진정한 기쁨이나 행복을 느끼지 못한다

——— 단호하다

——— 고도로 논리적이고 체계적이다

——— 사람들이 비위가 상해 하지 못하는 일을 아무렇지 않게 해낸다(도살장
         에서 일하기 등)

——— 가족으로서의 의무에 대해 분개한다

——— 경험하고 싶지 않은 복잡한 감정을 회피하기 위해 사람들을 밀어낸다

——— 도움을 요청하기보다 없는 채로 지낸다

——— 비우호적이다

——— 유의미한 대화에 자신을 참여시키려는 누군가의 시도를 차단한다

——— '궁핍'을 '약점'과 동일시한다

——— 고통을 인간 경험의 일부로 여긴다

——— 부당한 대우에 항의하는 사람들을 불평분자라고 생각한다

——— 일에 집중하지 사람에게 집중하지 않는다

연관된 생각

——— 저 사람들은 왜 우는 거야? 약해빠져서는.

——— 그녀는 왜 절제라는 걸 모를까? 하는 짓이 참 어이가 없어.

——— 그 사람이 또 전화했네. 찰거머리 같군.

——— 저 남자는 너무 멍청해. 저런 멍청이들은 그런 일을 당해도 싸다니까.

연관된 감정

——— 동요, 화, 걱정, 거부감, 우울, 혐오감, 좌절감, 마음이 상함, 외로움

* 냉담한 사람 대다수는 억압적 성향 탓에 이런 감정들 일부나 전부를 드러내지 않을 수 있다.

긍정적 측면

——— 냉담한 인물은 감정적 거리를 두기 때문에 정서적 안정이 송두리째 흔들릴 수 있는 심각한 상황을 수월하게 헤쳐나간다. 또한 개인적으로 얽힌 관계 때문에 내리기 힘든 결정도 이들에게는 감정적 애착이 없어 간단히 할 수 있는 일이다.

부정적 측면

——— 이런 성격의 인물은 감정적으로 깊은 유대감을 느끼지 못하므로 대체로 얄팍한 인간관계를 맺는다. 또한 공감능력이 부족하고 트라우마가 남을 만한 사건에도 별로 영향받지 않는다. 극단적인 경우에 냉담함은 인물의 도덕성에 영향을 미쳐서 사람들이 충격을 받거나 혐오감을 느끼거나 심지어 용서할 수 없는 일들을 하게 만든다.

문학작품 속 사례

——— 찰스 디킨스의 《위대한 유산》에서 증오에 찬 해비셤은 에스텔러를 입양해서 남자를 경멸하고 마음을 짓밟으라고 가르친다. 에스텔러는 핍이 자신에게 반하자 교육받은 대로 잔인하게 대한다. 핍에게 모욕을 주고 낮

은 신분을 이유로 깔보며 거짓으로 유혹한다. 에스텔러는 때때로 갈등하지만 성인이 되고도 이런 가정교육을 극복하려 하거나 해비셤에게 반항하지 못한다. 그녀는 한참 후에야 경험이 더 위대한 스승임을 깨닫는다.

영화 속 사례

─────── 〈플래툰〉(1986)에서 무고한 마을 주민들을 짓밟고 유린하는 반스 중사(톰 베린저 분), 〈바스터즈: 거친 녀석들〉(2009)에서 나치스 친위대 한스 란다 대령(크리스토프 발츠 분)

이 성격이 주요 결점일 때 극복하는 방법

─────── 다른 결점들과 마찬가지로, 어떤 사건이나 사고체계 때문에 냉담해진 것이라면 이를 고려하고 극복해 감정을 자유롭게 흘려보내야 한다. 만일 또다른 인물이 냉담한 인물이 소중히 여기는 기질(독립성, 끈기, 지략 등)을 거부하지 않고 받아들인다면, 그 둘 사이의 상호작용은 호기심과 시샘 어린 찬사로 이어질 수 있다. 이렇게 서서히 물들다 보면 감정을 차단하던 벽에 균열이 가면서 유의미한 관계가 형성될 가능성이 열릴 것이다.

갈등을 유발하는 다른 인물들의 성격

─────── 다정함, 친절함, 애정결핍, 잘 보살핌, 격정적, 예민함, 불평이 많음

06 심술궂은 성격
Catty

정의	유사한 결점
교활하고 온당하지 않은 방식으로 악의적인 행동을 함	비열함, 옹졸함, 독살스러움

성격 형성의 배경
——— 통제하고 싶어한다
——— 부정적인 결과를 피하는 한편 힘을 행사하고 싶어한다
——— 자존감이 낮다
——— 동료 집단의 압력을 받았다
——— 사회적 영향력을 갖고 싶어한다
——— 불만족과 부러움을 느낀다
——— 집에서 괴롭힘을 당했다

연관된 행동과 태도
——— 배후에서 남을 조종하고, 편애한다
——— 수동공격적으로 행동한다
——— 칭찬 같지 않은 칭찬을 한다
——— 험담하고 과장하며 진실을 왜곡한다
——— 뒤에서 남의 말을 하기 좋아한다
——— 위선적이다
——— 심리전에 능하다
——— 경쟁심이 매우 강하다

——— 남을 등치며 야단법석을 떨어댄다

——— 온라인상에서 사람들을 괴롭히거나 악플을 단다

——— 남에게 혹평이나 독설을 퍼붓는다

——— 남의 곤경이나 상황을 대수롭지 않게 생각한다

——— 과거의 모욕을 앙갚음해준다

——— 남들과 비교한다

——— 위협의 가능성이 큰 사람은 어떻게 해서든 가려낸다

——— 서열을 따진다

——— 남을 해치기 위해 거짓말을 퍼뜨린다

——— 소유욕이 강하다(남자친구, 소유물, 사회적 영향력, 운동 기량 등)

——— 피해망상이 심하다

——— 남의 결점을 들춰내거나 조목조목 따지기를 좋아한다

——— 사람들을 골탕 먹이려고 잔인한 장난을 친다

——— 책임을 피하거나 이득을 얻기 위해 권위자에게 아부한다

——— 사람들을 대놓고 비하한다

——— 누군가를 배제되었다고 느끼게 만들고자 의도적으로 뭔가를 숨긴다

——— 부정적이다

——— 자신이 위협적인 존재로 여기는 사람들의 신뢰도나 평판을 떨어뜨린다

——— 불충의 낌새가 보이는지 예의 주시한다

——— 교우관계에서 자기에게 의존하게 만들어 통제를 유지한다

——— 최후통첩을 보낸다

——— 침묵과 배제를 이용해 눈 밖에 난 사람들에게 징벌을 내린다

——— 사람들에게 비아냥거리고 잔인하게 평가한다

——— 남을 무시하고 자신이 원하는 것을 갖기로 결정한다

——— "아니오"라는 대답을 용납하지 않는다

——— 자신의 지시를 따르는 사람들에게는 보상을 해준다

——— 남들이 불편하도록 물건을 가져가거나 옮겨놓는다

─────── 완력을 사용해 지배하는 데서 흥분을 느낀다

연관된 생각

─────── 뭐 저런 옷을 입었대? 헌옷수거함에서 주워온 게 틀림없어.

─────── 저렇게 보이지 않도록 머리카락을 주신 하느님께 감사해.

─────── 저런 여자가 어떻게 그와 만날 기회가 생길 거라고 생각하지?

─────── 그녀는 우리와 어울릴 수 있다고 진심으로 생각하는 걸까? 누가 현실을
　　　　　좀 일러줘야겠네.

연관된 감정

─────── 경멸, 흥분, 불안정함, 자부심, 만족감, 잘난 체함

긍정적 측면

─────── 심술궂음은 때때로 최종 목표(인정, 신분 상승 등)에 도달하기 위한 도구
　　　　　로 쓰인다. 이들은 정확히 자신이 원하는 것을 알고 이를 쟁취하고자 결
　　　　　의를 다진다. 또한 다른 사람들의 생각을 읽는 재주가 있어 재빨리 누구
　　　　　를 괴롭힐지, 누구를 피할지, 어떻게 밀어붙일지 방도를 결정한다.

부정적 측면

─────── 심술궂은 행동은 사람들의 마음을 상하게 한다. 이는 종종 은밀히 이루
　　　　　어지므로 포착하거나 증명하기 어려워 희생당하는 사람들은 대체로 아
　　　　　무 잘못이 없음에도 혼란스럽고 불확실하며 비참한 기분을 느낀다. 심
　　　　　술궂은 행동에 가담한 인물은 종종 인기가 많은 무리에 속해 있지만, 사
　　　　　실 이들의 인기는 진짜 존경심이나 애정이 아니라 두려움에 의해 만들
　　　　　어진다. 이런 성격의 인물은 누군가에게 창피를 주어 자신의 영향력이
　　　　　나 만족감을 느낄지 모르지만, 장기적으로는 열등감만 커질 뿐이다. 시
　　　　　간이 지날수록 심술궂은 행동은 관련된 모두를 다치게 만든다.

영화 속 사례

─────── 〈퀸카로 살아남는 법〉(2004)에서 플라스틱스는 인기를 유지하기 위해
무엇이든 하는 여학생들의 모임이다. '여왕벌' 레지나(레이철 매캐덤스
분)는 소문과 비밀, 반 아이들과 선생님들에 대한 뒷말로 빼곡한 '번 북
burn book'을 작성한다. 위기에 처한 플라스틱스는 거짓말을 하고 계략을
꾸미고 다른 사람들에게 폭언을 퍼붓는다. 급기야 서로를 배신하면서
이기심으로 가득한 진짜 민낯이 드러난다.

문학작품 속 사례

─────── 제임스 매슈 배리의 《피터 팬》에서 요정 팅커벨, 《그리스신화》에서 제우
스의 아내로 결혼과 출산의 여신인 헤라

이 성격이 주요 결점일 때 극복하는 방법

─────── 심술궂은 태도는 다른 괴롭힘과 마찬가지로 권력 게임이다. 이를 극복
하려면 인물이 파괴적이지 않은 방식으로도 강해질 수 있음을 깨달아
야 한다. 또다른 방법은 인물이 그 폐해를 인지하는 것이다. 자신의 심
술궂은 행동으로 끔찍한 일이 벌어진다면 그 파괴력을 깨닫고 변화하려
노력할 수 있다.

갈등을 유발하는 다른 인물들의 성격

─────── 고마워함, 자신감이 있음, 독실함, 느긋함, 정직함, 친절함, 앙갚음을 함,
다혈질, 재치 있음

⁰⁷ 어린아이 같은 성격
Childish

정의	유사한 결점
미성숙하거나 경험이 없음	유치함, 미성숙함, 철없음, 사리 분별을 못함, 철부지

성격 형성의 배경

——— 인생 경험이 부족하다

——— 온실 속의 화초처럼 자랐다

——— 숨 막힐 정도로 과잉보호를 받으며 자랐다

——— 아기처럼 보살핌을 받거나 어린아이처럼 대우받고 싶어한다

——— 정서적 성장을 가로막는 트라우마가 있다

——— 철이 들거나 어른의 의무를 받아들이기를 기피한다

연관된 행동과 태도

——— 철없는 행동을 좋아하고, 미성숙하다

——— '어른스러운' 것(활동, 취미, 흥밋거리, 동호회, 조직 등)에 무관심하다

——— 문제해결능력이 없다

——— 남에게 잘 속는다

——— 부적절한 행동을 한다; 말과 행동이 합당치 않다

——— 활력 넘치게 살아간다

——— 무책임하고 충동적이다

——— 잘 잊어버린다. 그리고/또는 금방 산만해진다

——— 우선순위를 정하지 못한다

———— 괜한 짜증을 잘 낸다

———— 책임을 전가한다; 다른 사람들에게 어려운 결정과 선택을 떠넘긴다

———— 기분이 안 좋을 때 응석을 부리고 싶어한다

———— 장난치고, 농담하고, 제 나이에 어울리지 않는 유머를 즐긴다

———— 자기 마음대로 할 수 없으면 심술을 부린다

———— 어려운 상황이 닥치면 금방 주눅이 든다

———— 대처(대항)능력이 없다

———— 변덕스럽다

———— 온갖 것을 요구한다

———— 즉각적인 만족을 원한다

———— 행동을 미룬다(꾸물거리기, 일을 기피하려고 핑계 대기 등)

———— 환상과 공상에 지나치게 몰입한다

———— 상상력이 풍부하다

———— 순진하다

———— 세속적인 주제와 사건에 관심이 없다

———— 자신보다 어린 사람들 주변에서 어슬렁거린다

———— 나이 든 사람들보다 어린 사람들과 더 말이 잘 통한다

———— 젊은 시절에 유행한 것들(취미, 패션 등)에 매달린다

———— 자기중심적이다

———— 사람들을 지나치게 잘 믿는다

———— 어려운 것보다 쉬운 것을 선택한다

———— 비속어를 써서 자신을 표현한다

———— 체계와 규칙을 두려워한다

———— 일상에 금세 싫증을 느낀다; 다양한 자극이 필요하다

———— 즉흥적이다

———— 기분이 좋아지려면 칭찬과 긍정적인 보상이 필요하다

연관된 생각

——— 이건 너무 어려워.

——— 그는 왜 언제나 운을 독차지하는 거야? 공평하지 못해!

——— 이거 너무 멋진데!

——— 오, 나중에 저것을 할 수 있겠네.

연관된 감정

——— 즐거움, 호기심, 열의, 흥분, 행복

긍정적 측면

——— 어린아이 같은 인물은 순진무구하다. 이를테면 세상의 더 큰 문제를 대체로 의식하지 않거나 영향받지 않는다. 아이와 같은 관점을 가진 이들은 단순하게 인생을 보고 문제를 복잡하게 꼬지 않는다. 또한 아이처럼 금방 새로운 것을 배우고 경험하려 열심이다. 이들은 적응력이 뛰어나서 변화를 불편해하기보다는 삶의 한 방편으로 여긴다.

부정적 측면

——— 이런 성격의 인물은 중요한 문제를 효율적이고 신중하게 완수할 수 있다는 믿음을 주지 못하며, 문제해결능력이 떨어져서 갈등을 해결하기 어려워한다. 경험의 부족 때문에 복잡한 상황을 평가하거나 어려운 주제를 이해하기 버거울 수도 있다. 결국 이런 인물은 타인의 기대를 만족시키지 못하고, 관련자 모두에게 좌절감과 실망감을 안긴다.

영화 속 사례

——— 〈크레이지 토미 보이〉(1995)에서 토미 칼라한(크리스 팔리 분)은 대학을 졸업할 즈음 아버지가 급작스럽게 사망하면서 회사를 떠맡는다. 유아 수준의 집중력을 가졌으며 친구들과 파티하고 간신히 졸업장을 따

는 일, 이 두 가지밖에 모르던 토미에게 회사 경영은 무리한 요구다. 그는 충동적인 성향, 짧은 주의집중 시간, 사업감각의 부족으로 성공하기 어려울 것이 뻔하다. 이런 그가 목표를 이루려면 자신의 장점을 깨달아야 한다.

영화와 텔레비전 속 다른 사례
———— 〈백만장자 빌리〉(1995)에서 백만장자의 아들로 고등학교도 제대로 못 마친 빌리 매디슨(아담 샌들러 분), 어린이 프로그램 〈피위의 플레이하우스〉 시리즈에서 피위 허먼

이 성격이 주요 결점일 때 극복하는 방법
———— 어린아이 같은 성격의 인물은 어른이 되어가면서 미성숙함을 극복할 수 있다. 누군가에게는 짧은 시간 안에 성숙해져야만 하는 시련이 닥치고, 또다른 누군가는 어린 시절에서 헤어나오지 못하게 하는 과거의 유령과 맞닥뜨려야 한다. 어느 쪽이든 핵심은 책임감을 더하고 성공하는 법을 배우는 것이다.

갈등을 유발하는 다른 인물들의 성격
———— 재미없음, 참을성이 없음, 융통성이 없음, 비판적, 성숙함, 엄격함, 책임감이 있음, 비우호적

08 거만한 성격
Cocky

정의 뻔뻔하거나 자신감이 지나쳐서 무례함	유사한 결점 자만함, 거들먹거림

성격 형성의 배경

——— 모든 요구를 다 들어주는 부모 밑에서 자랐다

——— 자신의 행동에 대한 책임을 지속적으로 회피한다

——— 자신감이 과도하다

——— 자존감이 높다

——— 대체로 옳았고 잘해왔다

——— 주목받거나 인기를 얻고 싶어한다

——— 경쟁에서 빈번하게 승리를 거두었다고 생각한다

연관된 행동과 태도

——— 비꼬는 투로 충고를 퍼붓는다

——— 거들먹거린다

——— 허영심이 강하다

——— 빈정거리고 비웃는다

——— 자신의 성과에 과도하게 자부심을 느낀다

——— 겁나는 것이 없다며 으스댄다

——— 금방이라도 부적절하거나 상처로 치달을 수 있는 짓궂은 장난을 친다

——— 말싸움하고, 말대꾸를 한다

——— 자신의 기량을 확인하는 활동(스포츠, 지식 대결 등)에 참여한다

——— 다른 사람들의 열등함을 지적한다

——— 열등해 보이는 사람들을 무시한다

——— 자존심을 건드리면 화를 낸다

——— 자랑하거나 뽐낸다

——— 경쟁심이 매우 강하다

——— 거만한 행동을 부추기는 비슷한 이해관계를 가진 사람들에게 둘러싸여 있다

——— 우월감에 푹 빠져 있다

——— 경쟁자가 더 잘한다는 것을 인정하지 않는다

——— 일이 잘못되면 핑계를 댄다

——— 당황하면 비열해지거나 방어적으로 대처한다

——— 규칙을 곧잘 어긴다

——— 충분히 생각하지 않고 도전에 응한다

——— 선생님이나 코치, 부모보다 자신이 더 잘하거나 더 많이 안다고 생각한다

——— 팀의 일원이 되기 어려워한다

——— 다른 사람에게 가야 할 스포트라이트를 독차지한다

——— 권위를 지닌 이들을 존중하지 않는다

——— 고의든 생각이 없어서든, 남을 비하하는 말을 한다

——— 재능이 있는 분야에서 더 발전하려고 애쓴다

——— 경쟁자들에게 결투와 시합을 하자며 도전한다

——— 자신의 결점이 들통날 수 있는 상황을 피한다

——— 자신이 감당할 수 없음에도 굽히거나 패배를 인정하지 않는다

——— 자신의 이미지와 다른 사람들이 어떻게 생각하는지에 집착한다

——— 얄팍한 인간관계를 맺는다

——— 외모나 능력에 기초해서 사람들을 판단한다

——— 승리해서 누군가의 코를 납작하게 할 때 아드레날린이 솟구친다

─────── 자신의 명성이 위태로워지면 엄청나게 몰입한다

연관된 생각

─────── 여기서는 내가 제일 잘나가.

─────── 내 시간을 들일 만한 가치가 없는 일이야.

─────── 내가 원했다면 그녀를 꼬실 수 있었어.

─────── 스미스 코치는 웃기지도 않아. 누군가 그에게 저 자리를 맡겼다는 게 믿기지 않는군.

연관된 감정

─────── 자신감, 경멸, 결의, 참을성이 없음, 짜증, 자부심, 멸시, 아는 체함

긍정적 측면

─────── 거만한 인물은 대개 남들이 부러워할 만한 장점을 가지고 있다. 뛰어난 운동신경, 예술적 재능, 지적 능력, 카리스마 등. 이런 능력에 감탄한 사람들은 이들에게 끌리기 마련이고, 이는 거만한 인물에게 영향력을 넓힐 기회가 된다. 이들은 이런 장점 덕분에 자신감이 넘치고 압박감 속에서도 일을 잘해낸다.

부정적 측면

─────── 자신감이 도를 넘으면 거만이 된다. 이런 성격의 인물들은 때때로 자신보다 모자란 사람들을 깔보거나 경멸한다. 또한 자신의 우월감이 위태로워지면 자리를 유지하려고 위해를 가하거나, 협박 또는 괴롭히는 전략에 의존하기도 한다. 이들은 대체로 거만함을 지탱하는 진짜 능력이나 기술이 있지만, 종종 자신과 자기 능력을 부풀려 생각하면서 결국 이로 인해 몰락할 수도 있다.

영화 속 사례

——— 〈카〉(2006)에서 주인공 라이트닝 매퀸은 레이싱에 뛰어난 자질이 있다. 그는 스태프, 언론, 열성팬들에게 멋지다는 이야기를 끊임없이 들으며, 극찬과 연승 행진에 기고만장해져 자기 혼자서 할 수 있고 다른 누구의 도움이나 충고도 필요 없다고 믿게 된다. 이런 과도한 자신감은 그를 유아독존으로 몰아가 오랜 후원자를 경멸하고, 충직한 피트크루에게 모욕을 주며, 친구들을 무시하게 만든다.

영화와 문학작품 속 다른 사례

——— 〈탑 건〉(1986)에서 전투기 조종사 매버릭 대위(톰 크루즈 분), 〈록키〉(1976)에서 세계챔피언 아폴로 크리드(칼 웨더스 분), 릭 라이어던의《퍼시 잭슨과 올림포스의 신》에서 에리스

이 성격이 주요 결점일 때 극복하는 방법

——— 거만함은 자신에게 과도하게 집중해서 일어나므로, 이런 성격의 인물은 관점을 바꿔 다른 사람들의 입장에 서봐야 한다. 공감은 누군가의 초점을 밖으로 돌리게 만드는 중요한 요인이므로, 거만한 인물이 타인에게 공감을 느끼는 것이 심경의 변화를 일으키는 첫 단계다. 또다른 가능성은 엄청난 실패와 굴욕을 맛보면서 성공을 위해 다시 도움이나 충고를 요청하게 만드는 것이다.

갈등을 유발하는 다른 인물들의 성격

——— 심술궂음, 지배욕이 강함, 광적, 겸손함, 우유부단함, 불안정함, 신경과민, 비윤리적, 다혈질, 재치 있음

정의 충동을 견뎌내지 못함	

성격 형성의 배경

———— 유전적으로 타고났다

———— 뇌에 화학적 불균형●이나 구조적 이상이 있다

———— 기대감이 높다 못해 극단으로 치달은 환경에서 자랐다

———— 자존감이 낮다

———— 학대당했다

———— 뇌에 이상을 가져오는 질환을 앓는다

———— 사회적 압박을 받는다(몸무게에 대한 지적이 폭식으로 이어지는 등)

연관된 행동과 태도

———— 어떤 생각이나 가능성에 집착한다

———— 불안감 해소를 위해 어떤 의식을 반복한다(정리하기, 손질하기, 저장하기 등)

———— 차원이 다른 강박적 행동을 한다(도둑질, 쇼핑, 성적 강박, 거짓말, 과식 등)

———— 책임을 맡은 일에 집중하기 어려워한다

———— 남의 말에 영향을 많이 받는다

———— 시간 관리를 못한다

● 사람의 뇌는 화학물질을 분비해 신호를 전달하는데 대표적 신경전달물질은 도파민, 세로토닌, 엔도르핀 등이다. 뇌에 화학적 불균형이 있으면 우울증이나 조현병 등 정신장애가 나타나기도 한다.

——— 주의집중 시간이 짧다

——— 터무니없는 두려움이 점점 심해진다

——— 강박을 감춘다

——— 정상처럼 보이려고 필사적으로 노력한다

——— 압도당하는 기분이 들고 이에 대처하지 못한다

——— 불안감이 피해망상으로 진행되기도 한다

——— 강박을 유발할 수 있는 장소나 사람, 물건을 기피한다

——— 은둔한다

——— 비효율적이다

——— 수치심을 느낀다

——— 건강을 해칠 정도로 스트레스가 심하다

——— 문제임을 알면서도 강박적 행동을 그만두지 못한다

——— 미신이나 비이성적인 사상을 신봉한다

——— 정해진 방식과 반복적 일상을 고수한다

——— 계획된 일정을 곧이곧대로 따른다

——— 계산하거나, 정리하거나, 바로잡고 싶어한다

——— 어떤 일을 할 때 특정한 방식과 순서를 따라야 한다(옷 입는 순서, 잠자
리 습관 등)

——— 자신의 강박적 행동이 주목받으면 덫에 빠진 기분이 든다

——— 스트레스나 감정이 고조되면 강박적 행동이 나타난다

——— 우울해한다

——— 자기 자신과 남들에게 자신의 강박적 행동을 합리화한다

——— 부인한다

——— 자신의 강박에 잠식당하는 기분이 든다

——— 직업을 갖거나 전념하기 어려워한다

——— 수면장애나 불면증에 시달린다

——— 약물 없이는 긴장을 풀지 못한다

——— 어떤 일을 했거나 하지 않았는지 확신하지 못하고 끊임없이 의심한다

——— 최악의 상황을 생각한다

——— 강박적 의식에 굴복했을 때 나약해진 기분이 든다

——— 앞날을 걱정한다

연관된 생각

——— 이게 말이 안 된다는 걸 아는데. 어째서 나는 그만두지를 못할까?

——— 아이스크림과 케이크를 먹고 나면 기분이 나아질 거야.

——— 분명 불을 다 껐던 것 같은데, 다시 확인해봐야겠어.

연관된 감정

——— 동요, 근심, 우울, 두려움, 좌절감, 모멸감, 위축감, 안도감, 내키지 않음,
수치심

긍정적 측면

——— 강박적 행동은 사소한 것에서 심각한 것까지 범위가 넓다. 사소한 강박
을 가진 인물이라면 사회에서 제 역할을 할 수 있다. 이들은 조리 있고,
꼼꼼하며, 잘 훈련되어 있고, 체계적이라서 때때로 이들의 강박은 장점
으로 작용해 사람들에게 이로움을 준다. 이를테면 자신이 맡은 바를 완
수해야 하거나, 건성으로 일하지 못하는 태도 등이 그렇다.

부정적 측면

——— 이런 성격의 인물은 자기 생각의 희생자가 된다. 처음에는 이점이 있던
걱정(세균 예방, 자기 집 보호 등)이 전면적인 두려움으로 변하기 때문이
다. 이들은 이런 걱정을 무시하지 못하고, 불안감을 누그러뜨리기 위해
강박적인 행동을 하며, 정신적 싸움과 진행 중인 의식 사이에서 하루의
대부분을 강박에 집중한다. 따라서 숙제와 업무, 인간관계 쌓기와 같은

필요한 일에 시간을 많이 할애하지 못한다. 슬프게도 강박적인 인물 대부분은 자신의 두려움이 터무니없다는 것을 알면서도 무시하지 못하고, 이는 좌절감과 수치심으로 이어지기도 한다.

영화 속 사례

─────── 〈레인 맨〉(1988)에서 레이먼드 배빗(더스틴 호프먼 분)은 자폐증으로 여러 강박적 행동을 보인다. 특정한 텔레비전 프로그램을 특정 시간에 봐야 하고, 저녁 식사로 일정한 개수의 생선튀김을 먹어야 하며, 한 브랜드의 속옷만 입는다. 이런 일상의 어느 하나라도 빗나가면 이 체계가 회복될 때까지 레이먼드의 광란을 막을 길이 없다.

드라마와 영화 속 다른 사례

─────── 〈프렌즈〉 시리즈에서 모니카 겔러, 〈매치스틱 맨〉(2003)에서 사기꾼 로이 월러(니컬러스 케이지 분), 〈에비에이터〉(2004)에서 스무 살에 막대한 유산을 물려받아 억만장자가 된 하워드 휴스(리어나도 디캐프리오 분)

이 성격이 주요 결점일 때 극복하는 방법

─────── 강박장애 치료에 도움이 되는 행동치료법이 몇 가지 있다. 예를 들어 두려움에 점진적으로 노출시켜 강박적 행동을 그만하게 하거나, 자신의 불안감이 비이성적임을 깨달아서 그 생각을 '리프로그래밍'하는 것이다. 뇌의 화학적 불균형이 원인이라면 약물이나 특정한 영양성분이 도움을 줄 수 있다.

갈등을 유발하는 다른 인물들의 성격

─────── 심술궂음, 지배욕이 강함, 체계 없음, 잘 도와줌, 참을성이 없음, 융통성이 없음, 즉흥적, 방종함

10 대립을 일삼는 성격
Confrontational

정의	유사한 결점
격렬히 도전하거나, 말다툼하거나, 대결함	따지기 좋아함, 전투적, 논쟁을 일으킴, 공격적, 시비를 걸어옴

성격 형성의 배경

——— 자기만 옳고 남들은 다 틀렸다고 생각한다

——— 자신감이 과도하다

——— 사람들과 갈등을 통해 좋지 않게 연루된 일이 있었다

——— 비관주의적이다

——— 강박적으로 사람들에게 맞서거나 자신을 지키려는 욕구가 있다

——— 무기력하거나 덫에 걸린 기분이 든다

——— 잠재의식 속에 남들을 자신처럼 불행하게 만들고 싶은 욕구가 있다

——— 우울감이나 절망감을 느낀다

——— 분노조절장애가 있다

연관된 행동과 태도

——— 따지기 좋아하고, 말싸움을 자주 벌인다

——— 언제나 반대하는 입장에 선다

——— 시비를 걸어 대화의 물꼬를 튼다

——— 다혈질의 사람들과 상황을 피하지 않고 오히려 찾아다닌다

——— 일부러 화를 돋우는 말을 한다

——— 경쟁심이 매우 강하다

——— 우울해한다

——— 피해망상이 심하다

——— 위협을 가한다

——— 비판적이고, 부정적이다

——— 사람들이 자신에게 대항하지 못하게 자신의 약한 면을 감춘다

——— 타인의 개인 공간을 존중하지 않는다

——— 설전에 대비해 주제에 관해 조사한다

——— 사람들과의 대립을 즐긴다

——— 사람들에게 불가능할 정도의 높은 기대치를 들이댄다

——— 정상적인 방식으로는 사람들과 소통하지 못한다

——— 확고한 의견이 있고 그것을 공유하고 싶어한다

——— 대결이 끝날 때마다 아드레날린이 분출된다

——— 비열한 반칙이나 욕을 해서 반응을 끌어낸다

——— 주의를 다른 데로 돌리거나, 자신의 상처나 나약한 모습을 들키지 않기
위해 시비를 건다

——— 자신의 실수에 대해 남 탓을 한다

——— 자기편이 아니면 어떤 것도 인정하지 않는다

——— 직설적이다; 가차 없이 자신이 본 그대로 진실을 전한다

——— 남들, 그들의 일, 성공과 실패에 대해 가차 없이 비평한다

——— 사람들의 대화에 불쑥 끼어들어 방해한다

——— 말의 앞뒤 맥락을 고의로 잘라내 누군가를 화나게 만들거나 말다툼을
조장한다

——— 모순되거나 민감한 사안을 주시한 후에 도발의 빌미로 이용한다

——— 다른 사람들의 실수가 공공연히 언급될 때 즐거워한다

——— 사람들이 항복하거나 포기할 때 인정받는 듯한 기분을 느낀다

——— 주저하거나 거르지 않고 생각나는 대로 말한다

——— 승리하기 위해 쩨쩨한 행동과 욕설, 심지어 비열한 반칙을 쓴다

——— 다른 사람들의 성공을 도전이라 여기고 더 잘하려 든다

——— 지적하기 위해 변칙적이거나 모순된 사안을 예의 주시한다

——— 다른 사람의 편에 선 이들에게 대항할 기회를 재빠르게 붙잡는다

——— 사람들에게 해야 할 일을 말해준다

——— 신뢰성에 문제가 있다

——— 공격적으로 처신하며, 물리적 행동도 불사한다

연관된 생각

——— 이 남자에게 예의란 게 뭔지 가르쳐줘야겠네.

——— 바보 같기는. 그녀가 아무것도 모른다는 걸 증명해 보이겠어.

——— 모두들 그 사람을 두려워하는 모양인데, 난 아니야.

——— 그의 코를 납작하게 해줘야지.

연관된 감정

——— 짜증, 화, 자신감, 경멸, 욕망, 결의, 열정, 흥분, 아는 체함, 자부심

긍정적 측면

——— 대립을 일삼는 인물은 자신이 옳다는 확신이 없으면 큰소리치지 않는다. 이들은 반대하는 유일한 목소리로 자주 등장하고 고립을 두려워하지 않는다. 때로 이런 고집은 자산이 될 수 있다.

부정적 측면

——— 이런 성격의 인물은 사람들을 화나게 하거나 심지어 위협한다. 이들은 툭하면 불화와 말다툼을 조장하는데, 갈등에 대한 욕구 때문에 사람들과 유의미한 관계를 맺기 어렵고, 이는 외로움과 고립으로 이어진다. 또한 거듭되는 불화와 부정적 성향은 이들의 건강을 해치고, 심혈관계 질환과 심장마비의 위험성 증가와 같은 질병으로 이어지기도 한다.

영화 속 사례

─────── 〈굿 윌 헌팅〉(1997)에서 윌 헌팅(맷 데이먼 분)은 어린 시절에 겪은 방치와 학대로 대립을 일삼는 사람이 된다. 충돌을 통해 자신을 보호하고 수치심을 견디며 가치를 증명하려는 것이다. 그는 남들이 자신의 깨지고 다쳤던 오랜 상처를 헤집기 전에 먼저 사람들을 폭행하고 공격적으로 대한다.

영화 속 다른 사례

─────── 〈파이트 클럽〉(1999)에서 타일러 더든(브래드 피트 분), 〈좋은 친구들〉(1990)에서 어린 시절 마피아에 입문한 토미 드비토(조 페시 분)

이 성격이 주요 결점일 때 극복하는 방법

─────── 대립을 일삼는 인물일지라도 속으로는 사람들과 관계를 맺고 싶어하므로, 이기적 동기에서든 이타적 동기에서든 우정과 소속감은 인물의 행동을 바꾸는 원동력이 될 수 있다.

갈등을 유발하는 다른 인물들의 성격

─────── 비겁함, 공감을 잘함, 온화함, 융통성이 없음, 고집불통, 소심함, 앙갚음을 함, 폭력적, 다혈질

11 지배욕이 강한 성격
Controlling

정의 남들을 억압하거나 지시를 내림	유사한 결점 횡포함, 독재적, 군림하려 함, 압제적

성격 형성의 배경

——— 아무런 통제가 가해지지 않은 환경에서 자랐다

——— 비현실적인 기대를 품은 양육자 밑에서 자랐다

——— 힘을 갈망하거나 남들에게 존경받고 싶어한다

——— 사람들을 지배하는 데서 즐거움을 느낀다

——— 올바르고 싶은 욕구가 맹렬하다

——— 실패를 두려워한다

——— 체계와 예측 가능성을 필요로 한다

——— 강박성 인격장애OCPD•가 있다

연관된 행동과 태도

——— 완벽주의자고 까다롭다

——— 성공하기 위해 밀어붙인다

——— 일을 남에게 맡기기 힘들어한다

——— 사람들에게 자신의 규칙을 따르라고 요구한다

——— 혹독하게 평가한다; 일일이 다 관여한다

——— 모든 결정에 간여한다

——— 자신의 재정 상태를 엄격하게 관리한다

——— 자신의 의제에 유리하도록 남들의 제안이나 의견을 무시한다

——— 남에게 굽실거려야 하는 활동을 기피한다

——— 사람들을 위협하고 배후에서 조종한다

——— 텃세를 부리고 방어적이다

——— 책임감이 매우 강하다

——— 다른 사람들이 성공할 때 분노와 절망감, 질투심을 느낀다

——— (인간관계에서) 소유욕이 강하다

——— 자신의 지배에 의혹이 제기될 때 공격적으로 대응한다

——— 칭찬 같지 않은 칭찬을 한다: 잘했어. 그런데 이렇게 했다면 더 좋았을 거야.

——— 사람들에게 짜증을 낸다

——— 충성하면 편애로 보답한다

——— 존경을 요구한다

——— 규칙이 지켜지는지 확인하고자 방문하고, 기습적인 '점검'을 실시한다

——— 자신의 요구가 충족될 때까지 자원이나 정보, 애정을 주지 않는다

——— 남 탓을 한다

——— 자녀나 배우자가 어디에 있는지 항상 알아야 한다

——— 남들이 기대에 미치지 못하면 기분 나쁘게 대한다(폄하하거나 충고해서 상처를 준다)

——— 사람들의 장점보다 결점에 주목한다

——— 누군가를 도와주고서 자신에게 빚을 졌음을 상기시킨다

——— 타인에게 자신의 관심사와 취미를 강요한다

——— 사실상 요구인데, 이를 제안이라고 말한다

——— 더 잘 지배하기 위해 사람들을 지원체계●●에서 떼어놓는다

——— 이중 잣대를 들이댄다(자신이 지체시키고서는 늦는다며 짜증을 낸다)

——— 물건들이 특정한 순서대로 특정한 장소에 놓여 있어야 한다

——— 복종하고 추종하면 보상을 해준다

● 규칙, 질서, 단정함, 세부사항에 지나치게 집착해 전체를 보는 능력이 결여된 이상 성격이다.
●● 개인에게 정서적, 정보적, 물질적, 애정적 지지를 제공하는 사람들과 자원 그리고 집단을 의미한다.

———— 규칙 위반이나 자유로운 사고에 징벌을 내린다(애정이나 도움 보류하기 등)

연관된 생각

———— 이건 너무 중요한 일이라서 다른 사람은 처리할 수 없어.

———— 그녀는 엉망이야. 내가 얼마나 더 방법을 알려줘야 해?

———— 내가 책임자야. 감히 어떻게 그가 내게 방법을 알려주겠다는 거야?

연관된 감정

———— 귀찮음, 자신감, 결의, 실망감, 좌절감, 짜증, 아는 체함

긍정적 측면

———— 지배욕이 강한 인물은 완벽을 추구하는 데 조금의 가차도 없다. 이들은 남들이 최선을 다하도록 밀어붙이며, 실패에 대한 두려움을 이기고 성공을 위해 박차를 가한다. 이런 인물은 유능하므로 직장에서 관리자로서 성공하기도 한다.

부정적 측면

———— 이런 성격의 인물은 완벽을 향한 욕구로 남들을 지나치게 비판해 자신감을 떨어뜨리고 인정받지 못한다는 기분이 들게 한다. 또한 이들은 일을 위임하기 힘들어하는데, 자신만큼 잘하는 사람이 없다고 믿기 때문이다. 이들의 끊임없는 감독은 원망을 사서 사기를 떨어뜨리고, 자신의 통제에 위기가 감지되면 우위를 다시 확보하기 위해 협박이나 조작, 언어폭력, 신체적 폭력을 포함한 모든 방법을 강구한다.

영화 속 사례

———— 〈양들의 침묵〉(1991)에서 한니발 렉터 박사(앤서니 홉킨스 분)는 경악할 만한 여러 성격 중에서도 단연 지배욕이 돋보인다. 이는 FBI 수습요원인

클라리스(조디 포스터 분)와의 신경전 속에서 잘 드러난다. 그는 클라리스가 담당한 사건을 도와주는 대가로 개인정보를 요구해 당혹케 하는데, 그럼에도 다른 사람들이 그녀를 무례하게 대하면 기분이 상한다. 옆방 수감자인 믹스가 클라리스에게 몹쓸 짓을 하자 한니발은 그를 자살로 내몰 정도로 혹독하게 꾸짖는데, 이를 보면 그가 심리학자라는 사실이 놀랍지 않다. 자신의 환자들에게 엄청난 영향력과 지배력을 발휘할 수 있었을 테니 말이다.

영화와 문학작품 속 다른 사례

─────── 〈대부〉(1972)에서 마피아 두목인 돈 비토 코를레오네(말런 브랜도 분), 〈적과의 동침〉(1991)에서 남편 마틴 버니(패트릭 버긴 분), 리처드 애덤스의 《워터십 다운의 열한 마리 토끼》에서 이웃 마을인 에프라파의 독재자 운드워트 장군

이 성격이 주요 결점일 때 극복하는 방법

─────── 지배욕의 이면에 감춰진 이유를 이해하고 행동 변화를 꾀하는 것은 이를 극복하기 위한 중요한 두 단계다. 또한 인물을 통제 불가의 상황으로 밀어넣는 것도 도움이 된다. 이 상황이 긍정적인 결과로 귀결되면, 인물은 자신이 일일이 관여하지 않아도 만사가 잘 돌아가고 그렇게 되리라 믿는다. 이런 성격의 인물은 자기 주변의 사람들을 파악하는 데서 이득을 볼 수도 있다. 사람들의 장단점, 호불호를 알면 그들 각자에게 최고 기록을 달성할 기회를 줄 수 있기 때문이다.

갈등을 유발하는 다른 인물들의 성격

─────── 강박적, 체계 없음, 독립적, 게으름, 짓궂음, 반항적, 비협조적

12 비겁한 성격
Cowardly

정의	유사한 결점
수치심이 들 만큼 겁이 많거나 머뭇거림	심약함, 겁이 많음, 소심함

성격 형성의 배경
——— 상상력이 지나쳐서 가능한 최악의 결과로 비약한다
——— 기질적으로 엄청나게 겁이 많거나 걱정이 많다
——— 대의보다는 자신의 개인적 안위를 더 걱정한다
——— 과잉보호했거나 겁이 많거나 편집증이 있는 양육자 밑에서 자랐다
——— 실패나 상실 또는 학대받은 경험이 있다

연관된 행동과 태도
——— 위협의 첫 신호에도 곧바로 굴복하거나 포기한다
——— 맞서기보다 피한다
——— 사람들에게 어떤 영향을 주는지는 아랑곳하지 않고, 자신의 이익을 강
　　　화하는 행동을 한다
——— 친구들이 있으면 허세를 부리지만 위협받으면 금세 주눅이 든다
——— 적에게 정면으로 맞서기보다 부정한 방법을 사용한다
——— 우유부단하다; 우물쭈물하고 망설인다
——— 참을 수 있는 고통의 한계치가 낮다
——— 힘든 결정을 내려야 할 때 그것을 미룬다
——— 두려움을 촉발하는 일들을 피해 다니고, 핑계를 늘어놓는다

——— 불신감이 강하다

——— 무난한 목표와 대상을 설정한다; 위험성이 높은 것을 얻으려고 노력하지 않는다

——— 정확하게 말하지 않는다(자신이 빠져나갈 구멍을 남겨놓는다)

——— 소심하다

——— 최악의 상황을 생각한다

——— 위험신호일 수 있는 감정 변화에 주의한다

——— 더러 용기를 내야 할 순간들을 상상한다

——— 위험한 상황에서 물러난다; 싸우기보다 도망치기를 선택한다

——— 보호받기 위해 힘 있는 사람들에게 존경과 지지를 퍼붓는다

——— 위협받으면 다른 사람들에게로 주의를 돌린다

——— 미적거리거나 줏대가 약하다

——— 중얼거린다

——— 사람들과 시선을 맞추지 않는다

——— 자신의 주변에 대해 예민하게 인지한다

——— 위험에서 벗어날 수 있다면 동맹관계를 바꾼다

——— 대단치 않더라도 자신의 생명과 건강을 중요시한다

——— 실패 가능성이 있는 일은 다른 사람들에게 떠넘긴다

——— 여차하면 위험한 상황에서 도망칠 수 있도록 대비책을 마련해둔다

——— 위협적으로 인식되지 않도록 자신의 약점을 크게 부각시킨다

——— 책임지는 일을 피하기 위해 자신의 중요성이나 기량을 축소한다

——— 비겁한 행동 때문에 창피를 당한 적이 있다

——— 머릿속으로 일들을 부풀려서 해석한다

——— 어려운 상황이 닥치면 공황 상태에 빠진다

——— 용기를 내고 싶지만 그렇게 하지 못할 때 수치심을 느낀다

——— 잘 모르는 것보다 확실하고 편안한 것을 택한다

——— 사람들에게 복종한다

—— 괴롭힘이나 부당한 대우를 당해도 가만히 있고, 자기주장 펼치기를 거
부한다
—— 환영받지 못할 소식은 전하지 않고 거짓말을 한다

연관된 생각

—— 옳은 일인 줄 알지만, 그렇게는 못하겠어.

—— 너무 무서워!

—— 내가 아주 오랫동안 피해 다니면, 그도 제풀에 나가떨어질 거야.

—— 어쩌자고 여기에 자원했을까? 지금이라도 빠져나가려면 핑계를 만들어
둬야겠어.

연관된 감정

—— 비통함, 불안감, 우울, 의심, 무서움, 두려움, 죄책감, 후회, 내키지 않음,
수치심, 불확실함

긍정적 측면

—— 비겁한 사람들은 자기보존본능이 강하다. 이들은 결정을 내릴 때 조심
스럽고 상식에 의거해 경솔하거나 위험한 일이 아닌지를 확인한다.

부정적 측면

—— 이런 성격의 인물은 대부분 두려움에 압도당한다. 남들의 생각에 신경
쓰고, 고통이나 불편함을 느끼며, 잘못된 결정을 내리지 않을까 두려워
한다. 이들은 종종 올바른 행동의 방향을 알지만 겁이 나서 실행하지 못
한다. 이런 양면성이 자기회의, 불안감, 수치심을 불러일으킨다. 이들은
자신의 용기가 부족함을 알고 대부분 속임수와 위선, 다른 분야에서의
과잉보상을 통해 이를 감추려 애쓴다.

영화 속 사례

────── 프랭크 바움의 동화를 영화화한 〈오즈의 마법사〉(1939)에서 사자만큼 겁쟁이의 전형을 보여주는 사례는 없다. 사자는 불쌍한 강아지 토토를 괴롭혀서 도로시를 겁박하지만, 도로시가 맞대응하자 울음을 터뜨린다. 사자는 진짜 위험이 없는데도 행동하기를 반대하고 다른 인물들 뒤로 숨어버린다. 동물의 왕 사자는 용기가 없는 자신이 너무 창피해서 마녀를 찾아가 이를 극복해보기로 결심한다.

영화 속 다른 사례

────── 〈쥬라기 공원〉(1993)에서 안전성을 알아보기 위해 공원에 온 변호사 도널드 제나로(마틴 페레로 분), 〈툼스톤〉(1993)에서 수배 중인 아이크 클랜튼(스티븐 랭 분), 〈스타워즈〉 시리즈에서 안드로이드 C3PO

이 성격이 주요 결점일 때 극복하는 방법

────── 비겁한 인물은 대부분 두려움에 의해 움직인다. 비겁함을 극복하려면 두렵고 부정적인 생각을 인정하고 몰아내 이를 긍정적인 생각으로 교체해야 한다. 예를 들어 실패에 대한 두려움 때문에 비겁해진다면, 실패에 대한 걱정을 역량과 가능성에 대한 현실적인 생각으로 바꾼다. 마찬가지로 불안정한 감정은 자신의 능력에 대한 이해로 바꿔야 한다. 이렇게 하면 비겁한 인물은 남들이 부과한 가치보다 자신의 가치에 더 신경을 쓸 것이다.

갈등을 유발하는 다른 인물들의 성격

────── 모험심이 강함, 대립을 일삼음, 지배욕이 강함, 잔인함, 용기 있음, 명예를 중시함, 자유분방함

¹³ 잔인한 성격
Cruel

정의	유사한 결점
고의로 타인의 감정이나 신체에 위해를 가하고 고통을 줌	몰인정함

성격 형성의 배경

——— 모두가 스스로 생존을 도모해야 했던 적자생존의 환경에서 자랐다

——— 뇌의 신경화학적인 부분에 이상이 있다

——— 롤모델로부터 잔인하게 지배하고 권력을 확보하는 방법을 배웠다

——— 어린 시절에 방치되거나 학대당했다

——— 인격장애가 있다(경계성 인격장애,● 소시오패스,●● 사이코패스 등)

——— 만성 스트레스에 시달린다

——— 자존감이 낮아서 남의 것을 빼앗아 힘을 얻으려 한다

——— 인종차별적이거나 편견을 가진다

——— 두려워한다

연관된 행동과 태도

——— 사람들이 자신의 화나 분노의 깊이를 알도록 선동한다

● 강렬한 애정과 분노가 교차하는 불안정한 모습을 보인다. 심한 충동성을 보이고, 자살과 같은 자해적 행동을 반복하기도 한다.

●● 반사회적 인격장애로 반복적 범법행위나 거짓말, 사기성, 공격성, 무책임함을 보인다. 잘못된 행동임을 알고서도 반사회적 행위를 한다는 점에서 사이코패스와 다르다.

———— 사람들의 감정을 상하게 하려는 의도에서 욕을 한다

———— 약하고 상처 입기 쉬운 사람들을 표적으로 삼는다

———— 오래 지켜본다; 더 깊은 고통을 주기 위해 당장의 만족을 지연시킨다

———— 몰락하는 사람들을 보면 아드레날린이 분출된다

———— 사람들을 당황시키거나 비하하려는 의도에서 장난을 친다

———— 위협에 정면으로 맞서지 않는다

———— 동물 그리고/또는 사람을 해치려고 신체적 공격을 가한다

———— 신체적, 정신적, 감정적 한계치와 거기에 도달하는 방법에 매료된다

———— 앙갚음하고자 공정하지 못한 방법들을 사용한다

———— 사람들을 위협하고 괴롭힌다

———— 감정이 없다

———— 단지 나중에 배신하려고 누군가와 친구가 된다

———— 끔찍한 사건들을 목격하고도 무서움이나 공포가 아닌 흥분을 느낀다

———— 방화와 공공기물 파손, 그 밖의 재물 손괴를 저질러 사람들을 희생시킨다

———— 상처나 민감한 부위에 압력을 가해(쥐어짜기, 찌르기, 문지르기 등) 고통을 준다

———— 온라인상에서 사람들을 괴롭히거나 악플을 단다

———— 분노를 조절하지 못한다

———— 앙갚음을 한다

———— 신뢰성에 문제가 있다

———— 사람들에게 굴욕감을 주는 장난을 한다

———— 악의적 소문과 거짓말을 퍼뜨린다

———— 순진함과 친절함, 우정 따위의 긍정적인 자질을 악용한다

———— 공포에 질린 사람들에게서 나는 냄새와 모습을 좋아한다

———— 누군가를 계속 불확실하게 하거나 교란시켜 심리적으로 조종한다

———— 사람들의 결점이나 약점을 계속 들추고, 자신감을 꺾어서 기를 죽인다

———— 사람들에게 힘을 행사할 수 있는 기회를 적극적으로 찾아본다

———— 남들을 이용해서 다른 사람에게 모멸감을 준다

———— 사람들이 두려움으로 인해 얼마나 저급해질 수 있는지를 알려고 애쓴다

———— 고통과 고통받을 때 기분이 어떨지를 생각한다

———— 고문에 대한 환상을 갖고 있다

———— 누군가에게 거짓말로 두려움을 가라앉혀놓고, 확실한 실패를 맛보게 한다

———— 누군가에게 특별한 일을 성취하게 하고 나서 그것을 빼앗아간다

———— 누군가에게 감정적 고통을 주기 위해 정보나 도움, 지지를 보류한다

———— 자비심이 없다

연관된 생각

———— 당황하는 그의 모습을 보고 싶어 죽겠어.

———— 내가 어디까지 몰아붙여야 그녀가 망가질까?

———— 내가 붙잡히지 않고 얼마나 오랫동안 이짓을 할 수 있을지 궁금하네.

연관된 감정

———— 화, 기대감, 경멸, 열의, 환희, 흥분, 무관심함, 만족감

긍정적 측면

———— 잔인함은 협박과 두려움에서 힘을 얻는다. 잔인한 인물은 당연히 기피하고 두려워해야 할 대상이므로 고통의 표적이 되는 일이 거의 없다.

부정적 측면

———— 이런 성격의 인물은 가져가기만 하고 주지는 않으며, 더러 사회적 열외자이기도 하다. 이들은 온전하고 믿음직한 관계를 맺지 못해 외톨이가 되거나, 아니면 똑같이 비열한 사람들과 합세해서 비정상적인 관계를 형성한다. 또한 공감능력이 결여되었고 이런 결핍을 감추려 애쓰지만 때

때로 들통이 난다. 이들은 대중의 경계심 때문에 증거도 없이 부정적인 사건들에 대해 비난받을 위험도 있다.

영화 속 사례

─────── 〈그린 마일〉(1999)에서 퍼시 웨트모어(더그 허치슨 분)는 사형수 감옥의 교도관이라는 일이 싫지만, 죄수들에게 공공연히 힘을 행사할 수 있는 권력을 즐긴다. 그는 힘센 죄수가 아니라 약해 보이는 죄수들을 괴롭히는데, 때를 기다렸다가 기습적으로 최대의 고통을 주고는 만족감에 히죽 웃는다.

영화와 문학작품 속 다른 사례

─────── 스티븐 킹의 소설을 영화화한 〈캐리〉(1976)에서 캐리에게 앙심을 품은 같은 반 친구 크리스 하겐슨(낸시 앨런 분), 켄 키지의 《뻐꾸기 둥지 위로 날아간 새》에서 정신병원의 수간호사 랫치드

이 성격이 주요 결점일 때 극복하는 방법

─────── 이런 인물이 잔인성을 극복하고 목표를 달성하려면 공감하는 법을 배워야 한다. 이는 그것이 가장 불가능할 것 같은 사람, 이를테면 그의 폭력에 희생당한 사람의 친절을 통해 이뤄질 수 있다. 끔찍한 비극에 냉정한 인물이 쓰러지고 가장 예상 밖의 사람이 복수 대신 자비를 베푼다면, 공감의 영향력을 보고 그 가치를 인식하는 계기가 될 것이다.

갈등을 유발하는 다른 인물들의 성격

─────── 지배욕이 강함, 지적, 아는 체함, 자비로움, 의심이 많음, 폭력적, 다혈질

¹⁴ 냉소적인 성격

Cynical

정의	유사한 결점
사람들과 그들의 동기를 무시하고 불신함	싫증냄

성격 형성의 배경

———— 배신당한 적이 있다

———— 최선을 다했음에도 거부당한 경험이 있다

———— 부정적이고 의심 많은 사람들에게 둘러싸여 있다

———— 냉소와 패배의식이 팽배한 환경에서 자랐다

———— 부모나 양육자가 수시로 약속을 어겼다

———— 환멸을 느낀다

———— 신뢰성에 문제가 있다

———— 해를 입거나 실망할까봐 두려워한다

연관된 행동과 태도

———— 아무도 믿지 않는다

———— 비관주의적이다; 부정적인 결과를 예상한다

———— 새로운 것을 시도하는 데 주저한다; 즉흥적이지 않다

———— 의문이나 의심을 표현한다

———— 비꼬는 말을 한다

———— 사람들이 새로운 시도를 하며 애쓸 때 지지나 열의를 보여주기 힘들어 한다

——— 일이 제대로 돌아갈 때 진심으로 놀란다

——— 단체나 기관에 가입하기를 꺼린다

——— 불평이나 볼멘소리를 쏟아낸다

——— 잘 속는 누군가에 대해 사기당할 만하다며 무시한다

——— 대부분의 사람들과 조직이 남을 이용하려 든다고 짐작한다

——— 자신의 입장을 증명하기 위해 증거를 찾는다

——— 늘 말이 안 되거나 근거가 빈약한 논쟁을 한다

——— 무언가가 잘못되면 탓할 누군가를 물색한다

——— 무관심하다

——— 비슷한 생각을 지닌 사람들과 어울린다

——— 세계에서 일어나는 잔혹한 사건들에 놀라지 않는다

——— 더 나은 무언가를 얻기 위한 고군분투가 주는 혜택을 모른다

——— 자기가 무엇을 달성하든 간에 중요하지 않거나 곧 빼앗길 것이라고 믿는다

——— 특가 상품이나 서비스를 불신한다

——— 세부사항을 속속들이 알기 전까지는 실행을 주저한다

——— 문제해결에 대한 흥미가 서서히 반감된다

——— 사람들이 약속을 깨뜨리기를 기대한다

——— 자기 관점이 변화되는 것을 거부한다

——— 조금이라도 방심하면 이용당할까봐 두려워한다

——— 사람은 힘을 가지면 누구나 타락한다고 생각한다

——— 실망할 준비를 한다; 희망을 거의 갖지 않는다

——— 문제점을 '잡아내기' 위해 날카롭게 질문한다

——— 좋은 일이 있으면 "내가 그럴 거라고 했잖아"라고 말할 수 없어서 실망한다

——— 자신의 감정을 드러내지 않는다; 남들이 이용하지 못하게 감정을 숨긴다

——— 지역 팀이 패배의 아이콘이라는 이유로 응원하지 않는다

——— 변화하기 어려워한다

——— 계약서에 서명하기 전에 위험을 피하기 위해 정확한 조건을 요구한다

——— 열정적이고 낙천적인 사람이 주변에 있으면 마음이 불편해진다

연관된 생각

——— 세상에 호구가 이렇게나 많았어. 사람들은 너무 잘 속는다니까.

——— 사람들은 왜 귀찮게 애를 쓸까? 변하는 건 없을 텐데.

——— 안 그래도 나쁜 상황이 더 악화될 뿐이야.

——— 1년 동안 무료로 잔디를 관리해준다고? 세상에 공짜가 어딨다고.

연관된 감정

——— 근심, 경멸, 의문, 좌절감, 회의감, 의심, 경계심

긍정적 측면

——— 냉소적인 인물은 의심이 많아서 잘 속지 않고 사기당하지 않는다. 이들은 자신의 신념에 고집스럽게 매달려 흔들리지 않고, 완벽함을 믿지 않으며, 어떤 일이 흠 없이 해결되리라는 기대도 하지 않는다. 이런 낮은 기대치 때문에 실망감에 허를 찔리는 일이 드물다.

부정적 측면

——— 냉소는 냉담하거나 경멸하는 부정적 성향의 한 형태로서 남들을 지치게 하고 사기를 떨어뜨린다. 냉소적인 태도는 친구와 가족에게 영향을 끼치고, 그들까지도 부정적 전망을 가지게 만든다. 이런 인물은 한 분야에서의 불신을 다른 분야의 불신으로 이어가기도 한다. 자신이 다양한 사람들과 단체, 조직의 신념체계와 어울리지 못함을 알고 이로 인해 다른 사람들로부터 배우고 성장하지 못한다.

영화 속 사례

——— 〈스타워즈〉 시리즈에서 한 솔로는 천애 고아로 우주해적에게 끌려가서

탈출하기 전까지 강제노역을 하며 오랫동안 부당한 대우를 받았다. 그는 한 저항군 요원 때문에 마음에 상처를 입고, 제국군에서 이름이 알려질 즈음 부당한 취급을 당하던 우키 종족을 구하다가 쫓겨난다. 그는 경험을 통해 사람들은 변덕스럽고, 정부는 압제적이며, 믿을 것은 자기 자신뿐임을 배웠다.

영화와 문학작품 속 다른 사례

———— 〈카사블랑카〉(1942)에서 술집을 경영하는 미국인 릭 블레인(험프리 보가트 분), 조지 오웰의 《동물농장》에서 제일 지적인 당나귀 벤저민, 〈레이디호크〉(1985)에서 추기경의 호위대장 에티엔 나바르(룻거 하우어 분)

이 성격이 주요 결점일 때 극복하는 방법

———— 냉소주의는 악순환되기 때문에 끊어내기가 힘들다. 하지만 이런 성격의 인물이 신뢰하는 누군가가 있다면 희망은 있다. 어떤 사람이나 일행이 꾸준함과 정직함으로 신뢰를 얻으면, 냉소적인 인물도 이상과 신념을 신뢰하게 된다. 비록 자신의 이상이나 신념과 다르더라도 결국에 동료들을 신뢰하고, 의심이 그릇될 수 있음을 배우며, 또 모두를 의심하고 경멸하지 않아도 된다는 인식을 얻을 수 있다.

갈등을 유발하는 다른 인물들의 성격

———— 얼버무리며 피함, 잘 속음, 위선적, 이상주의, 낙천적, 잘 믿음

15 방어적인 성격
Defensive

정의 침략이나 공격을 막아야 하는 필요에서 비롯됨	

성격 형성의 배경

———— 억울한 누명을 쓴 적이 있다

———— 양심의 가책을 느낀다

———— 인생의 쓴맛을 봤다

———— 숨기고 싶은 비밀이 있다

———— 걸핏하면 잘못을 저지르고 스스로를 변론해야 한다

———— 방치되거나 학대당했다

연관된 행동과 태도

———— 성급하게 결론을 내린다

———— 자신의 행동을 설명하는 사유가 언제나 준비되어 있다

———— 작은 일에도 쉽게 화를 낸다

———— 공격적이다

———— 분통을 터뜨린다: 저따위 일은 절대로 안 해!

———— 의심을 품는다

———— 해고되기 전에 먼저 그만둔다

———— 과거를 들먹여서 자신의 입지를 강화하거나 관계자들에게 의구심을 제기한다

———— 여자친구에게 차이기 전에 선수를 친다

——— 위협받는다는 기분이 들면 화를 내서 대응한다

——— 자신의 잘못을 끝까지 인정하지 않는다; 주장을 끝내 관철시키려 한다

——— 남 탓을 하고, 부정적인 결과에 책임을 지지 않는다

——— 경계심이 매우 강하다; 자기보존능력이 강하다

——— 사람들이 하는 말과 행동의 의도를 파악하려 한다

——— 상처를 잘 받는다; 비판을 받아들이지 못한다

——— 위협을 느끼면 가만히 있지 못한다(뒤척이기, 서성거리기, 핑계 찾기 등)

——— 목소리를 높인다; 사람들에게 이야기하거나 소리를 지른다

——— 갈등이 일어나면 거리를 둔다

——— 가벼운 꾸짖음에도 무례와 빈정거림으로 대처한다

——— 비판당하면 친구관계를 끊거나 가족의 얼굴을 보지 않는다

——— 아주 작은 일에도 기분이 상한다

——— 만사를 기분 나쁘게 받아들인다

——— 사람들이 불편한 사건에 대해 질문하면 부당한 박해를 받는다고 느낀다

——— 순진하거나 무관하게 보이려고 한다

——— 잘못했을 때 정밀한 조사가 들어오면 전전긍긍해한다

——— 자기 행동에 책임을 지지 않는다

——— 사람들이 개선을 위한 제안을 하면 발끈해한다

——— 잘못 기억하거나, 왜곡되고 방어적인 관점에서 부정확하게 언급한다

——— 결과가 잘못될 수 있을 때 대처법을 미리 생각해두고 적극적으로 계획한다

——— 압박받았음을 제시해서 상황을 역전시키려 한다

——— 남의 말을 비틀어서 비난을 피한다

——— 자신을 비난하는 상대에게 의심은 나쁜 것이라고 생각되도록 작은 일을
크게 부풀려 떠벌린다

——— 주의를 돌리기 위해 희생양인 척한다: 그래도 나는 우리가 친구라고 생
각했는데.

——— 자신을 비난하는 상대도 똑같이 했을 것이라고 말한다

—— 감정적으로 행동한다(울기, 비난에 흥분해서 소란을 피우기, 자기 기분을 말로 설명하기 등)

—— 혼자 남거나 도망치고 싶어한다

—— 남들의 의혹, 평가, 비난에 충격을 받았다는 듯 눈을 크게 뜬다

—— 자신을 비난하는 상대에게 실망감을 내보인다(눈 마주치지 않기, 머리 흔들기 등)

—— 비난을 받기도 전에 관여되었다는 사실을 부인한다

—— 아무런 의도가 없을 때도 숨겨진 의미를 찾아낸다

연관된 생각

—— 이건 내 잘못이 아니야!

—— 왜 아무도 내 말을 믿으려 하지 않을까?

—— 이제, 보라고. 언젠가 이것도 내 탓이라고 할 거야.

—— 내가 사과하기를 기다린다면 느긋해져야 할 거야. 그럴 일은 없으니까.

연관된 감정

—— 화, 거부감, 우울, 실망감, 좌절감, 마음이 상함, 격분, 억울함, 의심, 경계심

긍정적 측면

—— 방어적인 인물은 자기보호에 맹렬하게 매달린다. 이들은 부당한 대우와 학대를 당하더라도 자신을 위해 싸우지, 이를 그대로 받아들이지 않는다.

부정적 측면

—— 이런 성격의 인물은 죄를 지었든 결백하든 간에 비효과적인 방법으로 자신을 방어한다. 이들은 대부분 문제를 정면으로 마주하지 않고 문제의 배후에 있는 사람을 공격하거나, 중요 관심사에서 주의를 돌리기 위해 부차적인 사안에 집중한다. 이들이 비난받을 일이 밝혀지기 전에 의

심을 벗어나려 애쓰는 동안 의혹이 커지고 절망과 분노, 장기간의 울분으로 이어질 수 있다.

영화 속 사례

——— 〈씨비스킷〉(2003)에서 레드 폴러드(토비 매과이어 분)는 열두 살 때 부모에게 버림받고 말 그대로 살아남기 위해 고군분투한다. 마침내 경마장 기수로 인정받을 즈음 한쪽 눈의 시력을 잃고 또다시 생계에 위협을 받는다. 레드는 반실명 상태인 기수를 기용할 마주는 없기에 이 사실을 감추고 경기에서의 패배에 다른 핑계를 댄다. 아이러니하게도 가장 큰 두려움이었던 비밀이 탄로나면서 결국 레드는 자유로워진다.

드라마 속 사례

——— 〈사인필드〉 시리즈에서 무기력한 삶을 사는 조지 코스탄자

이 성격이 주요 결점일 때 극복하는 방법

——— 방어적 인물에는 두 가지 기본 유형이 있다. 무죄임에도 반사적으로 대응하는 유형과 숨길 것이 있어서 스스로를 방어하는 유형이다. 죄가 없다면, 방어적인 인물은 자신을 끌어내리려 하거나 신뢰에 문제를 일으키려는 해로운 사람들에게서 (가능한) 멀어져야 한다. 남들의 생각은 걱정하지 말고 자신을 있는 그대로 받아들임으로써 남들도 설득할 수 있다. 죄가 있다면, 자신 속의 악마와 대면하고 과거에 저지른 사건들을 처리해야 평화를 찾을 수 있다.

갈등을 유발하는 다른 인물들의 성격

——— 괴팍함, 대립을 일삼음, 냉소적, 명예를 중시함, 비판적, 정의로움, 잔소리가 심함, 오지랖이 넓음, 눈치 없음, 걱정이 많음

¹⁶ 기만적인 성격

Devious

정의	유사한 결점
간교한 꾀와 술수로 남을 속임; 솔직하지 못함	이해타산적, 교활함, 이중적, 계략을 꾸밈, 정직하지 못함, 음흉함, 엉큼함, 약삭빠름

성격 형성의 배경

——— 불신이 가득한 환경에서 자랐다

——— 지나치게 엄한 훈육을 받았다

——— 양육자가 기만적 행동(범죄 등)을 보여주었다

——— 약물이나 술에 중독되었다

——— 동기가 불순하다; 숨겨야 할 것이 있다

——— 이기적이다

——— 부정적 결과를 피하고 싶어한다

연관된 행동과 태도

——— 도둑질을 하거나 사기를 친다

——— 거짓말을 한다

——— 누군가의 뒤에서 몰래 뭔가를 꾸민다

——— 배후에서 남을 조종한다; 사람들끼리 싸우게 만든다

——— 남을 비방한다

——— 자신에게서 다른 데로 주의를 돌리기 위해 교란 전술을 활용한다

——— 더 약한 상대를 이용한다

——— 주목을 피하기 위해 주변부에서 일한다

——— 목표 달성에 필요하다면 무슨 말이라도 한다

——— 연줄이나 권력에 접근하려고 어떤 단체나 사람을 믿는 척한다

——— 한입으로 두말을 한다

——— 항상 먼저 생각해보고 자신의 이득을 위해 책략을 쓴다

——— 사람들을 주의 깊게 관찰한다; 약점이 탄로나기를 기다린다

——— 자신과 마찬가지로 염치가 없거나 자신이 통제할 수 있는 사람들과 어울린다

——— 다른 사람들의 감정을 이용한다

——— 속셈을 감추고 행동한다

——— 사람들의 경계를 풀기 위해 매력을 발산한다

——— 자신에게 이득이 되는 인간관계와 동맹을 선택한다

——— 자신의 교활한 활동에 대해 남 탓을 한다

——— 사람들을 믿지 않는다

——— 수동공격적인 충고를 한다

——— 이용할 만한 기회를 찾아다닌다

——— 잡히지 않으려고 무슨 일이라도 한다

——— 자신의 행동을 정당화한다; 책임을 피하고자 '변명거리'를 지어낸다

——— 사람들의 일을 고의로 방해한다

——— 목표에 집중하고 끈질기게 매달린다

——— 참을성 있게 만사가 제대로 돌아가는지를 확인한다

——— 사람들을 꼭두각시처럼 배후에서 조종한다; 은밀하게 통제해 스스로 변화했다고 믿게 만든다

——— 자신의 행실이 들통나지 않도록 교묘하게 계획을 세운다

——— 체제를 전복하기 위해 빈틈과 방편을 찾아낸다

——— 위선적이다

——— 사람들을 조종해서 대화를 특정 방향으로 몰아간다

——— 사람들에게 관심을 보이고 신경을 써주면서 경계심을 풀게 만든다

——— 사람들과 거리를 두어 자신의 비밀을 지킨다

——— 중요한 것에서 관심을 돌리기 위해 어떤 일의 의의를 과소평가한다

——— 자신이 원하는 것을 얻기 위해 사람들의 동정심을 이용한다

연관된 생각

——— 어떻게 하면 이 기회를 이용할 수 있을까?

——— 아무도 눈치채지 못하게 이걸 해야 해.

——— 아무도 모르게 잠수를 타자.

——— 그녀는 멍청하니까 결코 알아차리지 못할 거야.

연관된 감정

——— 즐거움, 경멸, 결의, 두려움, 죄책감, 의심

긍정적 측면

——— 기만적인 인물은 실행력이 탁월하다. 종래의 방식이 실패하면 목표를 성취하기 위해 대안을 생각해낸다. 이들은 남들의 생각을 읽을 수 있기 때문에 어떤 언행을 해야 할지도 잘 안다. 또한 때로는 한입으로 두말을 하므로 생각이 복잡하고, 한 번에 두 가지 이상의 맥락을 따라가는 데 능숙하다.

부정적 측면

——— 이런 성격의 인물은 속임수에 능하다. 거짓말을 하고, 사기를 치며, 타인을 조종해서 자신이 원하는 것을 얻는 사람들이 다쳐도 눈 하나 깜빡하지 않는다. 이런 행동들은 당연히 직업적이거나 목표지향적인 관계에만 한정되지 않고 사적인 관계로 번지는 경향이 있다. 이들의 윤리적 한계선은 일반인보다 훨씬 더 유동적이어서 자신의 도덕률을 자유롭게 바꿀 수 있으므로, 안 그래도 어두운 길에 미끄러운 경사로까지 더할 수 있다.

문학작품 속 사례

───── J. R. R. 톨킨의 《호빗》에서 골룸의 삶은 절대반지를 찾은 이후로 교활한 행태와 속임수로 점철된다. 이런 행보는 사촌을 죽이면서 시작되어 곧 염탐과 도둑질을 버릇처럼 반복하다가 결국 고향에서 추방당한다. 오랜 시간이 흘러 골룸은 빌보와의 계약이 지켜지지 않자 그를 죽이려 한다. 투명인간으로 만들어주는 반지는 골룸 같은 기만적인 생명체에게는 안성맞춤인 물건이다. 비밀스럽게 행동할 수 있고, 자신이 좋아하는 곳 어디라도 들키지 않고 갈 수 있기 때문이다.

문학작품과 영화 속 다른 사례

───── 톨킨의 《반지의 제왕》 시리즈에서 뱀혓바닥 그리마, 샤를 페로의 《장화 신은 고양이》에서 장화 신은 고양이, 〈레이디호크〉에서 아퀼라성의 지하감옥에서 탈주한 도둑 '생쥐' 필리프 가스통(매슈 브로더릭 분)

이 성격이 주요 결점일 때 극복하는 방법

───── 기만적인 인물은 자신의 행동이 다른 사람에게 끼치는 부정적 영향을 인정해야 한다. 그 결과를 보고 (특히 자신이 신경 쓰는 사람이 문제에 휩싸일 경우) 충격을 받아 자신이 지나온 도덕의 궤적을 깨닫고 브레이크를 잡아 진행 방향을 돌려야 한다.

갈등을 유발하는 다른 인물들의 성격

───── 경계심이 강함, 정직함, 명예를 중시함, 정의로움, 법대로 함, 관찰력이 뛰어남, 책임감이 있음

17 정직하지 못한 성격
Dishonest

정의 공공연히 또는 소극적으로 솔직하지 않음	유사한 결점 믿을 수 없음, 기만적, 음흉함, 거짓됨, 진실하지 못함

성격 형성의 배경

——— 불신, 범죄, 폭력, 학대가 만연한 환경에서 살아간다

——— 속임수나 거짓말에 능숙한 롤모델을 우상처럼 추종한다

——— 정직하지 않은 말과 행동이 보답을 받는 힘 있는 자리에 있다

——— 어떤 수단을 써서라도 평화를 지키고 싶어한다

——— 약물이나 술을 남용한다

——— 자기중심적이다

——— 공감능력이 결여되었다

——— 진실이 불러올 여파를 두려워한다

——— 자신의 거짓말이 결코 들키지 않을 것이라고 믿는다

연관된 행동과 태도

——— 결과를 회피하기 위해 거짓말을 하거나 사기를 친다

——— 우정을 유지하기 위해 한입으로 두말을 한다

——— 자신에게 유리하도록 사건들을 '잘못 기억'한다

——— 더 큰 반응을 얻고 싶어서 과장한다

——— 자신이 원하는 것을 얻는 데 필요하다면 어떤 말이라도 한다

——— 듣는 사람에게 부정적인 영향을 끼칠 것 같은 세부사항은 빼고 말한다

- 누군가 사실을 틀리게 해석해도 바로잡지 않는다
- 허세를 부리기 위해 말과 행동을 꾸민다
- 누군가의 혼을 쏙 빼놓거나 기분 좋게 하려고 또는 경계심을 풀기 위해 칭찬을 이용한다
- 다른 사람의 아이디어를 자기 것인 양 주장한다
- 누군가 자신의 정직함을 의심하면 속임수를 쓴다
- 부인한다; 자신의 거짓말을 인정하지 않는다
- 원래의 거짓말을 유지하기 위해 다른 거짓들을 섞는다
- 남들에게 자신의 거짓말을 뒷받침해달라고 애원한다
- 바라는 결과를 위해 가짜 감정을 연기한다(거짓 눈물과 화, 기쁨 등)
- 사람들의 감정을 다치지 않게 하려고 거짓말한다
- 눈 하나 깜빡이지 않고 쉽게 거짓말한다
- 생각하고 나서 대답하거나 어떤 행동 과정에 돌입한다
- 사람들의 보디랭귀지를 보고 기분과 감정을 읽어내는 소질이 있다
- 흥미롭지 않은 것들에 대해서도 흥분된 목소리로 말한다
- 자신이 한 거짓말을 잘 기억하기 위해 세부사항을 덧붙이지 않는다
- 진실을 섞어 말해서 거짓말이 발각되지 않게 한다
- 자신의 거짓이 발각되었는지 확인한다
- 시선을 피하고, 화제를 바꾸고, 하릴없이 움직인다
- 주제를 바꾸려는 의도로 빠르게 말하고 질문한다
- 상황을 저평가해서 사람들이 신경 써야 할 때 신경 쓰지 못하게 만든다
- 어떤 것에 대해 농담이었다는 듯 변명하거나 웃어넘긴다
- 우아하게 퇴장하고자 연민을 자극한다: 나는 가봐야겠어. 엄마가 좀 아프시거든.
- 남들과 공유할 개인정보를 조심스럽게 골라낸다
- 자신의 진짜 속내를 드러내지 않고 사람들이 듣고 싶어하는 말을 해준다
- 자신의 부정직한 행동이 발각될 경우를 대비해서 예비 계획이나 변명거

리를 생각해둔다

———— 날카로운 질문을 피한다

———— 으레 다음과 같이 대답한다: 솔직히 말하면 기억나질 않아. (또는) 확실
하지는 않은데.

연관된 생각

———— 아무도 알아내지 못하면 좋겠어.

———— 그녀는 지금 당장 무슨 말을 듣고 싶은 걸까?

———— 여기서 어떻게 빠져나가지?

———— 내가 저번에 그에게 뭐라고 말했지?

연관된 감정

———— 절박감, 죄책감, 무관심함, 불안정함, 후회, 수치심, 의심, 불편함

긍정적 측면

———— 정직하지 못한 인물에게는 신뢰가 가지 않는 방식으로 행동하리라 예상
되는, 일종의 신뢰성이 있다. 이들은 때때로 매수당하고, 자신을 위한 무
언가가 있는 한 충성심을 버리지 않는다. 또한 정직한 사람들과 달리 적
당히 구슬리면 말을 듣기 때문에 주인공을 대신해 더러운 일을 하기도
한다.

부정적 측면

———— 이런 인물은 남을 잘 믿지 못하는 성향 탓에 가까운 친구와 유의미한 관
계를 맺기 어렵다. 또한 다른 사람들의 불신으로 인해 희생양이 되기도
한다. 관점이 충돌하는 상황에 이들이 직접 관여하면, 부정직하다고 알
려진 사람이 언제나 다른 누구보다 희생될 가능성이 크다.

영화 속 사례

――― 〈라이어 라이어〉(1997)에서 변호사 플레처 리드(짐 캐리 분)는 누구에
게나 거짓말을 한다. 함께 일하는 동료부터 경찰관, 어머니, 비서, 심지어
다섯 살짜리 아들에게도 거짓말을 한다. 플레처가 아들의 생일 파티에
꼭 참석하겠다는 약속을 어기자 실망한 아들은 아빠가 더이상 거짓말
을 하지 못하게 해달라고 생일 소원을 빈다. 이 소원이 이뤄지면서 플레
처의 거짓말이 만천하에 드러난다.

문학작품과 영화 속 다른 사례

――― 카를로 콜로디의 《피노키오》에서 피노키오, 〈위대한 개츠비〉(1974)에서
제이 개츠비(로버트 레드퍼드 분)

이 성격이 주요 결점일 때 극복하는 방법

――― 정직하지 못한 인물을 고치는 최고의 방법은 거짓말하다가 발각되는 것
이다. 거짓말이 커질수록 그리고 이를 발견한 사람의 영향력/중요도가
높을수록, 정직하지 못한 인물에게 미치는 효과가 강력하다. 또다른 방
식은 거짓말에 대해 인물이 예상과 다른 반응에 맞닥뜨리는 것이다(분노
가 아닌 실망, 혐오감이 아닌 동정 등). 놀라고 안도한 인물이 부정직함이
진실의 자유보다 무겁다는 에피파니(깨달음)를 얻을 수도 있다.

갈등을 유발하는 다른 인물들의 성격

――― 정직함, 명예를 중시함, 관대함, 잘 속음, 정의로움, 책임감이 있음, 복수
심에 불탐

18 **불충한** 성격
Disloyal

정의 자신이 따르는 이념, 충성을 바칠 대상이나 의무에 충실하지 못함	유사한 결점 배신함, 신뢰할 수 없음, 불온함, 반역적

성격 형성의 배경

——— 천성적으로 자기 위주에 기회주의적이다

——— 탐욕스럽다

——— 의지박약이거나 쉽게 흔들린다

——— 충성을 지켜낸 결과에 대한 두려움이 있다

——— 감사할 줄 모른다; 누구에게도 신세지고 싶어하지 않는다

연관된 행동과 태도

——— 바람을 피운다

——— 협력자들의 반대편에 동조한다

——— 비밀리에 협력자들, 가족이나 친구에게 불리한 일을 한다

——— 염탐한다; 사람들에게 해가 될 정보를 자신의 적들에게 알린다

——— 명예규약을 깨거나 자신의 가족, 조직, 조합, 종교 등과의 관계를 저버
린다

——— 정직하지 못하다

——— 어떤 것을 믿는다고 주장하고는 정반대의 믿음을 받아들인다

——— 가족의 일원이나 조직에 불리한 증언을 한다

——— 걸핏하면 친구를 바꾼다

——— 그 시간에 함께 있는 사람이 누구든 간에 동의한다

——— 자신에게 더 이로운 교우관계를 좇기 위해 친구를 버린다

——— 팀이 잘하지 못하면 충성하기를 거부한다

——— 변덕스럽다

——— 사람들의 신뢰를 저버린다

——— 악명이나 권력을 얻기 위해 누군가의 명성을 짓밟는다

——— 기밀이나 기술을 경쟁사에 팔아넘긴다

——— 자신의 가족이나 친구, 회사에 대해 좋지 않게 말하고 다닌다

——— 자신이 저지른 잘못을 친구에게 뒤집어씌운다

——— 적당한 때가 되면 파투내기 위해 계획적으로 누군가의 신뢰를 얻는다

——— 누군가를 그들이 가진 돈이나 권력, 특권 때문에 이용한다

——— 자신의 지위를 높이기 위해 윗사람(관리자, 부모 등)에게 남의 잘못을 고
자질한다

——— 매력적인 조건(뇌물, 승진 등)을 빌미로 사람들에게도 불충하라고 구슬
린다

——— 경쟁사를 위해 일하려고 직장을 그만둔다

——— 친구나 사랑하는 사람들을 희화한 농담에 웃음을 터뜨린다

——— 어떤 조직이나 단체에 대해 지지와 경멸 사이를 오락가락한다

——— 약속을 깨뜨린다

——— 정해진 과정을 따르기로 해놓고 자기 방식대로 한다

——— 업무나 일을 태만히 하고서 들통나지 않기 위해 다른 누군가를 설득해
그 일을 시킨다

——— 누군가의 문제에 공감을 표하고는 다른 사람들에게 그것에 대해 불평
을 늘어놓는다

——— 무엇을 얻을지에 기초해서 인간관계를 선택한다

연관된 생각

——— 우리는 이 관계가 독점적이라고 결코 말한 적이 없어.

——— 벤슨 씨가 알면 펄쩍 뛰겠지만 이런 기회는 놓칠 수 없어.

——— 내가 쓰레기일 수 있지만, 돈 많은 쓰레기야.

——— 내가 어제 클레어와 친구였다고 해서 오늘도 함께하고 싶지는 않아.

연관된 감정

——— 근심, 갈등, 열정, 죄책감, 희망참, 질투, 불확실함

긍정적 측면

——— 불충한 인물은 융통성 있고, 기회를 놓치지 않으며, 생각(마음)이 열려 있다. 이들은 변화를 두려워하거나 피하지 않고 개선을 위한 계기로 바라본다. 자신이 원하는 것을 알고, 다른 사람들이 목표를 달성하기 위해 하지 않을 일들도 해낸다.

부정적 측면

——— 이런 인물은 충성의 대상을 자주 갈아치우고 약속을 쉽게 깨서 믿기 어렵다. 이들은 개인적 이득을 향한 가차 없는 질주로 가까운 사람들을 무시하고 배신하며 다치게 만든다. 불충한 인물이 자신의 선택에 진정으로 죄책감을 느끼고 표현할 수도 있겠지만, 행동은 말보다 큰 소리를 내는 법이다. 그는 언제나 한 사람, 곧 자신만을 위한다는 사실이 밝혀질 뿐이다.

문학작품 속 사례

——— 《성경》에 따르면, 유다는 3년 동안 12사도의 일원으로 예수를 충실히 보좌하고 가르침을 따랐다. 하지만 셈이 빠른 그는 사도단의 회계를 담당하면서 공금을 횡령하고, 급기야 예수를 은화 서른 냥에 팔아넘긴다.

유다는 나중에 회개하고 대가로 받은 은을 돌려주었지만, 잘못을 되돌리지 못하고 예수의 죽음에 일조하게 된다.

역사와 문학작품 속 다른 사례

—— 베네딕트 아널드 장군,● C. S. 루이스의 《나니아 연대기: 사자와 마녀와 옷장》에서 마녀에게 유혹당하는 셋째 에드먼드 페벤시, 《반지의 제왕》 시리즈에서 마법사 사루만

이 성격이 주요 결점일 때 극복하는 방법

—— 자신에게 집중하면서 생긴 결점들이 많은 이런 인물이 불충을 극복하는 열쇠는 다른 사람의 가치를 깨닫는 것이다. 가차 없이 충성을 저버리는 행동이 누군가에게 부정적인 영향을 준다면, 이들은 자신의 선택이 남들을 해치기도 한다는 것을 깨달을 수 있다. 일단 자신의 삶에서 사람들이 갖는 가치를 알게 되면 제멋대로 굴기 어려워질 것이다.

갈등을 유발하는 다른 인물들의 성격

—— 잘 속음, 명예를 중시함, 충직함, 애정결핍, 과민함, 열정적, 끈기 있음, 의심이 많음, 잘 믿음

● 미국 독립전쟁 당시 장군 신분으로 영국군에 자진 투항해 미국 역사에서 '배신자'와 '매국노'의 대명사가 되었다.

¹⁹ 체계적이지 못한 성격
Disorganized

정의 일관성이나 질서, 체계적인 구조가 없음	유사한 결점 혼란스러움

성격 형성의 배경

——— 체계 없는 환경에서 자랐다(잡동사니가 널브러져 있거나 무계획적인 환경 등)

——— 자유로운 영혼; 지금 이 순간을 살고 싶어한다

——— 무책임하다

——— 일의 중요도를 따지지 못한다

——— 게으르다

——— 변덕스럽거나 믿을 수 없는 성향이다

——— 극복하기 어려운 정서적 충격이나 상실을 경험했다

——— 정서불안이나 학습장애가 있다

——— 미성숙하다

——— 너무 바쁘다

——— 기억력이 나쁘다

——— 재능이 많다

연관된 행동과 태도

——— 선택을 하거나 우선순위를 정하지 못한다

——— 혼란스러워한다

———— 규칙과 체제에 경멸을 표한다

———— 주눅이 든다

———— 일이나 집 안을 정돈하지 않은 채 방치한다

———— 필요할 때 원하는 것을 찾지 못한다

———— 시간 관리를 못한다(회의나 약속, 마감시한 등)

———— 물건을 제자리에 두지 못한다(열쇠, 문서파일 등)

———— 금세 산만해진다

———— 행사를 이중으로 예약받아 일정을 다시 짜야 한다

———— 구매 목록을 정하지 않고 장을 보러 간다

———— 기꺼이 대세를 따라간다

———— 중요한 행사를 챙기지 못한다(생일, 기념일, 결혼식, 깜짝 파티 등)

———— 일정표에 제대로 적지 않고 손에 잡히는 아무것에나 써놓는다

———— 두서없이 말한다

———— 생각에 일관성이 없고 마구 건너뛰어서 갈피를 잡을 수 없다

———— 사람들과 함께 일하기가 어렵다

———— 장부 정리에 서툴거나 자주 안 해서 경제적으로 곤란에 처한다

———— 어떤 말을 하고 나서 잊어버리고 다른 일을 한다

———— 고의는 아니지만 사람들에게 우선순위가 아님을 느끼게 해서 소외시킨다

———— 조직적인 일이 아니라 창조적인 일을 한다(글쓰기, 예술, 연기 등)

———— 조력자를 채용해서 업무의 조직적인 부문을 떠넘긴다

———— 자신의 일정이 꼬인 것에 대해 핑계를 댄다

———— 사전에 계획하지 않고 막판까지 일을 한다

———— 걸핏하면 사람들을 실망시킨다

———— 준비가 안 된 채로 나타난다(파티에 가져오기로 한 것을 안 가져오는 등)

연관된 생각

——— 열쇠를 어디에 두었더라?

——— 그게 오늘이었어? 다음 주인 줄 알았는데!

——— 진짜 2시 45분인 거야? 지각이다!

——— 밥은 너무 뻣뻣해. 모든 걸 내려놓고 그 순간을 즐기면 안 되나?

연관된 감정

——— 혼란, 방어적, 무관심함, 주눅이 듦, 걱정

긍정적 측면

——— 체계적이지 못한 인물은 체면을 차리거나 남들의 기대에 부응하려는 것들로 스트레스받지 않는다. 이들은 노련하게 부정적인 생각을 무시하고, 다른 일들로 기분 전환을 하며, 자신이 좋아하는 것에 집중한다. 이런 성격 덕에 작은 오락과 단순한 흥밋거리에 만족해한다. 이들은 큰 그림보다 지금 당장 일어나는 일에 더 관심을 쏟는데, 이런 성향이 자신이나 세상을 너무 심각하게 받아들이지 않게 한다.

부정적 측면

——— 이런 성격의 인물은 자신이 기대에 부응하지 못했을 때 돌아오는 부정적인 반응, 선입견, 다른 사람들의 격분 때문에 고통을 받는다. 체계의 결여는 마감시한 잊어버리기, 물건 잃어버리기, 약속 놓치기 같은 곤경을 만들고 이로 인해 스트레스 지수가 올라간다. 이들은 이따금 주변 사람들을 실망시키고, 좋은 지도자가 되지 못한다. 업무를 지속하는 데 도움이 필요하고 자신의 역량에 자신이 없다.

영화 속 사례

——— 〈멋진 인생〉(1946)에서 관객들은 빌리 삼촌이 동업자로서 주인공 베일

리의 소액대출 회사에서 어떤 일을 하는지 궁금해한다. 그의 사무실에는 서류와 문서들이 나뒹굴고, 손가락에는 중요한 행사들을 기억나게 해줄 실 가닥이 묶여 있다. 그는 은행으로 이동하는 동안 혼이 나가서 중요한 회삿돈을 잃어버린다. 스토리텔링의 관점에서 빌리 삼촌의 정신 없는 성격은 갈등을 양산하는 훌륭한 도구로 주인공에게 판을 키워주고, 그 인물이 어떤 반응을 선택할지 시험대가 된다.

드라마와 영화 속 다른 사례

———— 〈오드 커플〉 시리즈에서 언제나 집 안을 엉망으로 만드는 룸메이트 오스카 매디슨, 〈플러버〉(1997)에서 자신의 결혼식 날짜까지 잊어버리는 필립 브레이너드 교수(로빈 윌리엄스 분)

이 성격이 주요 결점일 때 극복하는 방법

———— 체계적이지 못한 인물은 이 성격이 어떻게 자신의 목표 달성을 방해하는지 알게 되면 바뀔 수 있다. 그래도 이는 깊이 뿌리내린 성향이라 완벽히 바꾸지 못할지도 모른다. 하지만 중요도 따지기나 약속 지키기처럼 도움이 될 만한 방법 몇 가지는 배울 수 있다. 또다른 선택지는 인물이 자신의 체계 없는 성향을 약점으로 인식하고 누군가에게 자신의 인생 일부를 맡기는 것이다.

갈등을 유발하는 다른 인물들의 성격

———— 강박적, 깐깐함, 꼼꼼함, 체계 있음, 정확함, 강압적, 책임감이 있음

20 무례한 성격
Disrespectful

정의	유사한 결점
행동이나 말투에서 남을 업신여기거나 버릇이 없음	불경함, 버릇없음, 불친절함, 불손함, 예의 없음

성격 형성의 배경

——— 사람들의 감정에 대한 배려심이 없다

——— 전반적으로 권위를 무시한다

——— 사람들을 존중하는 태도를 중시하거나 가르치지 않는 환경에서 자랐다

——— 자신을 매우 높이 평가한다; 남들은 열등하고 존경받을 가치가 없다고 믿는다

——— 응석받이로 자랐다

——— 사람들의 코를 납작하게 하고 싶어한다

연관된 행동과 태도

——— 사람들에게 모욕을 준다

——— 순응하거나 협조하기를 거부한다

——— 권위를 가진 사람들에게 반항한다

——— 예의 없거나 거들먹거리는 말투를 사용한다

——— 대놓고 누군가를 무시한다

——— 어떤 사람이나 단체에 대해 나쁘게 말한다

——— 누군가의 결점이나 장애를 표 나게 흉내 내어 상처를 준다

——— 사람들을 얕잡아본다

─── 빈정거린다

─── 사람들을 무시한다

─── 예의에 어긋난 제스처를 한다

─── 공공연하게 평가를 해댄다

─── 주제가 얼마나 민감한지와 상관없이 자신의 생각을 말한다

─── 사랑하는 사람이나 친구를 배신한다

─── 누군가의 나이를 가지고 놀린다

─── 약속을 깨고 거짓말을 한다

─── 사람들의 고마움을 모르고 당연시한다

─── 개인적인 편견에 의해 누군가의 선행을 업신여긴다

─── 남의 슬픔이나 고통에 짜증을 낸다(그것을 이겨내라고 말하기 등)

─── 그 상황에서 할 이유도 없고 요청하지도 않은 비평을 해댄다

─── 누군가의 개인 공간을 기웃거린다(책상, 침실 등)

─── 남의 성취나 지위를 농담거리로 삼는다

─── 영웅들(참전용사 등)의 희생과 헌신을 깎아내린다

─── 남의 힘든 작업을 사적인 원한에 의해 비하하거나 방해한다

─── 사람들의 대화에 끼어들거나, 방해하거나, 말을 끝맺지 못하게 막는다

─── 누군가의 재산을 함부로 다룬다(부주의해서 손해 입히기 등)

─── 부적절한 행동을 한다(장례식에서 추파 던지기, 베이비샤워 파티에서 만
취하기 등)

─── 소란을 피워서 사람들을 당황시킨다

─── 친절하게 대우받음에도 불구하고 불평한다(식사나 편의시설에 대해 투
덜거리기 등)

─── 자신을 믿고 비밀을 말해준 사람들에 대해 험담한다

─── 혐오스러운 행동을 한다(소리지르기, 인상 쓰기, 인종차별적 농담, 트림 등)

─── 괴롭히거나 협박한다

─── 위협해서 누군가의 약점을 들춰낸다

———— 규칙이나 경계, 다른 사람의 사생활을 존중해달라는 부탁을 무시한다

———— 대놓고 장애물을 만들어서 다른 사람의 성공을 방해한다

———— 다른 사람의 노고에 감사한 마음을 표하지 않는다

연관된 생각

———— 뭐야, 저 여자는 어떤 멍청이가 책임자로 앉혀주니까 나도 자기를 존경
해야 한다고 생각하는 거야?

———— 그가 그 자동차를 샀다고? 차가 아깝네.

———— 짐과의 관계를 정리할 때야. 그는 뭐라 해도 형편없는 남자친구였어.

———— 어디라고 할아버지는 나한테 이래라저래라 하시는 거야? 엄마가 할아
버지 좀 집에 모셔다드리지.

연관된 감정

———— 화, 성가심, 자신감, 경멸, 좌절감, 짜증, 억울함, 아는 체함

긍정적 측면

———— 무례한 인물은 대담하고, 여러 면에서 원칙주의자다. 이런 결점이 어떤
연유로 생겨났든지 간에, 이들은 누군가 존중받을 가치가 없다고 믿으
면 그에 따라 행동하기를 주저하지 않는다.

부정적 측면

———— 무례함은 자기중심적이며, 다른 사람들이 가치가 없다는 믿음에서 비
롯된다. 이런 성격의 인물이 권위 전반을 무시하기로 정하면, 자신의 보
호자와 방패가 되어주던 규칙들을 어기면서 스스로 위험을 자처하기도
한다. 또한 무례는 누적되는 경향이 있어서 위험하다. 누군가를 예의 없
이 대하면 그들도 그렇게 나오기 십상이며, 사회문제와 국제문제의 대
다수는 무례함이라는 형태에서 기인한다.

영화 속 사례

──────── 〈에린 브로코비치〉(2000)에서 에린 브로코비치(줄리아 로버츠 분)는 친절하고 호감가는 사람이다. 누군가에게 무례한 취급을 받기 전까지는 그랬다. 옆집 남자가 밤에 자꾸 소음을 내자 에린은 정중히 해결하지 않고 밖에서 발을 구르고 소리를 지른다. 또 동료와의 문제를 조용히 처리하지 않고 욕을 한다. 상사가 복장규칙을 준수해달라고 점잖게 제안하자 이를 거부하고 모독한다. 에린은 예의를 차릴 수 있지만, 감정이 격해지면 무례하게 굴면서 건전한 인간관계를 지속하지 못한다.

영화와 애니메이션 속 다른 사례

──────── 〈배드 뉴스 베어즈〉(2005)에서 리틀리그 야구팀의 코치 모리스 버터메이커(빌리 밥 손턴 분), 〈그랜 토리노〉(2008)에서 은퇴하고 무료한 일상을 보내는 월트 코왈스키(클린트 이스트우드 분), 〈심슨네 가족들〉 시리즈에서 아들 바트 심슨

이 성격이 주요 결점일 때 극복하는 방법

──────── 이런 인물이 무례함을 버리지 못하는 이유 중 하나는 무례함의 결과를 알지 못하거나 이를 제지하는 사람이 없기 때문이다. 이들이 바뀌려면 무례한 행실로 인해 자신의 1차 또는 2차 목표를 달성하지 못해야 한다. 그래야 변화가 필요함을 깨달을 수 있다.

갈등을 유발하는 다른 인물들의 성격

──────── 반사회적, 지배욕이 강함, 예의 바름, 협상에 능함, 오만함, 친절함, 잘 보살핌

21 얼버무리며 회피하는 성격
Evasive

정의	유사한 결점
말을 잘 하지 않음; 자신을 드러내지 않음	비밀스러움, 교묘히 피함, 은밀함, 믿을 수 없음, 모호함

성격 형성의 배경

——— 신뢰성에 문제가 있다

——— 실패를 두려워한다

——— 확신이 없다

——— 수줍어한다

——— 상처나 비난을 두려워한다

——— 위험으로부터 자신이나 다른 사람들을 보호하고 싶어한다

——— 숨기고 싶은 비밀이 있다

연관된 행동과 태도

——— 자신의 의견을 밝히지 않는다

——— 방어적인 보디랭귀지를 보인다(거리 두기, 팔짱 끼기 등)

——— 진실이든 거짓이든 절반만 말해준다

——— 어깨를 으쓱하고 먼 곳을 본다

——— 물어봤을 때 자신의 견해를 밝히기 어려워한다

——— 어떤 화제에 대한 언급을 회피한다

——— 자신에게서 관심을 돌리기 위해 꼼수를 쓴다

——— 지키고 싶은 비밀이 있다

———— 애매모호하게 대답한다

———— 자신의 감정을 통제하고 관리한다

———— 관찰력과 듣는 능력이 뛰어나다

———— 남들의 오해나 비판이 두려워 자신의 동기를 말하지 않는다

———— 개인 공간을 강력히 보호하고 유지한다

———— 사생활을 지키고 혼자 있기를 좋아한다

———— 더 많은 정보를 알려달라는 암시를 무시한다

———— 자신의 행선지를 알리지 않는다

———— 설명하거나 더 많은 세부사항을 제공하기를 거부한다

———— 연락하기가 어렵다

———— 오해를 살까봐 두려워한다

———— 말끝을 흐린다(분명하게 대답하지 않고 어깨를 으쓱하기 등)

———— 도움이나 충고를 부탁하기 어려워한다

———— 대답을 피하려고 핑곗거리를 만든다

———— 경계심이 강하다; 누군가가 따라오거나 감시하지 않는지를 확인한다

———— 신경과민이나 피해망상이 심하다

———— 변화와 우연을 아주 싫어한다

———— 난처한 질문을 받을 때 불편해한다(얼굴을 찌푸리거나 예민하게 반응한다)

———— 스스로를 진정시키는 행동을 한다(머리를 톡톡 두드리기, 소매 문지르기 등)

———— 다른 누군가에 대해 질문하면서 대화의 방향을 돌린다: 그런데 제인은
어떻게 지내?

———— 보안에 대해 비현실적으로 염려한다(온라인에서 개인정보를 공유하지 않
기 등)

———— 질문에 질문으로 답한다

연관된 생각

———— 그녀가 왜 모든 것을 알아야 하는데? 나는 비밀이 있으면 안 되는 거야?

——— 나는 세상이 내 생각을 일일이 몰랐으면 좋겠어.

——— 삼촌의 이혼에 관해 물어보면 내게는 꼬치꼬치 캐묻지 않으실 거야.

——— 그 사람들은 이해도 못할 거면서 왜 묻는 걸까? 그냥 입 다물고 있는 게 나아.

연관된 감정

——— 불안, 방어적, 거부감, 당혹감, 의심, 걱정

긍정적 측면

——— 얼버무리며 회피하는 인물은 해를 끼칠 가능성이 있는 비밀을 포함해서 정보를 조용히 처리한다. 이들은 말을 잘 안 하기 때문에 남의 말을 잘 들어주는 사람이나 막역한 친구 역할로 캐스팅되는데, 이런 관계는 작가가 독자에게 정보를 전할 때 효과적으로 활용할 수 있다.

부정적 측면

——— 이런 성격의 인물은 보호막을 치고 좀처럼 마음을 털어놓지 않아서 다른 사람들이 다가가기가 어렵다. 친구들과 가족은 사랑하는 사람이 말을 안 하면 걱정하거나 집착하고, 더 많은 것을 공유하자고 요구하기도 하는데, 이들이 거부하면 분노와 원망이 생겨 관계에 틈이 벌어진다. 특히 헌신적인 애인이라면 상처를 받아 이 인물을 이기적이고 잔인하며 믿지 못할 사람으로 오해할 수 있다.

드라마 속 사례

——— 〈멘탈리스트〉 시리즈에서 패트릭 제인은 자신이 경솔하게 내뱉은 말 때문에 아내와 아이가 살해당한 뒤로 죄의식을 떨치지 못한다. 그는 사기성 있던 심령술사였다가 범죄자를 추적하는 경찰을 위해 자문을 해준다. 그는 자신의 진짜 감정을 들키지 않기 위해 유머러스하고 무책임한

달변가의 가면을 쓴다. 그는 사람들의 생각을 읽어 진위를 판별하지만, 자신에 대한 정보는 결코 드러내지 않는다.

영화 속 사례

──────── 〈돈 세이 워드〉(2001)에서 정신병원의 장기입원 환자인 엘리자베스 버로스(브리트니 머피 분), 〈유주얼 서스펙트〉(1995)에서 버벌 킨트(케빈 스페이시 분), 〈세인트〉(1997)에서 변장의 명수인 도둑 사이먼 템플러(발 킬머 분)

이 성격이 주요 결점일 때 극복하는 방법

──────── 비밀이 많은 사람은 자신의 이런 성격이 사랑하는 사람에게 상처를 준다는 것을 깨닫는다면, 자신이 왜 얼버무리며 회피하는지 그 이유를 파고들 수 있다. 이 결점 때문에 자신의 인간관계가 약화된다는 것을 깨달으면 변화로 이끄는 촉매제가 된다. 마음이 가는 누군가와 자신의 일부를 '시험 삼아 함께'한다면 신뢰가 어떻게 보살핌과 존중으로 되돌아오는지를 알게 되고, 그러면 더 많이 속을 드러낼 것이다.

갈등을 유발하는 다른 인물들의 성격

──────── 호기심이 많음, 지배욕이 강함, 오지랖이 넓음, 통찰력이 있음, 강압적, 의심이 많음

²² 악독한 성격

Evil

정의	유사한 결점
지극히 비도덕적이고 사악함	타락함, 비도덕적, 악의적, 사악함

* 악마의 존재 여부는 논쟁거리지만, 우리는 인물 창작 시 인물의 결점으로만 탐구했다.

성격 형성의 배경

———— 정신장애가 있다(반사회적 인격장애, 사이코패스, 소시오패스)

———— 잔학행위, 학대, 방치를 당했다

———— 유아기 그리고/또는 아동기에 감정적 유대관계를 제대로 맺지 못했다

———— 자기 자신이나 사람들을 미워한다

———— 뇌의 구조와 신경화학적인 부분에 이상이 있다

———— 뇌 손상을 입었다

———— 힘을 얻는 방편으로 잔인성을 활용한 롤모델이 있다

———— 악마는 좋고 천사는 나쁘다는 생각을 세뇌당한다

연관된 행동과 태도

———— 어디에 있든 선한 것을 찾아내 파괴한다

———— 양심의 가책 없이 꾸준히 남들에게 가학적이고 파괴적인 행동을 한다

———— 정서적으로 고문하기 위해 사람들을 심리적으로 조종한다

———— 잔인해지라며 사람들을 부추긴다

———— 공감할 수 없고 도덕성도 없는 행동을 한다

———— 약하거나 무력한 사람들을 괴롭힌다

———— 자신이 법 위에 있다고 믿는다

——— 고의로 사람들의 가치관을 교란시킨다

——— 사람들을 자멸로 몰아가기 위해 자신을 바보 같다고 느끼게 하거나 그렇게 보이게 만든다

——— 일부러 남들에게 굴욕을 준다

——— 잔인한 농담을 한다

——— 사람들을 위협하고 괴롭힌다

——— 악마나 그 밖의 부정적인 존재를 숭배한다

——— 단지 누군가의 나약함을 이용하기 위해서 그를 알려고 한다

——— 누군가 또는 어떤 것이 고통스러워하는 모습을 더 가까이서 보려고 한다

——— 고통스러워하는 누군가를 보면서 흥분한다(땀을 흘리고, 호흡이 가빠지며, 눈을 반짝거린다)

——— 동물에게 폭력을 행사한다

——— 신체 훼손, 강간, 살인을 저지른다

——— 자신의 힘을 과시하고자 살아 있는 것들을 해친다

——— 죽음을 초래함으로써 살아 있다고 느낀다

——— 자신감이 과도하다; 자신의 능력이나 권한이 신과 같다고 생각한다

——— 사람들과 유대관계를 맺기 어려워한다

——— 권위를 깡그리 무시하고 경멸한다

——— 사람들을 해칠 방법을 생각하는 데 엄청나게 많은 시간을 들인다

——— 대량 살인과 학살을 저지른다

——— 피를 보면 흥분한다

——— 종교와 그것을 전복할 방법에 골몰한다

——— 고통에 찬 소리를 좋아한다(비명, 울음, 애원 등)

——— 계획적으로 유순한 무언가를 괴물처럼 바꾼다

——— 자신의 성과에 과도하게 자부심을 느낀다; 찬양받고 기억되기를 바란다

——— 무기와 피, 폭력적인 이야기에 매료된다

연관된 생각

——— 그녀의 믿음을 깨부수려면 어떻게 해야 할까?

——— 그녀 같은 사람들은 이런 걸 너무 쉽게 해.

——— 나는 어떤 처벌도 받지 않을 자신이 있어.

——— 사람들이 내 이름을 잊지 못하게 될 거야.

연관된 감정

——— 동요, 기대감, 경멸, 열의, 흥분, 증오, 마음이 상함, 무관심함, 아는 체함

긍정적 측면

——— 대부분의 악독한 인물은 상당히 지적이고 창의적이다. 이들은 사람들의 생각을 읽고, 어떻게 말하고 행동하면 신뢰를 얻을 수 있는지 안다. 이런 인물은 공감하는 능력은 없는 반면 감정의 위력을 이해하고, 남들과 어울려 그들을 조종할 수 있을 만큼 흉내 낼 수는 있다.

부정적 측면

——— 이런 인물은 도덕성이 결여되어 사람들을 관리하고 통제하면서 아무런 죄의식이나 가책을 느끼지 않으며, 개인적 동기나 타인을 해칠 때 느끼는 엄청난 기쁨 때문에 무엇이든 자기 마음대로 한다. 이들은 자발적으로 끔찍한 일을 저지르고 싶어한다는 점에서 악당이 분명하지만, 완전히 나쁜 사람이어야 한다는 의미는 아니다. 당신의 악당에게 고통스러운 과거, 몇몇 긍정적 성격, 자신을 정당화할 명분을 부과하면 이야기가 훨씬 복잡해지고 흥미가 배가된다.

영화 속 사례

——— 〈쏘우〉(2004)에서 존 크레이머(토빈 벨 분)는 아기가 태어나지도 못한 채 무참히 죽은 후에 정신이상 직전까지 간다. 직소로서 그는 또다른 검

은 자아를 끌어안고, 살아가면서 나쁜 일을 저지른 사람들을 추적하고 잡아온다. 그는 이들을 너무 고통스러워서 생각조차 할 수 없는 도덕적 딜레마 속으로 밀어넣고는 "얼마나 간절히 살고 싶은가?"라는 질문에 답을 하라고 다그친다.

문학작품과 영화 속 다른 사례

———— 윌리엄 마치의 《배드 시드》에서 여덟 살 소녀 로다 펜마크, 스티븐 킹의 《스탠드》에서 랜들 플래그, 〈해리 포터〉 시리즈에서 볼드모트

이 성격이 주요 결점일 때 극복하는 방법

———— 악독한 인물 가운데 일부는 자신의 극단적인 공감능력의 결여를 깨닫고, 이에 대항함으로써 결점을 극복할 수 있다. 치료가 진부하고 과해 보일 수 있지만, 이런 중요한 문제는 통제해야만 한다. 안타깝게도 악은 꾸준히 진행되기 마련이므로, 진짜로 악독한 인물들 대다수는 구원받을 수 없다. 세상의 또다른 직소, 아돌프 히틀러, 제프리 다머• 들은 신뢰하기 어렵고 현명하지도 않다. 이런 자들에게 취할 수 있는 조치는 죽음이나 문명사회에서 격리하는 것뿐이다.

갈등을 유발하는 다른 인물들의 성격

———— 독실함, 명예를 중시함, 정의로움

• 연쇄살인범으로 '밀워키의 식인마'로 악명이 높았다.

²³ 낭비벽 있는 성격

Extravagant

정의	유사한 결점
감정이나 욕구가 분수를 넘어섬	지나침, 사치스러움, 씀씀이가 헤픔

성격 형성의 배경

———— 엄청난 재산을 소유했다

———— 철이 없다

———— 겉으로 보이는 재력을 자신의 가치와 동일시한다

———— 사람들에게 강한 인상을 남기고 싶어한다

———— 부유한 사회에서 살고 있다

———— 부러워한다

———— 제한된 자원의 가치에 대해 무지하다

———— 비용과 상관없이 사람들을 행복하게 만들고 싶어한다; 과도하게 후하다

———— 사랑하는 사람들에게 "안 된다"고 말하지 못한다

———— 저축하기보다 소비하는 데 치중했던 부모 밑에서 자랐다

———— 강박적 소비장애가 있다

연관된 행동과 태도

———— 꼭 필요하지 않은 것들을 사들인다

———— 언제나 가장 비싸거나 최상급의 물건을 구입한다

———— 할부로 물건을 산다

———— 예산을 지키거나 따르지 않는다

——— 다른 누군가에게 재정적 책임을 떠넘긴다

——— 빚이 있다; 버는 것보다 많이 쓴다

——— 호화로운 파티를 연다

——— 남들에게 엄청나게 많은 돈을 쓴다

——— 돈을 아끼는 방법에 관심이 없다(쿠폰 사용, 노브랜드 상품 등)

——— 자기 소지품을 잘 챙기지 못한다

——— 충동적으로 물건을 구입하고는 사용하지 않는다

——— 아주 멀쩡한 물건들을 버린다

——— 호화로운 여행을 다닌다

——— 자신의 결정에 대해 핑계를 댄다

——— 낭비벽을 감추기 위해 거짓말을 한다

——— 현금으로 지불하고 영수증을 받지 않는다

——— 자신이 원하는 것을 사도록 배우자나 부모, 남을 조종한다

——— 소유물을 과시한다; 구매력에서 남들에게 지지 않으려 한다

——— 가진 것이 없어 보이는 사람들을 멸시한다

——— 자원을 헤프게 쓴다(물, 전기, 시간 등)

——— 일류 디자이너의 상품, 가장 인기 있는 브랜드, 신상품, 최상급 물건을
가져야 한다

——— 천박하다

——— 사람들이 어떻게 살아가는지 모른다

——— 자신이 할 수 있지만 하고 싶지 않은 일을 사람들에게 돈을 주고 시킨다

——— 일하기보다 놀기를 좋아한다

연관된 생각

——— 당장 필요하지는 않지만 이건 가지고 있어야 해.

——— 돈은 문제가 아니야.

——— 내가 벌었으니 내 마음대로 쓸 자격이 있어.

——— 조가 이걸 얼마에 샀는지 알면 난리칠 거야. 숨겨야겠다.

——— 향후 몇 년 동안은 사람들이 내 파티 이야기를 하겠지!

연관된 감정

——— 불안감, 갈등, 방어적, 거부감, 욕망, 흥분, 죄책감, 만족감, 걱정

긍정적 측면

——— 낭비벽이 있는 인물 대부분은 관대해서 다른 사람이 행복해하면 자신이 가진 것을 기꺼이 나누려 한다. 돈을 자발적으로 쓰기에 흥미로운 활동에 자주 참여하는데 이를테면 파티, 휴가, 쇼핑 등을 즐긴다. 이 때문에 이들은 파티의 주인공이 되고 쉽게 사람들의 호감을 산다.

부정적 측면

——— 이런 인물은 인기가 있지만, 진정한 친구와 좋을 때만 친구인 사람을 분별하기 힘들다. 낭비의 이면에 감춰진 동기가 있다면(불안정함, 외모를 유지하고 싶은 욕망 등) 이를 이용해 자신을 조종하려는 이들에게 희생되기 쉽다. 자원은 결코 무한하지 않다. 사치는 주의하지 않으면 재정적 파탄으로 이어지고, 자신뿐만 아니라 가족들에게도 영향을 끼친다.

문학작품 속 사례

——— 케네스 그레이엄의 《버드나무에 부는 바람》에서 두꺼비 미스터 토드는 저택의 괴짜 주인으로 어떤 것에도 책임지는 법이 없다. 그는 마차를 사서 마을 탐험에 나서는데, 도로에서 자신을 칠 뻔한 자동차를 보고 홀딱 반해서 마차를 버리고 모터가 달린 자동차를 사들인다. 그는 순식간에 자동차 여섯 대와 충돌하고 어마어마한 벌금을 낸다. 낭비와 무책임한 처신으로 결국 저택까지 날려버린 토드는 그것을 되찾기 위해 애쓴다. 이제는 정신을 차렸으리라 생각하겠지만, 결말 부분에서 토드는 또

다시 친구들을 위해 성대한 연회를 열어 '강둑에서 가장 멋진 집'의 주인임을 과시한다.

영화 속 사례

——— 〈백만장자 브루스터〉(1985)에서 30일 안에 3천만 달러를 써야 유산을 상속받을 수 있는 몽고메리 브루스터(리처드 프라이어 분), 〈초콜릿 천국〉(1971)에서 윌리 웡카(진 와일더 분)

이 성격이 주요 결점일 때 극복하는 방법

——— 낭비벽은 쓸 수 있는 재원이 있을 때만 바람직하다. 재원이 바닥나면 낭비벽도 끝내야 한다. 하지만 불편을 느끼는 것만으로는 충분하지 않다. 미스터 토드처럼 곤경에 빠져도 낭비벽을 버리지 못하는 이들도 있다. 자신의 낭비벽으로 사랑하는 사람들이 상처받는 모습을 보고 변하지 않고는 배길 수 없게 만들어야 한다.

갈등을 유발하는 다른 인물들의 성격

——— 조심성이 많음, 질투심이 강함, 지략이 풍부함, 책임감이 있음, 사회적 인식이 높음, 인색함

²⁴ 광적인 성격

Fanatical

정의	유사한 결점
지나치게 열광하고 맹목적으로 헌신함	광포함, 극단적, 열성적

성격 형성의 배경

——— 어떤 명분이나 신념, 사람, 단체, 팀에 극단적으로 헌신하고 충성한다

——— 열성적이고 종교적인 훈육을 받았다

——— 동료 집단의 압력을 받았다

——— 보복을 두려워한다

——— 자신의 의견이 옳고 정당하다는 믿음에 흔들림이 없다

——— 과도하게 자부심을 느낀다(자신의 종교나 국적, 가문에 대해)

——— 세뇌당했다

——— 정신적 불균형이나 조증이 있다

——— 단체에 속하거나 무언가의 일원이 되어야 한다

연관된 행동과 태도

——— 생각이 같은 사람들과 모임을 가진다

——— 팬클럽, 토론게시판, 여타 공식적인 서포터즈에 가입한다

——— 어떠한 반대 의견도 불신하거나 침묵시키려 한다

——— 다른 의견이 제시될 때 경멸이나 조롱, 분노를 표출한다

——— 개종시키려 한다

——— 자신의 충성심을 반영하는 옷을 입는다(팀 경기복, 콘서트 티셔츠 등)

- 열광하는 대상과 비슷하게 보이려고 자신의 외모를 바꾼다
- 규칙이나 규율을 엄격하게 고수한다
- 자기 스스로 생각하지 못한다
- 동맹관계에 기초해서 사람들을 평가한다
- 여력이 없을 때도 자신의 이상이나 신념을 실현하는 데 재정적 지원을 아끼지 않는다
- 맹목적으로 충성한다; 헌신하는 대상에서 나오는 모든 것을 진리로 받아들인다
- 기념품을 수집한다(포스터, 장식품, 종교용품 등)
- 지지를 보이기 위해 사생활을 희생한다(업무 거부, 운동 그만두기 등)
- 열광하는 대상과 관련된 활동에 엄청나게 많은 시간을 들인다
- 피해망상과 집착이 있다
- 수긍하지 않는 사람들에게 폭력을 가한다
- 인간관계에 조건을 붙인다: 나는 동물권리 보호운동가들하고만 만나요.
- 자신과 신념을 공유하지 않는 사회 분야를 멀리한다
- 조종과 세뇌, 공포, 여타 바람직하지 않은 기술을 이용해 사람들을 자기 편으로 끌어들인다
- 시합, 콘서트, 집회 등에서 감정을 격하게 표출한다
- 결과가 수단을 정당화한다고 믿는다(속임수, 불법, 테러 등)
- 동료들이 적절한 행동을 하는지 확인하기 위해 염탐한다
- 반대쪽의 진영, 정부, 학파에 침투해서 자신에게 유리한 변화를 끌어낸다
- 지속적으로 자신이 헌신하는 대상 위주로 생각이 돌아간다
- 헌신하는 대상이 차질이나 곤경을 겪을 때 불안감을 느낀다
- 자신의 이상에 열기를 불어넣는 방편으로 폭동을 선동한다
- 열광하는 대상이 몰락할 때 분노나 절망, 슬픔을 느낀다
- 편견에 사로잡힌 생각과 행동을 한다
- 자신의 이상이나 신념을 가족과 친구보다 우위에 둔다

연관된 생각

——— 우리가 옳았음을 언젠가는 사람들이 알게 될 거야.

——— 믿음이 없는 사람들은 천벌을 받을 거야.

——— 반대하는 사람은 누구라도 살아 있을 가치가 없어.

연관된 감정

——— 흠모, 놀라움, 경멸, 결의, 흥분, 두려움

긍정적 측면

——— 광적인 인물들은 자신이 열광하는 대상이 비이성적일 때조차 거기에 매달린다. 이들은 열성적으로 어떤 명분이나 노력에 뛰어들고 참가할 방법을 모색한다. 이들은 쉽사리 흔들리지 않기 때문에 끝까지 버틴다는 점은 보증할 수 있다. 이들의 충성심은 반대와 조롱, 불편함, 박해에도 끄떡하지 않기에 주인공(또는 악당)과 작가 모두에게 유용하다.

부정적 측면

——— 광적이라 함은 무지막지할 정도로 많은 시간을 환상의 대상에 헌신한다는 뜻으로 이들은 이따금 다른 사람, 최우선순위 관계, 의무를 저버리기도 한다. 또한 너무 맹목적으로 충성해서 종종 주체적이지 못하고, 동맹자들을 취약하게 만들 수 있다. 열혈 광신자는 이성을 잃고 사랑하는 사람들이 해를 입을 수 있는 상황과 관계를 벗어나지 못하며, 모든 사람이 자신이 경험한 경이로움에 참여하기를 바라고, 종종 설득하기 위해 사람들을 배척하기도 한다. 극단적인 경우 이들의 헌신은 너무 격렬해져서 엄청난 반대에 부딪치더라도 어떤 희생도 감내하려 든다.

문학작품 속 사례

——— 스티븐 킹의 《미저리》에서 애니 윌크스는 작가 폴 셸던의 광팬이다. 그

녀는 폴의 책을 모두 읽었고 자신의 애완돼지에게 미저리 채스테인 시리즈의 주요 인물의 이름까지 붙인다. 폴이 자기 집 근처에서 사고를 당하자 애니는 그를 간호해준다. 그의 최근 원고를 읽고 자신이 좋아하는 시리즈가 끝나게 된다는 사실을 알기 전까지는. 소설의 결말에 혼란을 느낀 그녀는 폴을 방에 가두고 원고를 태워버린 후에 미저리 채스테인의 이야기를 새로 쓰라고 강요한다. 그리고 폴이 탈출을 시도하자 그의 한쪽 발을 절단하기까지 한다. 마지막에 애니의 광적이고 맹목적인 기질이 폴과 최후의 결전으로 몰아가면서 그녀는 죽음을 맞는다.

영화 속 사례

——— 〈어 퓨 굿 맨〉(1992)에서 소대장 켄드릭(키퍼 서덜랜드 분), 〈더 팬〉(1996)에서 길 레너드(로버트 드니로 분), 《스탠드》가 원작인 〈미래의 묵시록〉(1994)에서 트래시캔 맨(맷 플레워 분)

이 성격이 주요 결점일 때 극복하는 방법

——— 팬이 된다는 것은 다른 문제다. 팬은 보통 불관용이 개입될 때만 문제가 된다. 광적인 인물이 자신의 결점을 극복하려면 사람들이 저마다의 견해와 관점을 가질 권리가 있음을 알아야 한다. 자신이 가치 있게 여기는 특징을 가진 '반대쪽'에서 온 누군가를 만나면 그의 눈에 반대파도 사람으로 느껴질 수도 있다. 또다른 방법은 광적 인물이 자신이 추종하는 조직에서 기만을 목격하게 만들어 배신감과 환멸을 이끌어내는 것이다.

갈등을 유발하는 다른 인물들의 성격

——— 무관심함, 조심성이 많음, 엉뚱함, 우유부단함, 합리적, 관용적

25 엉뚱한 성격
Flaky

정의	유사한 결점
생각이나 의견, 의도에 일관성이 없음	변덕스러움, 덤벙거림, 일관성이 없음, 뜬금없음

성격 형성의 배경

——— 정신장애가 있다

——— 자유로운 영혼과 비관습적인 언행을 부추기는 환경에서 살아간다

——— 매우 지적이다

——— 다른 사람들의 생각에 신경 쓰지 않는다

——— 자기중심적이다; 자신의 선택이 사람들에게 어떤 영향을 미치는지 알려고 들지 않는다

——— 관습을 경멸한다; 다른 사람들의 규칙에 따르고 싶어하지 않는다

——— 상상력이나 창의력이 아주 풍부하다

연관된 행동과 태도

——— 우주 '저 너머'의 세상을 다룬 철학을 받아들인다

——— 우유부단하다

——— 체계가 없고, 책임감이 없다

——— 생각에 일관성이 없다

——— 사회와 어울리지 못한다

——— 일관성이 없다; 걸핏하면 의견을 바꾼다

——— 사교성이 없다

———— 책임이나 의무를 완수하지 못한다

———— 모임과 약속을 잊어버린다

———— 잘못 기억한다; 과거의 사건들을 일어난 대로 기억하지 못한다

———— 우선순위를 정하지 못한다

———— 흥미가 떨어지면 직업을 바꾼다

———— 비관습적인 일정을 따른다

———— 충동적이다

———— 관습적이지 않게 꾸민다(이상한 옷차림이나 헤어스타일 등)

———— 예상치 않은 감정반응을 보인다(웃기지 않은 것에 웃기 등)

———— 쉽게 주눅이 들거나 불안해한다

———— 불충하다

———— 과도하거나 무조건반사적으로 반응한다

———— 창의적인 아이디어를 내지만 그것을 실현할 만큼 조직적이지 못하다

———— 사람들의 동기를 잘못 해석한다

———— 분명하고 조리 있게 말하지 못한다

———— 계속 알려주어도 이름을 기억하지 못한다

———— 주의집중 시간이 짧다

———— 일과 과제를 마무리하지 못한다

———— 매우 즉흥적이다

———— 반응에 기초해서 결정을 내린다

———— 적당함을 모르거나, 듣고 있는 사람을 배려하지 않고 속마음을 이야기
한다

———— 성급하게 결론을 내리거나 넘겨짚는다

———— 횡설수설하고 옆길로 샌다

———— 분명한 것을 보지 못하고 넘어간다(열쇠를 두고 외출하거나, 화장을 반쪽
만 하는 등)

연관된 생각

——— 이 일에 동의했지만, 나로서는 어쩔 수 없어. 내가 지금 빠지는 게 그녀에게도 이득이야.

——— 론의 말이 옳다고 생각했는데, 지금 보니 제프의 말도 납득이 가네.

——— 저들은 왜 나를 괴짜라고 생각하지? 자기들이 더 이상하면서.

——— 브롱코스 팀은 지긋지긋해. 이제는 이기는 팀을 응원할 거야.

연관된 감정

——— 갈등, 혼란, 호기심, 무관심함, 짜증, 불편함

긍정적 측면

——— 엉뚱한 인물은 관습을 벗어나는 성향으로 이야기에 흥미를 더한다. 이런 인물들의 결정적인 성격들은 보통 같이 묶이지 않는 것들이라서 이들을 정말로 독특하게 만든다. 이들은 예측이 불가능하기 때문에 일반적인 사람들이 대체로 할 수 없는 일들을 해낸다.

부정적 측면

——— 이런 인물은 남들과 동일한 규칙을 따르지 않으므로 예측 불가능하고 신뢰할 수가 없다. 이들은 변덕스러운 기질 때문에 관심사가 자주 바뀌고, 체계가 없어서 사람들을 실망시켜 협업을 어렵게 만든다. 성공에 대한 관념이 동료들과 달라서 일터에서 분쟁이 일어나기도 한다. 간단한 대화도 어려울 수 있는데 이들이 정치와 오락, 시사 상식 따위의 통용된 주제에서 용인된 규범을 지키지 않기 때문이다. 이런 인물은 어느 날에는 어떤 친구를 지지하다가 다음에는 반대하거나, 부주의한 말로 상대를 화나게 해서 인간관계가 어려워질 수도 있다.

영화 속 사례

─────── 〈이터널 선샤인〉(2004)에서 클레먼타인 크루친스키(케이트 윈즐릿 분)
는 영화 초반부터 엉뚱한 인물의 표본을 보여준다. 그녀는 조엘(짐 캐리
분)에게 먼저 말을 걸고 그의 불편한 기색에도 온갖 이야기를 쉴 새 없
이 떠든다. 그런데 조엘이 농담을 하자 발끈해서 성을 낸다. 클레먼타인
의 변덕은 두 사람이 사귀는 내내 이어지고 결국 이별의 원인이 된다. 그
녀는 둘의 관계를 끝내는 대신 조엘에 대한 기억을 모두 없애버린다.

영화와 드라마 속 다른 사례

─────── 〈폴리와 함께〉(2004)에서 폴리 프린스(제니퍼 애니스턴 분), 〈프렌즈〉 시
리즈에서 피비 부페이

이 성격이 주요 결점일 때 극복하는 방법

─────── 개인주의와 자유로운 영혼은 문제될 것이 없다. 문제는 다르고 싶다는
인물의 욕망이 너무 멀리 나가 타인과 소통하고 함께 일하기 어려워질
때 발생한다. 이런 경우 엉뚱한 인물은 자신에게 충실한 것과 남들을 괴
롭히고 소외시키지 않을 정도로 사회규범을 준수하는 것 사이에서 균
형점을 찾아야 한다. 다른 결점들과 마찬가지로 해결책은 타인중심적인
행동이다. 다시 말해 초점을 자신이 원하는 것에서 모두에게 가장 좋은
것으로 바꿔야 한다. 이들이 개인주의적 성향을 포기할 필요는 없다. 다
만 다른 사람들을 보듬어줄 정도로 어떤 환경에 적응해야 한다.

갈등을 유발하는 다른 인물들의 성격

─────── 분석적, 효율적, 충실함, 꼼꼼함, 엄격함, 책임감이 있음, 합리적

²⁶ 어리석은 성격
Foolish

정의	유사한 결점
사고력 부족으로 잘못된 판단을 함	우스꽝스러움, 터무니없음, 무모함, 맹함, 멍청함

성격 형성의 배경

———— 근시안적이다; 자기 행동의 결과를 알지 못한다

———— 결과와 상관없이 자신이 원하는 것을 하고 싶어한다

———— 약물이나 술을 남용한다

———— 인지 처리 과정에 장애가 있다

———— 게으르다

———— 무식하다; 어떤 분야에 지식이 부족하다

———— 미성숙하다

연관된 행동과 태도

———— 위험한 활동에 빠져 있다

———— 결정을 내려야 할 때 쉽게 혼란에 빠진다

———— 다른 사람들에 의해 쉽게 조종되거나 영향받는다

———— 아무 생각 없이 즉흥적으로 결정을 내린다

———— 자신감이 과도하다; 자신의 분수를 알지 못한다

———— 잘못된 전제에 근거해 결정한다: 그녀가 할 수 있다면, 나도 할 수 있어.

———— 자신이 본 것을 곧이곧대로 믿는다

———— 자신이 들은 것을 곧이곧대로 믿는다

— 쉽게 산만해진다

— 실수에서 배우지 못하고 똑같은 실수를 반복한다

— 아는 것이 거의 전무한 주제에 대해서 안다고 말한다

— 논리나 이성 없이 자신의 관점을 펼친다

— 다른 사람들에게 배우거나 그들로부터 충고를 받아들이기를 꺼린다

— 경험이나 자격이 안 되면서도 주도하려고 든다

— 말이 안 되는데도 자신이 원하는 대로 한다

— 주어진 상황에서의 사실을 무시한다

— 자기 힘으로 살지 못하고 제공해주는 사람들에게 의지한다

— 다른 목표들과 방향 사이에서 마음이 흔들린다; 끝까지 해내지 못한다

— 결정을 내릴 때 중요한 사안에 대해 찾아보지 않는다

— 속기 쉬운 성향 탓에 희생자가 된다

— 쉬운 길을 찾아본다

— 상식이 부족하다

— 위험을 잘못 판단한다

— 사람을 볼 줄 모른다

— 자신이 조종되거나 이용당하는지를 알지 못한다

— 긍정적인 가능성만 고려하고 부정적인 가능성은 완전히 무시한다

— 예방할 수도 있었던 상처를 입는다

— 웃기거나 결과를 회피하기 위해 바보스럽게 행동한다

— 결과를 고려하지 못한다

— 위험하거나 무모한 도전을 실행한다

— 준비가 안 되어 있지만 단념하지 못한다

연관된 생각

— 아주 재미있어 보이는데! 나도 해볼래.

— 이건 너무 복잡해. 존에게 전화해서 어떻게 하는 건지 알아봐야지.

——— 어떤 멍청이라도 이 회사를 관리할 수 있어. 그들은 나를 저 자리에 앉혔어야 해.

——— 이런 기회가 내게 굴러떨어지다니 믿기지 않아. 나는 부자가 될 거야!

연관된 감정

——— 호기심, 결의, 좌절감, 마음이 상함, 불안정함, 내키지 않음, 슬픔, 불확실함

긍정적 측면

——— 어리석은 인물은 바보스럽거나 무책임하거나 위험한 일을 저지르리라 예측되는데, 이를 스스로 정당화하는 한 이들은 왜 그런지 이유를 납득하지 못한다. 이들은 무엇이라도 하려 들면서 코믹한 안도감을 주고, 파티에 생동감을 더한다. 걸핏하면 속고 쉽게 흔들리는 바보는 만만한 희생양과 예스맨이 되기 쉽다. 이런 유형의 인물은 주인공과 작가 모두에게 귀중한 보배일 수밖에 없다.

부정적 측면

——— 바보는 끊임없이 자신과 다른 사람들을 곤란하게 만든다. 이들은 결코 실수에서 배움을 얻지 못하고, 실수를 반복하다 끝난다. 때때로 자신이 힘들게 만든 상황에 대해서도 불평을 늘어놓는다. 대부분의 어리석은 인물은 자신의 결정이 문제를 일으킨다는 것을 알지만, 그 문제가 왜 자기 탓인지 이해하지 못하는 부류도 있다. 이런 부류는 절망에 빠져 불안정한 심리나 의심, 자기혐오, 두려움과 싸워야 한다.

문학작품 속 사례

——— 문학사 속 수많은 바보 가운데 세르반테스의 《돈키호테》에서 주인공 돈키호테가 단연 가장 유명한 바보다. 돈키호테는 엄청난 세월을 자신과 세상에 대한 망상 속에서 지낸다. 그가 이런 오해를 바탕으로 내린 결정

은 대개 자신과 주변 사람들에게 피해를 주면서 끝난다.

영화 속 사례

——— 〈덤 앤 더머〉(1994)에서 죽마고우인 로이드 크리스마스(짐 캐리 분)와 해
리 던(제프 대니얼스 분)

이 성격이 주요 결점일 때 극복하는 방법

——— 어리석은 데는 여러 이유가 있고, 저마다 다른 해결책이 필요하다. 돈키
호테 같은 인물의 어리석음은 자신을 기만하고 세계를 있는 그대로 보
지 않아서 생겨나므로, 인물에게 있는 그대로의 상황을 보게 만들 중대
한 사건이 필요하다. 많은 경우에 어리석음은 무지에서 비롯된다. 지혜
(일반적이든 특별하든)는 종종 어리석은 행동과 대비되는데, 어리석은
이들이 지혜로운 누군가와 함께 헤쳐나간다면 도움을 받을 수 있다. 이
기회를 통해 자신이 어떤 사람인지를 깨닫기 때문이다.

갈등을 유발하는 다른 인물들의 성격

——— 조심성이 많음, 잔인함, 사악함, 성숙함, 남을 조종함, 순종적, 정확함, 책
임감이 있음, 합리적, 지적

27 잘 잊어버리는 성격
Forgetful

정의	유사한 결점
기억을 잘하지 못함	건망증이 심함, 딴생각에 빠짐

성격 형성의 배경

—————— 체계가 없다

—————— 일에 압도당하거나 지나치게 바쁘다

—————— 회피한다(의식적으로 아니면 잠재의식의 차원에서)

—————— 다른 일들에 대한 생각에 빠진다

—————— 계획가이기보다 자유로운 영혼이다

—————— 우선순위를 정하지 못한다(중요하지 않다고 생각해서 잊어버린다)

—————— 트라우마가 있다

—————— 약물이나 술을 남용한다

—————— 뇌 손상을 입었다

연관된 행동과 태도

—————— 메모해두지 않는다

—————— 약속과 모임을 놓친다

—————— 생일을 잊어버린다; 생일이 지난 후에 선물이나 카드를 준다

—————— 중요한 행사를 놓친다(아이의 학예회나 운동회, 회사의 창립기념일 등)

—————— 이중으로 약속을 잡는다

—————— 미루는 버릇이 있다

—— 사야 할 물건을 깜빡해서 가게에 여러 번 다녀온다

—— 비효율적이다

—— 잊어버린 것을 사과하기 위해 선물을 준다

—— 잊어버린 행사의 의미를 축소시킨다: 그건 그냥 한 경기일 뿐이야. 그는 매주 경기를 하잖아.

—— 지각한다

—— 쉽게 산만해진다

—— 설명서나 문서를 엉뚱한 곳에 놔둔다

—— 책을 거의 다 읽고 나서야 지난번에 읽었다는 사실을 알아차린다

—— 비밀이라는 것을 잊어버려서 본의 아니게 비밀을 폭로한다

—— 자기만의 생각에 빠져 있다

—— 자주 잊어버리는 것에 대해 변명을 하거나 거짓말한다

—— 기억을 돕기 위한 장치를 마련해둔다(메모하기, 알람 맞추기 등)

—— 잊어버릴까봐 걱정한다

—— 들을 때 주의를 집중하지 않는다

—— 마감시한을 놓친다

—— 연료가 다 떨어질 때까지 모른다

—— 공과금 납부일을 잊어버려서 연체이자가 붙는다

—— 음식을 태우고, 넣어야 할 재료를 잊어버려 넣지 않으며, 오븐을 켜두기도 한다

—— 지각하거나 준비가 미비해서 사람들을 실망시킨다

—— 물건들을 잃어버린다

—— 길을 잃는다

—— 자신이 무엇을 잊어버렸을까봐 걱정한다

—— 의식이 흐리다

—— 멍하니 쳐다보거나 몽롱하다

—— 사람들을 알아보거나 이름을 기억하기 어려워한다

———— 부주의해서 실수를 저지른다

———— 목표를 따라잡기 위해 각종 목록을 만든다

———— 비밀번호와 보안코드를 잊어버린다

———— 자신의 부실한 기억력에 대해 늘 사과한다

연관된 생각

———— 세상에. 그게 오늘이었어?

———— 그 건은 나중에 처리해야겠다.

———— 그 공연을 잊다니 말도 안 돼. 그녀에게 꽃을 보내서 만회해야겠어.

———— 맹세코 분명히 그걸 어딘가에 적어놨는데.

연관된 감정

———— 근심, 혼란, 방어적, 좌절감, 신경과민, 불확실함

긍정적 측면

———— 잘 잊어버리는 인물은 좌절하더라도 느긋하고 태평스러운 태도를 잃지 않고, 부실한 기억 때문에 문제가 일어나도 허둥지둥하거나 위축되지 않는다. 이들은 작은 일을 걱정하지 않고, 중대한 것을 놓친 경우에는 가능한 한 열심히 그것을 바로잡아서 계속하려 한다. 갈등이 생기면 오랫동안 애태우지 않으며 용서하고(아니면 잊어버리고) 다른 일로 옮겨간다.

부정적 측면

———— 이런 인물은 신뢰하기 어렵다. 이들은 건망증으로 인해 직업적인 부문에서 발전하지 못하고 사적인 관계에서는 중압감에 시달린다. 친구들은 홀대받는다고 느끼고, 사랑하는 사람들은 자신이 일순위가 아니라는 점을 원망할 수 있다. 또한 이들은 계획력이 부족해 시간과 에너지, 자원을 낭비하며 비효율적이다.

영화 속 사례

─────── 〈니모를 찾아서〉(2003)에서 도리는 심각한 건망증 때문에 외톨이 신세
다. 니모의 아빠인 말린에게 아무도 자신과 그렇게 오랫동안 함께 있어
준 적이 없다고 말할 때 이 사실이 드러난다. 건망증이 본의 아니게 주변
에 안 좋은 영향을 끼치면서 도리는 홀로 지내게 된 것이다.

영화와 문학작품 속 다른 사례

─────── 〈메멘토〉(2000)에서 전직 보험수사관 레너드 셸비(가이 피어스 분), 존
스타인벡의 《생쥐와 인간》에서 일자리를 찾아나서는 레니 스몰, 〈첫 키
스만 50번째〉(2004)에서 단기기억상실증에 걸린 루시 휘트모어(드루 배
리모어 분)

이 성격이 주요 결점일 때 극복하는 방법

─────── 누군가는 자신이 잘 잊어버린다는 사실을 알고서 그렇지 않았으면 하고
바란다. 하지만 또다른 누군가는 이를 자신의 성격으로 받아들인다. 인
물이 변화를 이루려면 이 결점이 결국 자신의 인간관계를 망치고 성공
을 제한한다는 사실을 깨달아야 한다. 동기가 부여되고, 단지 좀더 체계
적으로 된다면 변화가 일어날 수 있다. 이를테면 메모하기, 자주 달력 확
인하기, 일정을 일목요연하게 정리하기 등을 실천하는 것이다.

갈등을 유발하는 다른 인물들의 성격

─────── 효율적, 꼼꼼함, 체계 있음, 책임감이 있음

28 **경박한** 성격
Frivolous

정의	유사한 결점
진중하지 못함	경솔함, 얄팍함, 멍청함, 깊이가 없음

성격 형성의 배경

———— 미성숙하다

———— 재미있게 놀고 싶어한다

———— 불안정하다; 자신이 진지하거나 중요한 일을 맡을 수 없을까봐 두려워 한다

———— 멍청하거나 얄팍한 데서 얻을 수 있는 주목을 원한다

———— 책임지기를 두려워한다

연관된 행동과 태도

———— 대화에서 심각한 주제를 피한다

———— 걸핏하면 웃음을 터뜨린다

———— 업무와 집안일, 책임을 회피한다

———— 규율이 잡혀 있지 않다

———— 현재를 사는 것에 만족하고 앞날을 기약하지 않는다

———— 느긋하고 태평스럽다

———— 대립을 피한다

———— 중요한 이슈(정치, 종교, 세계적인 문제 등)에 관심이 없다

———— 일을 회피하기 위해 자신의 무능력을 주장한다: 제가 요리 못하는 거 아

시잖아요. 나가서 먹죠.

——— 야망이나 욕망이 없다

——— 시간과 돈, 자원을 헤프게 쓴다

——— 자신이 지금 당장 원하는 것에 기초해서 결정을 내린다

——— 현재를 즐기며 살아간다

——— 남들에게 부정적 영향을 끼치는 이기적인 결정을 내린다

——— 파티를 즐긴다

——— 오락부장이거나 장난꾸러기다

——— 할 말 못할 말 가리지 않고 여과 없이 말한다

——— 저축하기보다 소비하는 데 치중한다

——— 위험한 행동에 관여한다

——— 동료 집단과 다른 사람들의 생각에 영향을 받는다

——— 사람들의 충고나 걱정을 묵살한다

——— 규칙을 무시한다

——— 게으르다

——— 더 큰 즐거움을 좇기 위해 친구들을 버려둔다

——— 스트레스나 걱정이 있을 때 "긴장 풀어요!"라고 말한다

——— 일은 어떻게든 해결되기 마련이라고 믿는다

——— 남들에게 힘든 결정이나 책임을 떠넘기고 만족해한다

——— 분위기가 진지해지면 지루해한다

——— 재빨리 극복한다; 오래 원한을 품지 않는다

——— 행복해지려면 변화와 자극이 필요하다

——— 매우 즉흥적이다

——— 일정이나 일과를 지키기 어려워한다

——— 모든 것에서 유머를 찾아낸다

——— 지루한 기분이 들 만한 장소들을 피한다(오페라 공연장, 교회, 강연회 등)

연관된 생각

——— 이 사람들은 좀 가벼워질 필요가 있어.

——— 저들이 이 근처에서 재미 삼아 어떤 것들을 하는지 궁금한데?

——— 왜 저 멍청한 뉴스 때문에 내 쇼가 방해를 받아야 하는 거야?

——— 아직도 금요일이야?

연관된 감정

——— 즐거움, 흥분, 열광, 불안정함, 만족감

긍정적 측면

——— 경박한 인물은 재미있고 분위기를 잘 살린다. 이들은 대개 느긋하고 문제나 대립을 피하려 한다. 재미는 사람들과 함께일 때 고조되는 법이므로, 이들은 우호적이고 느긋하고 생각(마음)이 열려 있다. 특히 업무에서 빠져나가거나 새로운 형태의 오락거리를 창안할 때 특기를 발휘한다. 또한 이들은 중재자로 제격인데, 유머로 분위기를 진정시키고 상충하는 사람들이 서로 어울릴 수 있도록 도와준다.

부정적 측면

——— 이런 인물은 재미를 좋아하고 힘든 일을 회피하려는 성향으로 종종 게으르고 제멋대로 굴어서, 이들이 방기한 의무가 주변 사람들에게 돌아갈 수도 있다. 충직함은 이들의 장점이 아니다. 왜냐하면 이들은 좋아하는 즐거움을 좇기 위해 자신의 일을 버리기도 하기 때문이다. 이로 인해 친구들이나 사랑하는 사람들이 버려질 수도 있으며, 이런 무책임함 때문에 중요한 일을 맡길 수 없는 사람으로 여겨진다.

문학작품 속 사례

——— 《오만과 편견》에서 엘리자베스 베넷의 어머니는 신분 상승, 연회, 소문,

딸들의 배필 찾기에만 관심이 집중되어 있다. 그녀는 자신만큼이나 경박스러운 막내딸 리디아가 군인과 도망치자 창피함과 당혹감에 몸져눕는다. 그녀의 충격은 딸을 잃어서 슬프거나 딸의 안위를 걱정해서가 아니라, 베넷 가문의 이름에 먹칠을 했다는 수치심 때문이다.

드라마와 문학작품, 영화 속 다른 사례

——— 〈프렌즈〉 시리즈에서 레이철 그린, 스콧 피츠제럴드의 《위대한 개츠비》에서 데이지 뷰캐넌, 〈공주와 개구리〉(2009)에서 나빈 왕자

이 성격이 주요 결점일 때 극복하는 방법

——— 대다수의 경박한 인물은 심각한 사안을 이해할 지적 능력이 있지만, 쓸데없는 간섭으로 폐를 끼칠 뿐이다. 변화하려면 정곡을 찌르는 누군가를 만나야 한다. 예로서 롤모델이 필요한 비뚤어진 10대라든가, 회사의 탐욕 때문에 직업을 잃을 위기에 처한 홀아버지를 들 수 있다. 이런 성격의 인물들이 성숙해지고 진지한 상황에 개입하고 싶은 욕구를 작동시키려면 공감이 반드시 필요하다.

갈등을 유발하는 다른 인물들의 성격

——— 야심만만함, 반사회적, 절제력이 있음, 깐깐함, 퉁명스러움, 애정결핍, 끈기 있음, 엄격함

²⁹ 깐깐한 성격
Fussy

정의	유사한 결점
세부사항에 지나치게 몰두함	꼼꼼함, 까탈을 부림, 트집을 잡음, 투정이 심함

성격 형성의 배경

——— 강박장애가 있다

——— 깐깐한 부모나 양육자 밑에서 자랐다

——— 질서나 규칙이 없는 환경에서 성장했다

——— 완벽주의자다

——— 조절장애가 있다

——— 엄격한 군사적 또는 종교적 분위기에서 자랐다

연관된 행동과 태도

——— 체계적이고 목록을 만든다

——— 자유로운 영혼이거나 감을 따르는 사람들을 경멸한다

——— 무질서를 결함으로 여긴다

——— 자동차나 방에서 음식을 먹지 못하게 한다

——— 집 안으로 들어오기 전에 신발을 벗으라고 말한다

——— 물건이 제자리에 없으면 스트레스를 받는다

——— 꼼꼼한 기질에 적합한 직업을 선택한다(회계, 청소 등)

——— 외모를 깔끔하게 유지한다

——— 닳은 흔적이 조금이라도 보이면 물건을 곧바로 교체한다

———— 절약한다

———— 세심하다

———— 물건을 까다롭게 고른다

———— 사람들을 평가한다; 사람들에게 개선되도록 '도와주겠다'며 결점을 지적한다

———— 어떻게 말할지 먼저 생각한다; 대화를 위해 연구하고 준비한다

———— 청결강박증이 있다; 물건을 지나치게 깔끔히 관리하고 정리한다

———— 자기 물건에 흠집이 났는지를 확인한다

———— 책임을 맡으면 긴장을 놓지 않는다

———— 사람들에게 완벽하게 행동하도록 압박을 가한다

———— 무언가가 비뚤어지거나 제자리에 없으면 곧바로 알아차린다

———— 아이들이 옷을 더럽히거나 집을 어질러놓으면 엄하게 혼낸다

———— 자기 마음대로 하거나 통제할 수 있어야 한다

———— 하우스메이트나 직장 동료에게 자신의 정리원칙을 따르게 한다

———— 무질서한 장소를 피한다(아이 방, 수납장, 동료의 작업실 등)

———— 결과에만 초점을 맞춘다

———— 일정과 일과를 엄격하게 고수한다

———— 모두가 만족해하는지 확인하기 위해 주변을 맴돌면서 과도하게 신경 쓴다

———— 옷은 한 번 입으면 세탁한다

———— 최상급의 물건을 구입하기 위해 사전조사를 철저히 한다

———— 휴가와 행사 계획을 주도면밀하게 세운다

———— 모든 결정에 집착한다; 실행하기 전에 온갖 가능성을 다 따져본다

———— 참견하기 좋아하고 의심이 많다

———— 사람들이 세부적인 것을 제대로 챙기지 못하면 실망한다

———— 자기존중과 자기가치를 매우 중요시한다

———— 사전대비가 과도하다(보증기한 전에 지붕 수리를 하는 등)

연관된 생각

——— 여기는 완전 돼지우리잖아. 이런 곳에서 사람이 어떻게 살아?

——— 거기는 싫어. 음악 소리가 너무 커.

——— 노란 접시라고? 말도 안 돼. 바보라도 그게 냅킨 색깔과 얼마나 안 어울리는지 알 텐데.

——— 누가 내 노트 치웠어?

연관된 감정

——— 동요, 근심, 경멸, 결의, 좌절감, 만족감

긍정적 측면

——— 깐깐한 인물은 단정하고, 체계적이며, 효율적이다. 이들은 자신이 말한 대로 이행하고 대체로 일을 잘해내므로 의지할 만하다. 높은 기준, 세부적인 것에 대한 몰두, 효율성을 기하려는 노력 덕분에 때로는 다른 사람들에게 긍정적인 변화를 촉진하는 역할을 한다.

부정적 측면

——— 안타깝게도 이런 성격의 인물 대부분은 자신의 습관과 주변 정리만으로 만족하지 못한다. 이들은 주변 사람에게 자신과 똑같은 정도의 꼼꼼함을 요구하고, 이는 분열과 절망감, 불안정한 기분을 유발한다. 때로는 질서를 향한 욕구가 지나쳐서 남을 배려하지 않아 사람들과 깊은 유대감을 느끼기 힘들다. 유달리 깐깐한 사람들은 삶의 즐거움을 누리지 못하는데, 이들은 불완전한 주변을 보면 머릿속이 하얘지면서 행복한 기억으로 남을 만한 경험이나 기회를 놓치기 십상이기 때문이다.

드라마 속 사례

——— 〈오드 커플〉 시리즈에서 펠릭스 엉거는 깐깐함으로는 누구에게도 뒤지

지 않는다. 강박적으로 외모를 깔끔하고 단정하게 유지하는 펠릭스에게 질서는 결정적 성격으로, 이는 지저분한 룸메이트와 대비되면서 한결 명확하고 코믹하게 부각된다. 이런 두 사람이 한집에 살게 되면서 자연스럽게 갈등하고 감정이 유발되는데, 주인공과 상충된 성격을 가진 누군가와 짝지으면 어떤 결과가 나오는지를 잘 보여준다.

영화 속 사례

———— 〈스트레인저 댄 픽션〉(2006)에서 단조로운 일상을 살아가는 국세청 직원 해럴드 크릭(윌 페럴 분), 〈터너와 후치〉(1989)에서 청결제일주의 형사 스콧 터너(톰 행크스 분)

이 성격이 주요 결점일 때 극복하는 방법

———— 깐깐한 성격은 인물의 개성과 결부되어 있어서 극복하기 쉽지 않다. 그런데 깐깐한 면이 극단적으로 흐를 때만 결점이 된다는 점을 명심해야 한다. 다른 사람에게 강요하거나 자신의 삶을 힘들게 만들지 않아도 깐깐할 수 있다. 하지만 이 선을 넘을 경우 질서나 청결함보다 중요한 것, 예를 들어 사랑과 친밀감, 남을 위해 봉사하기, 부당함을 극복하기 등이 있음을 깨닫게 하면 도움이 된다.

갈등을 유발하는 다른 인물들의 성격

———— 어린아이 같음, 체계 없음, 낭비벽이 있음, 어리석음, 게으름, 놀기 좋아함, 산만함, 복수심에 불탐

30 남의 말을 하기 좋아하는 성격
Gossipy

정의	유사한 결점
사람들에 대한 안 좋은 소식을 떠벌리고 다님	수다스러움

성격 형성의 배경

——— 모든 사람이 참견하는 환경에서 자랐다

——— 호들갑스럽다

——— 오지랖이 넓다

——— 남을 몰락시켜서 자신의 지위를 높이고 싶어한다

——— 주목받고 싶어한다

——— 부러워한다

——— 자존감에 문제가 있다

——— 복수심이 강하다; 남을 비방하거나 망가뜨리고 싶어한다

——— 정보를 공유할 때 책임감이 왜곡되어 있다

——— 만족감을 느끼지 못한다; 판에 박힌 일상에서 벗어나고 싶어한다

연관된 행동과 태도

——— 자만심에 차 있다

——— 정보에 밝고자 한다

——— 정보와 비밀로 힘을 얻을 때 아드레날린이 분출된다

——— 경솔하다

——— 비밀을 캐내기로 다짐한다

———— 배후에서 남을 조종한다

———— 진실을 왜곡해서 이야기를 더 흥미롭게 만든다

———— 관찰한 내용을 덧붙여 드라마를 만들어내기 위해 (종종 틀리게) 사건들을 함께 엮는다

———— 소문을 퍼뜨린다

———— 엿듣는 능력이 탁월하다

———— 두 얼굴을 가졌다

———— 다른 사람들의 동기를 넘겨짚는다

———— 누군가의 성격에 대해 의심한다

———— 가십을 다루는 잡지를 읽는다

———— 대화의 방향을 진지한 주제에서 얄팍한 주제로 전환시킨다

———— 남의 말을 하기 좋아하는 사람들과 어울린다

———— 관심이라는 가면을 쓰고 풍문을 공유한다: 네가 알고 싶어할 거라고 생각했어.

———— 엿듣고 염탐한다

———— 관찰력이 뛰어나다

———— 구경거리를 보려고 멈춘다(교통사고, 시비 등)

———— 연예계와 유명인의 삶에 관심이 많다

———— 유명인의 이름을 줄줄이 꿰고 있다

———— 누군가(소문의 주인공)와 실제보다 더 가까운 사이라고 주장한다

———— 머릿속으로 자신을 소문의 대상과 비교한다: 나라면 결코 그렇게 하지 않았지.

———— 소문을 사실처럼 보고한다

———— 책임을 모면하기 위해 부인한다: 확언할 수는 없지만, 그런데 말이지….

———— 나쁜 뉴스를 만족감이나 희열을 느끼며 공유한다

———— 이야기를 처음 터뜨리는 사람이 되고 싶어한다

———— 소문의 중심에 있는 사람들에게 전화를 걸거나 찾아간다

———— 모든 것에 의미를 부여한다

———— 말을 극도로 조심한다; 어떤 말을 할지 신중하게 계획한다

연관된 생각

———— 세라는 이것을 안 믿으려 하겠지.

———— 오, 멋진데! 사람들에게 이걸 말해줘야 해.

———— 대단하다! 누구에게 제일 먼저 전화해야 하나?

———— 남부끄러워서 정말. 우리 아들이 결단코 그런 짓을 했을 리 없어.

연관된 감정

———— 즐거움, 기대감, 호기심, 열의, 참을성이 없음, 불안정함, 만족감, 놀라움

긍정적 측면

———— 남의 말을 하기 좋아하는 인물은 언제나 무슨 일이 벌어지고 있는지를 안다. 이들은 눈썰미가 있고 지략이 풍부해 주인공이나 다른 인물들이 가장 감추고 싶어하는 정보를 수집하고 전파하는 역할에 최적의 조건을 갖추고 있다.

부정적 측면

———— 남의 말을 하는 것은 상처를 주는 일이다. 이들은 엿들은 정보의 성격과 상관없이 다른 사람들을 놀라게 하거나, 주목을 얻거나, 많이 아는 사람으로 보이고 싶은 마음에서 그것을 공표한다. 대부분은 진위를 확인하지 않고, 자신이 퍼뜨린 말이 상대에게 끼치는 영향에도 관심이 없다. 한 사람의 입놀림으로 수많은 이들의 명성과 앞날에 회복하기 힘든 생채기가 날 수도 있다.

문학작품 속 사례

──── 루시 모드 몽고메리의 《빨간 머리 앤》에서 앤 셜리의 이웃인 레이철 린드 부인은 오가는 사람들의 모습을 놓치지 않기 위해 길가에 비스듬히 집을 지을 정도로 참견쟁이다. 그녀는 에이번리 마을의 사람들 모두에게 일어나는 사소한 일까지 알고 남들에게 알려주는 것이 자신의 의무라고 생각한다.

문학작품과 영화 속 다른 사례

──── 《오만과 편견》에서 막내딸 리디아 베넷, 〈덤보〉(1941)에서 서커스단의 코끼리들

이 성격이 주요 결점일 때 극복하는 방법

──── 남의 말을 하는 버릇을 고치는 최고의 방법은 그것 때문에 누군가가 몰락하는 모습을 지켜보게 하는 것이다. 호사가들은 정보를 알려주는 것이 무슨 해가 되냐며 되물을 수 있다. 하지만 자신의 생각 없는 입놀림에 누군가의 인생이 망가진다면 그렇게 하고 싶은 마음이 싹 사라질 것이다. 반대로, 자신이 퍼뜨린 소문에 역습을 당하는 것도 공평한 처사일 수 있다.

갈등을 유발하는 다른 인물들의 성격

──── 대립을 일삼음, 지배욕이 강함, 예의 바름, 방어적, 분별이 있음, 충직함, 개인주의, 폭력적, 건전함

31 탐욕스러운 성격
Greedy

정의 돈이나 물건을 이기적으로 탐함	유사한 결점 욕심이 많음, 집요함, 강탈함

성격 형성의 배경

——— 능력이 되면 뭐든 가져도 된다고 믿는다

——— 힘을 갖고 싶어한다

——— 경쟁심이 매우 강하다

——— 가난하던 시절이 있었고, 다시는 그런 경험을 하고 싶어하지 않는다

——— 야망이 크다

——— 시기심이 강하다; 다른 사람의 것을 갖고 싶어한다

——— 자기중심적이다

——— 왜곡된 가치관; 필요보다 욕망을 앞세운다

연관된 행동과 태도

——— 강박적으로 목표를 설정한다; 늘 자신이 원하는 것을 알고 성공하기 위
해 계획을 세운다

——— 자신에게 좋거나 좋지 않은 것 모두를 원한다

——— 자신의 행동을 합리화한다: 그가 그걸 롤렉스라고 생각하는 멍청이라
면 나는 그 값을 받아낼 거야.

——— 자신의 성과와 소유물에 과도하게 자부심을 느낀다

——— 이용할 수 있는 기회를 호시탐탐 노린다

—— 재산이나 권력을 잡을 절호의 기회를 놓치지 않으려 부단히 훈련한다

—— 상대의 신뢰도를 떨어뜨린다(소문내기, 내부정보 공유하기 등)

—— 원하는 것을 갖기 위해 도덕률이나 가치관을 저버린다

—— 언제나 최상품을 구입한다

—— 사람들을 믿지 않고, 몇 가지 가능성을 한꺼번에 채택해 위험을 분산시킨다

—— 자신의 인생에 관련된 모든 측면을 통제하려 한다

—— 사람들에게 대놓고 자신의 성공을 자랑한다

—— 필요하다면 도둑질도 한다

—— 시기심이 강하다

—— 잘못된 도덕성과 윤리의식을 가지고 살아간다

—— 의욕이 강하고 끈기가 있다

—— 재력을 과시하는 방편으로 비싼 선물을 한다

—— 남들과 비교하고, 그들이 이룬 성공을 목표로 삼는다

—— 자신의 목표 달성에 도움될 만한 사람들에게 전략적으로 동조한다

—— 자신이 가진 것에 만족하지 않는다; 언제나 더 많이 원한다

—— 성공 가능성을 높일 수 있다면 관심 없는 활동에도 참여한다

—— 성공의 척도를 재산, 지위, 소유물의 정도로 가늠한다

—— 목표를 달성하기 위해 맹렬히 노력한다

—— 고집불통이다

—— 우선순위를 정하는 데 문제가 있다; 자신의 목표를 사람들, 가족과 친구보다 우위에 놓는다

—— 더 많이 가질 수 있다면 기꺼이 개인적 희생을 감내한다

—— 특권의식이 있다

—— 배후에서 남을 조종한다

—— 피해망상이 심하다; 자신의 성공이 무너질까봐 걱정한다

—— 자산을 지키기 위한 안전대책에 투자한다(보안 시스템 등)

—— 만족감을 느끼는 시간이 짧다

—— 원래의 목표가 달성되면 목표를 재설정한다

연관된 생각

—— 저걸 갖고 싶어.

—— 내가 그걸 그에게서 뺏어올 수 있다면, 그는 그걸 가질 자격이 없다는 거지.

—— 무슨 일이 있어도 하고 말 거야.

—— 와, 초판이다! 이걸 내가 가진 걸 알면 잰은 분명 관심을 보일 거야.

연관된 감정

—— 욕망, 결의, 열정, 시기심, 참을성이 없음, 자부심, 아는 체함

긍정적 측면

—— 탐욕스러운 인물은 끈기가 있고 의욕이 강하다. 남들은 단념할 상황에서도 자신의 목표를 이루려는 결의가 확고하기 때문에 전혀 동요하지 않는다. 이들은 강인한 직업 정신을 가지고 있어 자신이 원하는 것을 얻기 위해 다른 사람들보다 더 열심히 오래 일한다.

부정적 측면

—— 이런 인물은 자신의 목표 달성에 몰입하다 보니 사람들과의 관계를 소모품처럼 여긴다. 이들은 욕망에 온통 마음을 뺏겨서 한때 자신에게 소중했던 가치들을 저버리고, 자신이 좋아하는 사람들을 이용하거나, 심지어 그들이 가진 것을 뺏으려 적극적으로 계략을 짜기도 한다. 외부에 집중하는 듯하지만, 사실 이들의 시선은 내면으로 향해 있다. 자아와 자신이 원하는 것에 집중하고, 그 밖의 사람들과 모든 것은 부차적일 뿐이다.

영화 속 사례

——— '탐욕은 선이다.' 이는 〈월스트리트〉(1987)에서 영화사상 최고의 악인으로 꼽히는 고든 게코(마이클 더글러스 분)가 입버릇처럼 인용하는 경구다. 엄청난 재산과 권력을 가졌지만 그는 언제나 더 많이 원하고, 그것을 위해서라면 누구라도 짓밟아버린다.

영화와 문학작품 속 다른 사례

——— 〈다이 하드〉(1988)에서 테러단체의 두목 한스 그루버(앨런 릭먼 분), 〈스카페이스〉(1983)에서 꿈을 위해 미국에 온 토니 몬태나(알 파치노 분), 하워드 파일의 《로빈 후드의 모험》에서 노팅엄의 주 장관

이 성격이 주요 결점일 때 극복하는 방법

——— 탐욕의 문제는 인물이 자신이 가진 것에 만족할 줄 모른다는 것이다. 이를 극복하려면 모든 것을 잃거나, 아니면 자신이 내내 성취하려 애썼던 것을 이루지 못하지만 인생이 그것 없이도 살 만하다고 깨닫는 것이다.

갈등을 유발하는 다른 인물들의 성격

——— 관대함, 탐욕스러움, 잘 속음, 잘 보살핌, 이기적, 인색함

32 퉁명스러운 성격
Grumpy

정의	유사한 결점
부정적인 성향을 타고남; 말이나 행동이 무뚝뚝함	괴팍함, 짜증을 잘 냄, 성질을 부림, 심술궂음, 시무룩함, 불평불만이 많음, 성질이 사나움, 성미가 고약함, 부루퉁함, 무례함, 쌀쌀맞음

성격 형성의 배경

——— 만성질환이나 통증이 있다

——— 자신이 가진 것이나 성과에 만족하지 못한다

——— 비관적이다

——— 경박함이나 어리석음을 혐오한다

——— '터프가이'의 페르소나를 유지하고 싶어한다

——— 치매를 앓는다

——— 약물이나 술을 남용한다

——— 죄책감을 느낀다

연관된 행동과 태도

——— 오해받고 있다고 믿는다

——— 좀처럼 미소 짓거나 소리 내어 웃지 않는다

——— 얼굴을 자주 찌푸리다 보니 굵은 주름이 자리를 잡았다

——— 비관적이다

——— 짜증을 잘 낸다

——— 사람들에게 딱딱거린다

——— 장밋빛 전망을 내놓는 사람들을 경멸한다

———— 진정성 없이 논쟁을 위한 논쟁을 벌인다

———— 무기력하다

———— 활동적인 일을 하고 싶어하지 않는다

———— 의자에 털썩 앉거나 주저앉는다

———— 낯빛이 어둡다

———— 은둔생활을 한다

———— 자비심이 없다

———— 일상(음식, 오락 등)에서 즐거움을 누리지 못한다

———— 불쾌한 주제들에 관해 이야기한다

———— 다른 사람들보다 더 자주 고통을 느끼거나 아프다

———— 낮고 단조롭고 감정 없는 어투로 말한다

———— 사람들을 깎아내린다

———— 어떤 것에도 흥미가 없다

———— 온갖 부정적인 감정을 표출한다(절망감, 화, 짜증 등)

———— 침울하다

———— 외마디로 답을 하거나 대답하지 않는다

———— 사람들과 사귀거나 교류하지 않는다

———— 고마워할 줄 모른다

———— 사람들의 접근을 차단한다(자기 방에 숨기, 혼자 점심 먹기 등)

———— 혼자서 하는 활동을 선택한다(게임하기, 헤드폰 끼고 음악 듣기 등)

———— 소통능력이 부족하다; 제대로 된 단어가 아니라 "끙"이나 "음" 같은 소리
를 웅얼거린다

———— 행복이나 친절에 영향받지 않는다

———— 비판적이고 냉소적이다

———— 우호적이지 않은 논평과 생각을 말한다

———— 공동체의식이나 단합에 대한 생각이 부족하다

———— 누군가의 행운이나 좋은 환경에 대해 심드렁하게 반응한다

———— 갈등을 피하려고 진짜 생각을 말하기보다 아무 말도 하지 않기로 한다

연관된 생각

———— 이따 비가 쏟아진다는데, 수영장 파티에서 기분을 내봐야 무슨 소용이야.

———— 일주일 내내 댄의 친구들을 데리고 다니라고, 어이가 없네. 내가 아무 일도 안 하는 사람으로 보이나.

———— 사람들이 날 혼자 내버려두면 소원이 없겠다.

———— 알았어, 할머니 댁에 간다고. 그런데 내가 좋아서 가는 거라고 생각하면 오산이야.

연관된 감정

———— 성가심, 우울, 무관심함, 외로움, 억울함, 침울함

긍정적 측면

———— 퉁명스러운 인물은 종종 자신의 인생관을 비틀리게 만드는 경험을 하고, 이를 통해 통찰을 얻기도 한다. 따라서 이를 공유하겠다고 한다면 사람들에게 도움을 줄 수 있다. 이들은 자신의 의견을 고수하기도 하는데, 자신에게 중요한 문제라면 누구도 생각한 것을 말하지 못할 때 자기 생각을 스스럼없이 꺼낼 수도 있다.

부정적 측면

———— 이런 인물은 비관적인 태도가 강해서 바람직하지 않은 주제에 집중하고 사람들을 불편하게 만든다. 이들은 단지 부정적 이슈에 집착할 뿐이며 변화를 실현하려는 욕구는 없다. 그저 불평하는 것을 좋아할 따름이다.

영화 속 사례

———— 〈백설공주와 일곱 난쟁이〉(1937)에서 투덜이는 이름에 걸맞게 툭하면

얼굴을 찡그리고 못마땅한 표정을 짓는다. 그는 난쟁이들의 집에 누군가 무단으로 들어왔을 때 최악의 상황을 생각한다. 그리고 백설공주가 사연을 털어놓자 왕비의 응징이 두려워 공주를 내보내자고 주장한다. 하지만 결국 공주를 좋아하게 되고, 왕비의 독 묻은 사과를 먹고 쓰러진 공주를 보고 진심으로 애통해한다.

문학작품과 텔레비전, 영화 속 다른 사례

——— A. A. 밀른의 《위니 더 푸》에서 당나귀 이요르, 〈세서미 스트리트〉 시리즈에서 녹색 털로 덮인 투덜이 오스카, 〈록키〉에서 록키의 트레이너 미키 골드밀(버제스 메러디스 분)

이 성격이 주요 결점일 때 극복하는 방법

——— 이들 중에는 자의로 투덜이가 되었을 것 같은 인물도 있지만, 대부분은 그저 만족스럽지 않고 행복하지도 않은 것이다. 이들은 그 누구도 자신이나 자기 상황을 이해하지 못한다고 오해해 사람들과 소통하려는 노력을 하지 않는다. 그러므로 사람이나 사건에서 재미를 찾거나 어떤 식으로든 가치 있고 이해받는다고 느낀다면, 행복감을 얻고 그것을 더 자주 달성하기 위해 희망에 차서 노력할 수 있다.

갈등을 유발하는 다른 인물들의 성격

——— 낭비벽이 있음, 어리석음, 우호적, 경박함, 행복함, 무책임함, 오지랖이 넓음, 잘 보살핌, 놀기 좋아함, 자유분방함

33 잘 속는 성격
Gullible

정의	유사한 결점
쉽게 우롱당하거나 속임수에 넘어감	순진함

성격 형성의 배경

——— 사람은 본디 선하고 신뢰할 수 있다고 믿는다

——— 세상 경험이 없다

——— 부인한다; 부패와 거짓을 못 본 체한다

——— 지능이 낮다

——— 미성숙하다

연관된 행동과 태도

——— 누가 무슨 말을 해도 믿는다

——— 사람들이 사실이라고 하면 검증하지 않는다

——— 사람들을 돕고 싶은 마음에서 자신도 모르게 잘못된 정보를 건넨다

——— 곤경에 처했다고 말하는 낯선 사람에게 돈을 준다

——— 사기꾼과 협잡꾼에게 이용당한다

——— 분별력이 없다; 사람들의 마음을 읽지 못한다

——— 솔직하다

——— 공감을 잘한다

——— 자신의 시간과 자원을 내주는 데 너그럽다

——— 사람들이 말한 대로 행동할 것이라고 믿는다

——— 스스로 믿을 수 없음을 입증했을 때조차 거짓말쟁이를 믿는다

——— 쉽게 마음이 흔들린다

——— 사람들의 좋은 점만 보고 싶어한다

——— 기회가 두 번(그리고 세 번, 네 번 등) 오리라 믿는다

——— 신념이 확고하다; 증거 없이도 어떤 것을 쉽게 신뢰한다

——— 자신이 듣고 싶은 대로 듣는다

——— 자신이 무엇을 아는지 또는 독자적으로 성취할 수 있을지에 대한 확신이 없다

——— 누군가의 의도가 순수하지 않을 수 있다는 사실을 믿지 않는다

——— 신뢰할 수 없다고 판명된 사람들을 위해 변명을 해준다

——— 남에게 결정권을 넘기고 올바르게 결정할 것이라고 믿는다

——— 자신에게 주어진 정보에 만족하고, 더 요청하는 법이 거의 없다

——— 확신에 차서 말하는 사람들을 전문가로 여긴다

——— 권위에 맹목적인 존경심을 보인다

——— 어떤 업무든지 질문 없이 받아들인다

——— 남들이 자신보다 더 똑똑하고 세상 경험이 풍부하다고 넘겨짚는다

——— 다른 사람으로부터 신뢰와 확신을 받으면 감사의 인사를 한다

——— 사람들을 쉽게 용서한다

——— 누군가의 핑계를 아무리 비논리적이라도 무조건 믿는다

——— 사람들의 일관성 없는 행동을 해롭거나 고의가 아니라고 여긴다

——— 사람들의 허물을 지나치게 덮어준다

——— 잘 도와주고, 유쾌하거나, 낙천적인 태도를 지닌다

——— 사람들이 다 잘될 거라고 말하면 스트레스나 걱정을 내려놓는다

연관된 생각

——— 그녀가 왜 거짓말을 하겠어?

——— 이 이메일에는 정보가 아주 많네. 다른 사람들에게도 전달해야겠어.

──── 로라가 분명히 들었다고 했어. 에이미는 내가 졸업 파티에 같이 가자고
하면 좋겠다고 했다니까, 당장 가서 물어봐야지.

──── 저 아이가 구걸을 하네. 동전 몇 개를 준비해두자.

──── 컴퓨터가 바이러스에 감염되었다고 전화해서 알려주다니, 난 운이 좋
아. 그가 판매한 소프트웨어가 분명 도움이 될 거야.

연관된 감정

──── 놀라움, 혼란, 열의, 행복, 희망참, 만족감

긍정적 측면

──── 잘 속는 인물은 대체로 공감능력이 뛰어나고 친절하며 관대하다. 이들
은 남들에게 자제할 줄 알고, 정직하며, 신뢰할 만한 사람이기를 기대한
다. 이들의 순진함은 때때로 좌절감으로 돌아오지만 친절한 마음씨는
잘 변하지 않는다.

부정적 측면

──── 이런 인물은 때로 논리적이지만, 사람에 대한 맹목적인 믿음으로 상식
을 무시하는 경향 탓에 이용하기 쉬운 표적이 되기도 한다. 이들의 관대
한 태도는 칭찬받을 만하지만, 종종 쉽게 조종당하면서 나약하고 바보
처럼 보이게 한다.

문학작품 속 사례

──── 조너선 스위프트의 《걸리버 여행기》에서 레뮤얼 걸리버는 온갖 모험을 하
는 동안 아무 말이나 곧이곧대로 받아들인다. 오죽하면 그의 이름에서조
차 그런 면을 암시한다. 걸리버Gulliver는 아둔하고 잘 속는다는 뜻의 영어
단어 'gullible'과 발음이 비슷하고, 레뮤얼Lemuel은 집단으로 이동하며 맹
목적으로 따라가다가 다수가 죽는 나그네쥐인 레밍을 참고한 듯하다.

영화 속 사례

─────── 〈휴가 대소동〉 시리즈에서 클라크 그리스월드, 〈엘프〉(2003)에서 버디
(윌 페럴 분)

이 성격이 주요 결점일 때 극복하는 방법

─────── 신뢰와 관대함은 긍정적이고 부러워할 만한 자질이지만, 지나치게 잘
속는다면 이는 결점이 된다. 이들이 변화하려면 거짓말쟁이나 악덕 변
호사와의 불운한 만남을 통해 망상을 버려야 한다. 이런 경험을 통해
상식과 분별력 같은 가치의 중요성을 깨달으면서 잘 속는 성격을 극복
할 수 있다. 이런 가치들이 자신의 본래 성격인 신망이나 관대함과 결
합하면 여전히 남들을 도우면서도 자신을 위험으로 몰아넣지 않을 수
있다.

갈등을 유발하는 다른 인물들의 성격

─────── 잔인함, 냉소적, 정직하지 못함, 탐욕스러움, 추잡함, 부도덕함

34 오만한 성격

Haughty

정의	유사한 결점
남을 깔보며 거만하고 잘난 체함	건방짐, 업신여김, 깔봄, 고압적, 멸시함

성격 형성의 배경

——— 편견을 가진다

——— 자신이 남들보다 훨씬 뛰어나다고 믿는다(재산, 지능지수, 외모 등)

——— 타인에게 혐오감을 표출하던 가정에서 자랐다

——— 어떤 무리는 존중받을 가치가 없다는 가르침을 받았다

——— 우월성을 가르치는 종교, 정치 또는 국수주의적 문화권에서 자랐다

——— 과도한 보상으로 불안정한 내면을 감추고 있다

연관된 행동과 태도

——— 재산, 권력, 지위를 과시한다

——— 지위를 이용해 위협을 가한다

——— 배후에서 남을 조종해 자신이 원하는 것을 얻는다

——— 자신이 속한 계층이 아닌 사람들의 결함에 대해 멸시하는 말을 한다

——— 하층민이라고 여기는 사람들을 물건처럼 취급한다

——— 가족, 가문이나 자신의 성과에 과도하게 자부심을 느낀다

——— 자신의 명성을 지키기 위해 스캔들을 숨긴다

——— '불운'한 사회계층의 사람들에 대해 안됐다고 여기는 척한다

——— 어떤 무리의 사람들을 관심을 기울일 가치가 없다는 듯 무시한다

——— 자신의 지위를 향상시킬 방법을 강구한다

——— 자신보다 지위가 높은 사람들에게 좋은 인상을 주고 싶어한다

——— 자신이 '운이 없다'거나 '열등하다'고 생각하는 사람들을 인정하지 않는다

——— 자신이 남들보다 지적으로 우수하다고 생각한다

——— 사회정책에 대한 이해도가 높다

——— 보여주기식의 자선을 베푼다(신분 상승을 위해 자선단체에 큰돈 기부하기 등)

——— 자신이 속한 계층이 가치 있게 여기는 취미를 배우고, 잘하고 싶어한다(크리켓, 승마 등)

——— 세상을 '우리'와 '저들', 그리고 '가진 자'와 '못 가진 자'로 구분한다

——— 남을 조종하는 데 죄책감이나 양심의 가책을 느끼지 않는다

——— 자신을 방해하는 사람들의 신뢰도를 떨어뜨릴 방법을 찾는다

——— 자신의 족보나 사회계급에 집착한다

——— 남을 비하하는 농담과 지적을 한다

——— 자신의 이미지를 매우 의식한다(옷을 잘 입기, 친구를 신중하게 고르기 등)

——— 폐쇄적이다

——— 누군가를 배척하고 차별하는 단체나 모임을 조직하거나, 거기에 참여한다

——— 자신의 지위나 권위에 의구심을 제기하면 적대적으로 대응한다

——— 자신의 영향력을 이용해 열등하다고 생각하는 사람들이 존중받지 못하게 만든다

——— 사람들에게 분수를 알게 하려고 모욕적인 말을 한다

——— 다른 '우월한' 사람들과 어울린다

——— 하층민이라고 여기는 사람들을 반대하는 논평이나 행동에 히죽거린다

——— 거들먹거린다

——— 사람들이 준수하는 존중과 예의를 무시한다(악수하기, 미소 짓기 등)

——— 잘난 체하거나 사람들을 가르치려 든다

——— 으스댄다(어깨 쫙 펴기, 눈살 찌푸리기, 깔보는 듯 내려다보기 등)

——— 사람들을 계도하기 위해 자신의 '우월한' 지식과 식견을 나눠준다

연관된 생각

——— 그는 대체 자기가 뭐길래 나한테 따지듯 물어보는 거야?

——— 그녀는 자기가 누구를 상대하는지 모르는 게 분명해.

——— 저런 사람들이 여기서 뭐 하고 있는 거야?

——— 세상에나. 그가 어떻게 이 리그에 입단한 거지?

연관된 감정

——— 화, 성가심, 자신감, 경멸, 혐오감, 증오, 자부심, 격분, 멸시, 아는 체함

긍정적 측면

——— 오만한 인물은 자신감이 지나쳐서 진심으로 자신이 옳다고 믿는다. 이들은 종종 가장 먼저 어려운 상황에 끼어들거나, 자신을 증명하거나 우월함을 주장하기 위해 열심히 한다. 또한 용감하게 의견을 말하고, 믿음과 가치를 심화하기 위해 두려움 없이 조치를 취한다. 리더십이나 의사결정이 필요할 때는 아이디어와 주장을 밀고 나간다는 점에서 의지할 만하다.

부정적 측면

——— 자신의 성과에 자부심을 느끼는 것은 좋지만, 이런 성격의 인물은 이를 뛰어넘어 자신을 높이려고 다른 누군가를 짓밟는다. 자신이 우월하다고 믿기에 관용이 없거나 생각(마음)이 열려 있지 않고, 진심으로 아이디어나 지식을 주고받지 않는다. 또 종종 견해에 불과한 자신의 생각을 사실처럼 전하고, 논거에 설득력이 없거나 오류가 있음에도 바꾸기 어려워한다.

영화 속 사례

─────── 〈어 퓨 굿 맨〉에서 네이선 제셉 대령(잭 니컬슨 분)은 무공훈장을 받은 해병대 장교로서 경멸쯤은 해도 될 권리가 있다고 믿는다. 그는 또한 해병대가 육군이나 다른 군대보다 우월하며, 위험천만한 전초기지에서 부대를 승리로 이끈 지휘관인 자신은 당연히 존중과 존경을 받아야 한다고 생각한다. 그리고 상대측 변호사에게 말한다. 돈이나 훈장이 아니라 다만 예의, 즉 부하들에게 존경받기를 원한다고. 요약하면 제셉 대령은 자신이 누구보다 뛰어나고 중요한 사람이라는 인정을 받고 싶은 것이다.

영화 속 다른 사례

─────── 〈대역전〉(1983)에서 흑인 거지와 처지를 맞바꾸게 된 증권회사의 전무 루이스 윈소프(댄 애크로이드 분), 〈완다라는 이름의 물고기〉(1988)에서 보석을 훔치는 강도이자 완다의 애인 오토 웨스트(케빈 클라인 분)

이 성격이 주요 결점일 때 극복하는 방법

─────── 오만한 인물의 약점은 말 그대로 과도한 자부심이다. 자부심은 때때로 몰락을 앞당기므로 오만함에 가장 좋은 치료법은 강제 퇴위다. 자신이 열등하다고 여기던 누군가에 의해 쫓겨난다면 더욱 좋다. 친구들이 그의 몰락을 목격하고 아랫사람의 승리를 인증하게 된다면, 겸손해지고 자신의 과오를 인정하게 될 것이다.

갈등을 유발하는 다른 인물들의 성격

─────── 괴팍함, 비겁함, 냉소적, 엉뚱함, 겸손함, 무식함, 지적, 비판적, 별남, 재능 있음, 상스러움

35 적대적인 성격

Hostile

정의	유사한 결점
대놓고 대항하거나 반대함	적의를 품음, 호전적, 전투적, 위협적

성격 형성의 배경

—— 좌뇌와 우뇌가 불균형적이다

—— 출구가 없는 상황에 처한다

—— 폭력이나 학대를 당했다

—— 만성 통증이나 불면증에 시달린다

—— 자신의 잘못이 아닌데도 부당한 대우를 받았다

—— 스트레스나 불안감, 절망감이 계속되고 있다

—— 신뢰성에 문제가 있다

연관된 행동과 태도

—— 사람들에게 딱딱거린다

—— 폭언을 퍼붓는다

—— 소소한 자극이나 아무 이유가 없음에도 격분한다

—— 싸움거리를 찾아다닌다; 시비를 건다

—— 신체적 폭력에 의지한다

—— 상대에 도전한다

—— 욕을 한다

—— 복수한다

- 범죄행위를 한다(폭행, 반달리즘, 도둑질 등)
- 어둡고 불길하게 처신한다
- 불안정하다
- 사람들 대신 물건(베개, 문, 벽 등)을 부서뜨린다
- 편견을 가진다
- 폐쇄적이다
- 남들과 어울리지 않는다
- 자신의 반응이 비이성적임을 알지만 변화할 능력이나 의사가 없다
- 자가로 약물을 투여한다
- 어울리고 싶지만 그렇게 할 수 없어서 좌절한다
- '분노가 담긴' 음악을 듣고, 폭력적인 영화를 본다
- 울분을 푸는 방편으로 운동을 한다
- 사람들과 친하게 지내지 않는다; 사람들을 밀어낸다
- 자신의 기질과 관련된 건강문제를 겪는다(고혈압, 심장질환 등)
- 피해의식에 사로잡혀 있다
- 자신의 끔찍한 감정을 예술이나 다른 창의적 활동으로 표출한다
- 잠이 너무 적거나 너무 많다
- 우울해한다
- 어떤 사람이나 무리에 대해 폭력적인 생각이 든다
- 자주 욱한다; 생각 없이 마구 닦아세운다
- 난폭운전과 보복운전을 한다
- 고집불통이다
- 분노유발요인에 지나치게 예민하다(누군가의 껌 씹는 소리 등)
- 다친 마음을 분노로 전환하고, 그것을 발산하기 위해 폭력을 갈구한다
- 복수심이 강하다
- 직업을 유지하거나 남들과 함께 일하기 어려워한다
- 사람들을 어떤 식으로든 열등하거나 멍청한 존재로 본다

연관된 생각

——— 그냥 아무나 한 대 치고 싶은데.

——— 한 명만 더 음식이 어떻다고 구시렁대면, 그 손님들 머리를 튀김냄비 속
으로 처박아버릴 테야.

——— 나 좀 내버려두라고!

——— 나랑 한번 붙어보자는 건데? 모두 상대해주지!

연관된 감정

——— 동요, 화, 비통함, 우울, 좌절감, 증오, 피해망상이 심함, 격분

긍정적 측면

——— 적대적인 인물은 거리낌이 없다. 이들은 거침없이 생각나는 대로 말하
고 행동한다. 또한 오랫동안 산만해지지 않고 하나의 주제에 몰두할 수
있다.

부정적 측면

——— 이런 인물은 어떤 식으로든 망가지거나 상처를 입는다. 정신적, 감정적
또는 육체적으로 고통을 겪는 이들은 다른 사람들을 닦아세워 학대의
고리를 심화하고 더 많은 고통을 가한다. 또한 어떤 것을 그냥 넘기지 못
해 깨뜨리기 어려운 부정적 사고방식을 만든다. 부정적인 생각에 집중
하다 보면 고혈압과 뇌출혈 같은 질병에 걸리고, 공황장애와 피해망상
같은 심리문제가 야기될 수 있다.

문학작품 속 사례

——— 셰익스피어의 〈말괄량이 길들이기〉에서 캐서리나 미노라는 진퇴양난에
처한다. 그녀의 선택지는 순종적인 아내와 딸 노릇을 하는 것 외에는 없
다. 이런 역할에 질색한 캐서리나는 만나는 남자마다 말로, 때로는 몸으

로 시비를 걸어 울분을 쏟아낸다. 역설적으로 이런 적대적 태도 때문에 캐서리나는 셰익스피어 시대에 이탈리아 파도바에 사는 여성에게 주어진 유일한 지위에서 평온을 찾지 못한다.

영화 속 사례

——— 〈조찬 클럽〉(1985)에서 부모에게 인정과 대우를 받지 못하고 문제아가 된 존 벤더(저드 넬슨 분), 〈록키 3〉(1982)에서 거친 흑인 복서 클러버 랭 (미스터 티 분)

이 성격이 주요 결점일 때 극복하는 방법

——— 적개심은 십중팔구 어떤 종류의 상처에 의해 촉발된다. 화가 난 인물은 상처를 해소하는 최고의 방법이 복수와 용서하지 않는 것이라고 생각하기 쉽다. 하지만 이런 대응은 고통을 연장할 뿐이다. 적개심이 더욱 불안한 상황으로 치닫기 전에 근본적인 원인이나 사건을 해결해서 진정시키는 것이 최선이다. 작은 문제들이 해결되면 더 큰 폭발을 예방하고, 인물은 자신의 울분에 압도당하지 않고 오히려 장악함으로써 자신감을 회복할 수 있다.

갈등을 유발하는 다른 인물들의 성격

——— 지배욕이 강함, 협조적, 우호적, 온화함, 행복함, 소심함, 다혈질

³⁶ 재미없는 성격
Humorless

정의	유사한 결점
유머감각이 없음	지루함, 둔함

성격 형성의 배경

——— 경박함은 잘못이라고 믿는다

——— 고상한 체한다

——— 매우 지적이다

——— 지나치게 몰입하거나 일을 너무 많이 한다

——— 슬픈 일이 많았던 과거 때문에 즐거움을 누리기를 두려워한다

——— 천성적으로 진지하거나 우울해한다

——— 재미와 웃음을 중요하게 생각하지 않는 진지한 분위기의 집안에서 자랐다

——— 정신장애가 있다(조현병, 아스퍼거 증후군,● 강박성 인격장애 등)

연관된 행동과 태도

——— 농담을 들어도 웃음의 포인트를 놓친다

——— 다른 사람이 웃어야 따라 웃는다

——— 바보 같은 기분이 들게 하는 활동을 삼간다(춤추기, 노래방 가기 등)

——— 만사를 너무 진지하게 받아들인다

● 대인관계에서 상호작용에 어려움이 있고 관심 분야가 한정되는 특징을 보인다. 자폐증과 달리 어린 시절에 언어 발달 지체가 두드러지지 않는다.

——— 풍자, 조롱, 중의적 표현을 이해하지 못한다

——— 힘든 일을 웃으며 넘기지 못한다

——— 언제나 올바르게 행동하고 자중한다

——— 긴장을 풀기 어려워한다

——— 장난에 혼란스러워한다

——— 가벼운 잡담을 나누는 것을 힘들어한다

——— 요점을 말하지 않고 횡설수설한다

——— 어색한 침묵을 깨기 위해 애쓰지 않는다

——— 남들이 이해하거나 좋아하지 않는 특이한 취미를 가진다

——— 진지한 차원이 아니면 사람들과 공감하지 못한다

——— 사람들이 왜 웃기다고 생각하는지 알아내기 위해 농담이나 논평을 분석한다

——— 농담을 알아들었지만 웃기지 않아서 웃지 않았다고 주장한다

——— 다른 사람들의 말을 오해한다

——— 좀처럼 웃지 않는다

——— 일을 곧이곧대로 받아들인다

——— 일이나 스트레스를 주는 다른 것들을 생각하느라 머릿속이 복잡하다

——— 무표정하다

——— 내성적이다; 혼자 있기를 좋아한다

——— 사교적인 상황에서 어색해한다

——— 대화에 참여하라는 권유가 없으면 끼어들지 않는다

——— 심각한 주제들에 관심이 많다(종교, 정치 등)

——— 심각한 토론에 유머가 끼어들면 짜증을 낸다

——— 유머러스한 사람들은 멍청하거나, 믿을 수 없거나, 실없거나, 변변찮다는 고정관념이 있다

——— 웃기지 않은 농담을 시도한다

——— 사람들이 너무 심각해하지 말라고 하면 짜증을 낸다

연관된 생각

———— 트림 소리가 뭐가 웃기다는 거야? 더러운데.

———— 구석에 서서 밥을 먹으면 아무도 내게 말을 걸지 않겠지.

———— 저게 농담인가?

———— 그들은 너무 애 같아. 왜 그냥 자기 일만 하면 안 되는 거야?

연관된 감정

———— 혼란, 경멸, 의문, 두려움, 당황스러움, 좌절감, 무관심함, 불안정함, 짜증, 외로움, 신경과민, 내키지 않음, 불편함

긍정적 측면

———— 재미없는 인물은 자신에게 흥미 있는 주제나 취미, 책무에 대해서는 열렬하게 반응한다. 또한 이들은 혼자서도 잘하고 자신의 책임을 다하므로 신뢰할 수 있다.

부정적 측면

———— 이런 성격의 인물은 농담이나 조롱, 추파에 어떻게 대꾸할지를 모른다. 이들의 어설픈 반응에 사람들은 불편함을 느껴 피하거나, 괴짜라거나 이상하다거나 따분하다거나 고지식한 사람이라는 꼬리표를 붙인다. 사람들이 찬찬히 살펴본다면 이들에게 다른 많은 장점과 존경할 만한 자질이 있음을 알게 될지도 모른다. 하지만 이들은 피상적인 차원의 유대감도 갖지 못하기 쉽고, 대체적으로 사람들과 깊이와 의미 있는 인간관계로 발전하지 못한다.

문학작품 속 사례

———— S. E. 힌턴의 《아웃사이더》에서 큰형 대리 커티스는 유머감각을 발휘할 시간이 없다. 부모님이 돌아가신 후로 사고가 끊이지 않는 거친 동네에

서 어린 두 동생을 길러야 하기 때문이다. 영화도 안 좋아하고 책도 안 읽는 커티스는 듬직하고 의젓하며, 언제나 옳은 일만 한다. 양육자로서 최적의 자질을 가졌음에도 막냇동생에게 공감하지 못하면서 사이가 틀어진다.

영화 속 사례

——— 〈2001 스페이스 오디세이〉(1968)에서 반란을 일으키는 컴퓨터 HAL 9000, 〈죽은 시인의 사회〉(1989)에서 키팅 선생님의 수업이 탐탁찮은 리처드 캐머런(딜런 커스먼 분), 〈스타트렉〉 시리즈에서 엔터프라이즈호의 부함장이자 이성적인 벌칸족 스폭

이 성격이 주요 결점일 때 극복하는 방법

——— 이런 결점은 인물을 고립시켜 다른 사람들과 교류하기 힘들게 한다는 것이 문제다. 재미가 없는 인물이 유머의 개념 자체를 이해하지 못할 경우 자신의 결점을 극복하기 어려울 수도 있다. 하지만 이들이 자신의 긍정적 기질에 집중해 이를 돋보이게 한다면, 다른 사람들이 이들을 유머 감각 부족으로 규정하거나 제약하지 않을 것이다.

갈등을 유발하는 다른 인물들의 성격

——— 경박함, 재미있음, 짓궂음, 놀기 좋아함, 말썽을 피움, 재치 있음

³⁷ 위선적인 성격

Hypocritical

정의 그렇지 않은데 그런 체함; 안 믿으면서 믿는다고 주장함	유사한 결점 허위적, 가식적, 가짜, 이중적

성격 형성의 배경

———— 응징당할까봐 두려워한다

———— 사람들을 기쁘게 해주고 싶어한다

———— 자신이 무엇을 믿는지에 대한 확신이 없다

———— 무리한 기대를 한다

———— 지나치게 엄격하고 일일이 평가받는 환경에서 자랐다

———— 숨기고 싶은 비밀이 있다

———— 의지박약이고 자기통제가 안 된다

연관된 행동과 태도

———— 언행이 일치하지 않는다

———— 이중 잣대를 들이댄다: 나는 괜찮지만 당신은 안 돼.

———— 어떤 명분에 지지를 표명하지만 활동은 반대편에서 한다

———— 거짓말을 하고 정직하지 못하다

———— 사람들을 일방적으로 판단한다

———— 누군가를 개인적으로는 비방하면서 공개적으로는 충성을 표시한다

———— 자신의 이익이 극대화된다면 믿음이나 충성의 대상을 갈아치운다

———— 경험이라는 카드를 활용한다: 내가 부모야. (또는) 이런 종류의 일은 내

가 많이 알지.

———— 잘못을 들켰을 때 변명을 지어내거나 안하무인으로 행동한다

———— 입으로는 용서를 말하면서 뒤끝을 보인다

———— 상대의 약점을 들춰서 주의를 돌린다: 너도 다이어트에 실패했잖아!

———— 자신의 신념을 확신하지 못하지만 두려움 때문에 인정하지 않는다

———— 동료 집단의 압력에 자신의 신념을 포기한다

———— 상충되는 것들을 원하고, 그중 하나를 선택하지 못한다

———— 자신의 일, 건강, 인생 등이 완벽하지 않은데도 그런 척한다

———— 해서는 안 되는 일을 할 때 들키지 않게 극도로 조심한다

———— 여차하면 댈 핑계를 준비한다: 아, 이 맥주는 제 것이 아니에요. 삼촌께
갖다드리는 중이었어요.

———— 탐욕스럽다

———— 건방지고 자기중심적이다

———— 기회주의적이다

———— 자신이 하고 있는 일을 감추려 무엇이든 한다

———— 자기가 잘못하고는 다른 사람을 질책한다

———— 거짓말하는 티가 난다(말이 빨라짐, 초조한 태도, 눈을 못 마주치는 등)

———— 부도덕한 행동을 하고는 양심의 가책을 덜려고 회개한다

———— 종교인이라면서 남에게 무례하고 불친절하며 함부로 판단한다

———— 불륜을 저지른다

———— 자신의 실수를 책임지기 어려워한다

———— 타인의 위선적 행동을 보면서 자신은 괜찮은 사람이라고 생각한다

———— 자신을 일순위로 여긴다

———— 관찰력이 뛰어나다

연관된 생각

———— 아무도 몰랐으면 좋겠어.

———— 나는 왜 옳은 일을 하지 못할까?

———— 어떻게 그럴싸하게 포장해야 사람들이 날 믿어줄까?

연관된 감정

———— 혼란, 욕망, 결의, 두려움, 죄책감, 수치심, 아는 체함, 불확실함, 걱정

긍정적 측면

———— 위선자들은 대체로 분별력이 있어서 사람들의 생각을 읽을 줄 안다. 이들은 자신의 이익을 증대할 수 있는 기회를 놓치지 않으며, 또한 두 얼굴이 익숙한 거짓말쟁이로서 필요하면 사람들을 속인다.

부정적 측면

———— 이런 인물은 타인의 신뢰를 남용하고, 때로는 이를 자신이 원하는 것을 갖기 위해 이용한다. 이들은 아무렇지 않게 속임수를 쓰기 때문에 스스로 거짓말과 진실을 혼동하기도 한다. 반면에 비고의적인 위선자는 어떤 방식으로 행동하고 싶을 수도 있지만 일관성을 위해 위선적으로 굴기도 한다. 이는 자신의 약점을 감추기로 다짐하면서 불확실함, 죄책감, 더 많은 위선으로 이어질 수 있다.

문학작품 속 사례

———— 제프리 초서의 《캔터베리 이야기》에서 면죄부 판매인은 스스로를 사기꾼이라 칭한다. 성직자로서 탐욕과 시기심의 자제를 설교하지만, 자신은 그것들의 노예가 되는 죄를 범하기 때문이다. 그는 설교 후에 치유와 구원을 보장한다는 가짜 성물을 판매한다. 그의 유일한 목표는 자기 주머니를 채우는 것이고, 사람들이 그의 거짓말을 믿는다면 목표가 이루어질 것이다.

영화와 문학작품 속 다른 사례

─── 〈레이디호크〉에서 아퀼라성의 성주인 추기경(존 우드 분), 스티븐 킹의
《리타 헤이워드와 쇼생크 탈출》에서 새뮤얼 노턴 교도소장

이 성격이 주요 결점일 때 극복하는 방법

─── 위선은 공공연히 아니면 은밀히 진행된다. 어떤 사람은 속인다는 것을
알면서도 남들을 옳지 않은 생각으로 이끄는 반면, 또다른 사람은 진
심으로 다른 방식을 원하지만 그것에 대해 잘 몰라서 고군분투한다. 두
부류 모두 다음의 두 가지를 실천해야 한다. 첫째, 자신을 있는 그대로
바라보고 그 사실을 받아들인다. 둘째, 다른 사람에게 자신의 진짜 모
습을 알린다. 만약 극복할 결점이 있다면 남들을 속이지 말고 자신의
결점을 마주하고 대처해야 한다.

갈등을 유발하는 다른 인물들의 성격

─── 절제력이 있음, 남의 말을 하기 좋아함, 정직함, 충직함, 오지랖이 넓음,
통찰력이 있음, 자유분방함

³⁸ 무식한 성격

Ignorant

정의	유사한 결점
지식이나 배움이 모자람	잘못 알고 있음, 미개함, 교양이 없음

성격 형성의 배경

——— 세상의 지식이 차단된 사회에서 성장했다

——— 하나의 사고방식이 유일한 정도正道라는 가르침을 받았다

——— 특정 주제를 다루지 않는 교육을 받았다

——— 게으르다

——— 미성숙하다

——— 공감능력이 결여되었다

——— 불안정하다

연관된 행동과 태도

——— 말도 안 되는 생각을 진리라고 지겹도록 말한다

——— 사람들의 말을 사실 여부도 확인하지 않고 믿어버린다

——— (경험 부족으로) 사회나 세상이 어떻게 돌아가는지를 모른다

——— 사실 여부를 확인하지 않고 그릇된 정보를 공유한다

——— 옳고 그름을 따지지 않고 배운 대로 반복한다

——— 폐쇄적이다

——— 어떤 사안에 대해 고의로 진실을 외면한다

——— 논점의 근거로 정확하지 않거나 편협한 정보를 들이민다

———— 반대와 상관없이 견해를 고수한다

———— 남의 감정은 안중에 없다는 듯 말한다

———— 이방인을 환영하지 않는다

———— 과도하게 자부심을 느낀다

———— 부정확한 가르침에 기초해서 (그릇되게) 가정한다

———— 어떤 일이 잘못인 줄 알지만 다들 그렇게 한다며 신경 쓰지 않는다

———— 가문에 대한 자부심이 강해 시대에 뒤떨어진 방식에 매달린다

———— 자신의 믿음이 틀렸거나 해로울 때도 맹렬히 고집한다

———— 자신에게 도전해오면 욕을 하고, 감정적 고통으로 되갚아주려 한다

———— 시대에 뒤떨어진 방식이나 관습을 통해 목표를 달성하려 한다

———— 편견을 가진다

———— 개인적으로 잘 모르는 사람이나 단체에는 고정관념을 가진다

———— 가장 쉬운 길을 택한다

———— 새로운 전략이나 방식을 받아들이려 하지 않는다

———— 인종차별적이다

———— 사람들의 외모나 신념에 관한 농담을 하고는 그들이 기분 나빠하지 않기를 기대한다

———— 새로운 것은 무엇이든 의심한다(사람, 개념, 기술 등)

———— 자신과 다른 사람들을 배척한다(신념이 다른 사람을 기피하기 등)

———— 사람이나 장소에 대해 넘겨짚는다: 캐나다는 순진한 이상주의자들이 살기에 좋은 곳이야.

———— 논리나 사실에 근거하지 않은 미신에 흔들린다

———— 더 많이 '알고 있을' 성싶은 권위자에게 충성하고 의존한다

———— 온라인상에서 상습적으로 악플을 단다; 선동적인 정보를 유포하고 책임을 회피한다

———— 일부 인종 집단을 어떻게 해서든 기피한다

———— 또래들로부터 영향을 많이 받는다

———— 자신의 행동이 가져오는 결과를 잘 이해하지 못한다

———— 지식의 부족이 들통나면 화를 낸다

———— 사람들을 다르거나 낯설다는 이유로 부적합하다고 나무란다

연관된 생각

———— 저 사람들만 없으면 세상은 더 살 만해질 텐데.

———— 저런 사람들이 버젓이 돌아다니게 놔두다니 믿을 수가 없군.

———— 여기는 자유국가야. 내가 하고 싶은 말은 뭐라도 할 수 있어.

———— 올드 크리크 도로에서 자동차가 고장났다고? 그런 촌놈들한테 면허를 줬다니 놀랄 노 자네.

연관된 감정

———— 화, 짜증, 거부감, 혐오감, 증오, 만족감, 의심, 불편함

긍정적 측면

———— 무식한 인물은 쉽게 흔들리지 않으므로 자신의 믿음에 고집스럽게 매달릴 수 있다. 또한 가족이나 생각이 같은 단체에 맹렬히 충성하고, 어떤 위협에도 그들을 보호하고 방어한다. 이런 인물은 잘못되었더라도 자신의 의견에 열정적이고, 그것을 다른 사람들과 나누려 열심이다.

부정적 측면

———— 이런 인물은 그릇된 정보를 가지고 있으면서도 자신이 사정에 밝다고 우긴다. 이들은 문제를 일으킨 주제를 직접 경험한 사람들의 논리적이고 정리된 논증이 있음에도 자신의 그릇된 믿음을 고수하며, 방어적이고 교만해 말과 행동으로 남들을 해치고 자신의 평판도 망가뜨린다. 또한 자신의 신뢰도를 스스로 무너뜨리고 세상에 무지한 바보라는 꼬리표를 자처한다.

드라마 속 사례

─────── 〈올 인 더 패밀리〉 시리즈에서 가장인 아치 벙커는 제2차 세계대전의 참
전 군인으로서 1970년대의 급변하는 미국 사회에 적응하지 못한다. 그
는 자기 자신, 곧 백인이면서 노동자, 기독교인, 이성애자, 보수적 남성이
아니면 누구라도 욕한다. 시시때때로 자신과 같은 부류가 책임을 맡던
시절을 그리워하고 수시로 히피족 사위와 이웃의 흑인들과 갈등을 빚는
데, 그때마다 비논리적 오류로 가득한 주장을 반복한다.

문학작품과 영화 속 사례

─────── 하퍼 리의 《앵무새 죽이기》에서 인종차별주의자인 이웰가 사람들, 〈비
버리 힐빌리즈〉(1993)에서 자신들의 목장에서 우연히 발견된 유전으로
벼락부자가 되는 클램펫가 사람들

이 성격이 주요 결점일 때 극복하는 방법

─────── 무식한 인물은 자신의 지식 부족을 인식하지 못한다. 이런 인물을 변신
시키는 최고의 방법은 그릇된 정보를 가진 단체나 이슈를 대표하는 누
군가와 충돌하게 만드는(그리하여 배움을 얻게 되는) 것이다. 인물은 진
실이라고 믿었던 어떤 것에 대해 그 실상을 알고 나면 생각을 바꾸고, 심
지어 바뀐 생각의 옹호자로 변할 수도 있다.

갈등을 유발하는 다른 인물들의 성격

─────── 잔인함, 관대함, 오만함, 명예를 중시함, 이상주의, 순진함, 지적, 내성적,
정의로움, 학구적

³⁹ 성마른 성격

Impatient

정의	유사한 결점
지체되거나 반대에 직면하면 가만히 있지 못하거나 화를 잘 냄	안달함, 가만히 있지 못함

성격 형성의 배경

—— 미성숙하다

—— 원하는 것을 쉽게 얻던 시절이 있었다

—— 흥분을 잘한다

—— 즉각적인 만족을 원한다

—— 엄청난 재력이나 연줄이 있어서 원하는 것을 쉽게 가질 수 있다

—— 자기중심적 태도와 특권의식이 있다

연관된 행동과 태도

—— 일을 지금 당장 처리하라고 닦달한다

—— 목표 달성에 가장 빠른 길을 탐색한다(가장 빨리 줄어드는 대기줄 고르
기 등)

—— 경쟁적이다

—— 느긋하고 태평스러운 사람들을 보면 짜증을 낸다

—— 성미가 급하다

—— 사람들에게 딱딱거린다

—— 화를 잘 낸다

—— 빠른 속도로 움직인다; 돌진한다

- 잔소리가 심하다
- 일일이 간섭한다
- 성가시게 군다(날마다 전화해서 일의 진행 상태 점검하기 등)
- 일이 자기 생각대로 빨리 진전되지 않으면 불평한다
- 일의 마감을 앞당기려고 다른 사람의 일까지 떠맡는다
- 한시도 가만히 있지 못한다(서성거리기, 손가락 튕기기, 수시로 시간 확인하기 등)
- 자신이 가진 것들에 고마워하지 않는다
- 효율적이지 않은 것을 견디지 못한다
- 일과 의무를 수박 겉핥기로 처리한다
- 배후에서 남을 조종하고 협박해서 일의 마감을 앞당긴다
- 날카롭거나 강력히 요구하는 어조로 말한다
- 부탁하기보다 명령한다
- 성급하게 결정해서 일을 더 번거롭게 만든다
- 다음에 올 큰 사건이나 업적을 끊임없이 확인한다
- 긴박한 사정을 강조하기 위해 다른 사람들의 개인 공간을 침범한다
- 상대가 원하든 원하지 않든 도와준다
- 자비심이 없다
- 일하는 방식을 놓고 요청하지도 않은 충고를 한다
- 자신의 편의대로 기준이나 기대치를 낮춘다
- 빈정이 상할 정도로 남의 약점을 꼬집는다: 맨날 느려터져서는. 너 뭐야, 나무늘보야?
- 경적을 계속 누르고, 끼어들고, 과속하는 등 난폭운전을 한다
- 사람들을 비효율적이라며 나무란다
- 일의 질을 포기한다; 절차를 무시한다
- 생각 없이 반사적으로 대처해서 상황을 더 꼬이게 만든다
- 비판적으로 행동하고 매몰차게 생각한다

——— 자신의 필요와 욕망에만 집중한다

——— '내가 먼저' 정신을 실천하며 살아간다

연관된 생각

——— 아가씨, 글 읽을 줄 몰라요? 표지판에 '열 개 한정'이라고 적혀 있잖아요.

——— 좀, 비키라고!

——— 뭐가 이렇게 오래 걸려?

——— 10분 전에 이메일을 보냈는데. 킴은 왜 아직 답장이 없어?

연관된 감정

——— 동요, 화, 짜증, 좌절감

긍정적 측면

——— 성격이 급한 인물은 일이 빨리 진행되기를 바라므로, 자발적으로 빠르게 움직인다. 이들은 미래를 고대하기 때문에 무슨 일이 일어날지 주시하고 대체로 준비가 되어 있다.

부정적 측면

——— 이런 인물은 즉각적인 만족을 원하기 때문에 자신이 가진 것을 누리기가 힘들다. 이들을 흡족하게 할 만큼 빠르게 진행되는 일은 많지 않으므로, 다른 사람들과 일의 진행 과정이 너무 느리다면서 부정적으로 생각할 가능성이 많다. 그러나 일의 진행에는 불평, 투덜거림, 소동이 아무런 도움을 주지 못한다. 또한 이런 성격은 주변 사람들에게도 계속 영향을 끼치는데, 끊임없는 자극과 쉴 새 없는 에너지로 사람들을 짓누른다. 역설적으로 이런 인물은 자신이 의욕을 느끼지 못하는 일에 대해서는 굼뜨게 행동하기도 하는데, 결코 이를 이중적이라고 생각하지 않는다.

문학작품 속 사례

———— 셰익스피어의 〈맥베스〉에서 많은 이들이 맥베스의 비극적 결함은 야망이라 생각하지만, 급한 성격 또한 그의 몰락에 큰 몫을 했다. 왕이 되리라는 예언에 맥베스는 상황이 자연스레 흘러가도록 놔두지 못하고, 아내의 끊임없는 부추김에 현혹되어 현재의 왕과 자신을 방해할 성싶은 사람을 모조리 죽인다. 그가 일이 알아서 돌아가도록 가만히 있었다면 성공한 왕의 필수조건인 성품을 갖출 시간을 벌었을지도 모른다. 하지만 맥베스는 참을성 없는 성마른 성격 탓에 정신을 차릴 새도 없이 순식간에 벌어진 사건들로 인해 몰락을 자초한다.

영화와 드라마 속 사례

———— 〈선택〉(1996)에서 신약 개발을 위해 비밀리에 노숙자들에게 생체실험을 감행하는 로런스 마이릭 박사(진 해크먼 분), 〈백 투 더 퓨처〉 시리즈에서 악당 비프 태넌, 〈빅뱅이론〉 시리즈에서 이론물리학자 셸던 쿠퍼

이 성격이 주요 결점일 때 극복하는 방법

———— 급한 성격의 반대는 만족이다. 이런 성격을 극복하려면 인물은 자신이 가진 것에 만족하는 법을 배워야 한다. 고마움을 아는 것이 열쇠다. 지금 가지고 있는 것들이 고맙게 생각할 만하고 자신을 충분히 행복하게 해준다는 것을 깨달아야 한다.

갈등을 유발하는 다른 인물들의 성격

———— 조심성이 많음, 느긋함, 화려함, 충동적, 우유부단함, 꼼꼼함, 오지랖이 넓음, 체계 있음, 여유 있음

⁴⁰ 충동적인 성격

Impulsive

정의 앞뒤 재지 않고 욕망이나 기분, 성향을 좇아서 행동함	유사한 결점 성급함, 극성스러움, 느닷없음, 재촉함

성격 형성의 배경

———— 위험을 감수하라고 부추기는 환경에서 산다

———— 순간을 즐기고 경계를 짓지 않으면서 산다

———— 규율이 엄하고 기대치가 높은 집안에서 자랐다

———— 이기적이다

———— 주의력결핍장애나 주의력결핍 과잉행동장애가 있다

———— 죽음 직전까지 갔던 경험으로 인간이 유한한 존재임을 깨달았다

———— 무책임하다

연관된 행동과 태도

———— 감정에 따라 행동한다

———— 결과를 생각하지 않고 일단 저지른다

———— 코앞을 내다보지 못한다

———— 생각 없이 한 행동의 바람직하지 못한 결과에 진심으로 충격을 받는다

———— 자신이 원하는 것을 알고 즉시 그것을 추구한다

———— 즉흥적이다; 계획이 없다

———— 너무 많은 규칙이나 제약에 짜증을 낸다

———— 먼저 행동하고, 나중에 후회하거나 자책한다

──── 흥분을 잘한다

──── 참을성이 없다

──── 머릿속에 맨 처음 떠오른 생각을 곧장 말한다

──── 쉽게 산만해진다

──── 속이 빤히 들여다보인다; 말을 거르거나 좋은 이미지를 주는 방식으로 행동하지 못한다

──── 충분히 생각하지 않아서 부지불식간에 자신과 사람들을 위험에 빠뜨린다

──── 충동적인 기질이 발동되면 사람들을 불편하게 만든다

──── 예측이 불가능하다

──── 호기심이 강하다

──── 열정의 대상이나 취미가 자꾸 바뀐다

──── 일을 완수하지 못한다

──── 실수를 하고 손해를 입거나 입힌다

──── 가만히 있어야 하거나 조용하게 해야 하는 일에 집중하기 어려워한다

──── 자신의 행동에 화를 내면 좌절하고 기분이 상한다

──── 인간관계가 불안정하고 신뢰성에 문제가 있다

──── 미래를 대비하지 않는다(저축하지 않기, 유언장을 작성하지 않기 등)

──── 과소비를 한다

──── 쉽게 지루해한다

──── 겁이 없다

──── 직감에 따라 행동한다

──── 사람들을 너무 빨리 믿어버린다

──── 책임감이 없다

──── 집중력이 부족해서 일을 제대로 완수하려면 시간이 배로 걸린다

연관된 생각

────── 재미있어 보이네. 나도 낄래!

────── 시간 낭비야. 그냥 이렇게 하자!

────── 그만해, 난 기다리지 않을래. 시간이 지나면 알게 될 테니까.

────── 빨리 규칙부터 정하자고. 그래야 시작이라도 할 수 있잖아!

연관된 감정

────── 호기심, 욕망, 열의, 환희, 흥분, 참을성이 없음, 좌절감, 후회

긍정적 측면

────── 충동적인 인물은 사는 게 재미있고 종종 변화와 갈등의 촉매제가 된다. 자기 좋은 대로 일하고 말하는 이들의 능력은 남들에게는 최상의 자유로 보일 수도 있다. 이런 인물은 자기가 좋아하는 친구, 가족, 또는 충성을 바치는 명분이 곤경에 처하면 무엇이든 할 수 있다.

부정적 측면

────── 이런 인물은 사전에 숙고하고 철저하게 계획을 세우는 것을 중요시하는 사람들을 곤란하게 만들고, 우정에 금이 가게 만든다. 이들은 본능적으로 행동하느라 큰 그림이나 자신의 행동이 주변 사람들에게 어떤 영향을 미치는지 고려하지 못한다. 상황을 최악으로 몰아가 신뢰를 잃을 수도 있는데, 사람들은 이런 인물을 자기중심적이라거나 바보 같다고 여길 수 있다. 또한 이들은 자신의 행동에 제동을 걸지 못해서 변덕스럽고, 감정에 지배되며, 중독되기 쉽다.

문학작품 속 사례

────── 《빨간 머리 앤》에서 앤 셜리는 충동적인 어린아이의 표본이라 할 만하다. 앤은 매우 감정적이고 기분이 내키는 대로 행동한다. 이를테면 같은

반 친구의 머리를 벽돌로 내리치거나, 머리카락을 초록색으로 물들이거나, 생명이 위험할 수도 있는 도전에 나선다. 무모한 장난은 대개 엄청난 충격을 남기며 끝이 나서 앤은 친구와 사랑하는 사람들을 곤경에 빠뜨린 일을 크게 후회한다.

드라마와 문학작품, 영화 속 다른 사례

──── 1950년대 미국에서 선풍적 인기를 끌었던 〈왈가닥 루시〉 시리즈에서 주인공 루시 리카르도, 셰익스피어의 〈로미오와 줄리엣〉에서 로미오, 〈대부〉에서 장남 서니 코를레오네(제임스 칸 분)

이 성격이 주요 결점일 때 극복하는 방법

──── 충동적인 인물은 충동에 따라 즉각적으로 행동하다가는 자신뿐만 아니라 다른 사람들에게도 불쾌한 결과를 가져온다는 것을 깨달을 필요가 있다. 그러고 나서 느긋해지고, 말을 삼가며, 선택지를 분석하고, 감정보다는 생각에 기초해 결정하는 법을 배워야 한다.

갈등을 유발하는 다른 인물들의 성격

──── 분석적, 조심성이 많음, 절제력이 있음, 성숙함, 참을성이 있음, 책임감이 있음, 사심이 없음, 폭력적

41 부주의한 성격
Inattentive

정의	유사한 결점
관심을 기울이지 않음	산만함, 태만함, 무감각함, 조심성이 없음

성격 형성의 배경

——— 일이 지나치게 많다

——— 의도적으로 기피하거나 무시하고 싶어한다

——— 천성적으로 산만하다

——— 다른 것들에 과도하게 집중한다(인간관계, 일 등)

——— 냉담하다

——— 주의집중 시간이 짧다

——— 과거에 입은 상처로 정신이 흐려져 다른 일들에 집중하지 못한다

——— 학습장애나 주의력결핍 과잉행동장애가 있다

연관된 행동과 태도

——— 멀티태스킹을 자주 한다

——— 자신의 의무를 소홀히 한다

——— 누군가 말할 때 딴생각을 한다

——— 다른 사람들이 알아서 꾸려나가게 놔둔다

——— 어떤 사람에게는 신경 쓰는 반면, 다른 누군가는 방치한다

——— 관찰력이 떨어진다; 잘 알아차리지 못한다

——— 누가 책임자가 되든 간에 잘할 것이라고 여긴다

——— 관찰력이 떨어져서 쉽게 관리되거나 조종당한다

——— 다른 데 정신이 팔린다

——— 사람들과 교감하지 못한다

——— 현재 활동에 집중하지 못한다(카드놀이를 할 때 자기 차례를 놓치고 텔레비전을 본다)

——— 대화 도중에 옆길로 샌다; 질문이 뭐였는지를 잊는다

——— 대화에 집중하지 못하는 바람에 말이 없는 상태가 길어진다

——— 잘 잊어버려서 결석이나 부재가 잦다

——— 자기중심적이다; 다른 사람들을 모른 체하거나 무시한다

——— 어떤 일의 상황을 너무 늦게 알아차린다(연료가 다 떨어질 때까지 모르기 등)

——— 잘 집중하지 못하는 통에 일 처리가 미숙하다

——— 일을 제대로 마무리하지 못한다

——— 물건을 곧잘 잃어버린다

——— 집중하지 못해서 사람들에게 중요하지 않은 사람이라는 기분이 들게 한다

——— 본의 아니게 인간관계에서 거리감을 만든다

——— 지각하거나 준비가 미비하다

——— 의무나 일상에 얽매여 있는 기분을 느낀다

——— 중요한 욕구에 열렬히 몰두하느라 소소한 욕구는 잊어버린다

——— 사람들을 채용해서 자신이 해야 하는 일을 맡겨버린다

——— 언제나 다른 곳에 약속이나 업무가 잡혀 있다

——— 한집에 거주하는 사람들과 어울려 지내지 못한다

——— 이기적이다; 다른 사람들을 위해 해야 할 일은 하지 않고, 자신이 하고 싶은 일만 한다

——— 부주의하다는 지적을 들으면 죄책감을 느끼고 표현한다

——— 사회적 신호를 놓쳐서 갈등이나 어색한 상황에 몰린다

연관된 생각

———— 마시가 왜 그런 표정으로 나를 쳐다봤지? 내가 뭔가를 놓쳤나?

———— 모두에게 잘하면 좋겠지만, 내 몸은 하나뿐이잖아.

———— 내게 메시지를 보냈다고? 아침 내내 휴대폰을 들고 있었는데. 언제 보냈
다는 거지?

———— 지금 당장은 이 일을 해결할 수 없어.

연관된 감정

———— 근심, 갈등, 혼란, 절박감, 무관심함, 위축감

긍정적 측면

———— 부주의한 인물, 특히 부모의 부주의한 태도는 동화와 청소년소설에서
유용한 설정이다. 주인공이 자신의 문제를 스스로 풀게 만들기 때문이
다. 부주의한 성격은 주인공에게 평상시와 다른 일이 벌어지도록 해서
다른 인물을 끌어들이기에도 좋다.

부정적 측면

———— 이런 인물은 갖가지 이유로 집중해야 하는 일에 집중하지 못한다. 이들
의 동기는 좋을 수도 나쁠 수도 있지만 관심을 가져주는 누군가가 없으
면 소통이 어려워지고, 인간관계가 힘들어지며, 사람들이 마음을 다친
다. 이들은 관찰력이 부족해서 자신의 코앞에서 벌어지는 일도 알아차리
지 못하는 경우도 있다. 또한 집중하지 못하는 성향 탓에 다른 사람들에
게 조종당하기 쉽다. 이들의 건망증을 이용하거나 할 일을 제대로 해내지
못한다는 죄책감을 빌미로 통제하려 들기 때문이다.

영화 속 사례

———— 〈E.T.〉(1982)에서 부주의한 부모가 없었다면 오랫동안 사랑받는 이 영

화는 탄생할 수 없었을 것이다. 엘리엇의 엄마(디 월리스 분)는 얼마 전 이혼한 싱글맘으로 일하느라 집에 있을 틈이 없다. 그래서 엘리엇은 밤 늦게까지 밖으로 나돌고, 아프다는 거짓말로 학교를 빼먹으며, 자기 방에 외계인을 숨겨줄 수 있었다. 한번은 E.T.와 같이 부엌에 있게 되었지만 엄마는 정신이 없어서 알아보지 못한다. 부주의한 성격은 분명 결점이지만, 이 영화에서 (그리고 다른 작품들에서도) 이야기를 전개하는 데 유용하다.

문학작품과 애니메이션 속 사례
——— 패멀라 린든 트래버스의 《메리 포핀스》에서 메리 포핀스가 돌보는 아이들의 부모, 〈심슨네 가족들〉 시리즈에서 아빠 호머 심슨

이 성격이 주요 결점일 때 극복하는 방법
——— 어떤 경우에 부주의함은 불가피하다. 이를테면 부모가 아이의 감정적 욕구와 신체적 욕구 사이에서 하나만 선택해야 하는 경우, 후자를 택할 때다. 하지만 부주의한 성격이 이기심이나 우선순위를 몰라서 발현된 경우에는 그로 인한 상처를 입거나 의무를 소홀히 한 대가를 치르면 극복될 수 있다. 일단 부주의한 인물이 초점을 자신에게서 소홀히 한 대상으로 옮긴다면, 우선순위를 다시 정하고 창의적인 계획을 짜서 시간을 좀더 잘 관리할 것이다.

갈등을 유발하는 다른 인물들의 성격
——— 다정함, 요구가 많음, 충동적, 애정결핍, 과민함, 반항적, 말썽을 피움, 자기파괴적

42 우유부단한 성격

Indecisive

정의 두 행동 사이에서 결단을 내리지 못하고 망설임	유사한 결점 가변적, 주저함, 머뭇거림, 불확실함, 미온적

성격 형성의 배경

———— 모든 사람을 만족시키고 싶어한다

———— 완벽주의자다

———— 실수를 두려워한다

———— 생각이 분명하지 않다

———— 불안정하다

———— 분석능력이 떨어진다

———— 결정할 기회를 가져본 적이 없는 통제된 분위기에서 자랐다

———— 과거의 실수에 책임감을 느끼며 이를 반복할까봐 염려한다

연관된 행동과 태도

———— 결정하는 데 시간이 많이 걸린다

———— 사소한 결정도 중요한 결정만큼이나 마음을 정하지 못한다

———— 선택하고 나서 마음이 바뀐다

———— 많은 사람에게 조언을 구한다

———— 선택지를 지나치게 분석하고 과도하게 연구한다

———— 신경과민이다

———— 자신이 내린 결정에 사람들이 어떻게 반응하는지 알아보려고 조심스럽

게 관찰한다

——— 결정을 내리고 나서 곧장 의심하거나 후회가 밀려온다

——— 다른 사람들의 주장에 결심이 흔들린다

——— 사람들에게 선택권을 넘긴다

——— 운에 맡긴다(동전 던지기, 무작위로 숫자 뽑기 등)

——— 무관심한 체한다: 나는 신경 안 써. (또는) 나는 특별히 원하는 게 없어.

——— 어떤 결정도 하지 않으려다가 진짜로 무관심해진다

——— 결정이 필요할 때 얼어붙는다

——— 가능성 있는 선택지들을 과도하게 저울질한다

——— 시간을 질질 끈다

——— 믿을 만한 사람의 충고에 의지한다

——— 자신에게 유리한 선택을 할 때 이기적이라고 느낀다

——— 자신의 선택이 사람들에게 어떤 영향을 미칠지 걱정한다

——— 자신이 내린 결정이 틀린 것일까봐 염려한다

——— 올바른 선택은 단 하나뿐이라는 믿음에 따라 행동한다

——— 논의 중인 사안에 대해 누가 뭐라고 하면 그대로 믿어버린다

——— 대안을 하나가 아니라 여러 가지 마련해둔다

——— 지나치게 조심스럽다

——— 모든 사람을 기쁘게 하고 싶어한다; 사람들 사이의 평화를 위해 애쓴다

——— 의견을 물어오면 횡설수설한다

——— 관련된 모두의 기분을 상하지 않게 하려고 극도로 조심한다

——— 식은땀을 흘리고, 심장이 조여드는 느낌을 받으며, 불안해한다

——— 자신의 잘못에 책임져야 했던 과거의 결정을 되새긴다

——— 결정하는 것을 피하기 위해 핑계를 댄다: 노먼, 이번에는 당신이 영화를 고를 차례예요.

연관된 생각

———— 누군가 이렇게 저렇게 하라고 일러주면 좋을 텐데.

———— 양쪽 모두가 맞는데.

———— 내가 시간을 좀 끌면 누군가 대신 선택해주겠지.

———— 어머나, 뭐라고 말해야 하지?

연관된 감정

———— 근심, 갈등, 혼란, 의문, 당황스러움, 두려움, 좌절감, 불안정함, 후회, 불확실함, 걱정

긍정적 측면

———— 우유부단한 인물은 진심으로 신경을 쓴다. 그렇지 않다면 사소한 결정에 일일이 고민하지 않을 것이다. 이런 결점을 지닌 사람들 대부분은 이를 약점이라고 생각하고, 방법을 안다면 바꾸고 싶어한다. 우유부단한 성격은 인물을 더 조심성 있게 만들어 결정을 내리기 전에 철저히 조사하게 한다. 스토리의 관점에서 보면 우유부단한 인물은 훌륭한 갈등의 원인이다. 작은 문제를 악화시키고 일을 하지 못하게 하면서 다른 사람들과 갈등을 유발하기 때문이다.

부정적 측면

———— 이런 인물은 결정을 내려야 할 때마다 당황한다. 실수하거나 후회할까봐 두려운 마음에 정신을 차리지 못하고 어떤 결정도 내리지 못한다. 그러다 결정을 내리고 나서 뒤늦게 자책하고, 때로는 자신의 선택을 물리고 다시 고민하기도 한다. 이렇듯 생각이 오락가락하는 인물은 사람들을 방해하는데, 단호하게 행동할 줄 아는 분석적인 유형의 사람들에게 특히 그렇다.

문학작품 속 사례

——— 셰익스피어의 〈햄릿〉에서 가련한 햄릿에게는 결정장애라는 병이 있다. 아버지의 유령을 믿어야 하나, 말아야 하나? 숙부 클라우디우스를 죽여 야 하나, 살려두어야 하나? 복수를 해야 하나, 자결을 해야 하나? 햄릿 의 성격을 두고 여전히 논쟁이 뜨겁지만, 우유부단함이 단연 우세하다.

문학작품과 영화 속 다른 사례

——— 마거릿 미첼의 《바람과 함께 사라지다》에서 스칼렛 오하라의 이웃 애슐 리 윌크스, 〈스페이스볼〉(1987)에서 산소가 부족한 스페이스볼 행성의 스크룹 대통령(멜 브룩스 분)

이 성격이 주요 결점일 때 극복하는 방법

——— 성공은 흔히 과감하게 결단력을 발휘했을 때 찾아온다. 어떤 인물이 올 바른 결정을 내리면 앞날을 헤쳐나갈 때 자신감이 커지고 스트레스를 덜 받는다. 또한 모든 결정에 일일이 신경을 쓸 필요가 없음을 깨달아 야 한다. 진짜 비극적인 선택을 마주하면 인물은 저녁에 무엇을 먹을지 와 같은 간단한 결정에 대한 고민이 얼마나 어리석은 일인지 알게 된다.

갈등을 유발하는 다른 인물들의 성격

——— 분석적, 자신감이 있음, 지배욕이 강함, 잔인함, 군림함, 효율적, 흥분함, 탐욕스러움, 참을성이 없음

⁴³ 융통성 없는 성격

Inflexible

정의	유사한 결점
의지나 목표에 전혀 흔들림이 없음	완고함, 편협함, 비타협적

성격 형성의 배경

——— 체계적이어야 한다

——— 엄격한 원칙주의자나 군인 집안 출신이다

——— 옳고 그름, 흑과 백에 대한 믿음이 확고하다

——— 지배욕이 있다

——— 나약하다거나 쉽게 영향받는다고 인식될까봐 두렵다

——— 의심의 여지없이 복종하거나 존중해야 한다고 믿는다

——— 자신의 방식을 고집하고 벗어나려 하지 않는다

——— 불안정하다

연관된 행동과 태도

——— 중간지대 없이 옳고 그름의 이분법으로만 세상을 바라본다

——— 속이 좁다

——— 자신의 관점과 상충하는 관점으로 상황을 보지 못한다

——— 자신의 신념을 옹호하기 위해 열렬히 논쟁한다

——— 사람들을 자신의 사고방식 쪽으로 돌리려고 애쓴다

——— 신념에 대해 의문을 제기하면 개인적 공격이라고 치부한다

——— 반대쪽 관점도 타당할 수 있다는 생각조차 용납하지 않는다

—— 방어적이다

—— 고집불통이다

—— 곤경이나 장애가 닥쳐도 그만두지 않는다

—— 신념이 확고하다

—— 자신의 계획과 신념에 과단성을 발휘하고 헌신적으로 임한다

—— 반대쪽에게 무례하거나 퉁명스럽게 말한다

—— 논쟁이 개인적으로 변해도 놔둔다(욕설, 누군가의 진정성에 대한 의심 등)

—— 반대자를 유별난 사람이나 괴짜라며 묵살한다

—— 자신의 목표에 도달하기 위해 일정과 일과를 엄격하게 준수한다

—— 변화를 거부한다

—— 독단적이다

—— 자신이 확신하는 바를 증명하기 위해 고난을 감수한다

—— 늘 가는 식당, 가게, 공원 등이 있다

—— 자신의 일과를 망치려는 사람들을 위협으로 치부한다

—— 방해받으면 짜증을 낸다

—— 새로운 방식, 전략, 기술을 거부한다

—— 자기중심적이다

—— 비논리적인 논증과 시대에 뒤떨어진 참고도서를 활용한다

—— 과거에 산다

—— 반대쪽을 잠재우기 위해 위협을 가한다

—— 자신의 신념에 따라 사람들을 범주화한다: 내게 물어본다면, 모든 10대
는 비행청소년입니다.

—— 대화를 주도한다

—— 쉽게 짜증을 내거나 위축된다

—— 확신이 약하거나 반대쪽을 지지하는 사람들을 혐오한다

—— 불가능해 보이는 도전을 받아들인다

—— 실패나 장애에 부딪쳐도 단념하지 않는다

—— 위험성이 확실해도 신념을 고수한다: 토네이도는 결코 우리를 덮치지 않아. 그러니 나는 피난 가지 않을 거야.

연관된 생각
—— 걔가 어떤 합리적인 논증을 들이밀더라도 관심 없어, 난 마음을 바꾸지 않을 거니까.
—— 이 사람들이 합류하기 전까지는 모든 일이 완벽했는데.
—— 그녀는 의견을 낼 자격이 충분해. 심지어 틀린 것이라 해도 말이야.
—— 바보들이 떼로 덤비네.

연관된 감정
—— 동요, 화, 성가심, 근심, 방어적, 절박감, 불안감, 짜증, 내키지 않음

긍정적 측면
—— 융통성 없는 인물은 특정한 사람들이나 장소, 조직, 신념에 열렬히 충성을 바친다. 어떤 반대와 논리적 반증에 부딪쳐도 끄떡하지 않는 태도는 상당히 주목할 만하다. 이들의 관점은 너무 확고해서 자신의 믿음과 일치된 행동을 한다.

부정적 측면
—— 이런 인물은 다른 방식이나 더 나은 방식이 있을 수 있다는 가능성을 무시하고 자신의 사고방식이나 행동방식을 고수한다. 이들은 자신을 개선하는 것이나 일을 더 잘하는 데 관심이 없고, 오로지 자신의 방식을 유지하는 데만 관심을 둔다. 이들의 아집은 남들의 감정이나 안위를 전혀 배려하지 않는 이기심에서 기인하며, 변화에 저항하는 이런 사람들은 적응하거나 진화하기가 어렵다.

문학작품 속 사례

─────── 빅토르 위고의 《레미제라블》에서 자베르 경감은 법질서를 어지럽히는 사람들을 처벌하는 일에 일생을 바친다. 용의자의 무죄 가능성, 법 자체의 공정성 여부는 그의 안중에 없다. 그는 세상을 옳고 그름으로만 구분해서 법은 옳고, 법을 위반한 자는 틀렸으므로 벌을 받아야 한다. 그는 융통성이 눈곱만큼도 없어서 범죄자인 장발장의 자비심과 강직함을 직접 목격했을 때도 새로운 패러다임에 따라 자신의 생각을 바꾸지 못하고, 대신에 생을 마감하는 선택을 한다.

영화와 문학작품 속 다른 사례

─────── 〈메리 포핀스〉(1964)에서 메리 포핀스가 돌보는 아이들의 아버지이자 은행의 중역인 조지 뱅크스(데이비드 톰린슨 분), 《그리스신화》에서 신들의 왕 제우스

이 성격이 주요 결점일 때 극복하는 방법

─────── 융통성 없는 인물은 자신의 이상과 삶의 방식이 일생 동안 방해받지 않고 지속될 수 있다고 믿고 싶어한다. 하지만 변화나 성장이 없으면 사람은 정체되거나 심지어 퇴행하기 마련이다. 앞으로 나아가려면 자신의 고집이 실상 자신을 억누르거나 저해하거나 심지어 파괴하고 있음을 깨달아야 한다. 그런 다음에야 인물은 변화의 필요성과 그것의 이로움을 알 수 있다.

갈등을 유발하는 다른 인물들의 성격

─────── 잘 적응함, 지배욕이 강함, 결단력이 있음, 엉뚱함, 우유부단함, 무책임함, 철학적, 관용적, 의지박약

⁴⁴ 병적으로 내성적인 성격

Inhibited

정의	유사한 결점
욕망과 충동, 감정을 억누름	부자연스러움, 절제함, 억눌림

성격 형성의 배경

——— 정신장애가 있다

——— 과거에 힘들거나 고통스러웠다

——— 어린 시절에 어떤 욕망이나 감정을 표출하다가 벌을 받았다

——— 성적 학대를 당했다

——— 수동공격적인 성향의 부모로부터 감정을 농락당했다

——— 억압적이고 감정이 없는 부모 밑에서 자랐다

——— 안전하지 않다고 느낀다

——— 결함이 있거나 자격이 없다고 느낀다

——— 양육자가 형제자매 가운데 한 사람만을 편애했다

——— 두려워한다

연관된 행동과 태도

——— 감정적으로 무딘 상태를 유지하려고 애쓴다

——— 자기혐오에 빠진다

——— 냉담하고 무관심하다

——— 어떤 감정 때문에 불안하지만 이를 표현하거나 조치를 취하지 못한다

——— 사람들에게서 멀어진다

———— 고립적이다

———— 피해망상적인 생각 때문에 특정한 방식으로 행동하지 못한다

———— 사람들과 친해지기 어려워한다

———— 타인에게 나약한 모습을 보이지 않는다

———— 감정을 더이상 감당할 수 없을 때 폭발한다

———— 사람이 많은 장소와 행사를 기피한다

———— 그 무엇도 자발적으로 하려 들지 않는다

———— 울고 싶어도 울지 못한다

———— 기억력에 문제가 있고, 잘 잊어버린다

———— 감정을 다스리기 위해 지나치게 '정확히' 행동한다

———— 눈에 띄지 않기 위해 칙칙한 색깔의 옷을 입는다

———— 습관과 의식을 고수한다(음식 선택, 좋아하는 것과 싫어하는 것이 바뀌지
않는 등)

———— 위험을 회피하는 행동을 한다

———— 변화에 저항한다

———— 자제력을 잃는 것을 걱정하고, 그것이 굴욕과 수치심으로 이어질까봐 염
려한다

———— 공격이나 상처에 맞서 자신을 보호하지 않는다

———— 자살을 생각한다

———— 큰 목소리로 말하고 싶지만 그렇게 하지 못한다

———— 자해를 시도한다

———— 우울해한다

———— 악몽과 생생한 꿈을 꾼다

———— 무모하다

———— 자신의 안전에 무관심하다

연관된 생각

─────── 존 때문에 미치겠어! 내 기분이 어떤지 말할 수 있으면 좋을 텐데.

─────── 울지 마, 울지 마, 울지 마.

─────── 한 사람만 더 나를 오해하면, 맹세하는데 나는 폭발하고 말 거야.

─────── 죽어가는 고양이 때문에 속상해하면 안 된다는 거야?

연관된 감정

─────── 화, 우울, 무서움, 좌절감

긍정적 측면

─────── 병적으로 내성적인 인물은 심리적 손상을 입힐 수 있는 사건이나 사람에 맞서는 내재된 방어기제가 있다. 이들은 처리할 수 없는 감정들을 이 대응전략으로 잠재운다.

부정적 측면

─────── 억눌린 감정과 욕망, 욕구는 없어지지 않는다. 오히려 수면 아래에서 부글거리면서 강도가 더 세지고 결국에는 과민하거나 비이성적인 방식으로 폭발한다. 이렇듯 감정을 건강한 방식으로 표출하지 못하다 보면 당연히 좌절감, 분노, 자기혐오로 이어진다. 인물은 감정을 느끼고 표출하고 싶어하는 반면, 그렇게 하기 두려운 마음에 의해 감정적 교착상태가 유발되면서 모든 감정이 없어져버리는 결과가 나올 수 있다. 이들은 속마음을 드러내지 못하면서 인생에서 즐거움을 맛보거나, 건전한 인간관계를 형성하고 유지하는 것을 매우 어려워한다.

문학작품 속 사례

─────── 로버트 조던의 《시간의 수레바퀴The Wheel of Time》[●] 시리즈에서 성장을 통해 용의 화신이 되는 랜드 알토르는 수많은 사람의 삶과 죽음을 결정

하는 일을 떠맡는다. 그는 예언에 따라 이 일을 잘해내기 위해 자신의 감정을 억누르는데 특히 죄의식, 책임감과 연관된 감정들을 내리누른다. 그는 패턴을 수리하려고 시도하며 다크 원을 물리치는 과정에서 숱한 아픔을 내재화한다. 그에게 유일한 위안은 세상을 구하고 스스로 소멸하는 것이다.

문학작품과 영화 속 다른 사례

─────── 테너시 윌리엄스의 〈뜨거운 양철지붕 위의 고양이〉에서 작은아들 브릭, 〈블랙 스완〉(2010)에서 뉴욕발레단의 수석무용수 니나 세이어스(내털리 포트먼 분), 〈보통 사람들〉(1980)에서 죽은 아들을 잊지 못해 남은 아들에게 냉정한 어머니 베스 재럿(메리 타일러 무어 분), 〈죽은 시인의 사회〉에서 연극배우를 꿈꾸지만 의대 진학을 강요하는 아버지와 부딪히는 닐 페리(로버트 숀 레너드 분)

이 성격이 주요 결점일 때 극복하는 방법

─────── 인물이 좋고 싫은 감정을 인정해 그것을 받아들이고 나서 연습하고 치유를 한다면 감정을 편히 표현할 수 있다. 또한 인물이 자신의 과거를 조사해 감정 표현을 두려워하는 원인을 이해하게 되면 카타르시스를 느낄 것이다. 시간이 지나 억눌린 감정과 욕망을 조금이라도 풀어낸다면, 차츰 감정 표현이 편해진다.

갈등을 유발하는 다른 인물들의 성격

─────── 냉정함, 화려함, 교태를 부림, 감정과잉, 애정결핍, 오지랖이 넓음, 소유욕이 강함, 문란함, 강압적, 자유분방함

● 시간의 수레바퀴란 위대한 패턴을 직조하는 일곱 개의 바퀴살이 달린 우주의 직기織機다.

⁴⁵ 불안정한 성격

Insecure

정의	유사한 결점
자신감과 확신이 없음	소심함, 자신감이 없음, 확신하지 못함

성격 형성의 배경

———— 지나치게 비판적인 부모나 후견인 밑에서 자랐다

———— 자신은 능력이 부족한데 주변에 탁월한 실력을 가진 사람들이 가득하다

———— 다른 사람들에게 인정받거나 호감을 사지 못한다고 믿는다

———— 학대나 방치, 유기를 당했다

———— 인생이 송두리째 바뀔 정도의 비극적인 사건을 겪었다

———— 죄책감을 느낀다

———— 실패한 경험이 있다

———— 거절을 두려워한다

———— 자기 자신에 대해 비현실적인 이상을 품고 있다

———— 한쪽 또는 양쪽 부모와의 관계에 문제가 있다

연관된 행동과 태도

———— 사람들과 교류할 때 예민하게 행동한다

———— 사람들과 어울리지 않는다

———— 자신에게 아무런 재능이나 능력, 재주가 없다고 생각한다

———— 자신의 외모에 대해 지나치게 비판적이다

———— 불편한 상황을 기피한다(수영복이 입기 싫어서 수영을 하지 않는 등)

———— 다른 분야에 집중함으로써 자신 없는 것들을 벌충하려 지나치게 애쓴다

———— 남들과 비교하고 열등감을 느낀다

———— 편안한 기분이 들게 하는 사람들 곁에 붙어 있는다

———— 개인적으로 비현실적인 기대를 품는다(자신이 모든 분야에서 탁월해야 한다고 믿는 등)

———— 자신의 부정적인 면에 집착하고, 긍정적인 면을 묵살한다

———— 나쁜 일이 일어나면 자신을 탓한다

———— 자존감이 낮다

———— 다른 사람들이 어떻게 생각할지 걱정한다

———— 사람들과 잘 어울려서 자신감을 더 갖고 싶어한다

———— 부정적인 자기대화: 나는 멍청해. 모두가 나를 진짜 이상한 애라고 생각할 거야.

———— 결정을 내리기 전에 충고를 구한다; 재확인이 필요하다

———— 활기차고 즉흥적이며 자신감 있는 사람들을 우러러본다

———— 사람들 곁에서 무능한 기분을 느끼기보다 혼자 있기를 좋아한다

———— 건전하지 않은 관계에 빠진다

———— 인간관계에서 같은 실수를 반복한다

———— 애정결핍과 집착을 보여서 사람들을 멀어지게 만든다

———— 건전하지 않은 방식으로 인정을 갈구한다

———— 동료 집단의 압력에 굴복한다

———— 관심을 보이면 누구와도 친해진다

———— 자기파괴적이다(마약 복용, 문란한 이성관계, 섭식장애 등)

———— 자신이 갈구하는 인정을 받고 있는 사람들을 흉내 낸다

———— 누구와 함께 있는지에 따라서 견해와 관점을 바꾼다

———— 기쁘게 해주고 인정받고 싶은 욕구로 인해 쉽게 영향을 받거나 조종당한다

———— 사람들을 공격하거나 실망시킬까봐 걱정한다

────── 자기감*을 잃어버린다

────── 다른 사람들에게 과도하게 의존해서 자존감을 공급받는다

연관된 생각

────── 다들 그녀를 좋아해. 나도 그애와 더 많이 비슷해져야겠어.

────── 카페에 가는 게 너무 싫어. 내가 앉는 곳마다 사람들이 입을 닫아. 나는 왜 평범하지 못할까?

────── 내가 방을 나가면 사람들이 내 얘기를 하는 게 분명해.

────── 일이 예상보다 훨씬 힘드네. 베스가 실망하지 않았으면 좋겠는데.

연관된 감정

────── 비통함, 근심, 우울, 의문, 두려움, 질투심, 외로움, 수치심, 불확실함, 걱정

긍정적 측면

────── 불안정한 인물은 다른 사람들이 주저하는 일을 하도록 쉽게 조종당한다. 이들의 절망감이 남들이 하지 않을 일을 하게끔 몰아가기 때문이다.

부정적 측면

────── 누구나 어느 정도는 불안정하지만, 이런 면이 결정적 성격인 인물은 수시로 분투하게 된다. 불안정함이 자기 자신에 대해, 다른 사람의 동기에 대해, 자신의 위치와 인생의 목적에 대해 끊임없이 의심을 유발하기 때문이다. 확신과 인정을 향한 욕구가 간단한 목표 설정의 욕구를 넘어서는데, 이는 기본 욕구이므로 불안정한 인물은 용인된 방식으로 결과를 달성하지 못하면 어떤 방법이라도 이용하려 든다. 사랑이 거부당하면

● 자신의 몸과 감정에 대한 통합적 인식, 어떤 사물이나 행동 그리고 세상에 대한 지각, 과거의 기억과 사회에 의해 형성된 인식 등을 말한다. 이는 경험적으로 만들어진 개인적 정체성으로, 철학적으로는 '자아'라고 칭한다.

종종 자신을 탓하고, 자기회의와 두려움이 혼합된 독약에 수치심을 더한다.

문학작품 속 사례

──────── 에드몽 로스탕의 〈시라노 드베르주라크〉에서 재치 있고 용감하며 낭만적인 시라노는 뛰어난 검객이자 시인, 음악가다. 그는 여러 능력과 재능을 지녔지만, 이상하게 생긴 코 때문에 외모 콤플렉스에 시달려 진심으로 원하는 한 가지를 갖지 못한다.

드라마와 영화 속 사례

──────── 〈사인필드〉 시리즈에서 사인필드의 친구 조지 코스탄자, 〈내 사랑 레이먼드〉 시리즈에서 레이먼드의 형으로 이혼남인 로버트 바론, 〈죽은 시인의 사회〉에서 소심하고 유약한 토드 앤더슨(이선 호크 분)

이 성격이 주요 결점일 때 극복하는 방법

──────── 인간이 불안정함을 완벽하게 정복하는 것은 불가능하다. 하지만 적어도 자신의 삶이 불안에 잠식되지 않을 정도로 약화시킬 수는 있다. 불안정한 이들이 제어력을 확보하려면 자신에게 부여한 비현실적인 기대를 포기하고 성취 가능한 목표로 대체해야 한다. 또한 자신의 결점을 있는 그대로 인정해야 하는데 이는 자신이 누구고, 자신을 독특하게 만드는 것이 무엇인지 아는 데 가장 중요한 부분이다.

갈등을 유발하는 다른 인물들의 성격

──────── 대담함, 거만함, 자신감이 있음, 잔인함, 남을 조종함, 강압적, 소심함

⁴⁶ 비이성적인 성격

Irrational

정의	유사한 결점
논리적으로 추리하거나 사고하지 못함	비논리적, 터무니없음

성격 형성의 배경

———— 제대로 교육받지 못했다

———— 문제를 해결하거나 비판적으로 사고할 기회를 갖지 못한 채 자랐다

———— 정신장애가 있다(인격장애 또는 불안장애, 정신분열증 등)

———— 수면 부족 상태가 계속되고 있다

———— 만성적인 두려움, 불안, 스트레스를 안고 살아간다

———— 마약을 하거나 술을 마신다

———— 양육환경에 문제가 있다(서로를 헐뜯는 가족 등)

———— 망상으로 고통받는다

연관된 행동과 태도

———— 일어나지 않을지도 모르는 일들을 염려한다

———— 피해망상이 심하다

———— 최악의 상황을 생각한다

———— 공황 상태에 빠진다

———— 감지된 위협을 피하기 위해 사람들과의 왕래를 끊는다

———— 극단적인 감정반응을 보인다

———— 어울리지 않거나 말이 안 되는 생각을 한데 엮는다

———— 두려움과 공포심에 장악당한다

———— 완벽주의자다; 평가하듯 행동한다

———— 비이성적으로 행동하면서 자신이 완벽히 이성적이라고 믿는다

———— 비논리적이라는 비난을 받으면 화를 낸다

———— 비현실적인 기대를 품는다

———— 코앞을 보지 못한다

———— 같은 실수를 반복한다

———— 결함이 있는 추론으로 논점을 제기한다

———— 자가당착에 빠진다

———— 자신의 행동에 대해 말이 안 되는 핑계를 댄다

———— 이유 없이 기분이 바뀐다

———— 자기파괴적이다

———— 달성할 수 없는 목표를 추구한다

———— 사건과 상황을 개인적으로 만든다; 어떤 식으로든 자신의 일로 만든다

———— 말이 안 되는 이유로 다른 사람을 심하게 꾸짖는다

———— 공격적이다

———— 부당한 의심을 한다; 속단한다

———— 작은 일에도 버럭 화를 낸다

———— 사실이라고 판명난 것들을 믿지 않는다

———— 쉽게 당황해서 허둥지둥거린다

———— 미신이나 징조에 따라 행동한다

———— 침소봉대한다

———— 사람들이 보내는 사회적 신호를 묵살하거나 알아차리지 못한다(좌절이
　　　 나 두려움의 신호 등)

———— 강박장애와 유사하게 행동하면서 편안함을 느낀다(세균을 박멸하기 위
　　　 해 반복적으로 손 씻기 등)

연관된 생각

——— 그는 요즘 왜 늦게까지 일할까? 다른 여자를 만나는 게 분명해.

——— 5분 전에 나갔어야 했는데. 빨리 샤워할 시간이 생겼군.

——— 그 여자가 내 차를 살짝 긁었다고? 죽여버릴 거야!

——— 그가 어떻게 감히 내게 비이성적이라고 말할 수 있어!

연관된 감정

——— 동요, 성가심, 근심, 혼란, 무서움, 부러움, 두려움, 위축감, 격분, 의심, 공포, 경계심

긍정적 측면

——— 비이성적인 인물은 언제나 이치에 맞지 않는 말과 행동 그리고 감정을 느끼므로, 이야기에 갈등을 부여하는 데 좋은 도구가 된다. 비이성적인 성격은 사람들을 폭발시키고, 인물을 시험하며, 갈등을 추가하는 데 효과적인 촉매제 역할을 한다.

부정적 측면

——— 이런 인물은 주변 사람들에게 좌절감을 안긴다. 이들은 이치에 맞지 않는 말을 하고, 스트레스와 자극에 비정상적으로 대처하며, 더 많은 문제를 일으키기 때문이다. 또한 자신에게 비현실적인 목표를 설정하고, 다른 사람들에게는 비현실적인 기대를 품는다. 종종 자신의 선택이 가져올 결과를 논리적으로 파악하지 못해서 합리적인 행동 계획을 세우지 못한다. 극단적인 경우에는 피해망상, 공황, 혐오증과 다른 장애로 고통을 받아 남들과 어울리거나 사회 안에서 정상적으로 제 역할을 하지 못할 수 있다.

문학작품 속 사례

──────── 아서 밀러의 〈세일즈맨의 죽음〉에서 주인공 윌리 로먼은 현실과 과거의 기억 사이를 오락가락한다. 자신을 있는 그대로가 아니라 바라는 모습으로 보려 하기 때문이다. 극이 전개될수록 윌리는 점점 더 현재와 과거를 분간하지 못하고, 급기야 간절히 바라던 성공을 위해 자살이라는 비이성적 선택을 한다.

문학작품과 영화 속 다른 사례

──────── 셰익스피어의 〈오셀로〉에서 오셀로, 〈레드〉(2010)에서 폭탄 제조 전문가 마빈 보그스(존 말코비치 분)

이 성격이 주요 결점일 때 극복하는 방법

──────── 비이성적인 성격은 정신장애 때문에 발생하는 경우가 많으므로 이를 극복하려면 상담이나 약물 처방, 행동치료나 대화치료가 필요하다. 또한 인지능력의 부족 때문에 비이성적으로 행동할 수도 있는데, 이런 경우에는 부족한 부분을 보완하고(목록 작성하기, 믿을 만한 친구에게 사정 설명하기) 논리적 사고훈련을 통해 바뀔 수 있다. 그리고 단지 고집 때문에 비이성적으로 행동하는 경우라면 치료법이 가장 간단하다. 다른 사람들의 지혜를 깨닫고, 모두가 배우고 성장할 수 있음을 알아가며, 무분별하고 비이성적인 사고를 경계하는 것이다.

갈등을 유발하는 다른 인물들의 성격

──────── 분석적, 결단력이 있음, 효율적, 피해망상이 심함, 무모함, 합리적

47 무책임한 성격
Irresponsible

정의 자신의 행동이나 의무에 대한 책임을 거부함	유사한 결점 불성실함, 미덥지 않음, 실없음

성격 형성의 배경

——— 일보다 재미를 원한다

——— 내일이 없이 오늘만 있는 것처럼 살아간다

——— 실패하고 좌절한 경험이 있다

——— 자존감이 낮다; 자신이 무능하다 생각하고, 이것이 자기충족적 예언•
으로 이어진다

——— 엄격한 직업윤리와 약속 이행을 중요시하지 않는 가정에서 자랐다

——— 이기적이다

——— 무책임한 행동을 하고 책임지지 않은 경험이 있다

연관된 행동과 태도

——— 할당된 업무를 완수하지 못한다

——— 되는 대로 아무렇게나 일을 마무리한다

——— 일상을 따분해하고 자극을 필요로 한다

——— 사람들에게 책임을 회피하고 재미있는 일을 찾아보라며 부추긴다

——— 유혹과 자기만족에 굴복한다

• 미래에 대한 개인의 기대나 예언이 그 사람의 미래에 영향을 미치는 것이다.

——— 자신이 열정을 가진 일은 끝까지 완수하고 다른 사람들을 무시한다

——— 보상이 주어질 때만 일을 마무리한다

——— 더 좋은 기회가 오면 다른 것들을 저버린다

——— 매력과 매너, 아첨을 동원해서 사람들을 조종하고 책임을 회피한다

——— 직장과 직종을 자주 바꾼다

——— 꾸물거린다

——— 너무 많은 프로젝트에 참여하다 보니 어느 것 하나도 제대로 하지 못한다

——— 자신이 어느 면으로나 특별하다고 믿는다

——— 동정심을 유발하려고 과장한다: 아기가 배앓이를 하는 통에 며칠 동안 한숨도 못 잤어.

——— 이행하겠다는 의사도 없으면서 다른 사람들의 요구에 수긍해 그들의 화를 누그러뜨린다

——— 자신이 지원한 일의 성공에 필요한 기술이나 지식, 능력이 부족하다

——— 사전예고 없이 일을 그만둔다

——— 걸핏하면 아프다고 전화하고 결근한다

——— 막판까지 일을 미룬다

——— 동업자나 동료들에게 대부분의 일을 떠넘긴다

——— 가장 쉽거나 빨리 끝나는 업무에 지원한다

——— 무모하다

——— 사람들을 위험하거나 무책임한 활동에 끌어들인다

——— 자신의 책임 아래 있는 사람들을 제대로 보살피지 않는다

——— 아무 말도 없이 빠져나간다

——— 자신의 행적을 숨기기 위해 거짓말을 한다

——— 책임자들에게 너무 엄격하다거나 조직적이라거나 깐깐하다며 비난한다

——— 개선을 위해 절대 애쓰지 않는다; '괜찮은' 상태에 만족한다

——— 다른 책임이나 사회적 약속을 날조해서 일을 기피한다

——— 일이 잘 풀리지 않으면 핑계를 댄다

———— 사람들의 죄책감이나 동정심, 약점을 이용해 업무에서 빠져나간다

———— 게으르다; 가장 쉬운 길을 찾는다

———— 소지품을 챙기지 않는다

———— 잘 잊어버리고 체계가 없다

———— 책임자들을 원망한다(선생님, 상사, 부모 등)

연관된 생각

———— 잔디 깎는 일은 정말 싫어. 좀 있으면 비가 올 테고, 그러면 이번 주는 안 깎아도 될 텐데.

———— 이대로 두면 누군가가 하겠지.

———— 제출기한이 일주일이라고? 이건 30분이면 끝날 일이야.

———— 팀 프로젝트라면 브렛이랑 하고 싶어. 왜냐하면 걔가 거의 다 할 테니까.

연관된 감정

———— 성가심, 욕망, 참을성이 없음, 무관심함, 불안정함, 내키지 않음

긍정적 측면

———— 무책임한 인물은 조종이나 기만, 견제, 매력을 이용해 자신의 행동이 가져온 결과를 회피하는 데 능하다. 이들 대다수는 사람들의 생각을 읽을 줄 알고, 이로써 쉽게 끌려오는 성향을 가진 능력자들과 함께 일한다. 이런 자질은 주인공에게 유용할 수 있다.

부정적 측면

———— 이런 인물의 자기중심적 행동은 주변 사람들을 불편하게 만든다. 어떤 프로젝트나 일을 엉성하게 마무리할 때마다 다른 사람들이 그 짐을 짊어져야 하기 때문이다. 체제에 맞서려는 이들의 반복적인 시도는 규율을 따르려는 사람들에게 모욕감을 준다. 또한 무책임한 인물의 게으름과 무관

심은 목표 달성을 힘들게 하거나 평범함을 벗어나지 못하게 한다.

영화 속 사례

——— 〈페리스의 해방〉(1986)에서 페리스 뷜러(매슈 브로더릭 분)는 책임 회피에 능하다. 학교를 결석하기 위해 정교한 계획을 짜는데, 부모를 속이고 교장 선생님을 따돌려 친구들을 끌어들인다. 그리고 자기 아버지의 자동차를 가장 친한 친구를 조종해서 빌리게 만든다. 무책임한 인물이 대개 그렇듯 페리스가 책임 회피에 들인 시간과 에너지, 열의를 의무 완수에 쏟았다면 어떤 성과를 냈을지 알 수 없다.

영화 속 다른 사례

——— 〈리지몬트 연애소동〉(1982)에서 구제 불능의 서핑광 제프 스피콜리(숀 펜 분), 〈당신이 그녀라면〉(2005)에서 자유분방한 동생 매기 펠러(캐머런 디아스 분)

이 성격이 주요 결점일 때 극복하는 방법

——— 무책임한 인물 대다수는 자기 행동이 누군가를 해친다는 자각이 없어 자신이 그릇된 일을 하지 않는다고 믿는다. 이들을 자신의 무책임함 때문에 무고한 구경꾼이나 사랑하는 누군가가 급격한 변화를 맞이하는 상황 속에 집어넣으면, 변화의 필요성을 깨달을 수 있다.

갈등을 유발하는 다른 인물들의 성격

——— 야심만만함, 예의 바름, 명예를 중시함, 성숙함, 강압적, 책임감이 있음, 일중독

⁴⁸ 질투심이 강한 성격
Jealous

정의	유사한 결점
남을 의심하고 부러워함	시기함, 탐냄, 부러워함

성격 형성의 배경

——— 과거에 고통스러운 배신을 당했다

——— 불안정하다

——— 자신이 가진 것을 잃을까봐 두려워한다(물건, 사람, 직업, 지위, 명성 등)

——— 의존적이다

——— 우월감이 있거나 경쟁적이다(최고가 되거나 최상의 것을 가져야 한다)

연관된 행동과 태도

——— 남들과 비교한다

——— 경쟁자를 방해한다

——— 부정적이다

——— 경쟁자를 쫓아다니거나, 스토킹하거나, 관련된 정보를 수집한다

——— 다른 인간관계나 일에 방해가 될 정도로 집착한다

——— 자신의 장점을 유지하려고 더 열렬히 분투한다

——— 자신이 가진 것에 만족하지 못한다

——— 좋은 기분이 빨리 시들해진다

——— 쉬거나, 여유를 찾거나, 생각을 다른 데로 돌리기 어려워한다

——— 경쟁자가 패배하도록 계획을 꾸민다

— 경쟁자에 대한 사람들의 신뢰도를 떨어뜨린다

— 경쟁자가 부당한 행운이나 이득을 누린다고 믿는다

— 사람들에게 경쟁자의 역량 부족을 믿게 만들려고 애쓴다

— 사람들의 지지를 끌어모은다

— 비열하고 쩨쩨하다

— 자신을 높이기 위해 사람들을 깎아내린다

— 경쟁자의 긍정적 자질이나 능력을 인정하지 않는다

— 잠재적 경쟁자를 공격한다

— 친구나 사랑하는 사람의 충성심을 의심하고 괴로워한다

— 다른 사람들을 배신자라고 비난한다

— 사람들을 염탐한다

— 대화의 방향을 자신이 집착하는 대상 쪽으로 돌린다

— 자신이 여전히 최고인지 끊임없이 확인하려 든다

— 매달리거나 통제하려고 한다

— 자기 물건에 강한 독점욕을 보인다

— 비이성적인 생각, 논쟁, 행동을 한다

— 경쟁자에 대한 집착이 심해진다

— 경쟁자를 넘어서기 위해 다른 분야에서 더 잘하려고 애쓴다

— 다른 분야에서 이룬 자신의 성취를 완벽히 누리지 못한다

— 사람들에게 경쟁자의 허물과 결점을 말한다

연관된 생각

— 저 자식 지금 내 여자친구한테 작업 거는 거야?

— 그녀는 누구를 바보라고 생각하나? 그건 완전히 가짜인데.

— 저것도 새 옷일까? 도대체 여자들은 얼마나 많은 옷이 필요한 거야?

— 이건 내 일이야. 이 일을 계속할 수 있다면 무엇이든 할 거야.

연관된 감정

───────── 흠모, 화, 근심, 방어적, 욕망, 결의, 증오, 불안정함, 질투심, 피해망상이 심함, 억울함, 의심

긍정적 측면

───────── 질투의 화신은 추진력이 강하고 의욕이 넘친다. 이들은 용인된 규준을 넘어서더라도 자신이 가진 것을 유지하기 위해서라면 무엇이든 한다. 또한 이들은 끈기가 있고 목표지향적이라서 실제 경쟁자나 감지된 경쟁자를 물리칠 때까지 노력하고, 잃어버릴 위험이 있는 물건, 사람, 무형의 것들에 대한 통제권을 확보한다.

부정적 측면

───────── 이런 인물은 자신이 가진 것을 잃을까봐 두려워하고, 그것을 앗아갈 가능성이 엿보이면 누구라도 의심한다. 이들은 자신이 지키고 싶은 사물이나 사람에게 병적으로 의존하고, 그와 더불어 잠재적 경쟁자에 대한 생각에 집중하다가 점점 더 집착적으로 변해간다. 또 어떤 경쟁자도 없애버리겠다는 결의로 비이성적이고 불법적이며 위험한 극단으로 내몰릴 수 있다.

영화 속 사례

───────── 〈스노우 화이트 앤 더 헌츠맨〉(2012)에서 이블 퀸(샬리즈 시어런 분)은 지상에서 가장 아름다운 여인으로 자신의 지위를 수호하는 데 집착한다. 그녀는 주기적으로 마법거울에게 자신이 가장 아름다운 여왕이라는 확인을 받는 한편, 영원히 젊음을 유지하기 위해 여성들에게서 젊음을 빼앗는다. 스노우 화이트(크리스틴 스튜어트 분)가 자신을 몰락시킬 경쟁자로 밝혀지자 퀸은 그녀를 생포하거나 죽이려고 기를 쓴다.

영화와 문학작품 속 다른 사례

——— 〈리플리〉(1999)에서 톰 리플리(맷 데이먼 분), 알렉상드르 뒤마의 《몬테크리스토 백작》에서 에드몽 당테스가 선장 자리에 오르지 못하게 모함을 꾸민 당글라르 남작

이 성격이 주요 결점일 때 극복하는 방법

——— 질투심의 가장 큰 공급원은 인물이 무엇을 원하든 간에 건전하지 않게 의존하는 것이다. 인물은 또다른 사람이든 지위든 다른 무형의 가치든, 그것을 확보하고 유지하려는 간절한 욕구 때문에 조심성, 가치관, 다른 모든 것을 까맣게 잊어버린다. 인간관계나 대상을 잃어도 인생은 계속된다는 사실을 깨달으면 자신의 집착을 인지하고 이를 극복하기 위해 노력할 수 있다.

갈등을 유발하는 다른 인물들의 성격

——— 잔인함, 낭비벽이 있음, 교태를 부림, 지적, 물질만능주의, 세련됨, 재능이 있음, 허영심이 강함, 복수심에 불탐

⁴⁹ 비판적인 성격

Judgmental

정의 모질고 비우호적인 판단을 내리는 성향	유사한 결점 비판을 잘함, 흠을 잡음, 가혹함

성격 형성의 배경

——— 엄격한 도덕관념을 지닌 채 자랐다

——— 흑과 백, 옳고 그름의 이분법에 대한 믿음이 확고하다

——— 공감능력이 결여되었다

——— 언제나 옳고 정확해야 한다

——— 죄책감이나 수치심을 느낀다(주의를 남들에게 돌리고 싶어한다)

——— 정신장애가 있다(나르시시즘, 강박장애 등)

——— 지배욕이 있다

——— 부러워한다

——— 두려워한다

——— 불안정하다; 자신과 같은 약점을 지닌 누군가를 비판한다

연관된 행동과 태도

——— 사람들을 '부류'나 '성적 취향' 등에 따라 범주화한다

——— 사람들에 대해 성급하게 판단을 내린다

——— 거만하다

——— 자신의 신념은 언제나 옳고 반대쪽은 누구라도 틀리다고 생각한다

——— 자신의 신념을 다른 사람들에게 강요하려 한다

———— 사람들의 장점보다 결점에 주목한다

———— 엄한 사랑이 사람을 더 강하게 만든다고 믿는다

———— 타인의 입장을 이해하려 들지 않는다

———— 자신의 관점을 맹렬하게 주장한다

———— 다른 견해를 가진 사람들을 피하거나 그들의 의견을 묵살한다

———— 고결한 척한다

———— 실수를 용납하지 않는다

———— 의무가 자유보다 중요하다고 믿는다

———— 자신보다 수양이 덜된 사람은 누구라도 나약하다고 치부한다

———— 같은 생각을 하는 사람들과 어울린다

———— 남들에게 올바르고 용인되는 것들을 계도하는 일이 자신의 역할이라고
        믿는다

———— 사람보다는 사실이나 진실에 더 관심을 가진다

———— 편협하고 편견을 가진다

———— 자신의 이상에 부응하지 못하는 사람들을 경멸한다

———— 비현실적인 기대를 품는다

———— 완벽주의자다

———— 외모에 기초해서 사람들을 판단한다

———— 첫인상으로 모든 것을 판단한다

———— 비판함으로써 사람들의 행동을 바꾸려 든다

———— 남들이 진정으로 개선될 수 있을지 의심한다

———— 다른 사람들에 대한 최악의 상황을 생각한다

———— 긍정적인 감정을 내보이기 어려워한다

———— 다른 사람들의 성과에 찬사나 자랑스러움을 표하지 않는다

———— 동정심이 없다; 역경이 사람을 만든다고 믿는다

———— 사람들과 함께하기보다 '지도하거나 일러주는' 대화를 추구한다

연관된 생각

———— 저 사람 좀 봐. 저런 차림으로 외출을 한다니 믿을 수 없어.

———— 그녀가 진심으로 원했다면 담배를 끊었겠지.

———— 한번 거짓말쟁이는 영원한 거짓말쟁이야.

———— 나라면 결코 그런 일을 하지 않아.

연관된 감정

———— 성가심, 경멸, 방어적, 부러움, 두려움, 증오, 불안정함, 자부심, 억울함, 멸시, 아는 체함, 불편함

긍정적 측면

———— 비판적인 인물 대다수는 목청 높이는 것을 두려워하지 않는데, 이는 상황을 개선할 필요가 있을 때 도움을 준다. 이것을 계기로 불만의 싹을 자르고, 어려운 상황을 타개하는 토론과 계획이 개시될 수 있다. 이들은 자신이 옳다고 믿기에 인기가 없거나 상처를 받더라도 자신이 느낀 대로 말한다. 또한 약점에 대한 경계심이 강해서 업무와 과정을 분석하는 데 능숙하고, 큰 문제가 되기 전에 문젯거리를 찾아낸다.

부정적 측면

———— 이런 인물은 자신의 이상을 다른 사람에게 강요하고, 자신의 규준에 기초해 사람들에 대해 속단을 내리며, 모든 사람이 자신과 다를 바 없다고 넘겨짚는다. 모든 사람을 범주화하려는 이들의 욕구는 사람들을 다치게 하고 부당한 편견을 조장할 수 있다. 이들의 처신은 자신이 옳다는 신념에 기초하기도 하지만 때로는 두려움이나 질시, 불안정함, 증오라는 어두운 내면에서 기인한다.

문학작품 속 사례

——— 제롬 데이비드 샐린저의 《호밀밭의 파수꾼》에서 홀든 콜필드는 사람들에 대해 생각하고 그들을 판정하는 데 어마어마한 시간을 보낸다. 그에게는 모든 이가 위선자, 오지랖이 넓은 사람, 따분한 사람, 멍청이, 게으름뱅이, 아니면 얼간이다. 여동생을 제외하고는 괜찮은 사람이 없다. 인간에 대한 이런 부정적 시선은 홀든의 결정적인 결점으로 자리 잡고, 이로 인해 그는 또래와 어울리는 등의 정상적인 인간관계를 맺지 못한다.

영화 속 사례

——— 〈초콜릿〉(2000)에서 금욕적인 마을을 지배하는 완고한 시장 폴 드 레노 백작(앨프리드 몰리나 분), 〈사랑은 은반 위에〉(1992)에서 미국의 피겨스케이팅 챔피언 케이트 모즐리(모이라 켈리 분)

이 성격이 주요 결점일 때 극복하는 방법

——— 비판적인 인물은 거의 언제나 너그럽지 못하고, 자신이 옳다는 확신이 넘친다. 이런 인물의 변화를 돕는 좋은 방법은 우선 열등하다거나 옳지 않다고 속단했던 사람이 이들의 엄청난 허물을 들춰내는 것이다. 하지만 그것만으로 변화가 쉽게 찾아오지는 않는다. 언제나 자신이 옳다고 고집하는 인물이라면 특히 그렇다. 마지막 결전이 다가오기 전에 인물의 마음속에 이미 자신에 대한 의심의 싹이 자라고 있었다면 이런 변신은 훨씬 더 실감이 날 것이다.

갈등을 유발하는 다른 인물들의 성격

——— 어린아이 같음, 느긋함, 화려함, 무식함, 무책임함, 정의로움, 게으름, 관용적

⁵⁰뭐든 아는 체하는 성격
Know-It-All

정의	유사한 결점
누구보다도 많이 안다고 주장함	허풍쟁이, 떠버리

성격 형성의 배경

———— 자신을 남에게 증명하고 싶은 내적 욕구가 강하다

———— 불안정하다

———— 자신의 지식을 다른 사람들과 나누고 싶어한다

———— 지적 우월성으로 다른 부분(신체적, 물질적 등)에서 느낀 열등감을 만회

하고 싶어한다

———— 매우 지적이다

———— 자신의 지적 능력에 과도하게 자부심을 느낀다

———— 천성적으로 경쟁적이다

———— 주도하고 싶은 욕구가 있다

연관된 행동과 태도

———— 질문에 맨 먼저 답을 말한다

———— 남들에게 먼저 말을 건넨다

———— 끼어든다

———— 강박적으로 공부하고 연구한다

———— 언제나 정답을 알고 있다는 자부심이 크다

———— 어떤 주제로 토론을 하든 마치 전문가인 양 말한다

──── 경험과 지식을 얻으려 온갖 기회에 열렬히 참여한다

──── 도서관에 자주 간다

──── 언제나 책을 가까이한다

──── 시사문제를 놓치지 않는다(신문 읽기, 뉴스 보기 등)

──── 빅이슈에 대해 곰곰이 생각하고 토론한다

──── 언제나 결정적 발언을 하고 싶어한다

──── 자신의 관점을 방어하기 위해 논쟁을 벌인다

──── 고자질한다

──── 자신의 영향력을 높이기 위해 온갖 단체와 동호회, 협회에 가입한다

──── 유명인의 이름을 들먹인다

──── 대립을 일삼는다

──── 당연하다는 듯 통솔자 역할을 맡는다

──── 선생님과 교수, 강사에게 자신이 동급인 것처럼 말한다

──── 남이 실수하거나 지식의 부족을 드러내면 비웃는다

──── 사람들이 이해가 늦거나 서툴면 짜증을 낸다

──── 외톨이다

──── 사람들과 관계를 맺고 유지하는 데 문제가 있다

──── 자신이 결정 과정에서 배제되면 화를 낸다

──── 성과에 집중한다

──── 자신이 틀릴 수 있다거나 무언가를 모른다는 사실을 인정하지 않는다

──── 지식이 부족함을 깨달으면 미친 듯이 연구한다

──── 확신이 들지 않을 때조차 확실한 것처럼 대답한다

──── 권위적이거나 고압적이다

──── 오만하거나 자만한다; '완전히 뭉개버리고' 싶어한다

──── 사람들에게 더 잘할 수 있는 방법을 말해준다

──── 사람들에게 더 잘하거나 발전하지 못하는 이유에 대해 비판한다

──── 자신이 아닌 다른 사람에게 정보를 물어보면 화를 낸다

—— 자신의 이미지와 자신이 다른 사람들에게 어떻게 인식되는지를 극도로
의식한다
—— 감정이 개입되면 미심쩍은 기분이 든다
—— 기대를 충족하지 못하거나 넘지 못하면 심하게 자책한다
—— 사람들에게 무리한 약속을 한다; 감당할 수 없을 정도로 책임을 떠맡
는다

연관된 생각

—— 어떻게 그걸 모를 수 있지?
—— 리사가 물리학 시험에서 나보다 높은 점수를 받다니. 더 분발해야겠어.
—— 왜 그에게 물어보지? 내가 더 많이 아는데.
—— 그는 자기가 전문가라도 되었다고 생각하나? 나처럼 여름 내내 라틴어
공부도 안 한 주제에.

연관된 감정

—— 자신감, 호기심, 욕망, 열정, 흥분, 자부심, 만족감, 멸시, 아는 체함

긍정적 측면

—— 뭐든 다 아는 체하는 인물은 자신이 좋아하는 분야에 대해 아는 것이
많고 배운 것을 남에게 알려주려 열심이다. 이들 중 다수는 배우기를 좋
아하고, 흥미로운 주제를 연구하는 데 많은 시간과 에너지를 쏟는다.

부정적 측면

—— 이런 인물은 자신의 지식을 증명하기 위해 사람들을 고압적으로 대한
다. 자신이 얼마나 많이 아는지를 보여주려다가 사람들을 모욕하거나
무시하고, 조롱할 수 있다. 이들은 신뢰성에 위협을 받으면 이를 개인적
으로 받아들여 방어적이고 적대적으로 대응한다. 또한 전문가가 되고

싶은 욕구에 치여 다른 사람들에게 배우거나 우정을 쌓기가 어렵다.

문학작품 속 사례

———— J. K. 롤링의 《해리 포터》 시리즈에서 헤르미온느 그레인저는 모든 질문
에 답을 알고, 그것을 보여주려 열심이다. 그녀는 자부심과 자기만족감
을 가득 실은 말투로 이야기해서 다른 학생들과 거리감이 생긴다. 시리
즈 내내 헤르미온느는 배움과 지식을 갈망하면서 결국 진정한 지식인으
로 성장하지만, 초반에는 뭐든 아는 체하는 사람일 뿐이다.

영화와 애니메이션 속 사례

———— 〈스타워즈〉 시리즈에서 수백만 개의 은하계 언어를 실시간으로 통역할
수 있는 안드로이드 C3PO, 〈개구쟁이 스머프〉에서 똘똘이 스머프

이 성격이 주요 결점일 때 극복하는 방법

———— 지식인과 아는 체하는 사람의 차이는 전자에게는 지식을 위한 지식이
중요한 반면, 후자에게는 자신의 배움과 통찰이 인정받는 게 중요하다
는 점이다. 인정받기보다 지식 자체가 중요해지면 자신감이 붙고 더이상
남들에게 자신의 전문성 인정을 강요하지 않을 것이다.

갈등을 유발하는 다른 인물들의 성격

———— 거만함, 지배욕이 강함, 오만함, 불안정함, 지적, 무책임함, 게으름, 전문
적, 학구적

⁵¹ 게으른 성격
Lazy

정의	유사한 결점
운동을 하거나 일하기를 싫어함; 기운이나 활력이 없음	빈둥거림, 활동하지 않음, 나태함, 나른함, 둔감함, 무기력함, 농땡이를 부림, 느릿느릿함

성격 형성의 배경

——— 신체적 제약이 있다

——— 병에 걸렸다

——— 일하지 않아도 되는 환경에서 자랐다

——— 특권의식이 있다

——— 실패를 두려워한다(게으름을 핑계로 전넘하지 않는다)

——— 다른 무엇보다 일신의 안락을 꾀한다

연관된 행동과 태도

——— 더 많은 일을 해야 하는 변화를 거부한다

——— 책임을 회피한다

——— 가욋일에 자원하지 않는다

——— 지나치게 잠이 많다

——— 오랫동안 가만히 앉아 있는다

——— 몸을 움직이려 들지 않는다(전화기나 텔레비전 리모컨을 가져다 달라고 시킨다)

——— 계단을 이용하지 않고 엘리베이터와 에스컬레이터를 탄다

——— 주차장을 뱅뱅 돌면서 편하고 좋은 자리가 나올 때까지 기다린다

— 요리하지 않고 배달시켜 먹는다

— 빨래를 하지 않아서 더러운 옷을 그대로 입는다

— 꾸물거린다

— 최대한 노력을 덜하는 방식으로 일한다

— 물건들을 있던 상태대로 내버려둔다

— 기대치를 낮춘다

— 가만히 앉아서 하는 활동에 과도하게 몰두한다(텔레비전 시청, 독서, 컴
퓨터게임 등)

— 일을 설렁설렁 해치운다

— 활력이 없다; 느릿느릿 움직인다

— 이기적이다

— 사람들이 시중들어주기를 바란다

— 다른 사람이 일을 대신해주기를 기다린다(밥하기, 업무 등)

— 절박감이 전혀 없다

— 사람들의 동정심을 이용한다: 등에 통증이 여전해서 힘드네. 우리 개 좀
산책시켜줄래?

— 자동차나 집, 일터가 지저분하다

— 면도하는 게 힘들어서 수염을 기른다

— 미용실에 못 갈 만큼 게을러서 머리카락이 덥수룩하다

— 물건을 빌리고는 돌려주지 않는다

— 위생 상태가 불량하다

— 식습관이 나쁘다

— 개입하고 싶지 않아서 친구의 문제를 경시한다

— 걸어갈 수 있는 거리에 살면서 차로 데려다달라고 조른다

— 다른 사람에게 마음 편히 있으라고 부추겨서 문제에 집중하지 못하고
산만하게 만든다

— 무언가를 고치는 수고를 들이느니 그것이 없는 채로 지낸다

— 외출 준비가 힘들어서 나가지 않고 집에 있는다

— 자신에게 비현실적으로 높은 기대치를 들이대는 바람에 긴장을 풀어야 한다고 믿는다

연관된 생각

— 이봐, 나 너무 피곤하거든. 웬만하면 움직이지 않고 싶다고.

— 조금 있으면 누군가 와서 이걸 처리해줄거야.

— 에밀리는 너무 까다로워. 나는 지금 이대로도 충분히 좋은데.

— 그건 일이 너무 많아.

연관된 감정

— 무관심함, 외로움, 평온함, 체념

긍정적 측면

— 게으른 인물은 쉽게 당황하거나 흔들리지 않고 느긋하게 행동한다. 변화에는 수고가 따라야 하므로 이들은 대체로 소란을 일으키지 않고, 갈등이나 긴장을 유발하는 일을 좋아하지 않는다.

부정적 측면

— 이런 인물은 최선을 다하기보다 힘을 아끼는 데 관심이 더 많기 때문에, 다른 사람이 만족할 때까지 자기가 할 일을 다하지 않는다. 이들은 대체로 성장형 사고보다는 현재에 안주하는 고착형 사고를 하고, 자기 자신 또는 맡은 업무의 개선에 관심이 별로 없다. 일신의 안위를 도모하는 이기적인 욕망은 제 역할을 완수하지 못한다는 뜻이기도 하다. 이들은 직업윤리가 없고 업무불평등을 초래하며, 이로 인해 피해를 입는 사람들의 기분을 상하게 만든다.

영화 속 사례

─────── 〈위대한 레보스키〉(1998)는 영화가 시작하자마자 주인공이 로스앤젤레
스와 전 세계에서 최고의 게으름뱅이라는 독백이 흐른다. 이 말은 두드
(제프 브리지스 분)가 등장해 볼링과 마리화나를 즐기는 실직한 게으름
뱅이의 모습을 보여주면서 사실임이 증명된다. 그는 상황에 떠밀려 행동
해야 할 때 이를 변화의 기회로 받아들이는 대신, 계속해서 게으름뱅이
시절로 돌아가려 기를 쓴다.

문학작품과 드라마 속 사례

─────── E. B. 화이트의《샬롯의 거미줄》에서 여물통 밑에 사는 까칠한 쥐 템플
턴, 폴 갈돈의《빨간 암탉》에서 암탉과 함께 사는 고양이와 개 그리고 생
쥐 무리, 가스 닉스의《왕국의 열쇠Keys to the Kingdom》에서 미스터 먼데이,
〈못 말리는 번디 가족〉 시리즈에서 엄마 페기

이 성격이 주요 결점일 때 극복하는 방법

─────── 다른 결점들처럼 게으름 역시 이기심에서 기인한다. 인물이 게으름을
극복하려면 자신의 행동이 가져오는 부정적 영향에 대해 알아야 한다.
어쩌면 그의 빈약한 직업윤리 탓에 고용주나 동료들이 곤경에 처할 수
도 있다. 또는 진정으로 자신 외에 그 누구도 신경 쓰지 않는다면 게으
름 때문에 건강을 망가뜨리거나 다른 목표를 달성하지 못할 수도 있다.

갈등을 유발하는 다른 인물들의 성격

─────── 열정적, 부지런함, 융통성이 없음, 비판적, 잔소리가 심함, 격정적, 정확
함, 엄격함, 일중독

52 마초적인 성격
Macho

정의 자신에게 주도권이 있다고 믿는 등 남자다움을 노골적으로 내세움	

성격 형성의 배경
——— 고루한 생각을 지닌 사람들 밑에서 자랐다
——— 여성스럽다거나 남자답지 못하다고 인식될까봐 두려워한다
——— 사내대장부 콤플렉스(정력, 키에 대한 열등감 등)를 해소하기 위한 과잉
　　　　보상심리가 있다
——— 괴롭힘이나 왕따를 당했다
——— 지나치게 비판적인 아버지나 그와 유사한 존재가 있었다

연관된 행동과 태도
——— 운동을 과도하게 한다
——— 공격적이다
——— 사람들을 괴롭힌다
——— 스테로이드를 사용한다
——— 군림하려 든다
——— 스포츠 경기를 직접 보러 가거나 남자들끼리 모여 시청한다
——— 익스트림 스포츠를 즐긴다(번지점프, 스카이다이빙, 드래그 레이싱● 등)

● 특수 개조한 자동차로 단거리를 달리며 순발력과 속도를 겨루는 자동차경주다.

——— 위협당하거나 모욕받았을 때 물러서지 않는다

——— 경쟁적이다; 최고가 되어야 한다

——— 도움을 요청하지 않는다

——— 싸움과 논쟁을 먼저 시작한다

——— 자신의 남자다움을 증명하는 방편으로 위험을 감수한다

——— 소유물에 과도하게 자부심을 느낀다(새로 산 트럭이나 트로피 등)

——— 광신적 애국주의 경향이 있다

——— '집안의 가장'이라는 점을 자신이 옳다고 생각하는 대로 행동하는 근거
      로 삼는다

——— 다른 남자들 앞에서 체면을 구기지 않으려 무엇이든 한다(거짓말, 시비
      걸기 등)

——— 여성을 희롱하거나 바람을 피운다; 추파를 던지고, 귀찮게 군다

——— 판타지 스포츠게임을 즐긴다

——— 주량이 얼마나 센지 증명하기 위해 술을 마신다

——— 당당하게 트림하고, 방귀를 끼고, 침을 뱉는 등의 행동을 한다

——— 음식을 엄청나게 많이 먹는다

——— '남자 음식'을 먹는다

——— '여자의 일'을 거부한다(요리, 청소, 장보기, 아이 기르기 등)

——— 시끄럽고 승부욕을 자극하며 폭력적인 비디오게임을 한다

——— 남성 잡지를 구독한다

——— 얼마나 많은 여자를 정복했는지 과시한다

——— 거만하다

——— 더럽고 인종차별적이거나, 부적절한 농담을 한다

——— 가정폭력을 가한다

——— 폭력적인 영화를 즐겨 본다

——— 공격적인 음악을 즐겨 듣는다

——— 남자아이들에게는 마초가 되라 하고, 여자아이들에게는 순종하라고 한다

— 여자들을 소유하려 든다

— 속마음을 드러내지 않으려 한다

— 화를 내거나 격분해서 불편한 감정을 해소한다

— 도움을 요청하지 않고 고통을 견딘다

— 다른 남자들의 성과를(인정하지 않으면서도) 질투한다

— '내 말은 따르고, 내 행동은 따르지 말라'는 정신으로 살아간다: 나는 다른 여자랑 자도 되지만, 내 여자는 안 돼.

연관된 생각

— 사실, 나는 신이 여자들에게 내려준 선물이야.

— 내가 집에 왔을 때 청소가 안 되어 있다면, 에이미는 후회하게 될 거야.

— 저 UFC 선수는 별것 아니야. 나도 이길 수 있어.

— 6시인데 여태까지 저녁밥을 안 해놓으면 어쩌겠다는 거야?

연관된 감정

— 자신감, 시기심, 불안정함, 자부심, 만족감, 아는 체함, 격분

긍정적 측면

— 마초적인 인물 대다수는 자신의 행동방식에 아무런 잘못이 없다고 생각하며, 어딘가에서 진정한 남자다움이란 이런 것이라고 보거나 들은 대로 따라 살려고 한다.

부정적 측면

— 이런 인물은 몇 가지 차원에서 불쾌하다. 여자를 소유물처럼 대하는 이들의 태도는 여성이 보호받아야 할 약한 존재라는 믿음에서 기인하는데, 대개 이런 교훈을 인생에서 만난 마초적인 롤모델에게서 배운다. 이렇게 하는 것이 남자가 여자와 사귀는 법이고, 관계를 맺는 방식이라고

배운 것이다. 늘 최고여야 하고 끊임없이 용감함을 입증하려는 욕구는 과잉보상을 암시하는데 때로는 불안정한 내면, 즉 남자다움을 입증하고 싶은 욕구에서 비롯된다.

영화 속 사례

──── 〈미녀와 야수〉(1991)에서 가스통은 상당히 마초적이다. 그는 누구보다 활쏘기, 싸움, 침 뱉기를 잘한다. 자신의 힘과 잘생긴 외모를 의식하는 가스통은 마을에서 가장 예쁜 여자가 자신의 짝으로 어울린다고 생각한다. 어떤 여자라도 자신을 위해 기꺼이 음식을 만들고, 양말을 빨아주고, 건장한 사내아이들로 집 안을 채워주고 싶어한다고 장담한다. 유일한 문제는 '여자는 스스로 사고할 줄 알면 안 된다'는 규칙이다. 하지만 가스통이 아는 한 세상에 그런 여자는 없기에 이 규칙이 걸림돌이 되리라 생각하지 않는다.

영화 속 다른 사례

──── 〈신비의 체험〉(1985)에서 쳇 도넬리(빌 팩스턴 분), 〈당신이 잠든 사이에〉(1995)에서 루시(샌드라 불럭 분)가 사는 아파트 주인의 아들 조 퍼스코 주니어(마이클 리스폴리 분)

이 성격이 주요 결점일 때 극복하는 방법

──── 마초이즘은 단순히 남성다움을 과시하는 것으로, 보통 무언가를 증명하고 싶은 욕구에서 기인한다. 이런 인물은 긍정적인 남성 롤모델이나 자신의 행동을 받아주지 않는 여성을 통해 남성다움의 개념을 다시 배워야 할 것이다.

갈등을 유발하는 다른 인물들의 성격

──── 잔소리가 심함, 거만함, 대립을 일삼음, 지배욕이 강함, 소심함, 불평이 많음

53 조종하는 성격

Manipulative

정의	유사한 결점
자신의 이익을 위해 교묘히 뒤에서 남의 행동에 영향을 끼침	속임수를 씀, 은밀히 조작하고 꾸밈

성격 형성의 배경

——— 오만한 자의식을 가지고 있다

——— 조건적인 사랑을 경험했다(특히 성장기 동안)

——— 이기적이다

——— 자존감이 낮다; 불안정하다

——— 권력욕과 지배욕이 있다

——— 자신이 원하는 것을 용인된 수단을 통해 얻을 수 없을까봐 두려워한다

연관된 행동과 태도

——— 사람들이 듣고 싶어하는 말을 해준다

——— 수동공격적으로 행동한다

——— 불온하고 파괴적인 수단을 사용한다

——— 배후 조종의 혐의를 부인한다

——— 다른 사람들에게 책임을 전가한다

——— 사람들에게 죄책감이 들게 만든다

——— 기분이 상한 척한다

——— 다른 사람들의 비밀과 약점을 이용해서 그들에 맞선다

——— 이미 답을 알지만 질문한다

—— 거짓말을 한다

—— 특정한 결론을 얻기 위해 공유해야 하는 진실을 선택한다

—— 사람들에게 죄책감을 들게 하려고 묵살하거나 무시한다

—— 누군가에게 무언가를 요청하기 전에 아부를 떤다

—— 자신의 패가 탄로날 것 같으면 매우 감정적으로 대응한다(화, 격분, 복수)

—— 사람들이 즉각적으로 따라줄 것이라 기대한다

—— 힘없고 약한 사람들을 먹잇감으로 삼는다

—— 자신의 욕망이 충족될 때까지 거듭해서 같은 요청을 한다

—— "아니오"라는 대답을 용납하지 않는다

—— 자신의 욕망에 맞춰 과거의 사건을 재구성한다

—— 사람들을 통제하기 위해 깔아뭉갠다

—— 위협을 가한다

—— 잘못된 도덕성과 윤리의식을 가지고 살아간다

—— 결과가 수단을 정당화한다고 믿는다

—— 상호의존성•을 부추긴다

—— 죄책감이나 수치심을 이용해 사람들이 자신을 따르게 만든다

—— '이에는 이, 눈에는 눈': 내가 너를 위해 이것을 해줬으니, 넌 내게 빚진 거야.

—— 사탕발림; 자신의 매력을 이용해 사람들을 무장해제시킨다

—— 대립을 일삼는다

—— 사랑하는 사람들과 이들에게 영향을 줄 수 있는 사람들을 떨어뜨려놓는다

—— 사람들이 자신의 기억을 의심하게 만들려고 노력한다

—— 자신이 한 거짓말을 믿는다

• 보살핌을 필요로 하는 사람과 그것을 베푸는 사람 사이의 지나친 정서적 의존성을 의미한다.

연관된 생각

——— 내가 원하는 것을 그가 가져다주도록 만들겠어.

——— 아빠는 제인 집에서 자고 오겠다고 하면 분명 허락 안 할 거야. 그러나 제인의 부모님이 전화해서 부탁하게 만든다면….

——— 내가 얼마나 잘해줬는데, 이럴 수는 없어!

——— 너무 잘해주려다 보면 비위에 거슬리겠지만, 그녀의 파티에 초대받으려면 별도리가 없어.

연관된 감정

——— 거부감, 결의, 의문, 두려움, 좌절감, 짜증, 불안정함

긍정적 측면

——— 배후에서 남을 조종하는 인물은 현실적이고 작정한 것은 무엇이든 매우 노련하게 성공시킨다. 이들은 인간 감정의 복잡함과 이를 이용해 목표를 달성하는 법을 이해하고, 앞뒤 상황과 판도를 쉽게 파악한다. 또한 원하는 것을 얻는 데 방해가 되는 사적인 감정을 끊어낼 줄 안다. 때때로 영향력과 권위 있는 지위로 이런 역량을 이용해서 원하는 결과를 얻어낸다.

부정적 측면

——— 이런 인물의 대부분은 부수적인 피해를 염두에 둔다. 손해가 좀 나더라도 궁극적으로 자신이 원하는 바를 이루려 하는 것이다. 이들에게 '우정' 은 투명하고 정직한 활동이 아니라 힘과 영향력의 맞교환일 가능성이 크다. 남을 조종하는 이들을 신뢰하기는 어려운 법이므로 사람들은 언제나 이들의 말과 행동, 감정의 진위를 의심한다. 이런 인물은 때때로 약해 보일까봐 질문하거나 도움 요청하기를 피하지만, 자신에게 필요한 것을 위해서는 영향력을 행사해 도움을 얻어낸다.

문학작품 속 사례

──────── 19세기 초 영국 사교계를 배경으로 한 윌리엄 메이크피스 새커리의 《허영의 시장》에서 주인공 베키 샤프는 염치를 모르고 끊임없이 사람들을 조종해 상류층 사교계에 입성한다. 그녀는 여러 남성을 전전한 끝에 청혼을 받아내고, 결혼 이후에는 남편의 출세를 위해 유력 인사들과 어울리며 부자 친척의 재산을 갉아먹는 술수를 쓴다. 소설의 말미까지 그녀의 이런 태도는 일관되게 이어지고, 결국에는 구박하고 방치했던 아들을 속여 재정적 지원을 받아낸다.

문학작품과 드라마 속 다른 사례

──────── 《동물농장》에서 농장을 통치하는 돼지 나폴레옹, 찰스 디킨스의 《올리버 트위스트》에서 올리버에게 소매치기를 가르치는 두목 패긴, 〈내 사랑 레이먼드〉 시리즈에서 레이먼드의 어머니 마리 바론

이 성격이 주요 결점일 때 극복하는 방법

──────── 조종은 남을 교묘하게 통제하고 불온한 수단을 이용해 원하는 결과를 성취하는 것이다. 이와 같은 단점을 극복하려면 인물은 빠져나가거나 부인할 수 없도록 자신의 행동과 대면해야 한다. 더불어 이런 성격의 인물이 그의 술수를 간파하고 맞서기를 두려워하지 않는 강력한 인물과 짝을 이루면, 자신의 행동이 이기적이고 통제적이라는 점을 깨달으면서 변화를 위한 촉매제가 될 것이다.

갈등을 유발하는 다른 인물들의 성격

──────── 지배욕이 강함, 엉뚱함, 잘 속음, 명예를 중시함, 감정과잉, 잔소리가 심함, 통찰력이 있음, 우둔함, 의지박약

54 희생양인 척하는 성격

Martyr

정의	
남을 조종하거나 인정을 얻기 위해 피해자인 체함	

성격 형성의 배경

——— 지배욕에 문제가 있다

——— 희생자인 척하던 양육자 밑에서 자랐다

——— 무엇을 줄 수 있는지로 사람의 가치가 정해지는 환경에서 산다

——— 자존감이 낮다

——— 희생을 인정받고 싶은 욕망이 충족되지 못해 해묵은 원망으로 남았다

——— 자신의 가치를 확인하기 위해 다른 사람들의 공감을 필요로 한다

——— 사랑과 인정을 받고 싶어한다

연관된 행동과 태도

——— 걸핏하면 불평을 늘어놓는다

——— 자신의 문제에 대해 남 탓을 한다

——— 우발적인 사고를 고의라고 넘겨짚는다

——— 자신이 해준 것을 상기시켜서 사람들에게 영향력을 행사하려 든다

——— 침소봉대한다

——— 사건들에 대해 잘못 기억한다

——— 결코 용서하거나 잊어버리지 않는다

——— 만족스럽지는 않지만 문제해결을 위해 아무런 수단도 강구하지 않는다

———— 해묵은 불만이 해소되면 새로운 불만거리를 만든다

———— 자녀나 가족에게 의존하도록 부추겨 자신이 필요한 사람임을 확인한다

———— 다른 사람을 위해 일했을 때 그가 충분하게 감사를 표하지 않으면 원망한다

———— 수동공격적으로 행동한다

———— 자신의 행복이나 가치를 다른 사람들에게 의존해서 찾는다

———— 비판하고 기준이 높다

———— 건강하고 균형 잡힌 인간관계를 맺기 어려워한다

———— 자신의 노력이나 진가를 제대로 인정받지 못한다는 기분이 든다

———— 도와주겠다고 나서고는 나중에 사람들이 거들지 않는다며 투정을 부린다

———— 사람들이 일을 완수하거나 잘할 것이라는 믿음이 없어서 도움을 거절한다

———— 마지못해 도움을 받아들이고 나서 이에 불만을 가진다

———— 사람들에게 책임을 다할 기회를 주지 않고 제대로 못한다며 힐책한다

———— 자신의 의무, 책임이나 과거의 희생 경험을 말로 늘어놓는다

———— 주로 부정적인 감정을 표출한다(화, 원망, 좌절감, 조롱 등)

———— 말다툼을 선동한다

———— 너무 많은 책임을 떠맡고는 일이 너무 많다며 불평한다

———— 자신의 능력이나 성과에 과도하게 자부심을 느낀다

———— 통증과 고통에 대해 불평한다

———— 건강문제를 나열한다

———— 사람들의 요구를 개인적 성장에 대한 노력을 회피하는 핑곗거리로 삼는다

———— 죄책감을 이용해 다른 사람을 통제한다: 내가 없어져도 네게 해줬던 것들을 고마워했으면 좋겠어.

———— 사람들을 위해 자신이 돈을 얼마나 썼는지를 상기시킨다

연관된 생각

——— 메리는 이 조직에 아무런 도움이 안 돼. 늘 일은 고스란히 내 몫이었어.

——— 그럼 그렇지. 당신이 골프 치는 동안 나는 집에서 애들이나 봐야겠지, 이번에도.

——— 내가 일을 얼마나 많이 하는지 사람들은 몰라. 나 없으면 여기는 결딴날걸.

——— 그녀를 위해서라면 뭐든 했는데, 고맙다는 말 정도가 과한 요구라는 거야?

연관된 감정

——— 화, 성가심, 거부감, 결의, 좌절감, 외로움, 위축감, 억울함, 멸시

긍정적 측면

——— 희생양 또는 순교자인 척하는 인물은 종종 남들이 거절하는 일까지 떠맡는 부지런한 일꾼이다. 이들은 사람들에게 강한 애착을 느끼고 자신의 시간과 에너지를 기꺼이 사용한다.

부정적 측면

——— 사랑을 향한 이들의 욕구는 종종 사람들의 공감이나 주목으로 충족되고, 이들은 자신이 한 것에 비해 얼마나 인정받지 못하는지를 증명함으로써 인정받고 싶어한다. 하지만 희생자인 척하는 인물의 끊이지 않는 불평은 깨진 독에 물을 붓는 것과 같다. 주변 사람들은 이런 성격의 인물들이 결코 만족을 모르고, 한 문제가 해결되면 곧 다른 문제가 나타나리라는 사실을 알게 된다. 이들은 삶이 만족스럽지 않다고 표출하면서도 대체로 도움은 거절한다. 사람들의 동정심을 사기 위해서는 자신에게 문제가 있어야 하기 때문이다. 조만간 이들은 신뢰를 잃고, 사람들은 이들을 회유하거나 무시하기 시작한다. 하지만 이는 인정을 향한 인물의 욕구를 더욱 부추길 뿐이다.

영화 속 사례

─────── 〈글래디에이터〉(2000)에서 코모두스(호아킨 피닉스 분)는 고대 로마 정치권력의 정점에 있는 황제다. 그럼에도 그는 억울해하고 불만이 많으며, 자신의 곤경을 주변 사람들의 탓으로 돌린다. 아버지가 자신을 이해해주지 않았으며 복종했던 나날을 제대로 보상해주지 않았다고, 누이는 자신의 기대만큼 고마움을 느끼지 않는다고 불평한다. 또 로마 시민들이 아버지를 흠모했던 것처럼 자신을 흠모하지 않고 자신의 적에게 애정을 쏟는다고 비난한다. 사실 코모두스의 문제는 자초한 측면이 크지만 그는 죄를 남에게 덮어씌우고, 변화를 거부하면서 자신의 행동에 책임지지 않는다.

드라마 속 사례

─────── 〈빅뱅이론〉 시리즈에서 하워드의 엄마 왈로위츠 부인, 〈내 사랑 레이먼드〉 시리즈에서 마리 바론

이 성격이 주요 결점일 때 극복하는 방법

─────── 이런 인물의 행동방식은 인정과 동정심에 대한 욕구에서 비롯된다. 그가 자신의 행동 때문에 원하는 결과를 얻지 못한다는 것을 깨달으면, 변화의 동기로 작동할 수 있다. 또한 이들에게 진정한 보살핌을 보여줄 수 있는 인물을 소개하는 것도 도움이 된다. 사랑이라는 것이 양에 따라 조건적으로 주어지는 것이 아님을 깨달을 수 있기 때문이다.

갈등을 유발하는 다른 인물들의 성격

─────── 무심함, 냉정함, 잔인함, 부주의함, 독립적, 융통성이 없음, 이기적, 통찰력이 있음

55 물질만능주의인 성격
Materialistic

정의 물질 획득에 과도하게 관심을 쏟음; 자신의 가치를 가진 것이나 남에게 과시할 수 있는 것과 결부함	

성격 형성의 배경

———— 어떤 이미지를 유지하고 싶어하는 욕망이 있다

———— 쇼핑중독이다

———— 다른 사람들이 가진 것을 갖고 싶어한다

———— 특권의식이 있다

———— 자존감이 낮다

———— 물질만능주의에 빠진 가정이나 사회에서 자랐다

———— 가난하게 자랐다

———— 동료 집단의 압력을 받았다

———— 응석받이로 자랐다; 언제나 원하는 것을 가졌다

연관된 행동과 태도

———— 브랜드 제품만 구매한다

———— 생각에 깊이가 없다: 그런 청바지는 죽어도 안 입을 거야.

———— 또래들이 사는 것을 구입한다

———— 자신이 가진 것에 만족하지 않는다

———— 유행을 따라간다(패션, 대중문화 등)

———— 사람들을 가진 것으로 판단한다: 그 여자는 어떤 사람일까, 가난한가?

——— 최신 전자기기를 구입한다

——— 배후에서 남을 조종해 자신이 원하는 것을 가진다

——— 기분이 처지거나 마음이 상할 때 흥청망청 쇼핑을 하러 간다.

——— 빚이 많다

——— 분수에 넘치게 생활한다

——— 호화스러운 파티를 연다

——— 최고급 차를 몰고 다닌다

——— 마사지와 피부 관리에 돈을 쏟아붓는다

——— 돈이 많이 드는 취미를 즐긴다

——— 저축하기보다 소비하는 데 치중한다

——— 아주 멀쩡한 상태의 물건을 갈아치운다

——— 낭비가 심하다

——— 세간의 이목을 끄는 직업을 가진다

——— 이름값 때문에 명문대학에 진학한다

——— 아이들을 학비가 비싼 사립학교에 보낸다

——— 특정한 가게에서만 쇼핑한다

——— 자신의 외모에 대해 비판적이다

——— 자신의 소유물을 과시한다

——— 사회적 신분에 따라 친구를 선택한다

——— 끊임없이 자기 물건(자동차, 집, 보석 등)의 업그레이드를 생각한다

——— 사람들(운전기사, 보모, 가사도우미, 요리사 등)을 고용해서 지위를 확고
히 한다

——— 출세하기 위해 노력한다

——— 다른 사람들의 생각에 과도하게 신경 쓴다

——— 외모 가꾸기에 엄청나게 공을 들인다

——— 성형수술을 받는다

연관된 생각

——— 신형 휴대폰이 출시되면 바로 살거야.

——— 클레어가 이걸 보면 엄청 샘내겠지!

——— 이 양복을 입으면 사람들이 나를 무시하지 못할 거야.

——— 시험에 떨어져서 기분이 엉망이야. 어떻게 하면 기분이 좋아질지 나는
　　　알지. 쇼핑!

연관된 감정

——— 기대감, 욕망, 실망감, 환희, 시기심, 흥분, 참을성이 없음, 질투심, 억울
　　　함, 아는 체함, 걱정

긍정적 측면

——— 물질만능주의자는 자신의 이미지를 매우 중시하므로 늘 건강하고 단정
　　　하게 꾸민다. 이들은 다른 사람들을 따라잡으려는 욕구에 따라 경쟁심
　　　을 느끼고, 이는 추진력으로 작용해 목표 달성에 도움을 준다.

부정적 측면

——— 이런 인물은 자신이 가진 것에 만족하지 못하고 언제나 더 많이 원한다.
　　　무언가를 사면 잠시 행복을 느낄지 모르지만 곧바로 또다른 것을 필요
　　　로 한다. 이들은 종종 비교하는 게임을 하고, 이는 실망과 부러움, 자존
　　　감 저하로 이어진다. (누가 무엇을 가졌는지에 기초한) 인정체계는 이들
　　　을 비판적이고 오만하게 만들어 기대에 미치지 못하는 사람들을 깔보
　　　거나 무시하거나 학대한다.

영화 속 사례

——— 〈아메리칸 사이코〉(2000)에서 패트릭 베이트먼(크리스천 베일 분)은 모
　　　든 것을 다 가진 듯 보인다. 뉴욕 월스트리트에서 일을 하고, 최고급 아

파트, 최신 기기들, 아메리칸 익스프레스 플래티넘 카드까지. 하지만 그는 어마어마한 물건들을 가졌어도 성취감을 느끼지 못하고 마음이 헛헛하다. 그는 도가 지나친 무의미한 욕망에 사로잡혀 선을 넘고 점점 사이코가 되어간다.

영화 속 다른 사례

——— 〈클루리스〉(1995)에서 베벌리힐스 고등학교의 최고 인기녀인 셰어 호로위츠(얼리샤 실버스톤 분), 〈위대한 개츠비〉에서 개츠비의 연인 데이지 뷰캐넌(미아 패로우 분), 〈화이트 칙스〉(2004)에서 FBI 요원 케빈(숀 웨이언스 분)과 마커스(말런 웨이언스 분)가 위장한 헤더와 메건 밴더겔드 재벌가 자매

이 성격이 주요 결점일 때 극복하는 방법

——— 물질만능주의는 인물이 자신의 가치를 개인적 소유물과 동일시하면서 발전한다. 하지만 물질이 자존감을 높여주는 효과를 내지는 못한다. 대신 물질만능주의를 신봉하는 인물에게 다른 중요한 일, 즉 재능이나 기술, 자선사업, 관대함, 남에게 봉사하기 등에서 자부심과 목적을 찾는 것이 도움을 줄 수 있다. 이들이 이런 활동을 통해 자신의 가치관을 찾을 수 있다면 의미 없는 구매 행태를 버리고 가치 있는 무언가를 받아들일 것이다.

갈등을 유발하는 다른 인물들의 성격

——— 독실함, 효율적, 질투심이 강함, 비판적, 원망이 가득함, 책임감이 있음, 합리적, 인색함, 알뜰함

⁵⁶ 감정과잉인 성격
Melodramatic

정의 지나치게 감정적; 상황이나 자극에 과장된 반응을 보이고, 때로는 극적으로 행동해 주의집중을 유도함	유사한 결점 연극을 하는 듯함, 선정적

성격 형성의 배경

———— 주목받고 싶어한다

———— 연기에 재능이 있다

———— 자아도취에 빠진다

———— 응석받이로 자랐다

———— 피해망상이 심하다

———— 사람들의 행동을 통제하고 싶어한다

———— 지나치게 예민하다

———— 감정적인 양육자 밑에서 자랐다

———— 어린 시절에 얄팍하거나 연극적인 행동으로 칭찬을 받은 적이 있다(어
린이미인대회에서 여왕으로 선발되는 등)

연관된 행동과 태도

———— 작은 일을 크게 부풀려 말한다

———— 희생양인 척한다

———— 빠르게 말하고 제스처가 크다

———— 감정이 가득 실린 어조로 말한다

———— 목소리를 높여 시선을 끈다

―――― 불평하고 투덜거린다

―――― 자기 자신에 대해 이야기한다

―――― 모든 일을 개인적으로 받아들인다

―――― 냄새, 온도, 환경의 변화에 지나치게 민감하다

―――― 과장된 제스처를 쓰고, 말을 장황하게 늘어놓는다

―――― 기분이 순식간에 극단적으로 변한다

―――― 객관적으로 처신하기를 힘들어한다

―――― 우선순위를 정하지 못한다

―――― 자신의 안위에 부정적인 영향을 끼치는 상황을 기피한다

―――― 배후에서 남을 조종한다

―――― 당황하면 어떤 일을 하고 싶은 대로 하지 못한다

―――― 사람들과 그들의 감정을 매우 의식한다

―――― 인상적으로 퇴장한다

―――― 자신의 견해와 신념이 제일 중요하다고 믿는다

―――― 사람들이 찬사를 보내면 기운이 솟구친다

―――― 당황하면 말이 빨라진다

―――― 주저하거나 거르지 않고 생각나는 대로 말한다

―――― 속단한다

―――― 소란을 피운다

―――― 지나치게 감상적이다

―――― 과장된 반응을 보인다(소리지르기, 울기, 신을 탓하기 등)

―――― 자신의 고통이 다른 누구의 고통보다 심각하고 중대하다고 믿는다

―――― 히스테리를 부린다

―――― 평가나 충고에 지나치게 민감하다

―――― 시선을 끌기 위해 터무니없는 일을 벌인다

연관된 생각

——— 어떻게 "증오스럽다"고 말할 수 있어? 그녀가 내게 그런 상처를 주다니 믿을 수 없어.

——— 앤드루는 어디 간 거야? 문자를 13개나 남겼는데! 나한테 전화하는 게 좋을걸, 아니면 끝이야.

——— 그 셔츠를 입느니 차라리 죽어버릴래.

——— 내 상사가 정말 싫어. 그 사람은 왜 해고도 되지 않을까?

연관된 감정

——— 우울, 흥분, 두려움, 좌절감, 걱정

긍정적 측면

——— 감정과잉의 극적인 인물은 주목을 받으면 기운이 솟아서 제 세상을 만난 듯 군다. 이들은 흥이 많고 보통은 유머감각과 재치가 뛰어나다. 또한 자신의 감정을 거리낌 없이 드러내므로 대체로 이들의 기분을 모두 알 수 있다.

부정적 측면

——— 이런 인물은 감정 기복이 심해서 주변 사람들은 무슨 일이 벌어질지 몰라 전전긍긍한다. 이들은 화가 나면 말을 함부로 해서 사람들의 마음에 상처를 주기도 한다. 또한 흥분하면 이들의 지나친 농담으로 고의가 있건 없건 상대는 상처받고 기분 나빠할 수 있다. 어떤 친구들은 잠시 이들의 과장된 행동을 좋아할 수도 있지만, 많은 사람이 스트레스를 받고 급기야 변덕이 죽 끓듯 하는 이들을 피한다.

영화 속 사례

——— 〈선셋대로〉(1950)에서 노마 데즈먼드(글로리아 스완슨 분)는 무성영화

시대의 대배우로 할리우드 컴백을 결심한다. 그녀는 환상 속에 살면서 자신이 한물간 스타임을 망각하고 어떤 평가에도 과장된 반응을 보인다. 노마는 연인에게 버림받았을 때 그의 마음을 되돌리려 자살을 시도하지만, 이 방법이 받아들여지지 않자 애인을 총으로 쏴서 죽인다.

영화 속 다른 사례

——— 〈스텝맘〉(1998)에서 사춘기 소녀 애나 해리슨(제나 멀론 분), 〈노트북〉(2004)에서 부잣집 딸 앨리 해밀턴(레이철 매캐덤스 분), 〈제5원소〉(1997)에서 인기 DJ 루비 로드(크리스 터커 분)

이 성격이 주요 결점일 때 극복하는 방법

——— 감정과잉에서 벗어나려면 인물은 인생이 자기 위주로만 돌아갈 수 없고, 남들도 주목을 필요로 한다는 것을 배워야 한다. 주목까지는 아니더라도 약간의 인정으로 혜택을 받은 누군가를 알게 되면 관심을 자신으로부터 다른 사람에게로 돌릴 수 있다. 또한 내면의 역량과 재능을 발전시켜서 기쁨을 얻을 경우, 자신의 가치가 단지 주목받는 데만 있지 않음을 깨달을 수 있다.

갈등을 유발하는 다른 인물들의 성격

——— 통제가 심함, 온화함, 재미없음, 부주의함, 내성적, 엄격함, 어색해함, 소심함

57 짓궂은 성격
Mischievous

정의	유사한 결점
악의적으로 또는 심한 장난으로 문제를 일으킴	사악함, 장난스러움, 골탕을 먹임

성격 형성의 배경

——— 자신감이 과도하다; 자신이 남들보다 똑똑하다고 믿는다

——— 권력을 갈망한다; 사람들을 화나게 만드는 것을 좋아한다

——— 천성적으로 장난을 좋아한다; 재미있기를 원한다

——— 지루해한다

——— 호기심이 강하다; 잡히지 않고 얼마나 갈 수 있을지를 알고 싶어한다

——— 매우 지적이다

——— 미성숙하다

연관된 행동과 태도

——— 못된 장난을 친다

——— 웃음이 헤프다

——— 터무니없는 생각을 떠올린다

——— 자신과 다른 사람들을 툭하면 문제에 빠뜨린다

——— 사람들을 말로 꾀어 짓궂은 일에 끌어들인다

——— 또래로 이루어진 일당이나 단체를 이끈다

——— 경쟁적이다

——— 자신의 활약상을 부풀리고 미화한다

———— 가만히 있지 못한다

———— 호기심이 강하다; 무슨 일이 일어날지 궁금해한다

———— 쉽게 지루해한다

———— 끊임없는 자극이 필요하다

———— 어리석은 위험을 감수한다

———— 카리스마가 넘친다

———— 도가 지나친 장난을 한다

———— 거들먹거린다

———— 짓궂은 장난이 사람들에게 어떤 고통이나 좌절감을 안기는지 모른다

———— 사람들을 불편하게 만들려는 의도가 다분한 행동들을 한다(화재경보기 울리기 등)

———— 일부러 사람들을 짜증나게 만드는 일을 한다

———— 규칙과 한계와 경계에 매료되고, 이를 밀치고 지나가고 싶어한다

———— 부모나 권위자를 상대방과 맞붙여서 덕을 보려 한다

———— 문제해결에 능하다

———— 복수심이 강하다

———— 사람들을 희생시켜 농담거리로 삼는다

———— 진지하지 않다

———— 판단력이 부족하다

———— 참을성이 없다

———— 더 큰 반응을 얻기 위해 때에 맞지 않는 농담이나 장난을 친다

———— 약하거나 어리숙한 사람은 속아도 싸다고 우긴다

———— 사람들이 당황하거나 혼돈에 빠지면 즐거워한다

———— 분명하게 해를 끼치는 자신의 행동을 해가 되지 않는다고 생각한다

———— 장난의 규모가 점점 커진다; 자신이 했던 지난번의 장난이나 활동을 넘어서야 한다

———— 사람들의 평판을 손상시킨다

——— 잘못이 탄로날까봐 잔꾀를 써서 다른 사람에게 뒤집어씌운다

연관된 생각

——— 아빠는 창고를 안 쓰니까 트랙터가 없어져도 눈치 못 채실 거야.

——— 마라가 그렇게 용감하다는 거지? 베개 밑에서 쥐를 보고도 놀라지 않을 수 있는지 볼까.

——— 폭죽 장난도 좋지만, 이번에는 폭탄으로 해볼까!

——— 너무 따분해! 이 근처에서 뭔가 재미있는 일이 일어나야 하는데.

연관된 감정

——— 즐거움, 기대감, 자신감, 호기심, 열의, 아는 체함

긍정적 측면

——— 짓궂은 인물은 재미있는 일을 좋아한다. 매우 지적이고 호기심이 많은 이들은 끊임없이 머릿속에서 새롭고 창의적으로 시간을 보낼 방법들을 궁리한다. 겁이 없고 열정적인 성향은 부러운 자질이라서 사람들을 매료시키기도 한다. 이들은 자신의 짓궂은 장난 때문에 문제가 생기면 사람들의 마음을 사로잡아 모면하기도 한다.

부정적 측면

——— 이면에 어떤 이유가 있건 간에 짓궂은 장난은 남들에게 안 좋은 영향을 끼쳐서 불편함이나 당혹감, 작은 소동을 일으킨다. 짓궂은 인물이 결과를 축소시키거나 무죄를 주장해도, 이런 장난을 지속할 명분이 되지는 못한다. 이들은 남들의 생각을 잘 읽어내므로 노련한 배후 조종자가 될 수 있고, 들킬 경우에는 속임수를 써서 책임에서 벗어날 수도 있다.

애니메이션 속 사례

─────── 〈심슨네 가족들〉 시리즈에서 바트 심슨은 반항기 가득한 소년으로 짓궂은 장난을 좋아해서 툭하면 말썽을 피운다. 바트의 장난 목록을 살펴보면 바텐더 모의 술집으로 장난전화 걸기, 교실 칠판에 낙서하기, 가게에서 물건 훔치기, 스트리킹이 있다. 바트는 못되지는 않았지만, 참을성 없고 난폭한 천성이 시시때때로 그를 짓궂은 장난으로 몰아간다.

드라마와 문학작품 속 사례

─────── 〈개구쟁이 데니스〉 시리즈에서 데니스 미첼,《해리 포터》시리즈에서 이상한 소리를 내는 폴터가이스트 피브스

이 성격이 주요 결점일 때 극복하는 방법

─────── 짓궂은 인물 대부분이 잔인한 지경까지는 아니지만, 혼란을 일으키고 사람들이 자제력을 잃는 데서 재미를 느낀다. 이런 무례한 태도가 문제의 원인이며, 이를 심각하게 받아들이고 극복해야 한다. 자신의 이기적이거나 생각 없는 장난이 가져온 상처나 굴욕을 깨닫는다면 자기 행동을 다시 생각해볼 것이다.

갈등을 유발하는 다른 인물들의 성격

─────── 무관심함, 비겁함, 깐깐함, 재미없음, 융통성이 없음, 감정과잉, 신경과민, 예민함, 걱정이 많음

⁵⁸ 병적인 성격

Morbid

정의	유사한 결점
침울해하거나, 겉모습이 섬뜩하거나, 죽음에 건전하지 않은 관심을 보임	암울함, 우울함

성격 형성의 배경

——— 우울해한다

——— 죽음과 질병이 끊이지 않는 환경에서 자랐다

——— 미지의 세계나 자신의 유한함에 깊은 관심을 가진다

——— 한 사람이 감당하기에는 너무 많은 죽음과 상실을 경험했다

——— 사후세계를 궁금해한다

연관된 행동과 태도

——— 사람들이 불편해하는 질문을 하거나 죽음과 연관된 언급을 한다

——— 죽음을 두려워하지 않는다

——— 병에 걸렸거나 아프거나 죽음을 앞둔 사람 또는 동물을 가까이에서 지켜본다

——— 대부분의 사람이 불쾌해서 시선을 돌릴 때도 뚫어져라 계속 쳐다본다

——— 시신이나 죽어가는 사람에게 손을 뻗어 만져보거나 건드려본다

——— 어떤 죽어가는 양상을 보면 흥분한다

——— 고립적이다

——— 친구가 거의 없다

——— 부정적이거나 암울한 세계관을 가진다

——— 사람들과 관계를 맺고 유지하기 어려워한다

——— 죽음을 상징화한 물건을 수집한다(질병에 관한 책들, 곤충표본 등)

——— 무미건조하게 죽음이나 고통에 대해 토론한다

——— 사후세계 그리고/또는 환생에 관심을 보인다

——— 나쁜 일이 일어날 것을 예측하거나 희망한다

——— 죽어가거나 죽은 것들의 눈을 쳐다본다

——— 사후에 어떤 일이 일어나는지 궁금해한다

——— 다른 문화권에서는 죽음을 어떻게 대하는지 조사해본다

——— 툭하면 무덤을 찾아간다

——— 장례식에 참석하고 싶어한다

——— 시신을 매장하기 전의 준비 과정에 대해 생각해본다

——— 자신의 '사후 처리'에 대한 계획을 세운다(화장, 매장 등)

——— 죽음을 앞둔 사람들에게 질문한다

——— 임사체험에 관심을 보인다

——— 온갖 유형의 죽음을 상상하고 공상한다(익사, 독사, 화재로 인한 죽음 등)

——— 부패된 것을 봐도 역겨워하지 않는다

——— 피를 보면 '살아 있음'을 느낀다

——— 어떤 느낌인지 알려고 시체를 만져보고 싶어한다

——— 우울해한다

——— 삶에서 아무 의미를 찾지 못한다

——— 죽음을 갈망한다

——— 자살을 생각한다

——— 자살 계획을 세우거나 실행할 수 있을지 알아보려 한다

연관된 생각

——— 당신이 죽으면 내가 마음 아파할지 궁금해.

——— 사후세계가 지금의 삶보다 더 낫기를 바라.

———— 물에 빠져 죽는 것 말고 불에 타서 죽는 편이 낫겠어. 연기가 나면 의식을 잃지만, 물속에서는 모조리 느낄 테니까.

———— 릴리는 아버지가 돌아가신 뒤로 변했어. 아버지가 돌아오지 못한다는 걸 받아들이기 힘들 거야.

———— 내가 자살하려고 했다면, 어떤 방법으로 했을까?

연관된 감정

———— 냉담함, 호기심, 우울, 혐오감, 침울함

긍정적 측면

———— 죽음에 병적인 흥미를 느끼는 인물은 대부분의 사람들이 불안해서 탐구하지 못하는 질문에 대답을 내놓을 수 있다. 죽음은 자연적 현상이므로, 그것을 이해하려 노력하다가 삶에 대한 심오한 이해에 이르기도 한다.

부정적 측면

———— 호기심과 별개로, 병적인 인물 가운데 일부는 죽음과 시체에 집착한다. 이들의 집착은 건강하지 못한 국면으로 발전하면서 점점 더 현재의 삶보다 다음 생에 관심을 보이고, 이는 죽음을 추종하는 단계로 전개될 수도 있다. 이런 음울한 세상에 빠진 병적인 인물의 모습에 사람들은 불안감을 느끼고, 급기야 이 인물을 두려워하고 배척할 수도 있다. 그로 인해 이들은 고립되고, 이 세상을 벗어나고 싶다는 생각이 강화되기도 한다.

문학작품 속 사례

———— 메리 셸리의 《프랑켄슈타인》에서 미치광이 과학자 빅터 프랑켄슈타인은 삶과 죽음에 집착해 사체 실험까지 감행한다. 급기야 여러 시체의 장기를 모아서 괴물을 만들어 생명까지 불어넣어 소생시킨다.

문학작품과 영화 속 다른 사례

───── 〈햄릿〉에서 햄릿, 그리스신화에서 죽음을 관장하고 지하세계를 다스리는 하데스, 〈비틀주스〉(1988)에서 유령 비틀주스가 결혼하려는 인간 소녀 리디아 디츠(위노나 라이더 분)

이 성격이 주요 결점일 때 극복하는 방법

───── 죽음에 대한 병적인 성향이 목표 달성을 위해 극복해야 할 주요 결점이라면, 믿을 수 없을 만큼 삶에 긍정적이고 의미를 두는 어떤 것에 노출되는 것이 도움을 줄 수 있다. 이런 경험이 변화를 가져와 죽음에 대한 집착에서 벗어나 삶을 받아들이게 해준다. 사랑이나 우정, 개인적 성취, 더 높은 목표의 발견이 인물을 변화시킨다.

갈등을 유발하는 다른 인물들의 성격

───── 기운이 넘침, 화려함, 재미있음, 온화함, 행복함, 이상주의, 친절함, 낙천적, 건전함, 걱정이 많음

⁵⁹ 잔소리가 심한 <small>성격</small>
Nagging

정의	유사한 결점
계속해서 듣기 싫을 정도로 나무라고 핀잔을 줌	성질이 더러움

성격 형성의 배경

——— 아주 독실하다

——— 사람들을 인도하고 교정하는 것이 자신의 일이라고 믿는다

——— 신뢰하지 않는다

——— 통제력에 문제가 있다

——— 불안정한 기분 때문에 다른 사람들을 통해서 대리만족을 느끼려 한다

연관된 행동과 태도

——— 사람들을 지켜보면서 얼마만큼 진도가 나가는지 확인한다

——— 죄책감이나 다른 꼼수를 써서 사람들의 행동을 배후에서 조종한다

——— 사람들이 자신의 기대에 미치지 못하리라고 넘겨짚는다

——— 성취와 찬사에 대한 욕망을 다른 사람들에게 투사한다

——— 결코 만족하는 법이 없다; 사람들에게 언제나 더 많은 것을 바란다

——— 사람들이 자신들의 일에 전념하고 있는지 감시한다

——— 학생이나 후배를 지켜보면서 지나치게 관심을 가진다

——— 몸으로 긴장한 티를 낸다(팔짱 끼기, 뻣뻣한 자세, 경직된 근육)

——— 잘 웃지 않는다

——— 어떤 사실을 확인하는 질문을 한다: 퇴근하고 오늘 밤에 아빠에게 전화

한다고 약속했잖아, 그렇지?

—— 사람들이 즉시 응대하지 않으면 분노와 절망감을 표출한다

—— 격려하기보다 비평하고 지시한다

—— 기준과 기대치가 높다

—— 갑작스러운 손짓과 제스처를 취한다

—— 경직된 어조로 빠르게 말한다

—— 앞날을 걱정한다: 네가 좋은 대학에 들어가기를 바랄 뿐이야!

—— 분노나 좌절감을 소리 내어 표현한다

—— 체계 있고 집중력이 뛰어나다

—— 사람들에게 분통을 터뜨린다

—— 희생양인 척한다

—— 과거의 잘못을 들먹인다

—— 사람들에게 자신의 일정표를 따르라고 강요한다

—— 비교해서 기분을 상하게 만든다: 앨리스는 10분 전에 숙제를 끝냈다던
데. 너는 왜 이렇게 느려?

—— 훈수나 경고를 반복한다

—— 사람들을 일방적으로 판단한다

—— 세부적인 것까지 놓치지 않고 본다

—— 사람들에게 어떤 일을 하기로 했는지 상기시킨다

—— 바라는 결과가 나올 때까지 끈덕지게 조른다

—— 사람들을 너무 심하게 압박해서 인간관계를 망친다

—— 누군가가 일을 마치지 못하면 협박한다

—— 사람들의 일에 참견하느라 정작 자신의 일을 잊어버린다

—— 지구력이 강하고 몰입도가 높다

—— 다른 사람들의 통찰력을 걱정한다

연관된 생각

———— 지미가 또 늦네. 식사 시간에 못 오면 전화하라고 몇 번이나 부탁했더라?

———— 다이애나가 자기 방을 안 치우면 몽땅 쓰레기통에 쓸어 넣을 거야.

———— 토냐가 그 시험에서 떨어지다니 말도 안 돼. 일주일 내내 쫓아다니며 공부하라고 말했건만.

———— 셸던은 자기 형이랑 완전 딴판이네. 단정한 그에게 그렇게 지저분한 쌍둥이가 있었어?

———— 앨런이 교대하고 집에 올 때까지 기다려야겠다. 그러면 내 말을 들을 거야.

연관된 감정

———— 화, 실망감, 좌절감, 짜증

긍정적 측면

———— 잔소리가 심한 인물은 어떤 일에 대해 전망이 확실하고, 그것에 집요하게 매달린다. 이들은 종종 사람들에게 용인되는 것들을 일러줌으로써 매너와 적절한 행동을 계도한다고 생각한다. 쉴 새 없이 잔소리를 듣는 것을 좋아할 사람이 있을 리 만무하지만, 집중력과 체계가 없는 사람들은 때때로 이들의 채근에 고마워할 수도 있다.

부정적 측면

———— 이런 인물은 걸핏하면 이래라저래라 지시를 내린다. 이런 잔소리를 듣는 사람들은 개인의 자유가 사라진 듯 느낄 수도 있다. 누군가는 반항하기로 결정하고 따르지 않는 반면, 누군가는 괴롭힘을 피하려 최소한의 정도만 들어주면서 잔소리꾼을 달랠 수도 있다. 이런 인물은 자주 평가를 내리므로 가까운 사람들은 감정이나 의견을 공유하지 않는 대신, 잔소리를 피하기 위해 얼버무리거나 부정직한 태도를 취하기도 한다.

문학작품 속 사례

─────── 그림 형제의 《헨젤과 그레텔》에서 가난한 나무꾼은 네 명의 가족을 부양하기 버거워한다. 나무꾼의 아내는 아들과 딸을 숲에 갖다 버리자고 무정한 제안을 한다. 나무꾼이 거부하자 아내는 아이들이 숲속에서 죽든가 아니면 모두 집에서 굶어 죽든가 둘 중 하나라고 꼬집는다. 나무꾼은 주저하지만, 아내는 그가 굴복하고 아이들을 숲으로 데려갈 때까지 그를 들볶는다.

드라마와 영화 속 사례

─────── 〈말콤네 좀 말려줘〉 시리즈에서 천방지축 사형제의 엄마인 로이스 월커슨, 〈환상 살인〉(1987)에서 강압적이고 욕설을 하는 어머니 리프트 부인(앤 램지 분)

이 성격이 주요 결점일 때 극복하는 방법

─────── 잔소리하는 버릇을 극복하려면 자신의 행동이 타인과의 관계를 어떻게 망가뜨리는지를 알아야 한다. 자신도 극도의 잔소리에 시달리는 경험을 해보는 것이 도움을 줄 수 있다. 잔소리꾼은 자신의 가치가 인생에서 만난 사람들의 성과와 결부되어 있다고 믿는데, 자신의 관심사와 재능을 발견하고 거기서 충족감을 찾는다면 남들에게서 인정을 갈구할 필요성이 줄어들 것이다.

갈등을 유발하는 다른 인물들의 성격

─────── 무관심함, 냉담함, 지배욕이 강함, 방어적, 독립적, 짓궂음, 애정결핍, 반항적, 원망이 가득함, 말썽을 피움

⁶⁰ 애정결핍인 성격

Needy

정의	유사한 결점
마음이 여리고 약함; 끊임없는 주목과 지지를 필요로 함	집착함, 의존적

성격 형성의 배경

———— 사람들과의 접촉을 필요로 한다

———— 거부당하거나 버림받을까봐 두려워한다

———— 몸이 약하다

———— 불안장애가 있다

———— 의존적이다

———— 어린 시절에 보살핌이 불충분했거나 방치되었다

———— 부모나 양육자가 과잉보호를 했다

———— 자존감이 낮다; 끊임없이 확인받고 싶어한다

———— 많이 불안해한다

———— 외로워한다

———— 과거의 사건으로 트라우마가 남았다

———— 심신이 쇠약해지는 병을 앓는다(알츠하이머병 등)

———— 미성숙하다

연관된 행동과 태도

———— 부담감을 덜기 위해 걱정과 두려움을 다른 사람들과 나눈다

———— 걸핏하면 확인받으려 한다

———— 자신의 개인사, 특히 트라우마가 남은 사건을 과도하게 공유한다

———— 결정을 내리기 전에 충고와 의견을 구한다

———— 칭찬한다

———— 자신의 가치를 다른 사람들과 결부시킨다: 내가 온 힘을 다해 빌을 도와
주었으니, 이제 빌이 어떻게 하는지 보자고!

———— 걸핏하면 통화하고 문자메시지를 보낸다

———— 자신이 매진하는 주제가 아니면 위축된다

———— 행사와 사교 모임에 초대해달라고 은연중에 말한다

———— 다른 사람들의 사생활에 개입하기 위해 기를 쓴다

———— 사랑하는 사람과 친구들에게 도가 지나친 신뢰를 보인다

———— 완벽주의자다; 모든 것이 제자리에 있어야 불안하지 않다

———— 주변에 사람들이 없으면 버려진 듯한 기분을 느낀다

———— 자신에게 일어난 문제와 상황을 수시로 이야기한다

———— 호감을 사고 유대감을 강화하기 위해 다른 사람들이 중요하고 강한 사
람이라는 느낌을 갖도록 만든다

———— 자신의 비밀과 희망, 욕망을 공유한다

———— 타인의 사생활이나 개인 공간을 존중하지 않는다

———— 알아봐주기를 고대하면서 그 사람이 좋아하는 색깔의 옷을 입는다

———— 환심을 사려 한다(좋아하는 음식 만들어주기, 선물 사주기 등)

———— 친구들과 함께 있으면 편안하고 행복한 기분을 느낀다

———— 칭찬을 받고 싶어한다

———— 친구가 다른 사람들과 있거나, 그 친구를 볼 수 없을 때 분노나 불안감
을 표출한다

———— 자신의 인간관계가 더 강력해지고 끈끈해지기를 희망한다

———— 사람들을 숨 막히게 만든다; 애정을 갈구해 기운을 빼놓는다

———— 매 순간 편안한 기분이 드는 사람과 지내고 싶어한다

———— 보살핌과 사랑을 받고 싶어한다

——— 언제나 기대할 무언가를 갖기 위해 모임을 조직한다

——— 위로가 되는 일과에 집착한다(함께 공놀이하기, 밤에 영화 보기)

연관된 생각

——— 세라와 함께 있으면 정말 기분이 좋아. 늘 함께할 수 있으면 좋겠다.

——— 마크는 왜 아직 집에 안 들어올까? 7시 30분까지는 오겠다고 했는데.

——— 내가 어떤 사람인지 아무도 몰라. 나는 왜 모든 일이 버겁기만 할까?

연관된 감정

——— 근심, 실망감, 의문, 두려움, 신경과민, 걱정

긍정적 측면

——— 애정결핍에 시달리는 인물은 다른 사람들과 함께 있는 것을 좋아한다. 사랑하는 사람이 곁에 있으면 자신의 두려움과 걱정을 드러내고 혼자일 때보다 훨씬 편안해진다. 이런 인물의 친구들은 때때로 지원과 격려를 받고 자기가 중요한 사람인 듯한 기분을 느끼며 이 관계에서 이득을 얻을 수도 있다.

부정적 측면

——— 이런 인물은 주변 사람들에게 깨진 독과 같은 존재다. 엄청난 양의 시간과 관심을 독점한다는 점에서 그렇다. 이들에게는 끊임없이 해결해야 하는 문제가 자주 일어나고, 자신을 지도해주기를 원한다. 친구들은 이런 관계가 매달리는 인물을 구해주기 위함이며, 받는 것보다 주는 게 많다고 느낄 수도 있다. 따라서 은연중에 이들에게서 벗어나고 싶어하지만 죄책감 때문에 교제를 끊지 못한다.

영화 속 사례

——— 〈밥에게 무슨 일이 생겼나?〉(1991)에서 밥 와일리(빌 머리 분)는 경계 개념이 없다. 자신의 정신과 의사 리오(리처드 드레이퍼스 분)가 휴가를 떠나자, 의사가 없는 상황에 공포가 밀려온 밥은 리오 가족의 뉴햄프셔 휴가지로 찾아간다. 의사는 혼자 놔둬달라며 요구하고 사정하며 명령하기에 이른다. 하지만 밥은 리오의 가족과 친구가 되고 여동생과는 로맨틱한 사이로 발전하면서 그의 삶 속으로 비집고 들어간다. 밥은 영화의 주인공이지만 진드기처럼 들러붙는 행태 때문에 비호감일 수밖에 없다.

영화 속 다른 사례

——— 〈위험한 독신녀〉(1992)에서 새로운 룸메이트 헤드라 칼슨(제니퍼 제이슨 리), 〈브리짓 존스의 일기〉(2001)에서 브리짓 존스(러네이 젤위거 분)

이 성격이 주요 결점일 때 극복하는 방법

——— 이 결점을 극복하려면 천천히 자존감을 쌓아서 독자적으로 상황에 맞부딪칠 수 있다는 자신감이 생겨야 한다. 친구들에게 자신의 문제와 욕구에 대한 부담을 지우기보다는, 자신이 언제나 모든 일을 통제할 수는 없으며 다른 사람의 안위도 자신만큼 중요함을 깨달아야 한다. 자존감이 높아지면 자신도 다른 사람들에게 줄 것이 있고, 그들에게 가치 있는 존재임을 알게 된다. 친구들은 이 인물에게 문제를 직접 해결할 수 있는 전략을 일러줌으로써 도움을 줄 수 있다.

갈등을 유발하는 다른 인물들의 성격

——— 무관심함, 오만함, 독립적, 비판적, 주눅이 듦, 응석을 부림, 비협조적, 외톨이

⁶¹ 신경과민인 성격

Nervous

정의	유사한 결점
마음이 불안하거나 음울한 불안감이 떠나지 않음	우려함, 초조함, 전전긍긍함, 불안함

성격 형성의 배경

——— 양육자가 사소한 일에도 걱정하고 야단법석이었다

——— 통제력과 신뢰성에 문제가 있다

——— 뇌에 화학적 불균형이 있다

——— 갑상샘항진증을 앓는다

——— 편집증이 있거나 과도하게 상상한다

——— 비관주의적이다

——— 불안장애나 대인공포증이 있다

——— 미신을 믿는다

——— 과거에 괴롭힘을 당했다; 트라우마에 억눌려 있다

——— 성장 단계에서 엄청난 상실을 경험했다(가족의 죽음 등)

——— 자연재해나 전쟁에서 살아남았다

——— 약물이나 술을 남용하거나 약에 대한 부작용을 겪는다

연관된 행동과 태도

——— 끊임없이 최악의 상황을 되새긴다

——— 공황 상태에 빠지고 과도하게 땀을 흘린다

——— 말을 더듬거나 빨라진다

———— 자신의 결정을 뒤늦게 곱씹는다

———— 부정적인 자기대화: 이럴 줄 알았어야 했는데. 어쩜 이렇게 멍청할까?

———— 출구가 어디 있는지 재빨리 찾아둔다

———— 소음과 움직임에 예민하다

———— 자신이 관심을 둔 사람들을 보호하기 위해 도가 지나친 열의를 보인다

———— 사교 모임에 늦게 도착하고, 일찍 떠난다

———— 적절하지 않게 반응한다(너무 크게 웃거나 부적절한 타이밍에 웃는다)

———— 틱 증상을 보이거나 부자연스러운 제스처를 취한다(머리카락을 만짐, 얼굴을 찡그리는 것을 제어하지 못함, 서성거림 등)

———— 대화를 따라가거나 주의를 집중하기 어려워한다

———— 걱정이 묻어나는 질문을 한다: 선생님이 지금쯤 출석을 확인했겠지, 너도 그렇게 생각하지?

———— 위기나 위험이 닥칠까 두려워한다

———— 뉴스를 너무 많이 본다

———— 사람들이나 단체, 또는 행사를 기피한다

———— 외출하지 않는다; 고립적이다

———— 소통능력이 부족하다

———— 사람들의 생각과 행동을 궁금해한다

———— 평가나 관찰당하는 기분을 느낀다

———— 불안감을 촉발시킬 만한 요인을 피한다(대중교통, 복도, 가족 모임 등)

———— 깊은 우정을 나누는 친구가 거의 없다

———— 불안감을 겉으로 표출한다(옷소매 잡아당기기, 반지 만지작거리기 등)

———— 과각성●을 보인다

———— 잠들기 어려워한다

———— 과잉보호한다

———— 건강염려증이 있다

———— 일정이 딱딱 들어맞아야 한다; 일과에 집착해 수시로 시간을 확인한다

● 위험을 감지하는 감각이 극도로 발달된 상태로, 주변의 사소한 자극에도 깜짝 놀라며 예민하게 반응한다. 심한 두근거림 또는 온몸의 긴장이나 불안감을 겪는다.

────── 단순한 걱정이 순식간에 완전한 두려움으로 발전한다

────── 여유를 갖거나 사교활동을 즐기기 어려워한다

연관된 생각

────── 뭔가 나쁜 일이 벌어질 거야. 촉이 와.

────── 그냥 집에나 있을걸! 어쩌자고 밖으로 나왔을까?

────── 숨을 쉴 수 없어. 기절할 것만 같아.

────── 시내로는 절대 못 가. 분명 돈을 뺏길 거야.

────── 그녀가 무엇을 갖고 있든 제발 나한테 알려주지 마.

연관된 감정

────── 불안감, 두려움, 신경과민, 피해망상이 심함, 걱정

긍정적 측면

────── 신경이 과민한 인물은 자신의 환경을 잘 알기 때문에 종종 맨 처음으로
위험을 감지한다. 이런 예민한 인물들은 재빨리 '투쟁 혹은 도피반응' 가
운데 하나를 고르고, 생존하기 위한 최상의 기회를 얻는다. 이들은 자주
어떻게 될지를 걱정하므로 위험한 행동을 피하고 안전을 확보할 수 있다.

부정적 측면

────── 이런 인물은 늘 두려워해서 인생을 즐기고 다른 사람들과 교류하기가 힘
들다. 이들은 자신의 감정을 때때로 이해하지 못해 불안감이 배가되기도
하고, 부정적인 생각과 끔찍한 일에 집착하는 경향도 있다. 이런 사고체
계는 대체로 인물의 삶 전반에 영향을 끼치면서 즐거움을 앗아간다.

영화 속 사례

────── 〈좀비랜드〉(2009)에서 대학생 콜럼버스(제시 아이젠버그 분)는 예민한

성격 탓에 아파트에 틀어박혀 바깥세상을 기피한다. 그는 혹시나 일어날지도 모르는 일에 대해서 느끼는 엄청난 공포 덕분에 좀비들의 공격을 모면하고, 급기야 노이로제 덕분에 생존한다. 하지만 사람들을 신뢰하고 그들과 관계를 맺어야 하는 도전에 직면하는데, 투쟁 혹은 도피 중에 하나를 선택해야 하는 상황에서 줄곧 도피해온 콜럼버스는 이제 자신의 안전보다 도망치다가 만난 낯선 이들을 더 걱정하게 된다. 신경과민은 결코 사라지지 않겠지만 더이상 콜럼버스를 압도하지 못한다.

문학작품과 영화 속 다른 사례

———— 《위니 더 푸》에서 푸의 친구 피글렛, 〈슬리피 할로우〉(1999)에서 명백한 증거와 과학적 수사를 신봉하는 수사관 이카보드 크레인(조니 뎁 분)

이 성격이 주요 결점일 때 극복하는 방법

———— 아주 예민한 인물이 진단이 필요한 정신장애나 신체의 질병을 앓는다면 약물치료 그리고/또는 인지행동치료•를 통해 증상을 조절하고, 불안감과 부정적 생각을 피하는 새로운 사고체계를 배워야 한다. 그 밖의 경미한 신경과민은 위험요인에 '안전하게' 노출되기를 반복, 상황을 이해하고 도움을 줄 수 있는 친구들, 약물치료와 이완요법,•• 인생의 긍정적인 면에 집중하려는 의식적 노력을 통해 약화시킬 수 있다.

갈등을 유발하는 다른 인물들의 성격

———— 대담함, 심술궂음, 자신감이 있음, 잔인함, 외향적, 화려함, 독립적, 짓궂음, 강압적

• 사고, 신념, 가치 등 인지적 측면의 변화를 유도해 부적응 행동을 치료하는 정신요법이다.
•• 정신적 긴장이 근육긴장을 가져오기 때문에 인위적인 방법으로 근육의 긴장을 완화시켜 반대로 심리적 긴장과 스트레스를 조절하는 정신요법이다.

⁶² 오지랖이 넓은 _{성격}

Nosy

정의 침범함; 남의 일이 궁금해서 자꾸 염탐함	유사한 결점 간섭이 심함, 개입함, 염탐함, 기웃거림

성격 형성의 배경

——— 우월감을 느끼려면 더 많이 알아야 한다

——— 자신의 인생에 만족하지 못한다

——— 자신의 단점과 문제를 회피한다

——— 외로워한다

——— 호기심이 매우 강하다

——— 지루해한다

——— 천성적으로 의심이 많다; 신뢰성에 문제가 있다

——— 진심으로 사람들을 걱정한다

——— 걱정을 너무 많이 하는 경향이 있다

——— 사람들의 행복을 위해 책임을 떠맡는다

연관된 행동과 태도

——— 신랄하고 부적절한 질문을 던진다

——— 매력적이고 친절한 태도를 취해서 말 붙이기 쉽고 신뢰할 만한 사람으로 보이려 한다

——— 타인의 개인 공간을 존중하지 않는다

——— 사람들의 주변을 기웃거리고 염탐한다

——— 누군가의 어깨 너머로 몰래 읽는다

——— 타인의 사생활을 무시한다

——— 경계심이 강하다

——— 다른 사람들의 삶에 허락도 받지 않고 끼어든다

——— 지레짐작하고 속단한다

——— 사람들을 꾸짖거나 원하지 않는 충고를 한다

——— 남의 말을 하기 좋아한다

——— 소문에 아주 관심이 많다

——— 모든 상황과 행동에 의미를 부여한다

——— 어떤 일이 가져올 여파를 적극적으로 생각해본다

——— 자기방어를 빌미로 정보(인터넷 검색 등)를 수집한다

——— 사람들을 일방적으로 판단한다

——— 만사에 의견을 제기한다

——— 몰래 꾸민다

——— 엿듣는다

——— 전화를 끊는 척하면서 여전히 수화기를 들고 있다

——— 친근한 행동으로 위장해서 속내를 감춘다

——— 정보를 캐낼 속셈으로 사람들을 초대한다

——— 죄책감을 이용하려 든다

——— 사실을 파악하려 거짓말을 한다

——— 비밀을 지키겠다고 약속한다

——— 대화의 방향을 조종한다

——— 자신의 관심에 사람들이 불편한 기색을 보여도 모른 체한다

——— 상황을 파악하거나 발판을 마련하기 위해 도움을 자처한다

——— 엿들을 수 있는 자리에 있기 위해 핑곗거리를 만든다

——— 누군가를 감시하기 위해 자신의 일과를 바꾼다

——— 비슷한 관심사를 언급한다: 나도 하이킹 좋아하는데 같이하실래요?

연관된 생각

——— 저 수리공이 매주 여기에 있네. 옆집에 무슨 일이라도 생겼나?

——— 마라는 편지를 뜯어보지도 않고 어떻게 내용을 간파했을까?

——— 저건 이삿짐차인데. 가서 새 이웃이 어디서 왔는지 물어봐야겠어.

——— 빌과 캐럴이 교회에 함께 안 다닌다고. 이제 콩깍지가 벗겨졌나?

연관된 감정

——— 호기심, 실망감, 시기심, 희망참, 의심

긍정적 측면

——— 오지랖이 넓은 인물은 주변 사람들과 장소에 대해 세세히 알고 있으므로 필요할 때 정보원이 될 수 있다. 이들은 소문과 추측을 즐기므로 청하지 않아도 기꺼이 자신의 정보를 공유하려 든다.

부정적 측면

——— 이런 인물은 알고 싶어하는 욕구를 문제라 생각하지 않으므로 누군가가 이를 묵살하면 상처받는다. 염탐이나 심문을 당하는 것이 싫은 친구들은 사생활을 지키기 위해 이들을 피하거나 거짓말을 하기도 한다. 이는 간섭을 좋아하는 인물에게 외로움, 자기회의, 좌절감을 안길 수 있다. 또한 이들을 이용해 자신도 모르게 스파이로 만들거나 정보를 퍼뜨리려 하는 사람들에게 쉽게 조종당하기도 한다.

영화 속 사례

——— 〈디스터비아〉(2007)에서 10대 소년 케일(샤이아 러버프 분)은 학교에서 사고를 치고 90일 동안 가택연금 처분을 받는다. 따분해진 케일은 망원경으로 이웃들을 엿보기 시작하고, 그러던 도중 옆집에서 일어난 살인을 목격한다. 케일은 그 이웃이 연쇄살인자인지 알고 싶은 욕구에 집착

해 결국 자신과 친구들까지 위험으로 몰아넣는다.

영화와 문학작품 속 다른 사례

───── 〈이창〉(1954)에서 다리를 다쳐 휠체어에 의지한 채 방에서 무료하게 지내는 사진작가 제프 제프리스(제임스 스튜어트 분), 〈스크림〉(1996)에서 특종거리를 찾아다니는 방송기자 게일 웨더스(코트니 콕스 분), 《해리 포터》 시리즈에서 추문을 폭로하는 기자 리타 스키터

이 성격이 주요 결점일 때 극복하는 방법

───── 정직한 사람이 오지랖 넓은 인물에게 염탐이 유발하는 불편함을 깨닫도록 도와줄 수 있다. 이런 결점을 지닌 인물이 사람들과 우정을 쌓고 그들을 존중한다면, 비록 자신에게 염탐할 만한 충분한 이유가 있더라도 이 충고를 진심으로 받아들이고 호기심을 자제할 것이다. 또다른 방법은 오지랖의 방향을 돌려 염탐했던 상대가 역으로 자신을 염탐하며 대응해온다면, 이 인물은 사생활이 침범당할 때 어떤 기분이 드는지 체감할 수 있다.

갈등을 유발하는 다른 인물들의 성격

───── 정직하지 못함, 얼버무리며 피함, 적대적, 내성적, 비판적, 고집불통, 비협조적, 외톨이

⁶³ 집착이 강한 성격
Obsessive

정의 어떤 것에 지나치게 매달림; 어떤 생각이 뇌리에서 떠나지 않음	유사한 결점 노이로제에 걸림

성격 형성의 배경

———— 실수를 두려워한다

———— 실패나 상실을 두려워한다

———— 통제하고 싶어한다

———— 정신장애가 있다

———— 인생이 송두리째 바뀐 상실이나 트라우마를 겪었다

———— 뇌에 화학적 불균형이 있다

———— 완벽주의적인 부모 밑에서 자랐거나 그런 롤모델이 있다

———— 매우 창의적이다(미술가, 음악가 등)

연관된 행동과 태도

———— 집착하는 대상에 대해 계속 생각한다

———— 감정이 극단으로 흐른다(사랑, 증오, 두려움 등)

———— 한 가지에만 매달리고, 그것 위주로 산다(기차 애호, 병균에 대한 공포 등)

———— 집착하는 대상에 대해 끊임없이 이야기한다

———— 뇌리에 박혀서 떠나지 않는 아이디어가 있다

———— 사람들에게 자신의 집착을 합리화한다: 악수를 하면 병에 걸릴 것 같아
　　　　요.

———— 집착에 잠식되어 자신의 정체성을 잃어버린다

———— 집착의 대상과 관련 있는 것은 무엇이든 지나치게 보호한다

———— 수면장애나 불면증에 시달린다

———— 어떤 생각을 떨치지 못한다(몸무게와 음식에 강박관념을 가진 거식증 등)

———— 자신이 집착하는 것의 상징물을 만지거나 몸에 지녀야 한다

———— 소유욕이 강하다

———— (집착의 대상이 사람일 경우) 스토킹을 한다

———— 감정의 책임을 어떤 소유물이나 물건에 전가한다

———— 자기혐오나 경멸감을 느낀다

———— 안락감을 주거나 집착에서 오는 스트레스를 완화시켜주는 영적 의례를
거행한다

———— 결정내리기를 어려워한다

———— 험한 일이 벌어질 것 같은 장소나 환경을 피한다

———— 고립적이다

———— 지키고 싶은 비밀이 있다

———— 집착적인 본성을 감추려 핑계를 대거나 거짓말을 한다

———— 특정한 물건이나 활동에 집착해서 그 밖의 것들을 모두 차단한다

———— 집착을 위해 자신의 일상생활을 변화시킨다

———— 집착 대상에게 더 많은 시간과 에너지를 쏟기 위해 개인적 희생을 감수
한다

———— 집착 대상에게 엄청나게 많은 시간과 돈을 들인다

———— 논리적 사고가 마비된다

———— 가족이나 친구들과 멀어진다

———— 미신을 믿는다

———— 삶이 집착에 장악당하면서 일이나 수입, 가족을 잃는다

연관된 생각

———— 만약 학점이 4.0이 안 된다면 다들 나한테 실망할 거야.

———— 마크가 바로 그 사람이야. 난 알아. 무슨 일이 있어도 마크가 날 사랑하게 만들 거야.

———— 에미와 영화를 보러 가면 애나가 뭐라 그럴까? 나를 미워할까? 나와 헤어지려나?

———— 모든 걸 소독한다고 하면 다들 유난스럽다고 생각하겠지만, 병에 안 걸리려면 이 방법밖에 없어.

연관된 감정

———— 근심, 욕망, 두려움, 사랑, 피해망상이 심함, 걱정

긍정적 측면

———— 집착이 강한 인물은 추진력과 집중력이 높아서 사회에 놀라운 공헌을 할 수 있다. 과학의 진보, 새로운 예술양식, 질병의 치료법, 그리고 과거와 현재와 미래에 도움이 되는 발견은 모두 누군가가 어떤 아이디어나 생각을 열정적으로 좇은 덕분이다.

부정적 측면

———— 이런 결점을 지닌 인물은 종종 자기 생각의 포로가 된다. 실패와 무능함에 대한 두려움은 인물을 집착으로 몰아가고, 식습관과 수면습관을 나쁘게 만들며, 사회와 단절시키고, 목표를 달성하지 못하게 만들 수 있다. 가까운 사람들은 때때로 이들의 집착 때문에 멀어지면서 원망하고, 떠나가거나 관계를 끝내려 할 수도 있다. 이들은 집착이 심해지면 위안을 얻기 위해 강박적으로 어떤 의식 절차를 반복하기도 한다(숫자 세기, 물건 만지기, 특정 방식으로 소유물 정리하기 등). 이는 집착적인 인물을 더욱 고립시키고 비밀스러운 생활로 몰아갈 뿐이다.

문학작품 속 사례

───── 허먼 멜빌의 《모비 딕》에서 포경선의 선장 에이하브는 대형 흰고래를 잡
겠다는 일념으로 살아간다. 그는 복수를 위해 모비 딕 사냥에 모든 것을
걸고, 결국에는 자신마저 죽음으로 내몬다.

영화 속 사례

───── 〈사선에서〉(1993)의 미치 리리(존 말코비치 분), 할리우드 여배우 조앤
크로퍼드의 양녀 이야기를 다룬 〈존경하는 어머니〉(1981)에서 조앤 크
로퍼드(페이 더너웨이 분), 〈위험한 정사〉(1987)에서 변호사 댄을 유혹하
는 스토커 부편집장 앨릭스 포레스트(글렌 클로스 분)

이 성격이 주요 결점일 때 극복하는 방법

───── 집착은 인물이 거기에 매달리는 한 지속되므로, 자신의 노이로제를 혼
자 극복하지 못할 수 있다. 깊숙이 뿌리내린 걱정과 두려움을 타파하려
면 인지치료와 약물치료가 필요할지도 모른다. 또한 인물은 변화하기
위해 집착이 건전하지 못하다는 사실을 깨달아야 한다. 목표지향적일
경우에는 성공을 이루면 집착을 누그러뜨릴 수 있지만, 근본적인 치료
는 되지 않는다. 인물이 자신을 집착으로 몰아가는 두려움이 무엇인지
를 이해한다면 도움을 구하고 원인을 없앨 수 있다.

갈등을 유발하는 다른 인물들의 성격

───── 통제가 심함, 효율적, 깐깐함, 잔소리가 심함, 오지랖이 넓음, 합리적

64 과민한 성격
Oversensitive

정의	유사한 결점
감정이나 감각이 지나치게 예민함; 외부의 영향에 쉽게 상처를 입음	민감함, 상처를 잘 받음, 까다로움

성격 형성의 배경

——— 매우 지적이거나 재능을 타고났다

——— 자신감과 자존감이 낮다

——— 두려움과 공포증이 있다

——— 뇌의 화학적 불균형으로 인해 투쟁 혹은 도피라는 반사작용이 쉽게 촉발된다

——— 안전하지 않은 환경에서 자랐거나 살고 있다

——— 자신의 외모에 대해 부정적이다; 자신이 정상이 아니라고 믿는다(과체중, 저체중 등)

——— 어린 시절의 트라우마가 남았다(괴롭힘이나 학대를 당했다)

——— 냉담하고 지배하는 부모 밑에서 자랐다

——— 자폐증이 있다

——— 약물이나 술을 남용한다

——— 신경계에 이상흥분 증상이 있다

——— 피해망상이 심하다

——— 완벽주의자다

——— 통제력이 없다

——— 인정받고 싶은 욕구가 과도하다

연관된 행동과 태도

——— 울음 등으로 감정을 표현한다

——— 차단해버리고 반응을 보이지 않는다

——— 이유 없이 서둘러 떠난다

——— 다른 사람들이 별 의도 없이 한 말이나 행동에 의미를 부여한다

——— 농담이나 대화하는 동안 말이 없어진다

——— 놀림을 당하면 감정이 폭발한다

——— 비난받는다고 생각한다

——— 편집증이 있다

——— 소리와 냄새에 지나치게 예민하다

——— 기분이 가라앉고, 우울해한다

——— 자신의 감정을 다치게 했던 과거의 상황에 집착한다

——— 다른 사람들의 감정에 휩쓸린다

——— 악의를 품는다

——— 호기심이 매우 강하다

——— 신뢰할 만하다고 입증된 사람들에게 맹렬히 충성한다

——— 깊이 공감한다

——— 친절함과 동정심을 표현한다

——— 방어적이다

——— 비판적이거나 주장이 강한 사람을 기피한다

——— 사람들을 실망시킬까봐 걱정한다

——— 고립적이다

——— 불안정하다

——— 사람들에게 속마음을 털어놓거나 신뢰하기 어려워한다

——— 사교 행사를 좋아하지 않고 기피한다

——— 칭찬이나 긍정적 보상을 받으면 희열을 느낀다

——— 빈정거림을 이해하거나 표현하기 어려워한다

—————— 걸핏하면 사과한다

—————— 보디랭귀지나 표정을 잘못 읽고 자신이 '본 것'에 기초해 추정한다

연관된 생각

—————— 어떻게 그녀는 그렇게 무서운 일을 말할 수 있지?

—————— 왜 다들 나를 놀려대지? 내게 얼마나 큰 상처가 되는지 모르는 걸까?

—————— 애나의 고양이가 죽었는데, 내가 그녀만큼이나 슬퍼하는 것 같네.

연관된 감정

—————— 근심, 우울, 두려움, 위축감, 슬픔, 걱정

긍정적 측면

—————— 과민한 인물은 공감을 잘하고 좋은 양육자가 되기도 한다. 이들은 동정
심을 보여주고 때때로 어떤 면에서 창의성이나 재능을 발휘한다. 또한
대부분의 사람들이 놓치거나 충분히 누리지 못하는 극치의 경이로움과
아름다움을 알아본다. 우정과 인간관계에서는 믿기지 않을 만큼 애정
과 충성심이 깊다.

부정적 측면

—————— 이런 인물은 종종 남들의 행동 하나하나에 의미를 부여하고, 대부분이
신경 쓰지 않을 것들로 인해 마음에 상처를 입는다. 이들은 애정에서 하
는 농담도 받아들이지 못하고, 충고를 사적인 감정을 배제한 채 받아들
이지 못한다. 자신의 예민함과 대처에 대한 무능함을 깨달을 경우 종종
좌절감을 내면으로 돌리고 자존감이 한층 낮아진다. 사람들은 이런 인
물의 변덕스러운 감정 때문에 아주 조심스럽게 대할 수도 있고, 이들을
미성숙하거나 나약한 사람으로 보고 괴롭힐 표적으로 삼기도 한다. 어
느 쪽이든 이들은 고립되고 오해를 받는다고 느낄 수 있다.

문학작품 속 사례

——— 《해리 포터》 시리즈에서 유령인 모우닝 머틀은 호그와트 마법학교 2층 여자화장실의 배관 속에서 살아간다. 죽음으로 전생에 자신을 괴롭히던 존재들에게서 벗어났지만, 여전히 작은 자극에도 울고 아무것도 아닌 일에 기분이 나빠진다.

이 성격이 주요 결점일 때 극복하는 방법

——— 이런 결점을 지닌 인물이 성장하려면 과민함이 본의 아니게 자신을 제약하고 있음을 깨달아야 한다. 상황에 대처하고 감정을 다스리기 위해 명상, 호흡훈련, 현실을 직시하는 자기대화와 같은 방법을 배우면 좋다. 믿을 만한 친구와 함께 발생할지도 모르는 위험한 상황을 대비해 롤플레잉을 하면, 매일매일의 상황과 비판을 처리하고 그것들에 압도당하지 않는 방법을 익힐 수 있다.

갈등을 유발하는 다른 인물들의 성격

——— 통제가 심함, 잔인함, 냉소적, 사악함, 정직함, 적대적, 비판적, 잔소리가 심함, 비관적, 강압적, 눈치 없음, 복수심에 불탐

⁶⁵ 피해망상이 심한 성격
Paranoid

정의 과도한 걱정과 비이성적인 의심을 하는 경향이 있음	

성격 형성의 배경

——— 약물이나 술을 남용한다

——— 불면증에 시달린다

——— 스트레스가 심한 생활사건●이나 트라우마가 있다(유괴, 학대에서 살아남음 등)

——— 지속적으로 비난이나 비웃음을 당하는 상황에서 자랐다

——— 조현병, 피해망상, 양극성기분장애(조울증), 편집성 인격장애가 있다

——— 열등감이 심하다

——— 두부외상이나 뇌 손상을 입었다

——— 극도로 신뢰성에 문제가 있다

——— 정신질환을 앓는 양육자 밑에서 자랐다

——— 의심스러운 생각과 부정적인 사고에 자주 노출되었다

연관된 행동과 태도

——— 고립적이다

——— 과잉보호를 받으며 산다

> ● 개인이 일상생활에서 보편적으로 경험할 수 있는 모든 사건(사고나 병, 취직, 결혼, 정년퇴직 등)으로서 생활의 변화와 적응이 요구된다.

——— 강박적 행동을 한다(총들 손질하기, 현관문 외시경으로 동태 살피기 등)

——— 고소 고발을 한다

——— 사람들을 감시하고, 따라다니며, 스토킹한다

——— 안전을 위해 특정한 일을 고수한다(매일매일 신중하게 만든 똑같은 음식을 먹는다)

——— 발각되지 않기 위해 일과를 변경한다(의외의 시간에 집에서 나가는 등)

——— 틱 그리고 다른 신경과민 증상이 나타난다

——— 방어적이다

——— 속단한다

——— 투덜대고 중얼거린다

——— 위생 상태가 불량하다

——— 비관주의적이고 부정적이다

——— 자신이 지목되거나 표적이 되었다고 믿는다

——— 피해망상적인 생각을 드러내는 질문을 한다: 누군가 당신을 쫓아다닌다는 느낌을 받은 적 있나요?

——— 음모론을 믿는다

——— 친절이나 호의를 베푸는 사람들에게 의심의 눈초리를 보낸다

——— 진짜든 상상이든 모욕이나 잘못을 용서하지 않는다

——— 자기방어를 위해 무장한다

——— 비축해둔다(음식, 물, 무기, 배터리, 의약품 등)

——— 분노나 공격성을 터뜨린다

——— 대립을 일삼는다

——— 생존능력을 연마한다

——— 단체활동이나 행사에 참여하지 않는다

——— 적대적이고 비우호적이다

——— 식습관이 나쁘다

——— 모든 사람에게는 숨은 의도가 있다고 생각한다

——— 경계심이 강하다

——— 변화에 민감하다

——— 합법적인 뉴스를 선전 선동이라며 묵살한다

——— 감시나 염탐당한다는 느낌을 받는다

——— 세상에 우연한 일은 없다고 믿는다

연관된 생각

——— 누군가 들어와서 내 물건을 어질러놨어!

——— 이웃들 전부가 나를 염탐해. 왜 다들 그가 '우연히' 내 우편물을 치웠다
고 생각할까?

——— 사장은 그녀가 칭찬을 잘한다고 생각해. 우리한테 더 힘든 일을 시키려
고 그러는 것뿐인데.

——— 나는 엄마나 아빠랑 비슷한 데가 하나도 없어. 어쩌면 친부모가 아닐지
도 몰라.

——— 창문을 잠가야겠다. 누군가 창문으로 침입할 수도 있으니!

연관된 감정

——— 화, 좌절감, 편집증, 의심

긍정적 측면

——— 피해망상이 심한 인물은 안전과 보안에 관심이 많아서 위험을 피할 가
능성이 크다. 이들은 경계심이 강해서 다른 사람들이 놓치거나 무시하
는 것들을 알아차린다.

부정적 측면

——— 이런 인물은 대부분의 사람들이 안전을 유지하기 위해 하지 않을 위험
을 감수한다. 이들이 어떤 사람을 위협적이라고 생각하면 공격하거나

폭력을 행사해 대응할 수도 있다. 경미한 피해망상일지라도 이런 인물은 사람들이나 프로젝트를 방해해 분열을 조장하고, 비이성적이거나 무책임하게 행동하기도 한다. 이들은 사람들과 교제하고, 균형 잡힌 인간관계를 유지하며, 자신의 인생에서 중요한 사람들을 지지하기를 힘들어한다. 주변의 모든 사람이 의심스러워 친구에게 별것 아닌 일로 모욕을 주어 적으로 만들기도 한다.

영화 속 사례

——— 〈뷰티풀 마인드〉(2001)에서 존 내시(러셀 크로 분)는 천재 수학자로 망상형 조현병을 앓는다. MIT 교수가 된 내시는 자신이 국방부의 스파이라 믿고 모든 곳에서 위험을 본다. 정신병 진단과 치료를 받은 후에도 그는 존재하지 않는 사람들을 보고 듣는다. 또한 어떤 것이 현실이고 아닌지를 끊임없이 의심하며 고군분투한다.

영화 속 다른 사례

——— 〈에비에이터〉에서 하워드 휴스, 〈컨스피러시〉(1997)에서 택시 운전사 제리 플레처(멜 깁슨 분), 〈레드〉에서 폭탄 제조 전문가 마빈 보그스

이 성격이 주요 결점일 때 극복하는 방법

——— 피해망상이 심한 인물 대부분은 모든 사람을 신뢰하지 않기에 도움을 요청하지 않는다. 그에게 도움을 구하라고 권하는 친구나 가족까지도 자신을 반대한다는 망상에 빠지기도 한다. 심리치료와 약물치료가 이를 극복하는 데 도움을 줄 수 있다.

갈등을 유발하는 다른 인물들의 성격

——— 분석적, 대립을 일삼음, 얼버무리며 피함, 참을성이 없음, 짓궂음, 오지랖이 넓음, 무모함, 비밀이 많음, 합리적, 자유분방함

⁶⁶ 완벽주의인 성격
Perfectionist

정의 어떤 것도 완벽하지 않으면 실패라고 인식함	

성격 형성의 배경
────── 비현실적인 기대를 품은 양육자 밑에서 자랐다
────── 최고가 되어야 한다는 강박이 있다
────── 자존감이 낮다; 다른 사람들에게 증명받고 싶어한다
────── 자신의 가치가 성취 결과나 수준과 직결된다고 믿는다
────── 실패를 두려워한다
────── 어린 시절의 트라우마가 남았다

연관된 행동과 태도
────── 꼼꼼하다
────── 자신의 작업을 점검해서 더 잘할 방법을 모색한다
────── 일을 맡기기 어려워한다; 모든 일을 직접 해야 한다
────── 통제력에 문제가 있다
────── 평가에 지나치게 민감하다
────── 실수했을 때 인정하지 않는다
────── 비현실적인 목표를 세운다
────── 기대에 못 미치면 자신을 책망한다
────── 사람들에게 완벽을 기대한다

———— 사람들에 대해 매우 비판적이고 일방적으로 판단한다

———— 규칙과 규율을 정확히 그대로 따른다

———— 사람들이 기대를 충족시키지 못하면 실망감을 그대로 드러낸다

———— 현재의 상태에 만족하지 않는다; 언제나 개선을 바란다

———— 일이 완수될 때까지 매 순간 노력하느라 비능률적이다

———— 교육이나 연습을 통해 향상되기를 갈구한다

———— 자신의 장점보다 결점에 주목한다

———— 경쟁적이다

———— 완벽하지 않으면 만족하지 못한다

———— 남들과 비교한다

———— 나무만 보고 숲을 보지 못한다

———— 자기 자신과 다른 사람들에게 지나치게 압박을 가한다

———— 자신의 성과나 일에 집착한다

———— 일중독 성향을 보인다

———— 누군가가 주어진 분야에서 탁월한 성과를 내면 시기한다

———— 부정적이다

———— 과도하게 일하거나 연습한다

———— 잠들기 어려워한다

———— 개인적인 욕구를 소홀히 여긴다

———— 완벽하게 해내지 못할 일은 시도조차 하지 않는다

———— 실패와 실망감을 회피하는 방편으로 능력 이하의 성과를 낸다

———— 우울해한다

———— 새로운 일을 시도하기를 꺼린다

———— 어떤 일을 중도에 그만두고 새로운 일로 옮겨가기 어려워한다

———— 자격이 안 된다고 느낄 때 칭찬받으면 화를 낸다

———— 어떤 과제나 업무에 완전히 전념한다

연관된 생각

——— 아직도 충분하지 않아.

——— 왜 그녀는 조악한 과제를 제출하는 걸까?

——— 이 분야에서 성공한다면, 엄마는 내가 얼마나 잘하는지 알겠지.

——— 더 잘할 수 있어. 다만 더 열심히 일해야 해.

연관된 감정

——— 근심, 패배감, 우울, 절박감, 의문, 좌절감, 불안정함, 위축감, 수치심, 걱정

긍정적 측면

——— 완벽주의자는 소극적이라기보다 적극적이다. 결코 현재 상태에 만족하지 못하고 언제나 더 좋아질 방법을 모색한다. 이런 성격의 인물은 부지런하고 끈기가 있어서 목표를 달성하기 위해서라면 무엇이든 한다. 이들은 높은 기준을 세우고 이따금 남들에게 더 잘하라고 도전의식을 북돋운다.

부정적 측면

——— 대부분의 완벽주의자는 자신의 목표가 달성 불가능함을 알지 못한다. 이들은 완벽하지 않은 상태에 안주하지 못해 실패할 것이 뻔한 계획을 세우고 좌절감, 자기혐오, 패배의식으로 이어지는 악순환에 빠진다. 완벽에 대한 강박은 이들을 비효율적이고 비생산적으로 만들어 같이 일하기 어렵게 한다. 또한 남들에게도 완벽을 기대하므로, 동료와 가족은 이들의 비현실적인 기대에 짜증을 낼 수 있다.

영화 속 사례

——— 〈블랙 스완〉에서 니나 세이어스는 완벽한 기교와 무대 장악력을 갖춘

발레리나로 꼽힌다. 그녀는 당당히 〈백조의 호수〉에서 백조 역할로 발탁되지만, 새로 각색된 백조 여왕을 완벽히 연기하려면 '흑조' 역할도 해야 한다. 이는 니나에게 자신을 내려놓고 역할에 몰입하기를 요구한다. 완벽함이 간절한 니나는 자신의 내면에 감춰진 어두운 면을 끌어내고 그로 인해 점점 미쳐간다.

드라마와 문학작품 속 사례
────── 〈위기의 주부들〉 시리즈에서 철두철미한 완벽주의자 브리 밴 드 캠프, 《해리 포터》 시리즈에서 헤르미온느 그레인저

이 성격이 주요 결점일 때 극복하는 방법
────── 완벽주의를 극복하려면 자신의 기대가 비현실적일 뿐 아니라 도달하기 불가능하고, 오히려 문제를 키운다는 사실을 깨달아야 한다. 완벽주의자는 합리적인 목표를 세우고 자신의 사고체계를 비평과 비난에서 감사함과 용서로 전환해 완벽하지 않은 것들에도 여지를 주어야 한다.

갈등을 유발하는 다른 인물들의 성격
────── 체계 없음, 느긋함, 엉뚱함, 잘 잊어버림, 경박함, 게으름, 과민함, 놀기 좋아함, 변덕스러움

⁶⁷ 비관적인 성격

Pessimistic

정의	유사한 결점
부정적인 것에 초점을 맞추고 최악의 결과를 예상함	부정적

성격 형성의 배경

——— 부정적인 경험이 많아 냉소적으로 변했다

——— 실망할까봐 두려워한다

——— 만성 장애, 질병, 힘든 상황과 더불어 살아간다

——— 살아가는 동안 실패를 거듭한다

——— 피해를 입었거나 아무런 잘못 없이 부당한 일을 당해 트라우마가 남았다

——— 우울해한다

연관된 행동과 태도

——— 수동적이다

——— 통제하기를 포기한다

——— 부정적인 생각과 말을 한다

——— 인간은 악한 존재라고 믿는다

——— 최악의 상황을 생각한다

——— 툭하면 말싸움을 벌이거나 빈정거린다

——— 실패할 것이라 예상한다

——— 만성적인 근심 걱정에 시달린다

——— 상황이 결코 나아지지 않을 것이라고 믿는다

——— 무관심하고 체념한다

——— 자신의 삶과 다른 사람들의 삶에서 부정적인 일들에 집중한다

——— 수시로 기분이 우울해지거나 언짢아진다

——— 자아비판적이다

——— 억울해한다

——— 직장이나 학교에서 생산성이 감소한다

——— 의욕이 없다

——— 취미나 좋아하는 여가활동에 대한 흥미가 떨어진다

——— 잘되는 일에 감사해하기보다 잘 안 되는 일에 대해 한탄한다

——— 사람들에게서 멀리 떨어진다

——— 집중하기 어려워한다

——— 계속 불평한다

——— 고마워할 줄 모른다

——— 사람들을 믿지 않는다

——— 남들의 행복한 소식에 자신이 겪은 나쁜 경험을 말해서 대응한다

——— 아무리 노력해도 소용없다고 느낀다; 그냥 시늉만 하기로 결심한다

——— 다른 사람들의 좋은 기분을 망친다

——— 자신의 장점보다 결점에 주목한다

——— 사람들을 이기적이라거나 숨겨진 속내가 있다고 의심한다

——— 어떤 것을 있는 그대로 받아들이지 않는다

——— 변화를 두려워하거나 원망한다

——— 최소한의 노력만 들인다; 아무것도 변하지 않을 것이라고 믿는다

——— 좋은 일에는 대가가 따르는 법이라고 믿는다

——— 낙천적인 사람에게 현실을 깨우쳐주고 싶어한다

연관된 생각

——— 절대 바뀌지 않을 텐데 노력은 해서 뭐 해?

——— 그 팀을 이길 수 없을 거야. 우리와는 상대가 안 될 정도로 잘하니까.

——— 그래, 오늘 날씨 정말 좋네. 하지만 곧 겨울이 오겠지.

——— 그냥 보기만 하자고. 우리가 해변에 도착할 즈음이면 비가 내릴 테니까.

연관된 감정

——— 비통함, 패배감, 우울, 실망감, 의문, 죄책감, 상심, 무관심함, 체념, 슬픔

긍정적 측면

——— 비관주의는 현재를 뛰어넘어 장기적으로 바라보는 경향이 있다. 이들은 주어진 상황의 즉각적인 결과뿐만 아니라 앞날에 미칠 영향까지 내다본다.

부정적 측면

——— 비관주의는 부정적 생각으로 부정적인 결과가 발생하는 악순환이다. 인물이 실패하리라 믿을수록 더 많이 실패하면서 자신의 생각이 옳음을 입증하는 것이다. 이런 부정적 사고방식이 고착화되면 어떤 분야에서도 성공하기 어렵다. 비관주의와 관련된 부정적 성향은 질병처럼 전염성이 강해 다른 사람들도 거꾸러뜨린다. 이런 이유로 사람들이 이런 인물을 피하면서, 이들은 외롭고 단절된 기분을 느낀다. 대부분의 비관주의자는 이로 인해 심장병과 수명 단축 같은 건강문제를 겪기도 한다.

문학작품 속 사례

——— 긴 설명이 필요 없다. 《위니 더 푸》에서 당나귀 이요르는 비관적이다. 꼬리를 잃어버려도, 생일 선물로 터진 풍선을 받아도 이요르는 불운이 일상다반사라는 듯 결코 놀라지 않는다. 좋은 날에도 이요르는 침울하고 냉소적이며 시무룩하다. 이요르에게 티거와 루 같은 낙관적인 친구들을 붙여준 것은 작가 A. A. 밀른의 탁월한 선택이다. 그렇지 않았다면 이요

르의 부정적인 모습에 독자들은 분명 마음의 문을 닫았을 것이다.

애니메이션 속 사례
———— 〈피너츠〉에서 찰리 브라운

이 성격이 주요 결점일 때 극복하는 방법
———— 비관주의가 안타까운 이유는 이런 부정적 성향이 인물의 머릿속에서만 일어난다는 것이다. 비관주의자는 변화하기 위해 자신의 사고체계를 다시 짜야 한다. 나쁜 일 대신에 좋을 일을 알아차리고, 불평 대신 감사를 느끼며, 부정적이 아니라 긍정적으로 생각하는 것이다. 그래야만 충만감과 행복을 경험할 수 있다.

갈등을 유발하는 다른 인물들의 성격
———— 우호적, 유머가 있음, 이상주의, 친절함, 낙천적, 놀기 좋아함, 건전함, 잘 믿음

⁶⁸ 소유욕이 강한 성격
Possessive

정의 어떤 물건을 소유하거나 대상을 장악해야 함	

성격 형성의 배경

——— 통제하고 싶어한다

——— 상호의존성이 있다

——— 질투심이 강하다

——— 피해망상이 심하다

——— 자존감이 낮다

——— 혼자될까봐 두려워한다

연관된 행동과 태도

——— 이기적이다

——— 타인의 사생활이나 개인 공간을 존중하지 않는다

——— 어떤 사람이나 물건에 집착하는 행태를 보인다

——— 사람들에게 높은 기대치를 들이댄다

——— 사람들의 동기를 의심한다

——— 상대가 정서적으로 독립하려는 조짐을 보이면 죄책감이 들게 한다

——— 자신의 통제나 소유권이 위협당하면 공격적인 태도로 대응한다

——— 천성적으로 신뢰하지 않는다

——— 자신이 소유하려는 상대와 교류를 원하는 사람들을 부정적으로 대한다

——— 사람들에게 상대를 비방한다: 당신네 이웃 래리는 데오드란트가 뭔지 좀 알아야겠던데요.

——— 상대에게 도가 지나칠 정도로 자주 전화하고, 방문하고, 문자메시지를 보낸다

——— 사람들을 물건처럼 취급해 그들을 이용하거나 배후에서 조종한다

——— 상대가 독자적으로 결정을 내리면 화를 낸다

——— 상대의 관심사를 공부하고 그것을 이용해 그의 삶을 간섭하려 든다

——— 상대를 고립시키려고 시도한다: 리사는 너무 애정에 굶주렸어. 그런 친구는 당신에게 필요 없어.

——— 소유 대상을 생각하는 데 엄청나게 많은 시간을 들인다

——— 소유 대상에 집중하지 못하게 만드는 일들에 분노한다

——— 비이성적인 보호조치를 강제한다: 너는 혼자 도서관에 가면 안 돼. 내가 함께 가줄게.

——— 부정적이다

——— 상대에게 감정적 위협을 가한다: 배리하고 그만 좀 어울려 다녀, 안 그러면 끝이야!

——— 상대에게 과도한 관심과 주의를 쏟아붓는다

——— 상대에게 칭찬과 선물을 안긴다

——— 상대의 욕구를 가장 잘 아는 사람이 자신이라고 생각한다

——— 언제나 상대가 어디에 있는지 그리고 무엇을 하는지 알아야 한다

——— 감시하고 확인하려 든다(점심 식사에 따라가기, 개인 이메일 읽기 등)

——— 상대가 누구를, 언제 만나는지 통제한다

——— 사랑하는 사람에게 엄청난 애정을 쏟아붓는다

——— 비이성적으로 행동하고 무조건 따르라고 요구한다

——— 터무니없는 의심을 하고 질투한다

——— 말로, 감정적으로, 신체적으로 상대를 학대한다

——— 상대를 통제하기 위해 상호의존성을 부추긴다

—— 핑계를 댄다: 다 너를 위해서 이러는 거야.

연관된 생각

—— 베스의 오빠가 걔한테 미치는 영향력이 너무 강해. 베스는 오빠를 좀 멀리해야 해.

—— 독서 모임이 제인의 시간을 너무 많이 잡아먹고 있어. 제인에게 그만두라고 해야지.

—— 루크는 왜 나를 두고 남자애들이랑 몰려다니려 할까?

—— 질의 부모님은 통제가 너무 심해. 걔한테 최후통첩을 해야겠어. 부모인지 나인지.

연관된 감정

—— 성가심, 욕망, 두려움, 질투, 사랑, 의심, 불확실함

긍정적 측면

—— 소유욕이 강한 인물은 방어적이고 어떤 대가가 따르더라도 가까운 사람들을 통제하려 한다. 사랑하는 사람이 부당한 대우를 받고 힘들어하면, 이들은 개입해서 그를 위해 힘든 결정을 내린다. 정도가 약한 소유욕이라면 어떤 이에게는 사랑받고 안전하다는 느낌을 줄 수도 있다.

부정적 측면

—— 이런 인물은 통제와 지배욕이 강해서 사랑하는 사람들의 삶 전반을 서서히 장악하려 든다. 이들은 자신이 좋아하는 사람들이 남들과 시간을 보내거나 개인적 관심사에 몰두하면 화를 낸다. 질투심에 불타오르고 공격성을 드러내면서 사랑하는 사람들을 두렵게 만들고, 그들에게 열정을 포기하고 평화를 위해 남들을 멀리하라며 강요하기도 한다.

만화책 속 사례

─────── 존 골드워터, 밥 몬태나, 빅 블룸이 공동 작업한 《아치 코믹스Archie Comics》 시리즈에서 아치의 친구 무스는 오랜 여자친구 밋지에게 엄청나게 집착한다. 무스는 다른 남자애들이 여자친구에게 추근거리지 않는지 늘 감시하고, 그런 낌새가 보이면 발끈해서 상대를 멍들 정도로 때린다. 이런 경악할 만한 질투심에 밋지는 이따금 화를 내고 일시적으로 절교를 선언한다.

영화와 문학작품 속 사례

─────── 〈적과의 동침〉에서 주인공의 남편 마틴 버니, 〈사이코〉(1960)에서 모텔의 주인 노먼 베이츠(앤서니 퍼킨스 분), 스티븐 킹의 《로즈 매더》에서 경찰관인 남편 노먼 대니얼스

이 성격이 주요 결점일 때 극복하는 방법

─────── 때때로 어떤 사람은 상실을 통해서만 소유하려는 행동이 어떤 결과를 가져오는지 납득한다. 하지만 이는 과도하게 소유하려는 관계를 벗어나고자 하는 사람에게 위험이 될 수 있다. 일시적이라도 통제 욕구가 강한 인물이 '내가 가질 수 없다면, 누구도 가질 수 없다'고 생각하는 경우에 그렇다.

갈등을 유발하는 다른 인물들의 성격

─────── 불충함, 독립적, 반항적, 고마워할 줄 모름, 사심이 없음

⁶⁹ 편파적인 성격
Prejudiced

정의	유사한 결점
충분한 지식 없이 편견을 가지고 찬성하거나 반대함	편향됨, 편견이 아주 심함, 인종차별주의

성격 형성의 배경

——— 확고한 견해와 편견이 만연한 집안에서 자랐다

——— 질서를 향한 욕구로 만사를 이분법적으로 본다(옳고 그름, 선과 악)

——— 조건부여*에서 기인한 신념을 고수한다: 이 집안은 전부 민주당 지지자야.

——— 관용적이지 않은 환경에서 자랐다

——— 무식하다; 다양한 정보나 경험이 부족하다

——— 공동체의식이나 교조적 태도로 일관한다: 신고식은 누구나 거쳐야 하는 통과의례일 뿐이야.

——— 두려워한다

——— 사람들과 어울리며 소속되고 싶어한다

연관된 행동과 태도

——— 차별한다

——— 성급하게 판단하고 결정을 내린다

——— 다른 이론이나 대안은 들으려 하지 않는다

——— 자신의 신념과 반대되는 사람이나 단체와 교류하기를 꺼린다

● 심리학에서 조건반응을 형성하기 위한 훈련 과정을 말한다.

—— 인종차별적 농담을 한다; 인종차별적 언어를 쓰고 그런 언급을 한다

—— 감정적인 반응을 선호하고 사실이나 상식을 묵살한다

—— 편견을 바탕으로 지레짐작한다

—— 부정적인 고정관념을 가지고 있다

—— 혐오를 선동한다

—— 단체의 신념과 관행을 자신의 정체성으로 받아들인다

—— 자신의 신념과 반대되는 모든 것을 위협으로 치부한다

—— 뿌리가 깊은 오래된 신념을 고수한다

—— 지나치게 비판적이다

—— 독선적이다

—— 편견이나 혐오감에서 어떤 개인이나 단체를 탄압한다

—— 어떤 단체는 존중해줄 가치가 없다고 생각한다

—— 어떤 개인이나 단체의 신념체계를 조롱한다: 저기 예수쟁이들이 가네!

—— 특정 단체의 권리를 인정하지 않는다

—— 어떤 단체나 사람들에게 무례하게 군다(그들 쪽으로 침 뱉기 등)

—— 속단한다

—— 의심과 경계심을 품은 채 행동한다

—— 자신의 신념에 맞춰 규칙을 만든다: 그 집안사람들에게 가까이 가지 마라, 알아들었지?

—— 충직하고 생각이 같은 사람은 특별대우를 해준다

—— 개인성을 묵살하고 그를 인종, 종교 등의 측면으로 바라본다

—— 사람들에게 자신의 사고방식을 강요한다

—— 세계에서 일어나는 문제들을 어떤 단체, 조직, 인종의 탓으로 돌린다

연관된 생각

—— 이민자들이 문제야. 그들이 이 나라를 엉망으로 만들었어.

—— 쟤 좀 봐. 옷과 화장이 왜 저래. 좀 물어보고서 하지.

—— 세계는 인구가 줄어들면 더 좋아질 텐데.

—— 북쪽 출신들은 다들 너무 강압적이야.

연관된 감정

—— 동요, 두려움, 증오, 격분, 멸시, 의심

긍정적 측면

—— 편파적인 인물은 개인적 신념에 기초해 옳고 그름, 좋고 나쁨을 재빨리 판단내릴 수 있게 해주는 자신의 지식으로부터 자신감을 얻는다. 이들은 충성심과 결의가 굳건해서 종종 명백히 틀린 생각에 매달리기도 한다.

부정적 측면

—— 이런 인물은 자신이 판단을 내리는 사람들보다 어느 면에서나 앞선다고 생각해서 독선적이다. 불관용 정신으로 어떤 개인과 단체를 무시하면서 친구와 연인, 멘토가 될 수 있었던 이들을 잃을 뿐만 아니라 그들이 공유하는 지식과 경험도 놓치고 만다. 편견의 또다른 문제는 때때로 집단적으로 벌어진다는 것이다. 군중심리에 휩싸이면 편파적인 사고가 강화되면서 잘못을 알고 이를 바꾸기가 힘들다. 다른 사람들에 대한 이들의 비우호적인 태도나 심지어 증오에 찬 행동은 호감을 사기 어렵다.

영화 속 사례

—— 〈아메리칸 히스토리 X〉(1998)에서 아버지가 살해당하자 형 데릭 빈야드(에드워드 노턴 분)는 동생 대니(에드워드 펄롱 분)를 두고 신나치주의 무리에 들어가서 폭력과 증오심이 가득한 채 살아간다. 데릭은 급기야 살인을 저지르고 교도소에 가는데, 그곳에서의 경험으로 심경의 변화를 겪는다. 데릭은 새사람이 되어 가석방으로 집에 돌아오지만 동생 대니를 구하지 못한다.

문학작품과 드라마, 영화 속 다른 사례

───── 《해리 포터》 시리즈에서 말포이 가족, 〈올 인 더 패밀리〉 시리즈에서 소
수인종을 경멸하는 성미 급한 고집쟁이 노동자 아치 벙커, 〈스쿨 타이〉
(1992)에서 명문가 출신으로 하버드 대학교에 진학하고 싶어하는 찰리
딜런(맷 데이먼 분)

이 성격이 주요 결점일 때 극복하는 방법

───── 편견은 자신의 선입견이 틀렸음이 증명되면 극복할 수 있다. 이런 인물
은 자신이 나쁘다고 간주하던 어느 집단의 사람들이 하는 훌륭한 행동
을 직접 목격할 경우 가치체계에 균열이 생긴다. 그러고 나면 다른 이들
에게 꼬리표를 붙이고 개인성을 묵살하는 것이 근시안적이고 상처가 된
다는 사실을 깨달을 수 있다.

갈등을 유발하는 다른 인물들의 성격

───── 대범함, 지적, 정의로움, 사회적 인식이 높음

⁷⁰ 허세를 부리는 성격
Pretentious

정의	유사한 결점
중요한 사람으로 보이기 위해 겉멋에 치중함	호사스러움, 거창하기만 함, 과시함, 잘난 체함, 겉멋을 부림

성격 형성의 배경

——— 응석받이로 자랐다

——— 특권을 누리며 살아왔다

——— 부유한 후원자가 있다

——— 우등생이다

——— 다른 사람들이 어떻게 생각할지 걱정한다

——— 나르시시즘이 있다

연관된 행동과 태도

——— 중요한 말처럼 들리도록 거창한 단어를 사용한다

——— 유명인의 이름을 들먹인다

——— 자신감이 과도하다

——— 주목을 끌기 위해 큰 목소리로 말한다

——— 화려하거나 값비싼 옷을 입는다

——— 특권의식이 있다

——— 사회의 계급체제가 존속되어야 한다고 믿는다

——— 재력이나 영향력을 과시하려고 돈을 펑펑 쓴다(유명인이 참석하는 파티 열기 등)

—— 대담한 주장이나 거창한 약속을 한다

—— 주목받으면 위축된 듯 행동하지만 은근히 좋아한다

—— 겸손한 척한다

—— 겉멋을 잔뜩 부린다

—— 자아도취에 빠진다

—— "그 일로 내가 얻는 게 뭐야?"라는 식의 태도를 보인다

—— 자신의 시간과 관심사가 다른 사람들의 것보다 중요하다고 믿는다

—— 지나칠 정도로 눈길을 끌게 치장한다

—— 사람들에게 물건의 값이 얼마인지, 또 얼마나 구하기 힘든 것인지를 말한다

—— 수시로 자기 자신과 자신의 성과에 대해 이야기한다

—— 자신을 흠모하는 사람들에게 둘러싸여 있다

—— 달갑지 않은 업무나 육체노동을 거부한다

—— 최신 스타일이나 유행, 패션을 세심하게 따른다

—— 추종자와 아부꾼들을 거느리고 다닌다

—— 높이 평가받는 취미와 관심사를 선택한다

—— 다른 사람들을 찾아가기보다 자신의 구역 안으로 오게 한다

—— 연줄과 재력 있는 사람들이 오는 행사에만 참석하거나 그런 행사를 주최한다

—— 감사의 인사를 기대하며 다른 사람들에게 아이디어를 제공한다

—— 개개인에게 선택적으로 주의를 집중해 보상 또는 처벌을 가한다

—— 부탁하지 않고 요구한다

—— 복종하기를 기대한다

—— 자신이 얼마나 바쁜지 하소연한다

—— 자신의 욕구와 사생활이 다른 사람들의 것보다 중요하다고 알아주기를 기대한다

연관된 생각

———— 올해는 반드시 회원제 모임에 가입하고 싶어. 난다 긴다 하는 사람들이 거기 회원이라니까.

———— 나는 롤스로이스가 아니면 차를 탄 모습을 보이고 싶지 않아.

———— 다들 내 프랑스 여행 이야기를 엄청 듣고 싶어하겠지.

———— 올해 내가 후원할 자선단체를 정해야 하는데, 어디가 적당할까?

연관된 감정

———— 불안정함, 과도한 자신감, 자부심, 아는 체함

긍정적 측면

———— 허세를 부리는 인물은 누군가 봐주고 들어주기 바라는 욕망에서 약간의 칭찬을 받으면 단체와 자선 행사 등을 열렬히 옹호할 것이다. 이런 인물들은 멋있게 보이기만 한다면, 다른 사람들이 조종하는 대로 쉽게 따른다.

부정적 측면

———— 이런 인물은 허영심 넘치고, 물질주의적이며, 공동체 안에서의 평판을 극도로 의식한다. 이들에게 지위와 특권은 엄청나게 중요하므로 그것을 얻고 유지하기 위해 무엇이든 한다. 마찬가지로 이들에게 끌리는 사람들은 종종 자신의 영향력 강화를 위해서 이들을 이용할 계략을 세운다. 이는 이런 결점을 가진 인물이 다른 사람들의 동기를 의심하게 만들고, 진정한 우정을 발전시키기 어렵게 한다.

드라마 속 사례

———— 〈프레이저〉 시리즈에서 저명한 정신과 의사이자 시애틀의 유명 인사인 프레이저 크레인 박사는 스스로를 아주 대단한 사람이라고 생각한다.

부자나 유명인들과 어울리고, 엘리트 모임에 가입하려 들며, 오페라와 와인에 조예가 깊은 체하고, 최상급 물건들을 마구 사들인다. 하지만 아이러니하게도 그는 정신과 의사면서도 정작 자신의 과도한 자의식과 그로 말미암은 문제에는 깜깜하다.

영화 속 사례

─────── 〈귀여운 악마〉(1991)에서 어린 소년 도일 스탠디시(에단 엠브리 분), 〈대역전〉에서 루이스 윈소프

이 성격이 주요 결점일 때 극복하는 방법

─────── 허세 가득한 인물 대부분이 거의 경험해보지 못하는 한 가지는 실제적인 고난과 실패다. 이들이 있는 그대로 이 세계의 끔찍한 상처를 마주해보면 자신의 현실은 아무것도 아님을 깨닫고 변화를 간절히 원하면서 개인적 성장을 이룰 수도 있다.

갈등을 유발하는 다른 인물들의 성격

─────── 심술궂음, 거만함, 경쟁적, 오만함, 질투심이 강함, 게으름, 애정결핍, 과민함, 말썽을 피움, 상스러움, 복수심에 불탐

71 문란한 성격

Promiscuous

정의	유사한 결점
여러 명과 성적인 관계를 맺음	음탕함, 성관계가 분방함, 난잡함

성격 형성의 배경

——— 성적 욕구가 강하고 섹스를 즐긴다

——— 권한을 가지려는 욕망이 있다

——— 성적으로 독립하고 싶어한다

——— 혼자될까봐 두려워한다

——— 자존감이 낮다

——— 사랑받지 못한다는 생각 때문에 불안해한다

——— 섹스중독증이 있다

——— 헌신하고 오래 유지하는 관계에 두려움을 느낀다

——— 사회적 또는 문화적 규율을 경멸한다

——— 외로워한다

——— 약물에 중독되었거나 마약을 한다

——— 성적 학대를 당했다

——— 신뢰성에 문제가 있다

연관된 행동과 태도

——— 원 나이트 스탠드를 즐긴다

——— 헌신해야 하는 관계를 기피한다

—— 도발적인 옷차림을 즐긴다

—— 외로움에 굴복해 누군가를 만나러 외출한다

—— 성적 관심을 끌기 위해 도발적인 몸짓과 행동을 한다

—— 애정이 전혀 없는 섹스를 위한 섹스를 한다

—— 외모 가꾸기에 엄청나게 공을 들인다

—— 성적인 농담을 즐긴다

—— 새로운 시도에 생각(마음)이 열려 있다

—— 사람들의 주목과 관심을 즐긴다

—— 재미를 유지하기 위해 위험 요소를 덧붙인다

—— 주도권을 잡으려고 잠재적 파트너의 관심을 통제한다

—— 먼저 행동에 나선다

—— 전희 과정에서 상대를 쥐락펴락해서 흥분을 높인다

—— 캐묻는 듯한 질문이나 지나치게 개인적인 신상은 묻지 않는다

—— 일터에서 추파를 던진다

—— 불륜에 빠진다

—— '섹스도 가능한 이성 친구' 관계를 부추긴다

—— 단기간에 여러 명의 파트너를 만난다

—— 섹스 파트너를 쉽게 찾을 수 있는 장소에 간다(바, 클럽 등)

—— 술이나 마약에 취한 채 섹스를 한다

—— 매매춘을 한다

—— 스와핑을 한다

—— 즉석만남 앱이나 사이트에 가입한다

—— 파티의 동반자나 매매춘 상대에게 돈을 쓴다

—— 성관계를 통해 감염되는 질병 검사를 받는다

—— 여파로 죄책감을 느끼거나 후회한다

연관된 생각

——— 오늘 밤에는 누구와 집에 가게 될지 궁금하네.

——— 저 여자가 질척이는 부류는 아니면 좋겠는데. 재미 보면 끝, 그게 내 모 토니까.

——— 또 혼자서 밤을 보내고 싶지 않아. 바에 가볼까.

연관된 감정

——— 기대감, 욕망, 흥분, 불안정함, 수치심

긍정적 측면

——— 문란한 인물은 헌신적인 연애에 뒤따르는 상황과 책임을 피한다. 이들은 상대를 만나는 동안 감정적 애착을 갖지 않으므로 그들에게 거부당하 거나 상처받는 것을 두려워하지 않는다.

부정적 측면

——— 이런 인물은 성행위로 인해 감염되는 질병과 원치 않는 임신의 위험에 노 출되기 쉽다. 사람들은 빈번히 이들의 행동을 평가하거나 성적으로 이용 하려 든다. 이런 행동이 과거의 트라우마 때문이라면 자존감 결핍은 더 깊어지고 외로움과 우울감, 거기에 자기혐오까지 가미되면서 시너지 효 과가 나타날 것이다. 문란한 행동의 배후에 감춰진 주요 이유에 따라 이 인물은 오랜 감정적 욕구가 이런 종류의 관계로 해결되지 못한다는 것을 알게 될 수도 있다.

영화 속 사례

——— 〈웨딩 크래셔〉(2005)에서 존 벡위스(오언 윌슨 분)와 제러미 그레이(빈스 본 분)는 이혼 전문 변호사로 동업하면서 헌신하지 않아도 되는 여자들 을 찾아서 일면식도 없는 신랑과 신부의 결혼식에 참석한다. 두 남자는

신분을 위장해 외로운 신부 들러리를 꼬셔서 하룻밤을 보낸다. 재미만 보고 책임은 지지 않는 연애를 만끽하는 것이다. 이런 생활은 사실 외로움을 잊으려는 몸부림으로, 특히 존은 차츰 진지하고 의미 있는 관계를 갈망하게 된다.

드라마와 영화 속 다른 사례
———— 〈두 남자와 1/2〉 시리즈에서 광고음악 작곡가 찰리 하퍼, 〈처음 만나는 자유〉(1999)에서 자살 기도 후 정신병원에 입원한 10대 소녀 수재나 케이슨(위노나 라이더 분)

이 성격이 주요 결점일 때 극복하는 방법
———— 문란한 성격으로 인해 균형 잡히고 충만한 삶을 살지 못하며 자존감이 낮아진다면, 인물이 감정적 만족감을 위해 성적 접촉에 의존하는 것을 극복할 방법을 강구해야 한다. 조건 없는 사랑과 우정을 베푸는 누군가를 만나면 한 사람하고만 관계를 맺는 것을 시도해볼 만큼 신뢰감을 형성할 수도 있다.

갈등을 유발하는 다른 인물들의 성격
———— 심술궂음, 조심성이 많음, 지배욕이 강함, 사악함, 부도덕함, 질투심이 강함, 비판적, 애정결핍, 오지랖이 넓음, 위압적, 내성적

⁷² 강압적인 성격
Pushy

정의	유사한 결점
지나치게 확신함; 대담하고 고압적으로 행동함	공격적, 이래라저래라 함, 요구가 많음, 강제적, 위압적

성격 형성의 배경
———— 아주 뛰어나거나 성공하고 싶어한다

———— 통제하거나 책임자가 되기를 바란다

———— 배운 대로 행동한다(지배하려 드는 부모나 형제자매, 친구 등)

———— 응석받이로 자랐다

———— 무언가를 증명하고 싶은 욕구에서 오는 불안정함을 느낀다(지능, 지식,

올바름 등)

———— 독불장군이다

———— 소통능력이 부족하다

———— 사교성이 없다

———— 나르시시즘이 있다

———— 자신감이 과도하다

연관된 행동과 태도
———— 기준이 높다

———— "아니오"라는 대답을 용납하지 않는다

———— 타인의 사생활이나 개인 공간을 존중하지 않는다

———— 사람들을 일방적으로 판단한다

———— 바라던 것을 얻기 위해 수치심이나 죄책감을 이용한다

———— 캐묻고, 쫓아다니고, 잔소리를 한다

———— 말로 위협하거나 모욕을 준다

———— 협박한다

———— 뻔뻔하고 거리낌 없이 행동한다

———— 불편한 기분을 내비치는 사회적 신호를 무시한다

———— 사람들(특히 자녀들)에게 자신이 잘하지 못했던 분야에서 뛰어나야 한다고 강요한다

———— 압박 전술을 이용한다

———— 자신의 신념이나 의견을 사람들에게 강요한다

———— 사람들을 폄하한다

———— 무례하다

———— 참을성이 없다

———— 남을 심리적으로 조종한다

———— 과잉보호한다

———— 대화를 주도한다; 말을 너무 많이 한다

———— 요구한다

———— 최후통첩을 보낸다: 리포트를 마무리하든가 아니면 월요일 수업에 들어오지 마.

———— 중요하지 않다고 생각하는 사람들을 무시한다

———— 자신의 의견을 다른 사람에게 투사한다; 사람들에게 무엇을 느껴야 하는지를 알려준다

———— 주장이 강하고 논쟁을 좋아한다

———— 다른 사람들의 일에 간섭한다

———— 사람들을 괴롭힌다

———— 부정적이다

———— 언제나 답을 가지고 있다

——— 도전해오면 화가 나고 공격적으로 변한다

연관된 생각

——— 멍청한 생각을 하네. 올리버가 일을 더 망치기 전에 내가 나서는 게 낫겠어.

——— 벤은 왜 이리 고집이 세? 이런 일에는 항상 내가 옳다고.

——— 충분히 압박하면 앨리스가 굴복할 거야. 그녀는 늘 그랬어.

——— 릭이 사내다워지면 좋겠어. 나이가 들면 아이가 자립할 수 있게 자신감을 심어줘야지.

연관된 감정

——— 동요, 자신감, 경멸, 좌절감, 참을성이 없음, 자부심

긍정적 측면

——— 강압적인 인물은 대개 리더 역할을 당연하게 받아들인다. 무능한 경우도 있지만, 효율적으로 일을 해내고 더 잘하기 위해 분투한다. 이들은 대담하고 거침없이 말하며, 원하는 반응을 얻으려면 어떻게 해야 하는지를 안다. 강압적인 인물이 매력적이거나, 성공했거나, 다른 분야에서 쟁쟁한 실력을 갖췄다면 많은 사람이 그를 따를 것이다.

부정적 측면

——— 이런 인물은 경계를 존중하지 않는다. 자신이 원하는 것을 얻고자 다른 사람들을 비하하거나 모욕을 주고, 그만하면 충분하다는 신호를 무시한다. 자신이 누구보다 더 잘할 수 있다는 믿음은 성급함, 독선, 우월의식으로 발현되기도 한다. 이런 성격을 가진 인물 대부분은 의미 있는 관계를 발전시키는 데 필요한 사교성이 없다. 그럼에도 이들 대부분이 다른 사람들을 책임지고 싶어한다는 점에서 아이러니하다.

영화 속 사례

───── 〈백 투 더 퓨처〉(1985)에서 심술쟁이 비프 태넌(토머스 F. 윌슨 분)은 원하는 것을 얻기 위해서는 주먹질도 서슴지 않을 만큼 공격적이고 뻔뻔하다. 그는 특히 조지 맥플라이(크리스핀 글러버 분)를 자주 괴롭히고, 자신의 숙제를 대신하라며 을러댄다. 그가 이렇듯 사람들을 내리누르고 조종하는 것은 혼자 힘으로 성공할 만큼 똑똑하지 못하기 때문이다. 이런 태도는 어른이 되어서도 그대로라서 그는 호감을 사거나 존경의 대상이 아닌 그저 두려운 존재일 뿐이다.

영화와 드라마 속 다른 사례

───── 〈스위트 알라바마〉(2002)에서 뉴욕을 사로잡은 새로운 패션 아이콘 멜라니 카마이클(리스 위더스푼 분), 〈내 사랑 레이먼드〉 시리즈에서 마리 바론

이 성격이 주요 결점일 때 극복하는 방법

───── 이런 결점을 지닌 인물은 자신의 행동이 사람들에게 어떤 영향을 끼치는지 이해하기 위해 감정적으로 혹사를 당해봐야 한다. 이들이 친구나 직위를 잃는다면, 지나친 행동에 경종을 울릴 수 있을 것이다.

갈등을 유발하는 다른 인물들의 성격

───── 광적, 적대적, 융통성이 없음, 게으름, 과민함, 참을성이 있음, 완벽주의, 반항적, 원망이 가득함

⁷³ 반항적인 성격
Rebellious

정의 법을 무시하거나 권위에 저항함	유사한 결점 도전적, 불복종, 불응함, 항거함

성격 형성의 배경

——— 부모가 지배자처럼 군림했다

——— 엄격하게 통제되는 문화권이나 사회에서 산다

——— 억압당한다

——— 창의적인 표현이 거부된다

——— 차별당한다

——— 전쟁 중이거나 경찰국가에서 살고 있다

——— 의지가 강하다

——— 독립생활을 했고 오랫동안 누구에게도 자신의 행동을 설명하지 않았다

——— 권위자에게 부당한 대우나 학대를 당했다

——— 통제와 자유를 필요로 하며, 독립적이나

——— 존경은 자동적으로 주어지는 것이 아니라 쟁취하는 것이라고 믿는다

연관된 행동과 태도

——— 말대꾸를 한다; 무례하거나 버릇없이 말대답을 한다

——— 논쟁을 좋아한다

——— 침묵시위를 벌인다

——— 부모나 사회가 정한 규칙을 어긴다

- 경고를 무시한다
- 위험한 행동을 한다
- 고집불통이다
- 거짓말을 한다
- 금지되었거나 불법이라는 이유로 어떤 일을 한다
- 행진, 연좌농성, 시위, 혁명에 참여한다
- 책임자들을 언짢게 만드는 활동에 참여한다
- 같은 이상과 신념을 지향하는 단체에 가입한다
- 자유롭다는 것을 보여주기 위해서 타투나 피어싱을 한다
- 유행이나 인기가 많은 것들을 따르지 않는다
- 담배를 피운다
- 질문에 답하지 않거나 자신의 행방 등을 설명하지 않는 등 자기만의 원칙을 따른다
- 옳고 그름, 선과 악, 도덕과 부도덕 등의 신념을 탐구한다
- 사실을 의심한다
- 경계를 뛰어넘어 한계를 시험해본다
- 공격적인 태도가 폭력으로 이어지기도 한다
- 권위에 도전하라고 사람들을 부추긴다
- 마음대로 하려고 몰래 숨어 다닌다
- 개인적 자유와 권리를 위해 싸운다
- 수동공격적으로 행동한다; 비밀리에 반항을 도모하는 동안 마치 받아들일 것처럼 군다
- 화를 잘 낸다
- 일부러 권위자들을 곤란하게 만드는 일들을 이야기한다
- 명령을 묵살한다
- 비협조적이다
- 누군가에게 정보가 새지 않도록 비밀을 유지한다

연관된 생각

——— 누가 그 여자를 담임 자리에 앉힌 거야? 내가 이 학급을 더 잘 관리할
　　　수 있는데.

——— 그들이 나를 이렇게 대우할 수는 없어. 참지 않을 거야.

——— 내 존경을 받고 싶다면, 그럴 만한 자격을 갖춰야 해.

——— 그가 이 프로젝트를 관리하나본데, 나한테는 그렇게 못할걸. 나는 내 식
　　　대로 할 거니까.

——— 그 사람이 무엇을 할 건지 일단 들어보자. 누가 이 싸움에서 이길지 두
　　　고 보라고.

연관된 감정

——— 화, 결의, 흥분, 좌절감, 격분

긍정적 측면

——— 반항적인 인물은 나름의 윤리 기준을 정해 그 결과를 두려워하지 않고
　　　따른다. 또한 이들은 새로운 경험에 마음을 열고 다른 사람들에게 상당
　　　한 관용을 베푼다. 이런 부류의 인물은 종종 틀에 갇힌 듯하고, 부모의
　　　기대감에 좌절하며, 어떤 방향으로 제한되는 기분을 느끼는 사람들을
　　　매료시킨다.

부정적 측면

——— 이런 인물은 종종 판단력 부족으로 자신이 원하는 것에 매몰되어 잠재
　　　적 결과를 간과하고 만다. 위태로운 행동은 자신과 다른 사람들을 위험
　　　으로 몰아넣거나, 변덕에 이끌려 회복할 수 없는 손상을 가할 수도 있다.
　　　다른 사람들은 독립을 열망하는 이들의 속성을 이용하려 든다. 그들은
　　　반항적인 인물을 해롭거나 부도덕한 행동에 밀어넣고, 자신의 목표에 부
　　　합한 행동을 하게끔 부추기기도 한다.

영화 속 사례

─────── 〈조찬 클럽〉에서 존 벤더는 틈만 나면 권위에 반항하고, 이 때문에 툭하면 주말 등교 벌칙을 받는다. 이 영화의 유명한 장면에서 존은 담임 선생님에게 한마디도 지지 않고 대들다가 몇 주 동안이나 벌칙을 받는다. 반항하는 존은 드세 보이지만, 사실 자기 삶에 대한 주도권을 찾으려다가 삐뚤어진 것이다. 그는 말로, 그리고 신체적으로 자신을 학대하고 억압하는 아버지에게서 벗어나려 발버둥친다.

영화 속 다른 사례

─────── 〈뻐꾸기 둥지 위로 날아간 새〉(1975)에서 형무소의 강제노역을 피하려 정신병을 가장한 랜들 맥머피(잭 니컬슨 분), 〈메리다와 마법의 숲〉(2012)에서 드레스와 구두보다 말타기와 활쏘기를 좋아하는 천방지축 메리다 공주

이 성격이 주요 결점일 때 극복하는 방법

─────── 반항적인 성격을 극복하려면 자기 행동의 추한 모습을 정면으로 마주해야 한다. 인물이 돌이킬 수 없는 어떤 일이 가져온 부정적인 결과를 알게 된다면 사회에서의 한계, 규칙, 경계의 중요성에 눈뜰 수도 있다.

갈등을 유발하는 다른 인물들의 성격

─────── 통제가 심함, 예의 바름, 비겁함, 사악함, 부도덕함, 융통성이 없음, 성숙함, 순종적, 소유욕이 강함, 소심함

74 무모한 성격

Reckless

정의	유사한 결점
조심성이 없음;	부주의함, 경솔함, 무분별함
앞뒤 분간을 못함	

성격 형성의 배경

———— 자만심에 차 있다

———— 반항적이다

———— 무언가를 사람들에게 입증하고 싶어한다

———— 인정을 받거나 호감을 사고 싶어한다

———— 아드레날린 중독자다

———— 자신을 불사신이라고 여긴다

———— 천성적으로 겁이 없다

———— 자신을 보살피거나 걱정하지 않는다

———— 충동적이다

———— 미성숙하다; 신중한 결정을 내릴 능력 또는 그러고 싶은 욕망이 없다

———— 주의력결핍 과잉행동장애나 주의력결핍장애가 있다

———— 자살 충동을 느낀다; 살아야 할 이유가 없다고 생각한다

———— 죄책감이나 수치심을 느낀다

———— 오래된 분노나 화가 있다

———— 자부심과 자신감이 과도하다

———— 무언가에 중독되어 있다

———— 모험심이 강하고 두려움을 모르는 부모 밑에서 자랐다

연관된 행동과 태도

——— 과속운전을 한다

——— 술이나 마약에 취한 채 운전을 한다

——— 콘돔 없이 섹스를 한다

——— 사람들을 위험에 빠뜨린다

——— 유머감각과 모험심이 있다

——— 일단 저지르고, 무슨 일이 있어도 끝까지 해낸다

——— 자신의 소유물에 무책임하다

——— 지금까지처럼 모든 일이 잘 풀릴 것이라는 잘못된 신념이 있다

——— 위험을 생각하지 않고 아드레날린이 솟구치는 일을 좋는다

——— 위험천만한 것들을 행한다(지붕에서 뛰어내리기, 기차와 경주하기 등)

——— 짓궂은 장난에 가담한다

——— 법을 어긴다

——— 가게에서 물건을 훔친다

——— 카 서핑•을 즐긴다

——— 위험한 상황에 가장 먼저 가겠다고 자원한다

——— 알 수 없는 세계의 스릴을 즐긴다

——— 안전 예방책을 지키지 않는다(안전모나 구명조끼 착용하기, 휴대전화 지참하기 등)

——— 암석이나 다른 위험물을 확인하지 않고 다리나 절벽 위에서 다이빙한다

——— 잃어서는 안 되는 돈으로 도박을 한다

——— 무기를 항상 가지고 다닌다

——— 훔친 카드를 쓴다

——— 재미 삼아 건물 외관을 훼손하거나 도둑질을 한다

——— 폭발물에 함부로 손을 댄다

• 달리는 자동차 지붕 위에서 서핑하듯 묘기를 부리는 놀이다.

——— 섹스팅●을 하거나 SNS에 부적절한 사진을 올린다

——— 다른 사람들을 못살게 굴어 무모한 활동에 끌어들인다

——— 상식에서 벗어나 자신의 욕망과 변덕에 따라 행동한다

——— 매우 즉흥적이다

연관된 생각

——— 나쁜 일은 생기지 않아. 절대 그렇지 않을 거야.

——— 모든 건 소소한 위험이 따라야 흥미가 배가되는 법이지.

——— 아빠 차를 몬다고? 앨이 나와 담력을 겨룰 정도로 용감한지 보자.

——— 걱정도 팔자야.

연관된 감정

——— 자신감, 흥분, 참을성이 없음, 자부심, 만족감, 아는 체함

긍정적 측면

——— 무모한 인물은 주목받는 것을 즐기고 다른 사람들이 무서워하는 일을
두려워하지 않는다. 이들은 천성적으로 모험가 기질이 있어서 정해진
규준을 넘어 생각하고 새로운 아이디어를 떠올린다. 또한 결단력 있고,
확고하며, 용감하기도 하다. 위험해도 주변 사람들에게 재미와 흥분을
선사한다.

부정적 측면

——— 이런 성격은 본인과 다른 사람들 모두에게 위험하다. 자기밖에 모르는 무
모한 인물은 때때로 자신의 행동이 위험한 줄 알면서도 그만두지 못한
다. 사람들은 무모함과 자유로운 영혼이나 모험심을 혼동할 수 있으므

● 성적으로 문란한 내용의 메시지나 사진을 휴대전화로 전송하는 행위를 말한다.

로, 이런 결점을 지닌 인물이 종종 존경받고 의지가 약한 사람들을 미혹시키기도 한다.

영화 속 사례

———— 〈리썰 웨폰〉(1987)에서 마틴 리그스(멜 깁슨 분)는 막무가내의 충동적인 형사로 죽음을 작정한 듯 용의자들을 추적한다. 아내가 죽은 후로 그는 반쯤 미쳐서 자신의 안전을 무시하기 일쑤다. 이런 행동은 상처를 달래기 위한 고군분투다.

문학작품과 영화 속 다른 사례

———— 《아웃사이더》에서 댈리 윈스턴, 〈비버리 힐스 캅〉(1984)에서 디트로이트의 형사 액설 폴리(에디 머피 분)

이 성격이 주요 결점일 때 극복하는 방법

———— 이 인물은 무모함 때문에 크게 다치게 되면 정신을 차리고 자신의 행동을 재고해볼 수 있다. 만약 그렇지 않다면, 인물의 행동이 타인을 다치게 하거나 피해를 입히거나 생명을 위협했을 때 책임감의 무게를 실감하고 자신의 무모한 행동의 어리석음을 깨달을 것이다.

갈등을 유발하는 다른 인물들의 성격

———— 조심성이 많음, 비겁함, 엉뚱함, 신경과민, 순종적, 과민함, 정확함, 책임감이 있음, 소심함, 걱정이 많음

75 원망하는 성격

Resentful

정의	유사한 결점
가시 돋친 말을 쏟아냄	억울해함, 앙심을 품음, 심술궂음, 화를 잘 냄

성격 형성의 배경

——— 직장에서 불평등을 겪는다

——— 사회에서 특별한 취급을 받았다(인종 프로파일링,• 차별 등)

——— 양육자가 형제자매 가운데 한 사람만을 편애했다

——— 부당한 대우를 받는다

——— 트라우마로 남은 굴욕을 당했다

——— 오래된 부러움이나 질투가 있다

——— 가정불화를 겪는다

——— 연인이나 가족, 친한 친구에게 거부당한다

——— 탄압당한다

——— 인정이나 감사를 받고 싶어한다

——— 자유가 없다

——— 공정함이 깊이 뿌리박혀 있다

연관된 행동과 태도

——— 초조해한다

• 피부색이나 인종을 분석해 용의자를 추적하는 수사 기법이다.

———— 사람들을 일방적으로 판단한다

———— 과거에서 벗어나지 못한다; 해묵은 상처를 긁어댄다

———— 빈정거린다

———— 사람들을 헐뜯는다

———— 누군가를 바보로 만들거나 그의 체면을 구기려고 일부러 방해한다

———— 비우호적이다

———— 자신이 얼마나 부당한 대우를 받았는지 끊임없이 이야기한다

———— 기분을 망친 상대에게 대가를 치르게 하고 싶어한다

———— 소통능력이 부족하다

———— 분개한 원인과 관련된 주제에 예민하게 반응한다

———— 자신의 부정적인 경험 때문에 잘못된 판단을 내린다

———— 누군가를 자신의 삶에서 배제한다

———— 과잉반응한다(발끈해서 직장이나 단체를 그만두는 등)

———— 부정적이다

———— 고립적이다

———— 신뢰성에 문제가 있다

———— 기껏해야 일시적으로 행복감이나 만족감을 느낀다

———— 수면장애나 불면증에 시달린다

———— 일에 집중하기 어려워한다

———— 사람들을 믿지 않는다

———— 관련된 사람들의 행동과 선택에 집착한다

———— 용서하거나 잊어버리지 못한다

———— 죄책감을 이용해 남을 조종한다

———— 칭찬해줄 만할 때도 칭찬을 자제한다

———— 변화를 받아들이기 힘들어한다

———— 억울함을 더이상 참기 힘들 때 분노가 폭발한다

———— 억울한 누명을 씌운 사람이나 사건에 대해 집착적으로 생각한다

———— 고집불통이다

———— 왜곡된 관점을 가진다(앞뒤 맥락을 제거해버리고, 별 의도 없는 행동을 공격으로 받아들이는 등)

연관된 생각

———— 브래드와 팀이 텔레비전을 보는 동안 왜 늘 나만 설거지해야 하는 거지?

———— 미란다가 내 팔찌를 가져간 일을 사과해도 결코 용서하지 않을 거야.

———— 앨릭스는 데이트할 때마다 무일푼이야. 늘 내가 돈을 전부 내는 게 짜증나!

———— 빌은 딱지를 떼였는데도 외출한다고? 내가 그랬으면 1년은 외출 금지였을걸.

연관된 감정

———— 화, 부러움, 좌절감, 질투심, 억울함, 멸시

긍정적 측면

———— 원망과 분노에 찬 인물은 조심스럽고 경계심이 강해서 자신이 다치지 않도록 보호하는 경향이 있다. 또한 친한 친구들과 믿음직한 가족에게 감사해하고, 자신을 배신하지 않은 사랑하는 사람들의 지원에 고마움을 표한다.

부정적 측면

———— 이런 인물은 신뢰성에 문제가 있고, 신뢰받을 자격이 없는 사람들에게 의심의 눈초리를 보낸다. 과거의 배신과 과오에 대한 집착은 이들을 부정적인 사람으로 변모시켜, 이들의 불평을 듣다가 지친 주변의 사람들은 은연중에 그냥 좀 넘어갔으면 좋겠다고 바랄 수도 있다. 이런 결점을 지닌 인물에게 행복은 순식간이며, 배신당한 기억에 곧바로 기분이 상한다.

문학작품 속 사례

──── 북유럽신화에서 로키는 천둥의 신 토르의 이복동생으로, 토르의 용맹함과 전장에서의 맹활약 때문에 그를 숭배하는 세계에서 자라난다. 로키는 찬사를 받을 만한 신체적 자질이 없기에 열등감에 시달린다. 그는 자유자재로 변신할 수 있는 마법사로서의 기술이 있음에도 제대로 인정받지 못한다는 억울한 마음을 떨치지 못하고, 울분과 적개심을 다스리지 못해 결국 보복에 나선다.

문학작품과 영화 속 다른 사례

──── 작자 미상의 고전 서사시 〈베오울프〉에서 영웅 베오울프와 맞붙는 괴물 그렌델, 〈7월 4일생〉(1989)에서 베트남전쟁 상이군인 론 코빅(톰 크루즈 분)

이 성격이 주요 결점일 때 극복하는 방법

──── 원망하는 마음을 극복하려면 이 인물은 자신의 신랄한 태도가 입힌 손실을 파악할 수 있어야 한다. 용서하면 자신의 삶에 대한 통제력을 되찾을 수 있고, 더이상 과거의 사건에 좌지우지되지 않을 것이다.

갈등을 유발하는 다른 인물들의 성격

──── 거만함, 협조적, 우호적, 오만함, 행복함, 아는 체함, 낙천적, 잘 믿음, 복수심에 불탐

⁷⁶ 말썽을 피우는 성격
Rowdy

정의 시끄럽고 난동을 부림; 골칫거리	유사한 결점 부산스러움, 난폭함, 시끌벅적함, 거칠고 다루기 어려움

성격 형성의 배경

———— 미성숙하다

———— 부모로부터 훈육을 제대로 받지 못했고, 자라는 동안 제약이 없었다

———— 자신이 한 행동의 여파를 끊임없이 회피한다

———— 행동문제와 행동장애가 있다

———— 충동적이다

———— 마약을 하거나 술을 마신다

———— 공동체에 대한 사회적 유대감이 없다

———— 가족이나 주변 사람들과 갈등을 겪는다

———— 권위를 존중하지 않거나 일반적으로 사람들에게 무례하다

———— 아드레날린이 샘솟는 성향이다

———— 양육자에게 억압받고 통제당했다

연관된 행동과 태도

———— 시끌벅적한 파티를 연다

———— 건물 외관에 낙서(그래피티)를 해서 훼손시킨다

———— 타인의 사생활이나 개인 공간을 존중하지 않는다

———— 좀도둑질을 한다(들치기 등)

——— 떼로 몰려다니면서 사람들을 밀치고 떠민다

——— 부적절한 타이밍에 큰 소리로 떠들거나 소란을 피운다

——— 사교성이 없다

——— 분위기를 혼란스럽고 무질서하게 만들면 힘을 가진 기분이 든다

——— 분별력이 없다(음악을 아주 크게 틀어놓기, 집에서 흡연하기 등)

——— 누군가의 집을 어지럽힌다

——— 폭죽을 터뜨린다

——— 재미로 불장난을 한다

——— 왜 경계선이 그어져 있는지 이해하지 못한다

——— 병을 박살내서 버린다

——— 호전적이고, 무례하며, 잔인한 농담을 한다

——— 악다구니를 부리거나, 소리를 지르거나, 시끌벅적하게 실랑이를 벌인다

——— 부적절한 행동을 한다(비즈니스 칵테일 파티에서 셔츠를 벗어던지고 소리

　　　지르기 등)

——— 술을 많이 마시고 주정을 부린다

——— 재미로 사람들을 협박하거나 괴롭힌다

——— 장난을 친다

——— 사람들에게 기본적으로 무례하다

——— 방해하려는 의도로 장소와 행사에 떼 지어 몰려간다

——— 폭동을 조장한다

——— 누군가의 집에 달걀을 던지거나 쓰레기를 뿌려놓는다

——— 대립을 일삼는다

——— 공공장소에서 외설스러운 행위를 한다

——— 사람들을 방해한다

——— 터무니없는 행동으로 친구나 가족을 당황시킨다

연관된 생각

——— 집이 떠나가라 볼륨을 높여볼까나!

——— 이거 사이렌 소리인가?

——— 저 차들에서 휠캡을 모조리 떼어내 훔치면 진짜 가관이겠다!

——— 경기 종료 후 다들 열받았는데, 내가 "타도하자!"고 외치면 어떻게 나올
지 궁금하네.

연관된 감정

——— 즐거움, 기대감, 열의, 흥분, 행복

긍정적 측면

——— 말썽을 피우는 인물은 위험을 감수하고, 활력이 넘치며, 다른 사람들에
게 구속을 벗어던지고 자유로워지라며 격려한다. 이들은 종종 파티의
주인공으로서 주변 사람들에게 재미를 준다. 물론 분위기가 험악해지지
않는 한에서 그렇다.

부정적 측면

——— 이런 인물은 충동적이고 가끔씩 한계를 인지하지 못한다. 작은 재미가
전면적인 파괴 소동으로 변하거나, 무례한 말 한마디에 대치 상황으로
발전하거나, 한순간의 치기가 생명을 위협하는 활동이 될 수도 있다. 이
들은 위험을 감수하고 동료 집단의 압력을 이용해 사람들에게 가담을
부추기는데, 이는 부상이나 더 나쁜 상황을 야기할 수 있다.

드라마 속 사례

——— 〈사인필드〉 시리즈에서 코즈모 크레이머는 초대받지 않아도 (종종 몸으
로 노크하고) 불쑥 남의 집에 쳐들어가서는 고함을 질러 존재감을 알린
다. 팔과 몸을 크게 휘저으며 말하는 버릇은 자신과 근처의 모두에게 위

협이 된다. 또한 노상방뇨부터 우편사기까지 코즈모의 막무가내 행동과 상식 부족은 자신과 주변 사람들을 곤란하게 만든다.

문학작품과 드라마 속 다른 사례

———— 모리스 샌닥의 《괴물들이 사는 나라》에서 개구쟁이 소년 맥스, 《해리 포터》 시리즈에서 론 위즐리의 쌍둥이 형들, 《작은 아씨들》에서 둘째 조 마치, 〈개구쟁이 데니스〉 시리즈에서 데니스 미첼

이 성격이 주요 결점일 때 극복하는 방법

———— 사람들을 방해하거나 혼란을 가져올 정도로 말썽을 피우는 인물은 짓궂은 행동에도 때와 장소가 있다는 점을 깨달아야 한다. 또한 재미있는 것과 공공장소에서의 소란은 다른 차원이다. 자신의 자산을 훼손당하거나 상실감이 동반되는 고통과 좌절감을 느껴보면 인물은 말썽을 부리는 행동의 부정적 여파를 더 잘 실감할 수 있다.

갈등을 유발하는 다른 인물들의 성격

———— 차분함, 어린아이 같음, 절제력이 있음, 깐깐함, 온화함, 오만함, 내성적, 꼼꼼함, 과민함, 자부심이 강함, 책임감이 있음, 합리적, 소심함

⁷⁷ 산만한 성격
Scatterbrained

정의	유사한 결점
논리나 일관성이 없는 생각을 드러냄	멍청함, 당황함

성격 형성의 배경

——— 한 번에 두 가지 이상을 생각하기 어렵다

——— 체계와 책임을 경멸한다

——— 미성숙하다

——— 뇌 손상을 입었다

——— 체계가 없는 가정환경에서 자랐다

——— 자유분방한 기질이 강하다

——— 퇴행성 뇌질환을 앓는다

——— 주의력장애가 있다

연관된 행동과 태도

——— 모임과 약속을 잊어버린다

——— 늦는다

——— 어지른다

——— 말이 안 되는 이야기를 해서 대화를 옆길로 빠지게 만든다

——— 툭하면 휴대전화, 열쇠 등을 잃어버린다

——— 자신의 행동에 핑계를 댄다

——— 계획력이 부족하다

————— 정신이 없다

————— 체계와 질서가 없다

————— 판단력이 흐리다

————— 생각을 정리해보려고 시도하지만 소용이 없다(장볼 목록을 집에 두고 오는 등)

————— 한 분야에 너무 집중해서 다른 분야를 등한시한다

————— 생일과 다른 중요한 행사들을 잊어버린다

————— 말도 안 되는 논쟁을 한다

————— 자신이 잊어버린 사항의 중요도를 깎아내린다

————— 농담을 이해하지 못한다

————— 말끝을 흐린다; 무슨 말을 하려고 했는지 잊어버린다

————— 민망한 오타가 난 이메일이나 문자메시지를 보낸다

————— 우연히 그 자리에 있던 사람에 대해 나쁘게 말한다

————— 학습이 더디다; 똑같은 실수를 반복한다

————— 차고 문을 열지 않은 채 차를 빼려고 한다

————— 시동 걸린 차에 키를 꽂아둔 채로 문을 잠근다

————— 몇 년 동안 알고 지낸 사람들의 이름을 헷갈린다

————— 조롱 섞인 언급이나 숨겨진 의중을 알아차리지 못한다

————— 실수로 이메일을 주소록의 모든 사람에게 전송한다

————— 틀린 날짜나 잘못된 장소의 행사에 나타난다

————— 건망증이 심해 사람들에게 폐를 끼친다(누군가를 회사에 데려다주기로 한 것을 잊어버리는 등)

————— 여러 생각이 오락가락한다

————— 누군가가 말하는 것을 따라가지 못한다

연관된 생각

————— 나 진짜로 공부해야 하는데…. 오, 베티가 입은 옷 정말 예쁘다.

—————— 어쩌고저쩌고. 이 수업 정말로 지루하다. 점심시간까지 얼마나 남았지?

—————— 오늘 아침에 머리를 손질하고 세팅기 전원을 끄고 나왔나?

—————— 오늘은 내가 아이들을 데리러 가는 날인가, 아니면 마이크가 가기로 했
          었나?

연관된 감정

—————— 근심, 갈등, 만족감, 좌절감, 위축감, 멸시, 걱정

긍정적 측면

—————— 산만한 인물은 보통 자유분방하고 사람들과 금방 어울려 지낸다. 이들
          은 대체적으로 사람들과 함께 있기를 좋아하고 재미있는 일을 즐긴다.
          느긋한 성격 덕분에 상당히 개방적이며 변화를 환영한다.

부정적 측면

—————— 이런 인물은 논리 정연하지가 않다. 이들의 건망증은 약속에 늦는다거
          나 자신의 의무를 잊어버릴 때 다른 사람들에게 부정적인 영향을 끼친
          다. 산만한 인물이 기획한 행사는 필요한 요소를 잊어버리면서 참석자
          들을 실망시킬 가능성이 있다. 이들은 자신의 자유분방한 방식에 자부
          심을 가질 수도 있지만, 리더 역할을 해야 하거나 매우 체계적인 사람들
          이 주변에 있으면 불안해지기 시작한다.

드라마 속 사례

—————— 〈왈가닥 루시〉 시리즈에서 주인공 루시 리카르도는 정신이 산만한 가
          정주부로 언제나 어처구니없는 생각과 결정을 한다. 어느 날 타블로이
          드 신문에서 남편이 직장의 여성 동료에게 관심을 보인다는 기사를 읽
          은 루시는 그에게 직접 물어보지 않고 변장해서 염탐한다. 그녀는 이따
          금 능력이 전무한 일에서도 남편 리키의 이목을 끌고 비위를 맞추려 기

를 쓴다. 이를테면 악기를 연주하지 못하면서 색소폰 연주자 모집에 응시한다거나, 몸치인데도 파리에서 온 무용수라며 오디션을 본다. 루시의 이런 정신없는 행동은 엄청난 문제를 일으키고 웃음을 유발한다. 인물과 스토리에 최적의 성격을 부여한 사례라고 할 만하다.

문학작품과 드라마 속 다른 사례

——— 《해리 포터》 시리즈에서 점술학을 가르치는 사이빌 트렐로니 교수와 해리보다 한 학년 아래의 괴짜 소녀 루나 러브굿, 스티븐 킹의 《스탠 바이 미》에서 유약하지만 착한 번 테시오, 〈프렌즈〉 시리즈에서 피비 부페이

이 성격이 주요 결점일 때 극복하는 방법

——— 산만해서 집중하지 못하는 성향을 극복하려면 인물은 여러 형태의 체계성을 마련해야 한다. 일지 작성하기, 메모하기, 알람 맞추기는 어떤 일을 잊거나 빠뜨리지 않았는지를 확인하는 간단한 방법이다. 반응하기 전에 생각하고 간소화된 생활과 결합시킨 꾸준한 일상은 중요한 일을 놓치지 않도록 도와줄 것이다.

갈등을 유발하는 다른 인물들의 성격

——— 경계심이 강함, 분석적, 절제력이 있음, 감정과잉, 꼼꼼함, 집착이 강함, 체계 있음, 합리적, 피해망상이 심함

⁷⁸ 자기파괴적인 성격

Self-Destructive

정의	유사한 결점
자기 자신을 망치는 행동과 선택을 함	파괴적, 파멸적

성격 형성의 배경

——— 우울증, 섭식장애, 또는 다른 정신장애가 있다

——— 중독된 상태다

——— 감정적 고통을 겪는다

——— 자존감이 낮다

——— 과거의 결정적 사건으로 심각한 죄책감이나 수치심에 시달린다

——— 간절하게 주목받고 싶어한다

——— 실패나 성공을 두려워한다

——— 롤모델에게서 배운 행동양식이다

——— 타인에게 애착심을 느끼지 못한다

——— 희망이 없다

연관된 행동과 태도

——— 친구들과의 사이에서, 그리고 관계를 맺는 데서 현명하지 않은 결정을 내린다

——— 불신감이 강하다

——— 충동적이다

——— 늦는다

——— 행사에 가지 않거나 사람들을 바람맞힌다

——— 우정을 고의로 망쳐버린다

——— 기회를 낭비한다

——— 과도하게 자거나 수면장애가 있다

——— 영양 상태가 나쁘다

——— 성적 위험을 감수한다(잦은 파트너 교체, 피임하지 않기 등)

——— 극단적이다(과음, 위험 약물의 실험 등)

——— 위험하게 운전한다

——— 사람들을 밀어내고, 도움을 거부한다

——— 위험한 상황을 자초한다

——— 스스로에게 벌을 주거나 자해한다(찌르기, 긁어대기 등)

——— 폭식증이나 거식증이 있다

——— 사람들에게 난리를 피우거나, 그들을 밀어내려고 야비하게 행동한다

——— 자신의 책임을 회피한다

——— 도둑질, 거짓말 따위로 사람들의 신뢰를 저버린다

——— 자신이 무가치하고 벌을 받아도 싸다고 믿는다

——— 지키고 싶은 비밀이 있다

——— 사람들에게 자신의 감정적 고통을 털어놓지 않는다

——— 수동공격적으로 행동한다

——— 자기회의적이고 넘겨짚는다

——— 부정적이다

——— 미래도 현재만큼이나 암울할 것이라고 예상한다

——— 자살을 생각한다; 자신의 고통이 끝났으면 하고 바란다

——— 자신의 죄를 남에게 고백하고 싶지만 그렇게 하지 못한다

——— 직장에서 해고당하거나 단체에서 쫓겨나기 위해 부적절하게 행동한다

연관된 생각

——— 스티브는 왜 나를 내버려두지 않는 거야? 나는 그럴 만한 가치가 없는데.

——— 이건 재미있기는 한데, 더는 생각하거나 느끼고 싶지 않아.

——— 엄마는 내가 오래전부터 구제 불능이라는 걸 알았어야 하는데.

——— 위험하면 어때서?

——— 내가 무슨 짓을 했는지 안다면 다들 나를 싫어할 거야.

연관된 감정

——— 갈등, 패배감, 우울, 좌절감, 상심, 체념, 슬픔

긍정적 측면

——— 자기파괴적인 성향의 인물은 사람들에게 내재된 도와주고 싶어하는 욕구를 촉발시켜서, 자신과 같은 사람을 구제하도록 몰아간다.

부정적 측면

——— 이런 인물은 자신에게 해가 되고 행복을 가로막는 선택을 한다. 이들은 긍정적 혜택(신경안정)이 있다고 믿기에 (흡연처럼) 계속 나쁜 결정을 내린다. 정신장애가 있다면 자존감 부족에서 기인된 파괴적인 선택이 빠르게 악화될 수도 있는데, 위축되거나 고립된 상태라면 더욱 그렇다. 이들의 부정적 성향과 자기파괴적 행동에 똑같이 정신장애나 낮은 자존감으로 시달리는 누군가가 매료될 수 있는데, 이는 끝 모르는 추락을 조장하는 상호의존적 관계로 발전한다. 자신을 보호하지 않는 자존감 낮은 인물은 타인을 해치는 데 열심인 사람들에게 이용당할 위험이 있다.

영화 속 사례

——— 〈라스베가스를 떠나며〉에서 벤 샌더슨은 술 때문에 인생이 망가진다.

절망한 벤은 술을 마시다 죽겠다며 라스베이거스로 향하고, 결국 그는 그 꿈을 이룬다.

영화와 문학작품 속 다른 사례

——— 〈여인의 향기〉(1992)에서 퇴역 장교 프랭크 슬레이드(알 파치노 분), 제프리 디버의 《본 컬렉터》에서 전신이 마비된 천재 범죄학자 링컨 라임, 코트니 서머스의 《크랙트 업 투 비Cracked Up to Be》에서 고등학교의 치어리더 주장이었던 파커 패들리

이 성격이 주요 결점일 때 극복하는 방법

——— 자기파괴적인 성향을 극복하려면 인물은 친구관계, 자신감을 높여줄 달성 가능한 목표 설정, 긍정적인 마음가짐 등을 통해 자존감을 쌓아야 한다. 친구나 가족의 보살핌과 인내가 도움이 되거나, 파멸적인 패턴을 깨뜨리기 위해 심층적인 심리치료가 필요할 수도 있다. 또한 이들은 낮은 자존감의 원인을 탐구하고 유발요인을 처리해야 하는데, 죄책감이 근본 원인이라면 치유를 위해 스스로를 용서할 방법을 찾아야 한다. (자기파괴적인 친구처럼) 부정적 요인을 피하는 것 또한 회복에 도움을 준다.

갈등을 유발하는 다른 인물들의 성격

——— 잘 적응함, 통제가 심함, 절제력이 있음, 공감을 잘함, 사악함, 친절함, 애정결핍, 잘 보살핌, 낙천적, 복수심에 불탐

79 방종하는 성격

Self-Indulgent

정의	유사한 결점
자신의 욕구, 열정, 변덕을 만족 시키기 위해 제한 없이 마음대로 함	무절제함, 버릇이 없음, 거리낌 없음

성격 형성의 배경

———— 게으르다

———— 판단력이 부족하다

———— 앞으로 닥칠 일을 무시하고 순간을 즐기자는 태도를 지닌다

———— 응석받이나 특권의식을 주입하는 양육환경에서 자랐다

———— 반항적이다

———— 제멋대로 굴었지만 부정적인 결과를 맞이한 적이 없다

———— 의지박약이다

———— 열심히 노력하고 자제한 결과가 긍정적이지 않았다

———— 자존감이 낮다

———— 우울해한다

연관된 행동과 태도

———— 과식한다

———— 운동을 안 한다

———— 늦게 잠자리에 든다

———— 잠을 많이 잔다

———— 앞날을 생각하지 않고 그 순간 자신이 원하는 것을 한다

——— 취미에 탐닉한다(비디오게임, 텔레비전 시청, 인터넷 서핑 등)

——— 건강하지 않은 음식이나 술에 과도하게 빠져 병에 걸린다

——— 탐닉의 부작용을 알지만 그만둘 힘이 없다

——— 죄책감과 수치심을 느낀다

——— 직장과 학교에 지각하고, 약속에 늦는다

——— 자신의 외모를 돌보지 않는다

——— 시간 관리를 못한다

——— 꾸물거린다

——— 다른 사람들이 자기 대신 공백을 메워야 함에도 자신이 원하지 않는 일
들은 하지 않는다

——— 자신이나 남들에게 무엇이 최선일지 생각하지 않고 하고 싶은 대로 처
신한다

——— 만족감이 지연되면 짜증을 낸다

——— 자신을 변화시킬 필요를 찾지 못한다

——— 현재를 즐기며 살아간다

——— 즉각적인 만족에 집중한다

——— 괴팍하고, 일이 자기가 원하는 대로 진행되기를 바란다

——— 사람들과 지나치게 어울린다(너무 많은 파티에 참석하기, 밤늦게까지 돌
아다니기 등)

——— 빚이 쌓인다

——— 무기력하다

——— 자신의 건강과 인간관계를 고의로 파괴시킨다(비만을 감당하지 못해 몸
져눕는 등)

——— 자신이 좋아하지 않는 일이나 활동에는 최소한의 노력만 한다

——— 돈을 지혜롭게 적절히 쓰지 못한다

——— 한계를 정해놓고 그것을 깨뜨린다

——— 무절제한 성생활을 한다

———— 낭비와 사치가 심하다

연관된 생각

———— 운동해야 한다는 것은 알지만 진짜로 하기 싫어.

———— 마감이 내일이지만, 다들 나가서 노는데 왜 나만 일해야 해?

———— 예산 초과지만, 마음에 드니까 빚을 내서라도 사야겠어.

———— 내일이 되면 후회하겠지만, 지금 당장은 상관없어.

연관된 감정

———— 갈등, 패배감, 거부감, 열의, 좌절감, 죄책감, 무관심함, 만족감

긍정적 측면

———— 제멋대로 굴고 방종하는 인물은 느긋하고 태평스럽다. 이들은 자신이 원하는 일을 하고, 다른 사람들에게도 그렇게 살라고 격려하면서 재미있는 친구가 되어준다. 장기적인 결과에 신경을 쓰지 않는 이들은 지금 여기를 완전하게 누리며 살아간다.

부정적 측면

———— 이런 인물은 보통 자기중심적이라서, 무엇이 자신과 다른 사람들을 위한 최선인지보다 본인이 원하는 것에만 관심을 둔다. 이들은 건강문제와 망가진 인간관계, 실직 같은 부작용에도 불구하고 이 노선을 고집한다. 이런 성격의 인물들과는 함께 일하기 어려운데, 즐거운 일만 하고 즐겁지 않은 일은 남에게 떠넘기기 때문이다. 구미가 당기지 않는 활동에 전력하지 못하면서 학교와 직장에서 성적과 실적이 나빠지기도 한다.

문학작품 속 사례

———— 《샬롯의 거미줄》에서 돼지 윌버의 여물통 밑에 사는 쥐 템플턴은 자칭

대식가다. 그는 실제적인 이익이 자신에게 돌아오지 않으면 꼼짝도 하지 않는다. 그는 쓰레기장에 접근해서 햄이 될 위기에 처한 윌버를 구할 소식을 가지고 돌아올 수 있는 유일한 농장의 동물이므로 기꺼이 나설 것이라는 기대를 받는다. 하지만 템플턴에게 이런 중대한 일을 시키려면 먹을 것을 주겠다는 약속이 필요하다. 또한 그는 윌버에게서 평생 자신의 여물을 먼저 먹게 해주겠다는 약속을 받아낸 후에야 품평회에서 샬롯이 낳은 알을 집으로 가져온다. 템플턴은 혼자 살면서 자신 말고는 누구도 신경 쓰지 않는다.

애니메이션과 문학작품, 드라마 속 다른 사례

——— 〈심슨네 가족들〉 시리즈에서 호머 심슨, 《로빈 후드의 모험》에서 탁발 수사 터크, 〈매시〉 시리즈에서 한국전쟁에 참전한 야전병원의 외과 군의관 호크아이 피어스

이 성격이 주요 결점일 때 극복하는 방법

——— 제멋대로 굴고 방종하는 인물은 자신의 행동이 부정적인 영향을 끼치고 있음을 깨달아야 한다. 자신에게, 남에게, 그리고 인간관계와 성공, 환경 등에도. 이들은 자신 외에는 관심이 없어서 변화를 끌어낼 이유를 찾기 어렵다. 이런 경우에는 그의 자제력 부족이 어떻게 다른 사람들을 다치게 하는지 직접 본다면 자신의 성격을 바꾸려 할 수도 있다.

갈등을 유발하는 다른 인물들의 성격

——— 절제력이 있음, 깐깐함, 오만함, 비판적, 게으름, 추잡함, 인색함, 고집불통, 비윤리적

⁸⁰ 이기적인 성격

Selfish

정의 지나치게 또는 전적으로 자신의 욕구에만 관심을 가짐	유사한 결점 자아도취, 자기중심적, 자기본위

성격 형성의 배경

——— 불안정하다

——— 탐욕스럽다

——— 사회와의 감정적 연결고리가 약하다

——— 인격장애가 있다

——— 희생당할까봐 두려워한다

——— 개인적인 안위를 갈구한다

——— 충족되지 않은 목표나 욕구가 있다

——— 통제력에 문제가 있다

연관된 행동과 태도

——— 다른 사람들의 욕구를 좀처럼 배려하지 않는다

——— 자신의 안위를 다른 사람들의 안위보다 우선시한다

——— 자신을 돋보이게 만들어주거나 영향력을 확장시켜줄 사람들과 어울린다

——— 기준과 기대치가 높다

——— 자신의 욕구, 우선순위, 목표에 전념한다

——— 다른 사람들을 자신의 목적을 이루기 위한 수단으로 여긴다

——— 배후에서 남을 조종한다

——— 사람들을 믿지 않는다

——— 돌아오는 이득이 있을 때만 이타적으로 행동한다

——— 어떤 식으로든 자신에게 유리한 정보만 공유한다

——— 자신이 원하는 것을 가질 방법을 모의하거나 기획한다

——— 진실이든 거짓이든 절반만 말해준다

——— 사람들과 타협하거나 합의하기 어려워한다

——— 자신의 재산과 소유물을 맹렬히 지켜낸다

——— 자신의 자원을 비축한다

——— 나누는 것을 어려워한다

——— 자비심이 없다

——— 남들도 모두 자기 자신만 위한다고 넘겨짚는다

——— 자신이 가진 것을 지키기 위해서만 다른 사람들의 욕구를 눈감아줄 수 있다

——— 팀으로 활동할 때 어려움을 느낀다

——— 비밀스럽게 행동한다

——— 지키고 싶은 비밀이 있다

——— 하기 싫은 일을 회피하기 위해 핑계를 댄다

——— 사람들을 앞세운다

——— 사람들에게 헌신하기 어려워한다

——— 불편을 감수하면서까지 다른 사람들을 돕지 않는다

——— 실패하거나 부작용이 있을 것 같으면 책임을 회피한다

——— 사생활과 일에서 위험을 최소화한다

——— 거만하다

——— 자기 마음대로 할 수 없으면 심술을 부린다

——— 좌절하면 화나 분노를 터뜨린다

——— 자신의 시간이 다른 사람들의 시간보다 더 중요하다고 생각한다

연관된 생각

——— 코치가 무슨 말을 하든 상관없어. 이번에는 내가 공을 잡고 말겠어.

——— 음, 핑곗거리를 생각해봐야지. 주말을 마티의 이사에 바칠 수는 없어.

——— 내가 이번에 나서면 매번 도와달라고 부탁하겠지.

——— 어쩌면 애나를 구슬려서 그 자리에 앉히면 난 빠져나갈 수 있을 거야.

연관된 감정

——— 화, 비통함, 욕망, 절박감, 결의, 부러움, 질투심, 자부심

긍정적 측면

——— 이기적인 인물은 생존본능이 강하다. 이들은 자신의 시간과 돈을 열렬히 보호하려 든다. 이로써 자신이 노력한 만큼 결실을 거둘 수 있는 목표에 집중할 수 있다.

부정적 측면

——— 이런 인물은 '내가 우선'이라는 태도로 임하고 자신의 현안이 아닌 일을 해야 할 때 불만을 표현한다. 이들은 모든 결정을 내릴 때 계산적이며 자기성장에만 몰두한다. 다시 말해 친절과 기부에서 오는 행복에는 전혀 관심이 없다. 이들의 좁은 시야는 다른 사람들의 욕망을 묵살하면서 좌절감을 안기고 마음을 다치게 할 수 있다. 사람들은 대부분 이기적인 성격에 호감을 보이지 않기 때문에 이들은 남들과 의미 있는 관계를 맺기 어려울 수 있다.

영화 속 사례

——— 〈레인 맨〉에서 찰리 배빗(톰 크루즈 분)은 부도덕하고 자아도취에 빠진 자동차 중개상이다. 사이가 멀어진 아버지가 자폐증을 앓는 형에게 유산을 전부 물려주고 사망하자 찰리는 제 몫을 챙기려 한다. 잘 모르는

형 레이먼드에게 연민의 정을 느끼지 못하는 찰리는 심약한 형을 데리고 전국을 횡단한다. 그리고 돈벌이에 형의 특수한 능력을 이용하려 든다. 찰리의 관심은 오로지 자기 몫의 돈뿐이다. 그 밖의 모든 것은 그다음 문제다.

문학작품과 영화 속 다른 사례

——— 《바람과 함께 사라지다》에서 스칼렛 오하라, 〈어바웃 어 보이〉에서 부모의 유산으로 백수생활을 하는 윌 프리먼, 〈사랑의 블랙홀〉(1993)에서 잘나가는 기상 캐스터 필 코너스(빌 머리 분)

이 성격이 주요 결점일 때 극복하는 방법

——— 이 인물이 덜 이기적인 성격으로 변화하려면 공감능력을 발휘해서 주변 사람들이 어떤 기분을 느끼는지 알아야 한다. 자신의 욕구만 채우는 대신 다른 사람들에게 이익을 주는 활동에 참여하는 것도 도움이 된다. 친절함이 어떻게 받아들여지는지와 감사해하는 방법을 알면 자신이 다른 사람들의 삶에 어떤 영향을 주는지 이해하기 시작할 것이다. 그리고 결국에는 긍정의 힘이 솟아나서 더 많이 돌보고 기부하는 행동을 할 수도 있다.

갈등을 유발하는 다른 인물들의 성격

——— 거만함, 경쟁적, 공정함, 질투심이 강함, 정의로움, 남을 조종함, 성숙함, 응석을 부림, 의심이 많음, 사심이 없음, 허영심이 강함

81 추잡한 성격
Sleazy

정의	유사한 결점
비도덕적이고 타락함; 오싹함	퇴폐적, 음흉함

성격 형성의 배경

—— 자신이나 다른 사람들에 대한 존엄심이 없다

—— 자존감이 낮다

—— 도덕성이 없다

—— 과거에 부당한 대우를 경험했거나 목격했다

—— 인류에 대한 비관적 시각을 가졌다

—— 정신장애가 있다

—— 뇌 손상을 입었다

—— 반사회적이다(소시오패스)

연관된 행동과 태도

—— 상스럽다

—— 몸에 대한 인식이 저열하다

—— 위생 상태가 불량하다

—— 정직하지 못하다

—— 도둑질을 한다

—— 마약 밀거래를 한다

—— 사람들이 불편해하고 안전하지 못하다고 느끼게 만드는 것을 좋아한다

—— 남을 비방한다

—— 숨어서 감시하거나 염탐하기를 좋아한다

—— 누구에게나 비도덕적인 면이 있다며 자신의 행동을 정당화한다

—— 자신의 이익을 위해 누군가의 약점을 이용한다

—— 중독자로 만들기 위해 약물을 무료로 제공한다

—— 타인의 사생활을 팔아먹는다(화장실에 몰래카메라 설치하기 등)

—— 사람들을 불편하게 만드는 행동을 한다(음흉하게 보기, 개인 공간 무시하기 등)

—— 자비심이나 공감이 없는 채로 행동한다

—— 사람들을 이용할 기회를 찾아낸다

—— 스트립 클럽이나 성인 대상의 클럽에 빈번하게 드나든다

—— 범죄를 저지른다

—— 사람들을 몰아주어야 하는 양 떼와 같이 생각한다

—— 타락하거나 변태적인 생각을 한다(여성 학대, 소아성애 등)

—— 타인의 사생활이나 개인 공간을 존중하지 않는다

—— 남을 비하하고 굴욕 주기를 좋아한다

—— 아동 포르노를 본다

—— 약물을 남용한다

—— 사람들을 믿지 않는다

—— 가학적이다

—— 성적 학대를 저지른다

—— 사람들을 노예처럼 부린다

—— 인신매매를 한다

—— 납치한다

—— 어려운 사람들을 외면한다

—— 사회적 책임을 전혀 느끼지 못한다

—— 상식과 예의가 없다

——— 성희롱을 한다

——— 자신이 속한 공동체나 국가에 충성심이 없다

연관된 생각

——— 오늘 밤에 맨디가 나와야 할 텐데. 그녀는 쇼가 뭔지 알거든.

——— 저렇게 귀여운 아이라면…. 부모가 되찾으려고 엄청난 돈을 주겠지.

——— 저놈은 지갑과 여자친구를 나한테 뺏기지 않은 걸 감사해야 할 거야.

——— 이 골목에 주차할 만큼 멍청이라면, 차를 잃어도 할 말이 없지.

——— 쥐꼬리만 한 연금을 빼내려고 사기 좀 쳤지. 그 노인네들은 어차피 돈 쓸 데도 없잖아.

연관된 감정

——— 자신감, 경멸, 욕망, 절박감, 멸시, 의심, 아는 체함

긍정적 측면

——— 추잡하고 변태스러운 인물은 사람들에게 즉각적으로 불편과 불신의 감정을 불러일으킨다. 작가에게 이런 인물은 좋은 희생양이며, 독자를 속이고 관심을 다른 데로 돌리고 싶을 때 효과적으로 이용할 수 있다.

부정적 측면

——— 이런 인물에게는 동정심이 가지 않는 법이므로, 작가는 독자와 이들 사이에 유대감을 형성하기 어렵다. 독자는 이야기 속의 다른 주변 인물들과 마찬가지로 이들을 멀리하고 싶어한다.

영화 속 사례

——— 〈슬리퍼스〉(1996)에서 숀 녹스(케빈 베이컨 분)는 윌킨스 소년원의 교도관으로, 자신이 담당하는 죄수들에게 일상적으로 성적 학대를 가한다.

그는 아주 잔인하고 악랄하게 소년들을 괴롭혔고, 출소 후 10여 년이 지난 뒤에도 그 충격에서 헤어나오지 못한 두 사람이 레스토랑에서 우연히 녹스를 보고 곧장 총으로 쏴버린다.

영화 속 다른 사례

——— 〈나인 투 파이브〉(1980)에서 대기업의 부사장 프랭클린 하트 주니어(대브니 콜먼 분), 〈카피캣〉(1995)에서 연쇄살인범 대릴 리 컬럼(해리 코닉 주니어 분), 〈갱스 오브 뉴욕〉(2002)에서 뉴욕의 가장 악랄한 갱단의 보스 트위드(짐 브로드벤트 분), 〈밀레니엄: 여자를 증오한 남자들〉(2009)에서 보호감찰관 닐스 뷰만(페테르 안데르손 분)

이 성격이 주요 결점일 때 극복하는 방법

——— 이 인물이 자신 때문에 생긴 다른 사람들의 감정을 이제서라도 알게 된다면, 수치심으로 인생이 변할 수도 있다. 만일 이런 행동이 정신장애 때문이라면 심리치료와 약물치료로 인간의 본질에 대한 공감과 존중심을 끌어낼 수 있다.

갈등을 유발하는 다른 인물들의 성격

——— 독실함, 잘 속음, 명예를 중시함, 정의로움, 친절함, 자부심이 강함, 소심함, 잘 믿음, 건전함

⁸² 응석을 부리는 성격
Spoiled

정의	유사한 결점
과도한 감싸기와 보살핌으로 인해 특권의식을 가짐	건방짐, 특권의식이 있음

성격 형성의 배경

———— 양육자가 지나치게 방임했다

———— 언제나 원하는 것을 얻었다

———— 미성숙하다

———— 막내로 사랑을 많이 받았다

———— 외동아들이나 외동딸이다

———— 자존감이 낮다

———— 자신의 가치가 자신이 가진 것과 직결된다고 믿는다

연관된 행동과 태도

———— 탐욕스럽다

———— 자신이 무엇을 원하는지 알고, 그것을 요구한다

———— 배후에서 조종해 사람들을 통제하고 이용한다

———— 성질을 부린다

———— 위선적이다

———— 특권의식이 있다

———— 사랑이나 애정을 미끼로 상대에게 원하는 것을 얻는다: 날 사랑한다면 파리로 데려다줘요.

———— 사람들이 도움을 요청하면 이용당하는 느낌을 받는다

———— 자기만족을 가장 중요시한다

———— 열심히 노력하지 않아도 되는 일을 원한다

———— 낭비가 심하다

———— 책임을 회피하고자 꾀병을 부린다: 너무 아파서 애를 볼 수 없어요.

———— 사람들을 서로 겨루게 만든다: 엄마는 내가 너무 어리다는데 아빠는 그렇게 생각하지 않지, 그렇지?

———— 투덜거리고 불평을 늘어놓는다

———— 기대치가 높다: 조이가 나는 1캐럿이 안 되는 반지는 받을 수 없다는 걸 알아주면 좋겠어.

———— 칭찬을 이용해 자기 마음대로 한다

———— 자기가 편리한 대로 기억을 잊어버린다: 애니의 개를 산책시키겠다고 말한 기억이 없는데요.

———— 자기 마음대로 안 될 때 최후통첩을 보낸다

———— 사람들에게 버릇없이 말한다

———— 말하거나 어울리거나 밥 먹기를 거부하는 것을 통제의 수단으로 이용한다

———— 화를 잘 낸다

———— 다른 사람들에게 스포트라이트를 뺏기면 울분을 터뜨린다

———— 권위자에게 말대꾸를 한다

———— 이성보다 감정에 휘둘린다

———— 고집불통이다

———— 감정과잉이다

———— 질투심이 강하다

———— 과거를 들먹인다: 스티븐에게 졸업 선물로 차를 사줬던 것 기억나죠?

———— 자신이 가진 것을 다른 사람들의 것과 비교한다

———— 새로운 물건이 나오면 자신이 가진 것들에 흥미를 잃는다

———— 다른 사람들이 가진 것을 원한다

- 분수에 넘치는 생활을 한다
- 소유욕이 강하다
- 사람들과 공유하라는 요구를 받으면 화를 낸다
- 고마워할 줄 모른다
- 자신이 또래 친구나 동료보다 더 잘한다는 듯이 행동한다
- 다른 사람들의 물건을 깎아내린다
- 쉽게 대체할 수 있기 때문에 자기 물건을 조심성 없이 다룬다

연관된 생각

- 그 사람은 왜 열을 올리며 논쟁할까? 우리 둘 다 내가 원하는 대로 되리라는 걸 알잖아.
- 내가 아니라 그녀가 합격했다고? 공정하지 못해!
- 기다리고 싶지 않아! 당장 달란 말이야!

연관된 감정

- 화, 욕망, 좌절감, 불안정함, 짜증, 멸시

긍정적 측면

- 응석받이로 자란 인물은 감정과 욕망이 빤히 들여다보이므로, 이들이 무엇을 원하는지 짐작할 필요가 없다. 이들은 대담하며 자신이 가치 있다고 느끼는 것을 추구한다. 이런 부류의 인물은 작가가 큰 소리로 말하거나 요구해야 할 누군가가 필요할 때 유용하게 쓰일 수 있다.

부정적 측면

- 이런 인물은 객관적인 분별력과 예의보다는 욕구와 필요에 의해 좌우된다. 이들은 오해나 부당한 대우를 받는다고 느끼면 험한 말과 행동을 쏟아내서 사람들에게 상처를 주고, 물질을 획득하는 것이 인간관계보다

훨씬 중요하며, 관계는 피상적이거나 사람들을 부당하게 대하면서 망가진다.

영화 속 사례

──── 〈초콜릿 천국〉에서 베루카 솔트(줄리 던 콜 분)는 원하는 것은 언제나 갖고 마는 응석받이에 철부지다. 베루카는 윙카공장 투어에 온 다른 아이들을 깔보고 부잣집 딸인 자신이 우월하다고 생각한다. 그녀는 물질만능주의에 자기밖에 모르고, 원하는 것은 무엇이든 부모에게 졸라서 받아내고야 만다. 투어 도중 황금알을 낳는 거위에 매료된 베루카는 그것을 달라고 떼쓰다가 쓰레기통에 빠지고 '나쁜 알'이라는 상표가 붙는다.

문학작품과 영화 속 다른 사례

──── 《바람과 함께 사라지다》에서 스칼렛 오하라, 《해리 포터》 시리즈에서 해리의 사촌인 두들리 더즐리, 〈토이〉(1982)에서 '주인님' 에릭 베이츠(스콧 슈워츠 분)

이 성격이 주요 결점일 때 극복하는 방법

──── 인물이 자신의 철없는 행동을 있는 그대로 보고서 부끄러워한다면, 당황하거나 창피하다는 기분을 느끼거나 변화를 원하게 될 수도 있다. 응석을 부리는 인물 대부분은 사람들이 자신을 어떻게 보는지 인식하지 못한다. 그래서 다른 사람들의 생각을 알게 되면 (예를 들어 대화를 우연히 듣고) 마음을 다치겠지만, 변화하고 싶은 욕망에 앞서 자기인식을 확립할 수 있다.

갈등을 유발하는 다른 인물들의 성격

──── 예의 바름, 낭비벽이 있음, 공정함, 정직함, 질투심이 강함, 이기적, 인색함, 알뜰함, 의지박약

83 **인색한** 성격
Stingy

정의 돈이나 재물을 지나치게 아낌	유사한 결점 쩨쩨함, 구두쇠, 절약함, 수전노

성격 형성의 배경

—— 재정적 위기를 겪는다

—— 지독하게 이용당한 경험이 있다

—— 엄청난 재정적 손실을 입었다

—— 이기적이거나 어떤 대가를 치르더라도 재산을 쌓고 싶어한다

—— 너그러운 성향을 약점이라고 생각한다

연관된 행동과 태도

—— 누군가를 이용하려는 의도가 있을 때조차 한 푼이라도 덜 주려고 실랑이를 벌인다

—— 기한이 한참 지나도 정상적이거나 온전하면 사용한다(유통기한이 지난 음식 먹기 등)

—— 재정적 여유가 있음에도 신제품을 구입하지 않는다

—— 그저 비용을 내고 싶지 않다는 이유에서 서비스 제공자에게 덤터기를 씌운다

—— 팁을 안 준다

—— 사람들에 대해 전반적으로 부정적인 태도를 지닌다

—— 자신의 시간과 돈을 아낀다

——— 사람들을 도와주지 않는다

——— 상품과 서비스의 비싼 가격에 한탄한다

——— 자신의 경험을 사람들에게 강요한다: 내가 젊었을 적에는 쥐꼬리만 한 임금을 받고 일했어. 그러니까 너희들도 그래야만 해.

——— 선물을 사는 돈이 아까워서 크리스마스나 생일을 축하하지 않는다

——— 받은 선물을 다시 다른 사람에게 준다

——— 자선단체나 어려운 사람들에게 기부하지 않는다

——— 영수증 내역이 맞는지 꼼꼼히 따져 확인한다

——— 친구와 함께 계산할 때조차 정확하게 반반씩 동전까지 주고받는다

——— 일행이 더 비싼 음식을 시키면 비용을 분담하지 않는다

——— 상대방에게 과거에 은혜를 베풀었으니 대접하라고 요구한다

——— 자신에게 빚진 사람들을 머릿속으로 계속 떠올린다

——— 사람들이 돈이나 물건을 빌려달라고 하면 화를 낸다

——— 할인권을 모은다

——— 고금리로 돈을 빌려준다

——— 세일 때만 물건을 구입한다

——— 어떤 것도 제값을 주고 사지 않는다

——— 필요가 없어도 사은품을 준다고 하면 구입한다

——— 연료비 때문에 자동차 운전을 자제한다

——— 선물을 줘야 하는 행사에 잘 참석하지 않는다(결혼식, 은퇴 파티 등)

——— 음식을 절반만 먹고 나서 할인이나 환불을 받고 싶은 마음에 반납한다

——— 도둑질을 한다

——— 저장강박증이 있다

연관된 생각

——— 버터가 450그램에 3달러라고? 절대 그렇게 주고는 안 사지.

——— 전액을 내라고? 나를 바보라고 생각하는 게 분명해.

——— 샴푸가 떨어져가지만, 아직 세일 기간이 아니야. 남은 마지막 한 방울까
지 짜서 써야지.

——— 카펫 청소 시연을 끝까지 보면 칼 세트를 준다고? 좋았어!

——— 2주가 지났어. 릭은 언제 점심값을 돌려주려나?

연관된 감정

——— 성가심, 경멸, 좌절감, 짜증, 멸시, 의심, 걱정

긍정적 측면

——— 인색한 인물은 더 싼 물건을 찾아 발품을 파는 데서 즐거움을 찾고, 자
신의 재정 상태를 통제하는 능력에 자부심을 가진다. 이들은 재활용 능
력자이자 창조적 사고자로서 새 물건을 사기보다 낡은 물건들을 재활용
하거나 다른 용도로 전환한다. 또한 열심히 저축하고 쓸데없는 일에 헛
돈을 쓰지 않는다.

부정적 측면

——— 한 푼이라도 아끼려는 이들의 태도는 사업 협상부터 남을 위해 구입하
는 선물까지 전방위에 걸쳐 영향을 미친다. 돈에 대한 집착은 가족 사이
의 거래에도 확장되어 안 좋은 감정을 일으키고 원망이 쉽게 없어지지
않는다. 또한 이들은 비축하는 데 몰두하느라 저장강박이 생겨 쓸데가
있다고 생각되면 어떤 것도 버리지 못한다.

문학작품 속 사례

——— 찰스 디킨스의 《크리스마스 캐럴》에서 누구나 싫어하는 에버니저 스크
루지는 부유한 구두쇠로, 남들의 고통을 못 본 체하고 가난한 사람들을
깔본다. 그는 고용인들을 함부로 대하고 자신의 이득을 위해 사람들을
이용한다. 크리스마스이브에 세 유령이 스크루지를 찾아와 계속 인색하

게 처신한다면 맞닥뜨릴 암담한 미래의 모습, 이제라도 변하면 맞이할
수 있는 구원받은 모습 둘 다를 보여준다.

애니메이션과 드라마 속 사례
─────── 〈심슨네 가족들〉 시리즈에서 호머 심슨이 다니는 원자력발전소의 번스
회장, 〈내 사랑 레이먼드〉 시리즈에서 레이먼드의 고집불통 아버지 프랭
크 바론

이 성격이 주요 결점일 때 극복하는 방법
─────── 스크루지처럼 탐욕스럽고 인색한 사람에서 관대한 사람으로 바뀌려면
인식을 송두리째 바꿀 만한 사건을 경험해야 한다. 그것은 엄청난 재정
적 손해, 집을 잃거나 생계를 위해 남에게 의존하기, 또는 개인적으로 엄
청나게 중요한 것을 인색한 성격 때문에 잃어버리는 개연성 있는 상황이
될 수 있다.

갈등을 유발하는 다른 인물들의 성격
─────── 낭비벽이 있음, 관대함, 탐욕적, 비판적, 짓궂음, 얄팍함, 잘 속음

⁸⁴ 고집불통인 성격
Stubborn

정의	유사한 결점
고집이 세고 완고함	벽창호, 고집쟁이, 아집쟁이, 완강함, 거만함, 괴팍함

성격 형성의 배경

——— 응석받이로 자라서 원하는 것을 얻는 데 익숙하다

——— 통제력에 문제가 있다

——— 지독히 독립적이다

——— 성공이나 승리, 올바르고 싶은 욕구가 맹렬하다

——— 과도하게 자부심을 느낀다

——— 이기적이다

——— 남들에게 약하게 보일까봐 두려워한다

연관된 행동과 태도

——— 타협하지 못한다

——— 자신의 사상과 신념을 옹호한다

——— 도덕적 잣대가 엄하다

——— 아무리 친절하게 말해줘도 비판에 부정적으로 반응한다

——— 과거의 실수에 과민하다

——— 패배를 인정하지 못한다

——— 자기주장이 강하다

——— 집요하고 결단력이 있다

——— 단점도 자신의 일부로 생각하고 변화를 거부한다

——— 화가 나면 소통능력이 떨어진다

——— 웬만해서는 과오를 인정하지 않는다

——— 원하는 것이 있을 때 도와달라고 하지 못한다

——— 자신이 옳았다며 과거의 사건을 들먹인다

——— 오해받는 기분을 느낀다

——— 자신의 관점과 신념을 높이 평가한다

——— 자신의 신념과 일치하지 않는 새로운 사상을 거부한다

——— 누군가 자신을 반대하면 말다툼을 한다

——— 실수라는 명백한 증거가 있음에도 자신의 결정을 고수한다

——— 사람들과 어울려 일하지 못하다

——— 반대 의견을 가진 사람들에게 공감하기 어려워한다

——— 도전을 받거나 너무 몰리면 물러선다

——— 자신이 왜 옳은지를 보여주는 사례를 인용한다

——— 자신이 거부하는 이유를 설명하지 않는다

——— 사람들이 자신의 의견을 중요시한다거나 진지하게 받아들이지 않는
다는 기분을 느낀다

——— 사람들의 도움, 가르침, 인계를 허용하지 않는다

——— 협업하기를 어려워한다

——— 사람들에 대해 비판적이다

——— 자신의 과오를 시인하기보다 일을 더 많이 하려 든다

——— 자신이 존경하고 신뢰하는 명분과 사람에게 충성을 바친다

——— 강압적이다

——— 경쟁적이다

연관된 생각

——— 메리는 잘 먹으라는 잔소리 좀 그만하면 안 되나. 나도 어엿한 성인인데.

이제 내 마음대로 먹을 거야.

——— 제발, 무도회 이야기 좀 그만해! 빌과 에이미가 함께 있는 걸 보느니 죽어버릴 거야.

——— 그녀가 길을 잃었다는 말은 그만하고 입 좀 닫으면 좋겠어. 분명 그 집이 여기 어디쯤이었는데.

——— 릭은 나보다 내 일에 대해 더 잘 안다고 생각하는 걸까?

——— 그가 얼마나 경험이 많은지에는 관심 없어. 난 내 방식대로 할 거야.

연관된 감정

——— 화, 자신감, 경멸, 결의, 두려움, 좌절감, 자부심

긍정적 측면

——— 고집불통인 인물은 어떤 행동방침을 정하면 그것을 끝까지 관철한다는 점에서 신임할 만하다. 이런 점 때문에 이들은 훌륭한 리더가 되기도 한다. 또한 이런 기질이 인간관계에 적용되면 자신이 좋아하는 사람들에게 맹렬히 충성한다. 그리고 도덕관념이 남달라서 장애물이 있어도 언제나 옳은 것을 위해 싸운다.

부정적 측면

——— 이런 결점을 지닌 인물은 간혹 언제 그만해야 할지를 알지 못해서 사람들을 타협할 수 없을 정도의 한계점까지 밀어붙이기도 한다. 종종 적응하기 힘들어하고, 하나의 관점에서만 문제를 바라보기 때문에 나무를 보느라 숲을 놓칠 수 있다. 이들은 그렇게 하는 것이 더이상 현명하지 않고 다른 사람들에게 책임을 지우기 힘들어도 자신의 목표를 고집할 수도 있는데, 이를 그냥 내버려두면 고난을 당하고 인간관계가 망가지면서 관련된 모든 사람에게 고통을 안길 수 있다.

영화 속 사례

─────── 〈스타트렉 2: 칸의 분노〉(1982)에서 악당 칸(리카르도 몬탈반 분)은 예기
치 않게 영구 추방에서 벗어난다. 연방 우주선의 책임자인 그는 어디든
갈 수 있고, 자신과 부대를 위해 새로운 삶을 찾을 수 있는 자유를 갖는
다. 그러나 칸은 자신의 숙적을 추적해서 파괴하기로 결심한다. 시차에
서 몇 년이나 앞섰고, 결코 우주선을 조종할 수 없으며, 승선한 모든 사
람의 생명을 위태롭게 할 수 있다는 사실을 알고 있음에도 그는 자신의
방책을 고집한다. 결국 완고한 자만심이 그의 '초능력'을 압도하고 패배
로 귀결된다.

문학작품과 영화 속 다른 사례

─────── 수잔 콜린스의 《헝거 게임》에서 캣니스 에버딘, 〈스타트렉〉 시리즈에서
제임스 커크 선장, 〈더 브레이브〉(2010)에서 악명 높은 연방보안관 루스
터 코그번(제프 브리지스 분)

이 성격이 주요 결점일 때 극복하는 방법

─────── 고집불통 성격을 극복하려면 인물은 자신이 모든 것을 알지 못하고, 다
른 사람들 또한 타당한 사상과 의견을 가졌음을 인정해야 한다. 충고나
가벼운 비평을 받았을 때 방어적으로 대처하지 않는 것이 좋은 출발점
이다. 마찬가지로 남들에게 현명한 조언을 구하는 것도 좋다. 도움을 청
하고 문제의 빠른 해결책을 알아봄으로써 앞으로 협업과 충고에 마음
을 더 열 수 있다.

갈등을 유발하는 다른 인물들의 성격

─────── 통제가 심함, 예의 바름, 잘 도와줌, 정직함, 잔소리가 심함, 오지랖이 넓
음, 강압적, 합리적, 비협조적

85 비굴한 성격
Subservient

정의	유사한 결점
극도로 순종적이고 복종함	아부함, 굽실거림, 맹종함

성격 형성의 배경

——— 상호의존적인 관계에 빠진 적이 있다

——— 인정, 사랑, 소속감을 향한 간절한 욕구가 있다

——— 자존감이 낮다; 사람들에게 무언가를 제공해야 자신이 가치 있어진다고 믿는다

——— 고마워한다

——— 사람들의 눈 밖에 날까봐 두려워한다

——— 혼자 힘으로 살아남거나 성공할 수 없다고 생각한다

——— 과거에 실패한 일을 바로잡고 싶어한다

——— 마조히즘이 있다

연관된 행동과 태도

——— 소심하다

——— 묻지도 않고 지시에 따른다

——— 스스로 생각하지 않는다

——— 책임자들과 의견이 어긋난 적이 한 번도 없다

——— 자신이 지지하는 사람의 의견을 받아들인다

——— 실수를 저지르거나 책임자들의 비위를 거스를까봐 두려움에 떨며 지낸다

———— 맹목적으로 충성한다

———— 자신보다 더 큰 존재를 믿고, 그 존재를 위해 기꺼이 희생한다

———— 독자적인 결정을 내리기 어려워한다

———— 자신의 우상이 생각하고 느끼는 것에 집착한다

———— 비현실적인 기대를 충족하기 위해 애쓴다

———— 애정결핍이 심하다

———— 규칙을 추종한다

———— 책임자를 보호하기 위해 헌신한다

———— 모든 것을 내려놓고 재미있게 지내지 못한다

———— 숨기고 싶은 비밀이 있다

———— 예스맨이다

———— 인간관계에서 경계를 분간하지 못한다; 남에게 도가 지나친 애착을 보인다

———— 추종 대상이 어떤 면에서 실패했다고 생각되면 죄책감을 느낀다

———— 관찰력이 뛰어나다

———— 흠모하는 대상을 한결같이 걱정하고 집착한다

———— 헌신하는 사람을 오랫동안 보지 못하면 점점 화가 난다

———— 열심히 기쁘게 하려고 한다

———— 평화를 유지하기 위해 애쓴다

———— 우유부단하다

———— 광적이다

———— 다른 사람들을 위해 자신의 욕구와 욕망을 제쳐둔다

———— 건강을 소홀히 한다

———— 모시는 사람의 성공을 자신의 성공으로 여긴다

———— 누군가 책임자에게 무례하게 굴면 노발대발한다

———— 정체성을 잃은 적이 있다

———— 자기 자신에 대해 생각하면 죄책감이 밀려든다

연관된 생각

——— 무엇을 해야 할지 모르겠어. 톰에게 물어보자. 그는 알 거야.

——— 잭슨 여사님의 커피가 떨어져가네. 커피를 좀더 갖다드려야지.

——— 그는 너무 대단해. 그 사람을 위해서라면 무엇이든 할 거야.

연관된 감정

——— 화, 거부감, 죄책감, 불안정함, 불확실함, 불편함

긍정적 측면

——— 비굴한 인물은 대부분 통찰력이 있다. 이들은 욕구를 짚어낼 수 있고, 그것을 충족하기 위해 비상한 노력을 기울인다. 타인에게 잘하려고 자발적으로 자신의 욕구와 필요를 제쳐둔다. 종종 소심하지만 변함없이 충성하고, 자신이 존경하는 누군가가 비방당하면 앞장서서 옹호한다.

부정적 측면

——— 이런 인물은 다른 사람들의 욕구는 잘 알지만 정작 스스로를 다소 삐딱한 시선으로 바라본다. 이들에게 자신의 가치는 자기가 지지하는 사람과 깊이 연계되어 있어서 더러 자신의 정체성을 잃어버리기도 한다. 또한 타인을 강박적으로 돌봄으로써 건강하지 못한 관계에 빠질 위험을 자초한다. 따라서 인물 본인의 필요, 꿈, 욕망은 대부분 충족되지 못하고 이는 억압된 원망과 우울증으로 나타날 수 있다.

영화 속 사례

——— 〈프라이멀 피어〉(1996)에서 에런 스탬플러(에드워드 노턴 분)는 소심하고 말을 더듬는 성당 복사로, 시카고에서 가장 존경받는 사람의 희생양이 된다. 에런은 자신을 성적으로 학대했던 대주교가 죽자 애도를 표하고, 대주교의 자선행위와 긍정적인 일들 전부를 떠올려서 자신의 기억

들이 수면 위로 드러나지 못하게 한다.

애니메이션과 영화 속 다른 사례
——— 〈심슨네 가족들〉 시리즈에서 원자력발전소 번스 회장의 비서인 웨일런 스미더스, 〈노 웨이 아웃〉(1987)에서 국방장관을 보좌하는 스콧 프리처 드(윌 패튼 분), 〈해리 포터〉 시리즈에서 집요정들

이 성격이 주요 결점일 때 극복하는 방법
——— 비굴한 인물이 자기 모습을 찾으려면, 자신의 중요성과 가치를 깨닫고 스스로를 위하는 것이 이기적인 것이 아니라 건강한 일이라는 사실을 납득해야 한다. 몸에 깊숙이 밴 습성을 탈피하기 위해 자기주장, 기본적 인 문제해결과 결정능력, 생산적으로 소통하는 방법 같은 기술도 학습 해야 한다.

갈등을 유발하는 다른 인물들의 성격
——— 통제가 심함, 독립적, 비판적, 남을 조종함, 무모함

⁸⁶ 미신을 믿는 성격
Superstitious

정의 징조와 상징에서 예언의 의미를 보고, 어떤 의식이 사건에 영향을 줄 수 있다고 생각함	

성격 형성의 배경

———— 강박장애가 있다

———— 피해망상이 심하다

———— 운의 영향을 많이 받는다

———— 종교나 미신의 영향력이 지대한 환경에서 자랐다

———— 상상력이 풍부하다

———— 민속신앙이나 미신이 깊이 뿌리내린 문화권에 속해 있다

———— 실패나 죽음을 두려워한다

———— 설명할 수 없을 것 같은 일을 설명해야 한다

연관된 행동과 태도

———— 자신의 미신과 관련된 상징물을 가지고 다닌다

———— 의례적인 행동을 고수한다

———— 심령술사를 찾아가고, 손금을 보고, 찻잎으로 길흉을 점치기도 한다

———— 오늘의 운세를 따른다

———— 우연한 일은 없다고 생각한다

———— 물건이나 사람, 장소에 애착을 갖고 이를 행운이나 불운과 결부시킨다

———— 무서울 때 성호를 긋는 등의 행동을 한다

——— 미신적인 신념 때문에 위험을 피해 다닌다(사다리 밑으로 지나가지 않기 등)

——— 안 좋은 결과에 운을 탓한다: 하루에 접시가 세 개나 깨졌어? 그러니 재수가 좋을 리 없지.

——— 미신을 빌미로 비난을 피한다: 내가 13구역에 주차하는 건 안 좋은 생각이라고 말했지!

——— '징조'를 보고 그 정보에 따라 결정을 내린다

——— 과학적으로 증명되지 않은 방식을 고수한다: 언제나 7에 걸어. 내가 가장 좋아하는 행운의 숫자야.

——— 스포츠와 관련된 미신을 받아들인다: 플레이오프 기간에 내가 면도하면 우리 팀이 져.

——— 나무를 똑똑 두드리고, 손가락으로 십자가를 만드는 등 널리 사용되는 버릇을 따른다

——— 재수가 없다는 것들을 피해 다닌다(검은 고양이, 보도에서 금이 간 곳 등)

——— 변화에 대처하기 어려워한다

——— 사실이 아니라 미신에 기초해 충고를 한다

——— 만트라●를 읊어 스스로를 위로하고 평정심을 유지한다

——— 우연의 일치를 증거로 삼는다: 내 부적이 슬롯머신에서 행운을 가져다줄 거라고 말했잖아!

——— 위안을 주는 어떤 방식을 고수한다(같은 장소에 가기, 어떤 음식 먹기)

——— 가장 좋아하는 옷을 행운과 결부시킨다

——— 자신의 인생에 더 큰 힘이 작용하고 있음에서 위안을 얻는다

——— 무엇을 할지 불확실할 때 자신의 방향을 정하는 데 도움이 되는 징조를 찾아낸다

——— 신호와 상징은 어디에나 있고 자신의 운을 제어한다고 믿는다

● 불교에서 '진실하여 거짓이 없는 말'이라는 뜻으로 비밀스러운 어구를 이른다.

——— 미신이 자신의 재산이나 생존과 결부되어 있다고 믿는다

연관된 생각

——— 오늘이 보름이구나. 애들이 왜 저리 날뛰나 했네.

——— 데이비드가 뱀을 샀다니 말도 안 돼. 뱀이 불운의 상징이라는 걸 모르나?

——— 큰 시험을 잘 치르게 해달라고 부적이라도 붙여야겠다.

——— 그걸 취소하기는 싫지만, 저 거울이 깨졌으니까 집이 더 안전해.

——— 오늘의 운세가 낯선 사람들을 조심하라는 거니까, 오늘 공원으로 운동
　　　하러 가는 건 건너뛰어야겠다.

연관된 감정

——— 두려움, 피해망상이 심함, 평온함, 걱정, 불편함

긍정적 측면

——— 미신을 믿는 인물은 미신으로부터 위안을 받아 불확실한 세상에서 제
　　　어의 척도로 삼는다. 종교적 의식을 실행하면 평온하고 집중된 느낌을
　　　받으며, 마음이 혼란할 때 안전과 평화를 찾을 수 있다.

부정적 측면

——— 이런 인물 가운데 일부는 불건전하고 극단적으로 미신을 받아들여서
　　　판단력을 흐리고 인간관계를 망가뜨리며 변화에 적응하지 못한다. 미신
　　　에 따르고 싶은 충동을 제어하지 못하면 자신의 강박을 만족시키기 위
　　　해 도덕의 경계를 넘을 수도 있다.

영화 속 사례

——— 〈빌리지〉(2004)에서 마을의 주민들은 온갖 미신에 매달리는데, 특히 색
　　　깔에 대한 미신을 따른다. 노란색은 안전함을 상징하는 반면 빨간색은

묻거나 덮거나 파괴해야 할 대상이다. 이런 믿음은 마을의 지도자에 의해 주민들을 통제하고 마을을 떠나지 못하게 하는 수단으로 조장된 것이다. 온갖 미신과 마찬가지로 이 관습도 진실이 아닌 두려움에 기반을 두고, 추종자들이 자유로워지기 위해 했던 일이 실상 스스로를 옭아매는 결과를 초래한다.

영화와 드라마 속 다른 사례

───── 〈실버라이닝 플레이북〉(2012)에서 팻 솔리타노(브래들리 쿠퍼 분), 〈명탐정 몽크〉 시리즈에서 전직 경찰인 에이드리언 몽크

이 성격이 주요 결점일 때 극복하는 방법

───── 미신에 잠식되기 시작하면 인물은 이것에 간섭받지 않고서는 삶을 즐길 수 없다. 때로는 간단한 교육이 필요한데, 미신의 비합리적인 실체를 보여주면서 논리적으로 사건에 접근하는 것이 도움이 된다. 또한 이들에게 의식을 치르지 않았을 때 어떤 일이 벌어지는지를 보여준다면 비논리적인 믿음을 극복할 수 있다.

갈등을 유발하는 다른 인물들의 성격

───── 분석적, 강박적, 독실함, 무례함, 광적, 지적, 집착이 강함, 피해망상이 심함, 정확함, 학구적

⁸⁷ 의심이 많은 성격

Suspicious

정의	유사한 결점
명확한 증거 없이 남을 못 미더워함	믿음이 없음, 회의적, 미심쩍어함, 불신함, 경계함

성격 형성의 배경

———— 과거에 당한 배신이나 뼈아픈 트라우마로 고통스러워한다

———— 부패한 사회나 환경에서 산다

———— 학대하는 부모나 다른 어른들 밑에서 자랐다

———— 안전하지 않다고 느낀다

———— 불안증이나 우울증, 또는 피해망상에 뿌리를 둔 정신질환을 앓는다

———— 힘 있는 자들이 비윤리적인 행동을 저지르는 장면을 목격했다

———— 오랫동안 약물을 복용한 탓에 피해망상이 심하다

———— 사람들, 특히 신뢰할 만하다고 여겼던 사람들이 하는 거짓말을 계속 알아차린다

———— 사람들의 이중적인 행동을 목격했다

———— 사기를 당하거나 이용당한다

———— 피해망상에 빠진 가정에서 양육되었다

연관된 행동과 태도

———— 의혹을 건드리는 날카로운 질문을 던진다

———— 뉴스에서 전하는 인간이 만든 비극과 사건들에 집착한다

———— 사람들의 이야기에서 모순점을 꼬치꼬치 따진다

- 어떤 것도 있는 그대로 받아들이지 않는다
- 증거를 내놓으라고 한다; 증명된 후에야 믿는다
- 사람들과 거리를 둔다
- 행동에 돌입하기 전에 조사한다
- 과거가 반복될 것이라고 추정한다
- 정해진 방식에서 벗어난 것들은 모조리 들어낸다
- 직감이 때때로 들어맞으면서 그것에 집중해야 한다는 믿음이 강화된다
- 신뢰감이 들지 않으면 마음을 열기 어려워하고 편해지지 않는다
- 남들도 자신이 과거에 저지른 것과 같은 범죄를 저질렀다고 의심한다: 그 시계 훔친 거 맞잖아요.
- 낯선 사람이나 새로 알게 된 사람들과 거리를 둔다
- 자신의 개인정보를 보호한다
- 안전에 집착한다(수시로 비밀번호 변경하기, 불 켜두기 등)
- 가까이 지내는 친구가 거의 없다
- 대화의 방향을 개인적인 것에서 다른 데로 돌린다
- 지나치게 조심스럽다
- 경고신호를 지켜본다
- 성급하게 결론을 내린다
- 사람들이 약속을 지키지 않을 것이라고 믿는다
- 타인의 건망증을 기분 나쁘게 받아들인다
- 일과를 고수하고, 안전하다고 생각되는 장소에서 벗어나지 않는다
- 개인 공간을 충분하게 둔다
- 밀폐된 공간과 군중 속에 있으면 불편해한다
- 참을성이 없다
- 생각이 너무 많다
- 부정적이다

연관된 생각

——— 베스가 무슨 뜻으로 그렇게 말했을까? 내 옷차림을 비꼰 건가?

——— 그 사람 너무 자주 웃는 걸 보면 무언가를 감추는 듯해.

——— 존은 내가 자기 말을 곧이곧대로 믿어주기를 바라나? 좋아, 그렇게 해주지.

——— 그 사람은 왜 도와주지 못해 안달을 하지? 무슨 꿍꿍이속이 있나?

연관된 감정

——— 근심, 절박감, 두려움, 경계심, 걱정

긍정적 측면

——— 의심이 많은 인물은 방어막을 치고 있어서 이용당할 가능성이 적다. 이들은 행동에 들어가기 전에 생각하고 짐작하기보다 질문을 해서 확인한다. 동태를 주시하고 위험에 민감하게 반응하므로 희생자가 되는 상황에 빠지는 일이 거의 없다.

부정적 측면

——— 이런 인물은 방어 태세를 잘 풀지 않으므로 비우호적이거나 접근하기 어려워 보인다. 경계심 때문에 관계를 맺고 오래 유지하기가 힘들며, 우정이 형성되어도 유연해지기 어렵다. 이들은 때때로 어떤 사람을 너무 잘 믿거나 순진하다고 치부한다. 혹여 나쁜 일이 생기면 "내가 그럴 거라고 했잖아" 따위의 말을 할 수도 있다.

영화 속 사례

——— 〈다우트〉(2008)에서 성 니콜라스 교구 학교의 교장 수녀인 알로이시스 보비에(메릴 스트리프 분)는 불신이 가득하다. 플린 신부(필립 시모어 호프먼 분)가 의심에 대해 강연하자, 그의 의도를 궁금해하고 동료 수녀들

에게 지켜보라고 말한다. 천성적으로 의심이 많은 교장 수녀는 일련의 사건들에 제동을 걸고 티끌만 한 증거도 없이 플린 신부를 내쫓는다. 영화는 알로이시스 교장 수녀가 처음으로 자신의 행동을 변호하지만 실패하고, 의심에 사로잡혔음을 인정하며 끝이 난다.

영화 속 다른 사례

─────── 〈후지어〉(1986)에서 미라 프리너(바버라 허시 분), 〈그랜 토리노〉에서 월트 코왈스키

이 성격이 주요 결점일 때 극복하는 방법

─────── 의심을 극복하려면 자신을 이런 상태로 만든 과거의 사건들을 놓아버려야 한다. 의심이 많은 인물은 열린 마음을 가진 정직한 타인의 인내심을 통해 모두가 같은 붓으로 그림을 그리지 않는다는 사실을 깨닫기도 한다. 행동에서 친절함과 신뢰를 목격하고 거기에서 오는 자유를 경험함으로써, 인물은 타인을 잠재적 학대자가 아니라 한 사람으로 바라볼 수 있다.

갈등을 유발하는 다른 인물들의 성격

─────── 대담함, 조심성이 많음, 거만함, 비겁함, 잔인함, 엉뚱함, 잘 잊음, 잘 속음, 게으름, 짓궂음, 낙천적, 의지박약

⁸⁸ 눈치 없는 성격

Tactless

정의 요령이 없음	유사한 결점 난처하게 함, 분별없음, 둔감함, 생각이 없음, 수완이 없음

성격 형성의 배경

———— 자기중심적이다

———— 공감능력이 결여되었다

———— 자신의 생각을 말하는 데 자부심을 가진다

———— 허심탄회한 태도와 정직을 높이 평가한다

———— 미성숙하다

———— 충동적이다

———— 사람들의 생각에 관심이 없다

———— 부주의하다

연관된 행동과 태도

———— 사람들의 감정을 해치는 말을 한다

———— 불쾌한 농담을 한다

———— 사람들의 말을 가로막는다

———— 듣는 사람을 고려하지 않고 진실을 이야기한다

———— 부주의하다

———— 다른 사람들이 말할 때 듣지 않는다

———— 사람들을 괴롭히는 주제를 꺼낸다

———— 머리에 떠오르는 대로 말한다

———— 자신의 의견을 거르지 않고 직설적으로 밝힌다

———— 사람들이 불편해하거나 떠나고 싶다는 사회적 신호를 보내도 알아차리지 못한다

———— 부적절한 질문을 한다

———— 대화를 독점한다; 다른 사람에게 말할 기회를 주지 않는다

———— 사람들의 고통이나 어려운 상황을 깎아내리는 말을 한다

———— 공공연히 사람들과 대립한다

———— 툭하면 불평한다

———— 큰 목소리로 말한다

———— 상처가 되는 말을 한다: 너희 집 마당은 끔찍하다. 내 생각에 너랑 켄이 헤어진 것 같은데, 맞지?

———— 요란하게 웃는다

———— 사회적으로 금기시하는 말을 한다: 이런, 에이미. 무슨 일 있니? 살이 1톤은 찐 것 같아.

———— 다른 사람들의 희망사항을 존중하지 않는다

———— 때때로 남들을 불편하게 만드는 자신의 능력을 즐긴다

———— 극비사항을 폭로한다

———— 자신의 생각 없는 말이 연인이나 친구에게 본의 아니게 상처를 입히는 것을 알면 기분이 좋지 않다

———— 진지한 토론이나 논쟁이 오가는 동안 주제를 바꿔버린다

———— 부적절한 타이밍에 도움을 요청하거나 연락한다: 장례식이 끝나고 차 좀 빌릴 수 있을까?

———— 타인의 약점을 지적한다: 당신은 입냄새가 너무 심해요. 양치질 좀 해야겠어요.

———— 타인의 특별한 순간에 관심을 다른 데로 돌린다(졸업식 동안 말다툼하기 등)

——— 자제력이 없다

——— 불편한 상황에 처하면 좌절한다

연관된 생각

——— 몇몇 사람들은 너무 예민하다니까.

——— 사탕발림 같은 말은 하지 않을 거야.

——— 때로 진실은 아픈 법이지.

——— '정치적으로 올바른'과 같은 넌센스는 잊어버려.

——— 그녀가 진실을 원하지 않는다면 내게 의견을 물어보지 말았어야지.

연관된 감정

——— 경멸, 결의, 무관심함, 만족감, 놀라움

긍정적 측면

——— 눈치 없는 인물은 많은 경우 불쾌한 진실을 말하거나 질문에 솔직히 답함으로써 옳은 일을 한다고 느낀다. 이들에게는 다른 무엇보다 솔직함이 중요하다. 이들은 둔감해서 남들의 생각에 쉽게 흔들리거나 동요되지 않는다. 작가는 이 인물을 기용해 다른 사람들이 공유하고 싶어하지 않는 정보를 전할 수 있다.

부정적 측면

——— 이런 인물은 고의로 또는 무관심해서 타인의 감정을 망각한다. 이들은 남들의 비위를 맞추기보다 자신의 안건(진실을 말하기, 요점 전달하기 등)을 심화하는 데 관심이 많고, 언제나 잘못된 것을 지적해 남들을 화나게 할 수도 있다. 주변 사람들을 곤란하게 해놓고는 정작 자신은 알아차리지 못하는 일이 다반사다.

영화 속 사례

—————— 〈메리에겐 뭔가 특별한 것이 있다〉(1998)에서 팻 힐리(맷 딜런 분)는 메리(캐머런 디아스 분)의 관심을 끄는 것에 정신이 팔려서 다른 누구도 안중에 없다. 팻은 메리의 동료인 정신장애인을 줄기차게 비하하고 친구들을 모욕한다. 끈덕지게 쫓아다니다 보니 급기야 메리에게도 함부로 하는 일이 잦아진다. 그가 메리의 말을 귀담아듣거나 차분히 접근했다면 메리의 인생에서 중요한 사람들을 알아보고 소중히 대했을 것이다.

영화와 드라마 속 다른 사례

—————— 〈록키〉에서 록키의 친구이자 에이드리언의 오빠인 폴리 페니노(버트 영분), 〈철목련〉(1989)에서 불만 많고 투덜대는 독설가 위저 부드로 할머니(셜리 매클레인 분), 〈올 인 더 패밀리〉 시리즈에서 아치 벙커, 〈사인필드〉 시리즈에서 이웃에 사는 코즈모 크레이머

이 성격이 주요 결점일 때 극복하는 방법

—————— 이런 성격을 극복하는 가장 좋은 방법은 자신이 타인에게 미치는 영향을 직접 목격하게 하는 것이다. 허약하거나 순진한 사람을 다치게 한다면 더욱 뼈저리게 교훈을 얻을 수 있다. 또한 이들의 눈치 없는 언행으로 친구가 수치심이나 모욕감을 느꼈다면, 자기가 생각 없이 한 말이 본의 아니게 어떤 고통을 가져오는지를 깨달을 것이다.

갈등을 유발하는 다른 인물들의 성격

—————— 괴팍함, 조심성이 많음, 분별이 있음, 정직함, 비판적, 애정결핍, 과민함, 정확함

⁸⁹ 변덕스러운 성격
Temperamental

정의 기분이 종잡을 수 없을 정도로 오락가락함	유사한 결점 급변함, 일정치 않음, 감정 기복이 심함, 기분이 널뜀

성격 형성의 배경

——— 수면장애나 불면증에 시달린다

——— 만성질환이나 스트레스에 시달린다

——— 사회적이거나 재정적인 책무가 과도하다

——— 정신장애가 있다(양극성기분장애, 반항장애• 등)

——— 행동문제가 있다

——— 불안감이 심하다

——— 문제가 많은 가정에서 생활했다

——— 괴롭힘이나 학대를 당했다

——— 술에 의존하거나 마약을 남용한다

——— 매우 창의적이다

——— 피해망상이 심하다

——— 호르몬의 변화를 겪는다(폐경기 등)

연관된 행동과 태도

——— 불안정하다

• 나이에 적합하지 않은 거부적, 적대적, 반항적 행동 양상이 6개월 이상 지속되는 것이다.

——— 다른 사람들이 자신과 다른 의견을 제시하면 화를 낸다

——— 사람들의 실수를 참지 못한다

——— 분통을 터뜨린다

——— 자기주장이 강하다

——— 가벼운 무시, 논평, 견해에 과잉반응한다

——— 감정을 폭발시킨다(고함지르기, 탓하기 등)

——— 낮은 수위의 폭력을 행사한다(물건 부수기, 물건을 던지고 발로 차기 등)

——— 사람과 동물에게 경미한 폭행을 가한다(밀치기, 때리기, 잡아끌기 등)

——— 불필요한 힘을 행사한다(누군가의 손목을 아프게 꽉 잡는다)

——— 화를 잘 낸다

——— 비판을 받아들이기 어려워한다

——— 실수를 떠벌린다

——— 자신의 감정 폭발에 대해 사과한다

——— 화가 나면 소통능력이 떨어진다

——— 언제나 자신의 행동에 핑계를 댄다

——— 특정한 스트레스요인에 민감하게 군다(배우자의 부모, 동료의 거슬리는 웃음소리 등)

——— 위기와 위험을 빌미로 화를 발산한다

——— 자신의 의견과 욕구, 감정이 다른 사람들의 것보다 중요하다고 생각한다

——— 자기확신이 강하다

——— 책임감으로 인해 갇힌 느낌이나 덫에 걸린 기분이 든다

——— 지연되거나 체계가 없는 것에서 좌절한다

——— 행동하고 나서 생각한다

——— 잠깐 행복하고, 곧바로 우울하거나 짜증이 난다

——— 어떤 주제를 꺼내면 화를 내고 시비를 건다

——— 즉석에서 의견을 말하면 인신공격으로 받아들인다

———— 격한 감정에 압도당하는 기분이 든다

———— 만사를 개인적으로 받아들인다

연관된 생각

———— 내가 싫어하는 줄 알면서도 엄마는 왜 저녁 메뉴로 이걸 만드신 걸까?

———— 이번 주말을 엄청 기대했는데 브랜디가 간다고 하다니. 걔가 다 망쳤어!

———— 나 때문에 그녀 팔이 멍들었다니 말도 안 돼. 살짝 닿았을 뿐인데, 피부가 약해서 그렇겠지.

———— 왜 그는 저녁으로 햄버거를 골랐을까? 내가 식중독에 걸릴 수도 있는데.

연관된 감정

———— 화, 우울, 환희, 흥분, 행복, 위축감, 슬픔

긍정적 측면

———— 이런 결점은 경계심을 야기한다. 변덕스러운 인물과 함께 있을 때 사람들은 매사에 조심해야 하고 종종 비위를 맞춰야 한다. 이들은 기대치가 높고 최선을 요구함으로써 남들에게 도전의식을 고취시킨다.

부정적 측면

———— 변덕스러운 인물은 종잡을 수 없이 굴고 불시에 감정을 폭발시킨다. 정신을 차리고 나면 상대의 마음에 생채기가 나 있을 수도 있다. 친구들은 이들이 무엇 때문에 폭발했는지 잘 알지 못하며, 다수는 이들의 폭발을 피하려 한다. 다른 사람들은 폭발을 막기 위해 이들을 달래고, 그것이 이들의 변덕스러운 성질을 더욱 부채질할 수도 있다. 떠나지 않고 남아 있는 사람들은 언제나 살얼음을 밟듯이 말과 행동을 지극히 조심하며 이들과의 갈등을 피한다.

문학작품 속 사례

─────── 아서 코넌 도일의 《셜록 홈스》 시리즈에서 셜록 홈스는 책뿐만 아니라 영화에서도 복잡하고 감정 기복이 심한 인물로 그려진다. 그의 감정은 순식간에 오르내린다. 처음에는 고민하고 우울해하며, 다음에는 정보와 지식을 획득하고 싶은 욕망에 빠져 조증인 듯 흥분한다. 약물과 술을 남용하는 셜록은 한계를 밀어붙이는 괴짜고, 아마도 몇 가지의 정신장애를 앓고 있을 가능성이 크다.

문학작품 속 다른 사례

─────── 루이스 캐럴의 《이상한 나라의 앨리스》에서 하트의 여왕, 《피터 팬》에서 팅커벨, 스테퍼니 마이어의 《트와일라잇》 시리즈에서 뱀파이어 에드워드 컬런

이 성격이 주요 결점일 때 극복하는 방법

─────── 이런 감정의 성마름을 극복하려면 인물은 자신의 삶을 돌아봐야 한다. 그리고 어떤 스트레스요인이 이런 행동을 촉발하는지 알아내고 그 짐을 가볍게 하고자 열심히 노력해야 한다. 요가와 명상, 심리치료는 인물이 세상과 자신의 위치를 있는 그대로 받아들이게 하는 데 도움을 줄 것이다. 재미있는 취미를 가지면 만족감을 느껴 중심을 찾고 어떤 일에도 좀더 초연한 태도를 유지할 수 있다.

갈등을 유발하는 다른 인물들의 성격

─────── 괴팍함, 대립을 일삼음, 절제력이 있음, 엉뚱함, 애정결핍, 과민함, 눈치없음, 다혈질

90 소심한 성격
Timid

정의	유사한 결점
쉽게 겁을 먹음; 용기와 담대함, 자기확신이 없음	주눅이 듦, 내성적, 겁이 많음, 확신이 없음

성격 형성의 배경

———— 트라우마가 있다

———— 공포증(특히 사회공포증)이 있다

———— 방치되거나 학대당했다

———— 부끄러워한다

———— 고립된 적이 있다

———— 과잉보호를 받으며 자랐다

———— 건강하지 않다

———— 불안정하고 자존감이 낮다

연관된 행동과 태도

———— 변화를 기피한다

———— 고립적이다

———— 모르는 사람이 곁에 있으면 신경과민 증세를 보인다

———— 시끄러운 소리에 몸을 움찔거린다

———— 불편한 기분이 들면 숨거나 뒤로 물러난다

———— 혼자서 할 수 있는 활동을 선택한다

———— 긴장하면 말이 잘 나오지 않는다

——— 언제나 다른 사람들이 원하는 것을 한다

——— 압박이나 스트레스를 받으면 몸이 얼어붙는다

——— 무서운 영화와 드라마를 보지 않는다

——— 다른 사람들이 주변에 있으면 시선을 극도로 의식한다

——— 불안정한 기분에 잠식되어서 인생을 제대로 즐기지 못한다

——— 밖에 나가는 것보다 집 안에 있는 것을 좋아한다

——— 자기회의; 자존감이 낮다

——— 몸이나 목소리가 떨린다

——— 조용히 소곤소곤 말한다

——— 다른 사람들보다 말을 적게 한다

——— 최악의 상황을 생각한다

——— 위험을 멀리한다

——— 의기소침해한다

——— 타인과 인터넷을 통해 간접체험을 해본다

——— 부정적인 혼잣말을 한다

——— 흥미로운 순간을 직접 경험하기보다 소식으로 듣거나 읽기를 좋아한다

——— 주목을 받는다는 생각이 들면 공황 상태에 빠진다

——— 또래나 동료들에게 거부당할까봐 두려워한다

——— 사교활동을 어색해한다(대화, 시선 맞추기, 농담 등을 어려워한다)

——— 도움이 필요한 일에 자발적으로 나서지 않는다

——— 자기주장이 필요한 목표라면 추구하지 않는다

——— 다른 사람이 승리하거나 인정받는 것으로 만족한다

——— 자신의 의견이나 생각을 드러내기 어려워한다

연관된 생각

——— 우승자가 단상에 올라가야 한다면, 나는 지고 말래.

——— 저 경찰차들이 어디로 가는 거지?

— 테일러 선생님이 부를 때마다 나는 왜 입이 얼어붙는 걸까? 왜 다른 애
들처럼 대답하지 못하지?

— 도니도 그 일자리를 원한다면 난 이력서를 내지 않겠어.

연관된 감정

— 근심, 갈등, 의문, 무서움, 두려움, 체념, 불편함, 걱정

긍정적 측면

— 소심한 인물은 생각이 많다. 이들은 즉각적으로 반응하고 행동을 취하
는 사람들보다 상황과 문제를 더 심층적으로 파고들 수 있다. 천성적으
로 위협적이지 않으며, 심지어 교활하거나 변덕스러운 사람들에게도 매
우 접근하기 쉬운 상대다.

부정적 측면

— 이런 인물은 종종 삶에 대한 두려움으로 다양한 경험을 하지 못한다. 이
들은 결정을 내려야 할 때 겁을 먹고, 좀처럼 상황에 맞서 도전하거나 새
로운 것을 감행하지 않는다. 이들은 취약하기 때문에 학대의 표적이 되
고, 나약하거나 조종하기 쉬운 사람들을 등치는 사기꾼에게 이용당할
수 있다.

영화 속 사례

— 〈공룡시대〉(1988)에서 프테라노돈(익룡) 피트리는 겁이 많고 소심한 데
다가 무서워서 날개를 펴고 날지 못한다. 새로운 것이 두려운 피트리는
친절히 일러주고 용기를 주는 길동무들에게 의존한다. 길동무들이 도
와주지 않았다면 피트리는 '대지진' 동안 멸종되고 말았을 것이다.

문학작품과 영화 속 다른 사례

──────── 《버드나무에 부는 바람》에서 호기심이 많은 두더지, 〈록키〉에서 록키의
여자친구 에이드리언 페니노(탈리아 샤이어 분)

이 성격이 주요 결점일 때 극복하는 방법

──────── 이런 결점을 넘어서려면 인물은 담대함의 부족 때문에 자신이 얼마나
많은 제약을 받는지를 이해해야 한다. 천천히 새로운 상황에 노출되고
새로운 것들을 시도한다면, 자신에 대해 확신을 쌓고 두려움을 줄일 수
있다. 기지개를 켜고 긍정적인 결과를 경험하면 자신감이 쌓일 것이고,
예전에는 닿지 못했던 작은 목표를 성취하면서 인물은 소심함이라는 굴
레에서 벗어날 수 있다.

갈등을 유발하는 다른 인물들의 성격

──────── 모험심이 강함, 야심만만함, 대담함, 대립을 일삼음, 남을 조종함, 감정과
잉, 강압적, 변덕스러움

⁹¹ 지나치게 말수가 적은 성격

Uncommunicative

정의	유사한 결점
정보를 전하거나 자신의 감정과 생각을 알리는 것을 꺼림	터놓지 않음, 신중함, 내성적, 묵묵부답

성격 형성의 배경

——— 폐쇄적인 성향의 어른들 밑에서 자랐다

——— (거절, 상처, 결과에 대한) 두려움이 있다

——— 숨기고 싶은 비밀이 있다

——— 피해망상이 심하다

——— 감정적으로 억압당한다

——— 자존감이 낮다; 자신이 해줄 게 아무것도 없다고 믿는다

——— (감정적 또는 신체적) 고통을 겪는다

——— 신뢰성에 문제가 있다

연관된 행동과 태도

——— 지키고 싶은 비밀이 있다

——— 소통을 바라지만 남들에게 속마음을 보이고 싶어하지는 않는다

——— 주의를 자신에게서 다른 데로 돌린다

——— 전면에 나서지 않는다

——— 겉으로 감정이 드러나지 않도록 행동한다

——— 조용히 소곤소곤 말한다

——— 단답형으로 말한다

———— 부자연스럽게 대응한다(우물쭈물하며 침묵하기, 그 자리를 떠나기 등)

———— 정보를 달라고 강요하는 사람들을 피한다

———— 전화나 초인종 소리에 응답하지 않는다

———— 사람들과 시선을 맞추지 않는다

———— 독자적인 활동을 한다(비디오게임, 독서, 혼자 하이킹하기 등)

———— 표현을 발산하는 수단으로 일기 쓰기, 유튜브, 익명의 블로그를 활용한다

———— 누군가 답을 캐물으면 도망간다

———— 비언어적 표현으로 답한다(고개 끄덕이기, 머리 흔들기, 어깨 으쓱하기 등)

———— 몸의 움직임에 전혀 활력이 없다

———— 무관심한 체한다

———— 감정을 발산하기보다 담아둔다

———— 대화에 참여하지 않고 듣기만 한다

———— 은밀히 남들을 관찰한다

———— 진실을 말하지 않으려고 거짓말을 한다

———— 수긍하든 반대하든 그 이유를 상세히 말하지 않는다

———— 사교 행사에서 보고 이야기를 듣는 것만으로 만족한다

———— 사람들에게 의지하는 상황을 피하기 위해 자급자족한다

———— 말하기를 거부한다

———— 사교적 상황을 기피한다

———— 어떤 것도 드러내지 않는 답을 한다

연관된 생각

———— 그녀는 왜 작은 일까지 일일이 상의하려고 할까?

———— 내 생각을 말하면 야단맞을 게 뻔한데, 뭐 하러 얘기해?

———— 잔소리가 끊임없이 계속되는구나. 나는 버스 타고 집에나 가야겠다.

———— 내가 어떤 말을 해도 소용없어. 상황만 더 나빠질 뿐이야.

———— 나는 진실을 말할 수 없어. 그녀가 나를 용서하지 않을 테니.

─────── 무슨 일이 있었는지 절대 말 안 할래.

연관된 감정

─────── 둔화, 성가심, 방어적, 짜증, 꺼림, 멸시

긍정적 측면

─────── 지나치게 말수가 적은 인물은 입조심을 하면서 자신이 무엇을, 누구와 나눌지를 신중히 선택한다. 이들은 생각이 많지만 세상과 자신에 관한 속내를 남에게 알리고 싶어하지 않는다. 자신의 생각과 감정을 남들과 나누지 않기 때문에 격렬한 말싸움에 휩쓸리지 않는다. 이들에게는 행동과 실행이 말하는 것보다 더 크게 이야기하는 방식이다.

부정적 측면

─────── 이런 인물은 가까이 다가가기 어려운 존재다. 어떤 사람들은 이들이 무정하다거나 아니면 자기밖에 모른다고 넘겨짚는다. 또다른 사람들은 교류 제안이 퇴짜를 맞으면 거절당했다는 기분이 든다. 마찬가지로 이 인물도 사람들에게 손을 내밀거나 우정과 사랑을 추구하기 힘들어한다. 이들은 두려움을 떨치고 속내를 보이지 못하면서 엄청난 좌절감을 맛볼 수도 있다.

문학작품 속 사례

─────── 《스탠 바이 미》에서 고디 라찬스의 부모는 고디의 형이 죽은 이후로 입을 닫아버린다. 두 사람은 슬픔 속으로 침잠해 남은 아들에게 말을 걸거나 돌보지 않고, 관심을 전혀 보이지 않는다는 점에서 죽은 사람과 다름없다. 고디는 부모가 쳐놓은 장벽 너머로 수없이 손을 뻗어보지만 아무런 반응도 돌아오지 않자, 자존감이 낮아지는 것을 느끼며 고심한다.

영화 속 사례

──────── 〈뻐꾸기 둥지 위로 날아간 새〉에서 정신병원에 수감된 추장 브롬덴(윌 샘슨 분), 〈람보〉(1982)에서 베트남전쟁에 참전한 존 람보(실베스터 스탤 론 분)

이 성격이 주요 결점일 때 극복하는 방법

──────── 이런 성향을 극복하기 위해서는 자신의 생각을 털어놓으면 안 된다는 믿음을 심어준 그릇된 선입견을 버려야 한다. 타인에게 조건 없는 보살 핌을 받고 평가당하지 않는 상황에 놓이면 도움을 받을 수 있다. 이로써 인물은 조금씩 마음을 열고, 신뢰를 배우며, 자신을 드러내는 경험이 부 정적이기보다는 긍정적 결과를 가져올 수 있음을 깨달을 것이다.

갈등을 유발하는 다른 인물들의 성격

──────── 거만함, 호기심이 많음, 충동적, 아는 체함, 애정결핍, 오지랖이 넓음, 피 해망상이 심함, 의심이 많음, 말이 많음

92 비협조적인 성격

Uncooperative

정의 다른 사람들과 함께 일하고 싶어하지 않음	유사한 결점 도움이 안 됨

성격 형성의 배경

———— 이기적이다

———— 사람들과 잘 지내기 어려워한다

———— 자존감이 낮다

———— 질투심이 강하다

———— 신뢰성에 문제가 있다

———— 책임자가 되기를 바란다

———— 완고하다; 타협하거나 남에게 굽히지 못한다

연관된 행동과 태도

———— 질문에 단답형으로 말하거나 대답하기를 거부한다

———— 꼼짝하지 않고 앉아 있는다; 행동을 취하지 않는다

———— 폐쇄적인 자세를 취한다(팔짱 끼기, 삐딱하게 기대기 등)

———— 고의로 준비를 하지 않는다

———— 논쟁을 좋아한다

———— 사람들을 무시한다

———— 중요하지 않은 일에는 시능만 한다

———— 리더 역할이 아니면 협조하기를 거부한다

—— 약삭빠르다

—— 사람들에 대해 성급하게 판단을 내리고, 함께 일하기를 거부한다

—— 감정의 문을 닫는다

—— 진실의 절반만 말해준다

—— 발끈 성을 내며 나가버린다

—— 용서하지 않는다

—— 사람들을 밀어내려고 부적절하거나 부당한 요구를 한다

—— 혼자 있기를 좋아한다

—— 사람들에 대해 안 좋게 생각한다

—— 고집불통이다

—— 부정적이다

—— 정의롭다; 확신이 강하다

—— 자신의 관점에서 벗어나면 틀렸다고 생각한다

—— 협조하기를 거부해서 남들을 방해할 때 자신에게 힘이 있다고 느낀다

—— 일부러 사람들의 약을 올리는 말을 한다

—— 말하지 않거나 대답하지 않는다

—— 지연을 유발하는 행동을 한다

—— 동료나 파트너에 대해 안 좋게 말하거나 중상모략을 한다

—— 핵심 정보를 알려주지 않는다

—— 팀원들을 '벌'하는 데 시늉만 한다

—— 사람들의 개인적 두려움과 걱정을 빌미로 불화를 일으킨다

—— 시간과 에너지를 허비시킬 의도로 그릇된 정보를 제공한다

연관된 생각

—— 이건 바보 같은 짓이야. 나는 돕지 않겠어.

—— 사람들은 내가 원하는 것에 관심이 없는데, 왜 나만 그들을 걱정해야 해?

—— 내가 도움을 주면 나쁜 일이 일어나.

—— 그들에게 일을 더 많이 시키려면 어떻게 해야 하지?

—— 그렇게 해놓고 내가 도와줄 것이라 기대한다고? 턱도 없는 소리!

연관된 감정

—— 화, 무서움, 부러움, 두려움, 좌절감, 질투심, 걱정

긍정적 측면

—— 비협조적인 인물은 옳고 그름이 명확하고, 자신만의 도덕관념과 정의감에 기초해서 행동한다. 위협을 받았을 때도 자신의 믿음을 고수하고 타인의 감정에 좌우되는 법이 없다. 이들은 자신의 선택으로 인한 부정적 결과를 받아들이고, 그럼에도 자신의 태도를 바꾸지 않을 가능성이 크다.

부정적 측면

—— 이런 결점을 지닌 인물은 더러 타인을 불신하며 그 동기를 미심쩍어한다. 단체의 일원이 되지 않으려 하고 다른 의견을 용납하지 않는 이들의 성향은 동료나 이웃과 갈등을 일으킨다. 또한 좌절감이 고조됨에 따라 옹졸함과 복수심의 희생양이 될 위험이 있다. 협조가 부족해 생긴 위기감과 스트레스를 바로잡지 않을 경우 상황이 악화되고 폭력적으로 변질되기도 한다.

문학작품 속 사례

—— 《해리 포터》 시리즈에서 집요정 크리처는 시리우스 블랙을 모시는 동안 잘 협력하지 않는다. 크리처는 집안의 가보를 숨기고 주인과 그의 친구들에게 대놓고 반감을 표시한다. 시리우스가 죽은 후에 해리가 크리처를 인계받는데, 그는 한동안 해리에게 공공연히 원망과 혐오감을 표출하고, 피치 못할 때만 해리의 명령을 따르면서 만족스럽지 않은 결과를 만든다.

문학작품과 드라마 속 다른 사례

─────── 《이상한 나라의 앨리스》에서 조연들, 〈팔로잉〉 시리즈에서 전직 FBI 요
원 라이언 하디가 체포한 연쇄살인범들, 〈로스트〉 시리즈에서 제임스
소여 포드

이 성격이 주요 결점일 때 극복하는 방법

─────── 이런 결점을 보완하거나 극복해서 성공하는 인물의 변화를 보여주려면,
인물이 남에게 반대하려는 충동을 억누르고 대신 함께 일함으로써 더
큰 이익을 얻을 수 있음을 알아야 한다. 비협조적인 것의 핵심 사유가 신
뢰성 때문이라면 인물은 과거의 상처를 현재 만나는 사람들에게 전가
하거나, 의심할 만하다는 생각을 멈춰야 한다. 또한 다른 누군가의 비전
이 긍정적인 결과를 낼 수 있음을 납득한다면, 인물은 지식의 공유가 관
련된 모두에게 이롭다는 사실을 깨달을 것이다.

갈등을 유발하는 다른 인물들의 성격

─────── 권위적, 협조적, 외향적, 융통성이 없음, 오지랖이 넓음, 잘 보살핌, 책임
감이 있음, 다혈질

93 상스러운 성격

Uncouth

정의	유사한 결점
사회적 예절이 부족함; 교양이 없음	천박함, 조야함, 매너가 나쁨, 버릇없음, 저속함

성격 형성의 배경

——— 예절을 배우지 못하고 자랐다

——— 무식하거나 제대로 교육받지 못했다

——— 사회규범을 배우지 못했다

——— 고립된 적이 있다

——— 지능이 낮다

연관된 행동과 태도

——— 밥을 시끄럽게 먹고 음식물이 보이게 입을 벌린다

——— 웃음소리가 크거나, 신경에 거슬리거나, 부적절하다

——— 몸을 긁어댄다

——— 사람들의 대화에 불쑥 끼어든다

——— 손으로 음식을 먹고, 손가락을 핥는다

——— 공공장소에서 코를 후비거나, 콧물을 팽 풀어 던진다

——— 트림하거나 방귀를 뀌고는 웃고 넘어갈 일이라고 생각한다

——— 아무 데나 침을 뱉는다

——— 조용한 장소에서 큰 목소리로 시끄럽게 떠든다

——— 소리를 낮추라거나 행동을 자제하라는 요청을 묵살한다

——— 부적절한 때 험담을 한다

——— 불평한다

——— 대화를 독점한다; 다른 사람들이 말을 하지 못하게 한다

——— 타인의 사생활을 존중하지 않는다

——— 자신이 편한 대로 아무 때나 화제를 돌린다

——— 너무 밀착하거나 개인 공간 안으로 몸을 들이민다

——— 가슴골을 힐끔거리거나(남자) 잠재적 타깃을 손으로 건드린다(여자)

——— 때와 장소에 맞지 않는 옷차림을 한다

——— 정중하거나 교양 있는 척하며 다른 사람을 놀린다

——— 충동적으로 행동한다

——— 욕설을 내뱉는다

——— 아주 개인적인 정보를 알려준다

——— 당황스러운 질문을 한다

——— 점잖지 못하거나 저급한 농담을 던진다

——— 비방하는 말을 하거나 인종차별적 발언을 한다

——— 사람들에게 부딪친다; 눈치 없이 굴어서 당황시킨다

——— 위생 상태가 불량하다

——— 공공장소에서 소란을 피운다

——— 자신의 장운동에 대해 떠들어댄다

——— 상대가 원치 않는 성적 접근을 한다

——— 재산이나 성공과 관련된 문제로 약을 올리고, 모든 사람에게 너무 잘해
    준다고 꼬집는다

——— 손을 냅킨으로 닦지 않고 옷에 쓱 문지른다

——— 테이블에 팔꿈치를 올리고 음식 접시에 코를 박는다

——— 과음을 하고 추한 모습을 보인다

연관된 생각

─── 뭐야, 왜 이리 딱딱하게 굴어. 쟤들은 만사를 너무 심각하게 받아들여.

─── 누구나 방귀를 뀌잖아. 뭐가 문제야?

─── 포크냐고? 아니, 드럼스틱. 이게 니 손에는 딱일 거야.

─── 내가 왜 사과해야 하는데? 난 잘못한 게 없어.

─── 그래서 그녀가 준 당근을 뱉어버렸지. 못 삼키겠더라고, 역겨워서.

연관된 감정

─── 갈등, 경멸, 실망감, 당황스러움, 무관심함, 억울함, 불편함

긍정적 측면

─── 상스러운 인물은 자신의 감정에 솔직하고, 사회가 정한 기준이나 역할에 자신을 맞추지 않는다. 이들은 이따금 다른 사람들의 판단에 상관하지 않고 속마음을 말하는 데 자긍심을 느끼며, 세상을 흑과 백의 이분법으로 본다. 또한 결정 과정에서 당리당략에 얽매이지 않으므로, 때때로 용인될 만한지 아닌지에 신경을 쓰는 사람들보다 효율적으로 문제의 핵심에 다가설 수 있다.

부정적 측면

─── 이런 인물은 종종 의식하지 못한 채 타인의 감정을 상하게 하고, 사람들의 기준에 따라 부당한 평가를 받기도 한다(예를 들어 우둔하게 보일 수 있다). 이에 좌절감과 원망을 품고 감정적으로 대응할 수도 있는데, 이는 이들에 대한 타인의 부정적인 견해를 한층 강화시킨다.

애니메이션 속 사례

─── 〈심슨네 가족들〉 시리즈에서 술주정뱅이 바니 검블은 1년 내내 취해 있으며, 수시로 트림을 하고, 사실상 바텐더 모의 술집에서 산다. 게다가

그의 위생 상태는 엉망일 때가 많고, 가끔씩 사교 행사에 어울리지 않는 옷을 입고 나타나거나 부적절하게 행동한다.

영화와 문학작품 속 사례

─────── 〈죠스〉(1975)에서 상어잡이에 나서는 퀸트 선장(로버트 쇼 분), 〈슈렉〉(2001)에서 녹색 괴물 슈렉, 조지 버나드 쇼의 〈피그말리온〉에서 음성학 교수의 가르침 아래 또박또박 정확히 말하는 법을 배우는 거리의 꽃 파는 소녀 일라이자 둘리틀

이 성격이 주요 결점일 때 극복하는 방법

─────── 인물이 상스럽고 무례한 태도가 자신의 직업이나 개인적 목표에 어떤 제약을 가하는지 알게 된다면 사회적 관습을 받아들이려 노력할 수 있다. 이들은 발전할수록 자신의 예전 행동이 일으킨 불편한 상황을 파악하기 시작할 것이며, 이런 새로운 발견이 타인에 대한 존중감을 높이고, 만족감과 자존감을 증대시킬 것이다.

갈등을 유발하는 다른 인물들의 성격

─────── 깐깐함, 오만함, 비판적, 꼼꼼함, 엄격함, 자부심이 강함, 세련됨

94 비윤리적인 성격

Unethical

정의	유사한 결점
일반적으로 용인되는 도덕관념과 행동 기준을 거부함	타락함, 부도덕함

성격 형성의 배경

────── 생존에 필요하다면 무엇이든 하는 사회에서 자랐다

────── 사회적 일탈행위를 한다

────── 공감능력이 결여되었다

────── 반사회적 인격장애가 있다

────── 남들보다 자신에게 더 높은 가치를 부여한다

────── 자신의 목표를 이루겠다는 일념으로 살아간다; 탐욕스럽다

────── 결과가 수단을 정당화한다고 믿는다

────── 질투심이 강하다; 가격과 상관없이 다른 사람들이 가진 것을 갖고 싶어 한다

연관된 행동과 태도

────── 도둑질을 한다

────── 세금을 안 내거나 시험에서 부정행위를 저지른다

────── 거짓말을 한다

────── 규칙을 왜곡하거나 깨뜨린다

────── 동물에 대한 잔혹한 대우나 실험을 못 본 체한다

────── 사회적으로 용인될 만한 행동은 공개하고 비양심적인 행동은 감춘다

———— 시험문제를 돈을 주고 산다

———— 특권의식이 있다

———— 어울리거나 앞서고 싶어한다

———— 경쟁적이다

———— 사람들을 협박한다

———— 냉소적이다

———— 내부자거래를 하고, 뇌물을 주거나 받는다

———— 발각되지 않으면 괜찮다고 믿는다

———— 이윤을 위해 처방전을 부정 발급하거나 팔아넘긴다

———— 스캠,• 사기, 보이스피싱에 가담한다

———— 상사의 요구에 따라 불리한 통계를 누락시킨다

———— 사람들이 비윤리적으로 행동할 때 모른 체한다

———— 제멋대로 하거나 통제력을 갖기 위해 사람들을 이용한다

———— 증거를 없애거나 기록을 조작한다

———— 도덕의 경계선이 바뀌거나 흐릿하다

———— 능력이 안 되고 감당할 수 없다고 생각하는 일을 억지로 한다

———— 자신의 행동을 정당화한다: 누구나 다 그렇게 하잖아요.

———— 자신이 저지른 비열한 짓을 범죄자를 고용해 떠넘긴다

———— 손상되거나 질이 낮은 제품인 줄 알면서도 판매한다

———— 약속을 하고서 그것을 저버린다

———— 도난품이나 위조품을 사거나 판다

———— 사무용품과 소액의 현금을 유용한다

———— 사람들에게 비도덕적인 활동에 가담하라고 부추기거나 협박한다

• 인터넷 사이트나 이메일 등을 이용해 금융 정보를 탈취해서 돈을 가로채는 신용사기다.

연관된 생각

——— 나만 월급 인상 대상자에서 누락되었는데, 내가 왜 저녁값을 내야 해?

——— 아무도 모를 거야.

——— 그저 과제일 뿐인데. 뭐가 문제야?

——— 돈이 필요해. 내가 안 하면 다른 누군가가 할 거야.

——— 합법인지, 불법인지… 애매하네.

연관된 감정

——— 갈등, 경멸, 냉소적, 죄책감, 무관심함, 피해망상이 심함, 자부심, 의심

긍정적 측면

——— 비윤리적인 인물은 도덕적 한계가 낮기 때문에 자신과 사랑하는 사람들에게 많은 것을 허용한다. 이들은 태연히 법을 어기거나 타인의 권리를 침해하고, 비윤리적인 행동을 합리화하는 데 능하다. 또한 세부사항이 아니라 목표에 집중해서 도덕관념에 발목 잡히지 않고 일을 마무리할 수 있다.

부정적 측면

——— 이런 인물은 자신을 가로막는 권위나 사람들을 조금도 존중하지 않는다. 사소한 부정으로 시작하지만 자신의 행동을 합리화하는 능력 탓에 훗날 더 크고 나쁜 탈선으로 이어질 수 있다. 이들은 자신이 하는 일이 잘못임을 알지만, 결과가 수단을 정당화한다며 스스로를 납득시키기도 한다.

영화 속 사례

——— 〈쇼생크 탈출〉(1994)에서 앤디 듀프레인(팀 로빈스 분)은 부당하게 투옥되면서 새뮤얼 노턴 교도소장의 통제 아래로 들어간다. 교도소장은 독

실한 신앙인인 척하지만 사실 부패하고 비도덕적인 사람으로, 앤디의 금융계 경력을 듣고는 강압적으로 자신의 돈세탁을 전담시킨다. 그리고 앤디의 무죄를 입증할 수 있는 정보를 듣고도 그를 계속 이용하기 위해 사건의 재심을 거부하고 정보를 전달한 사람을 살해한다.

영화 속 다른 사례

───── 〈트레이닝 데이〉(2001)에서 베테랑 마약 수사관인 알론조 해리스 경관 (덴절 워싱턴 분), 〈대역전〉에서 증권회사를 운영하는 재벌인 듀크 형제 (랠프 벨러미와 돈 아미치 분), 〈월스트리트〉에서 금융계의 거물인 고든 게코

이 성격이 주요 결점일 때 극복하는 방법

───── 비윤리적인 인물이 자기 행동의 영향력을 이해하고 그것이 도덕적으로 잘못이라는 생각을 하려면, 윤리가 결여된 어두운 면을 직접 경험해야 한다. 사랑하는 사람들에게 배신당하거나 타락한 사람의 손에 고통을 당하는 것이 이를 가능케 하는 기폭제가 될 수 있다.

갈등을 유발하는 다른 인물들의 성격

───── 정직함, 명예를 중시함, 질투심이 강함, 게으름, 애정결핍, 관찰력이 뛰어남, 의심이 많음, 사심이 없음, 복수심에 불탐, 건전함

⁹⁵ 고마워할 줄 모르는 성격
Ungrateful

정의 은혜를 모름; 고마워하지 않음	유사한 결점 달가워하지 않음

성격 형성의 배경

——— 자존감이 높다

——— 허세를 부린다

——— 부와 특권을 누리며 살아왔다

——— 시중받는 데 익숙하다

——— 상급자다

——— 과도하게 자부심을 느낀다

——— 자신이 선택한 삶이 행복하지도 만족스럽지도 않다

연관된 행동과 태도

——— 온갖 것을 요구한다

——— 불평한다

——— "고맙다"는 말을 하지 않는다

——— 자신의 행운을 당연하게 여긴다

——— 건방지다

——— 오랫동안 역경을 견뎌온 것에 특권의식이 있다

——— 불만족스러운 조건을 바로잡는 것이 지연되면서 좌절한다

——— 사람들을 용서하기 어려워한다

- 자신의 불운을 남 탓으로 돌린다
- 감사 인사를 안 하기 위해 어떤 것을 주기도 전에 잡아채간다
- 참을성이 없다
- 무례하다
- 자신이 원하는 것을 얻기 위해 위협을 가한다
- 사교성을 무시한다(사람들과 어울리지 않기 등)
- 자신의 기대치를 높인다
- 곤경에 처한 사람을 도와주지 않는다
- 너무 오래 머물러서 폐를 끼친다
- 친절을 당연하다고 생각한다
- 무언가를 빌리고 돌려주지 않는다
- 특별한 날을 잊어버린다(결혼기념일, 생일 등)
- 시간과 에너지를 다른 사람들에게 쏟으면서 측근은 무시한다
- 우는소리를 한다
- 짜증나서 씩씩거린다
- 퉁명스러운 어조로 말한다
- 주어지는 것보다 더 많이 가져간다
- 돈 있는 사람은 본인의 물건을 남들과 나눠야 한다고 생각한다
- 칭찬하지 않는다

연관된 생각
- 팁을 주지 말아야지. 이 정도의 서비스라면 돈이 아까워.
- 어이가 없네. 다음번에는 제때 나타날 친구에게 전화를 걸어야지.
- 할 일을 했을 뿐인데, 왜 고맙다고 말해야 해?
- 이런 걸 사주다니 믿을 수 없어. 도대체 어디서 물건을 사는 걸까?
- 이제 와서 도와주겠다고. 1년 전에 내가 노숙자나 다름없을 때는 다들 뭐 하고서?

연관된 감정

─────── 동요, 좌절감, 참을성이 없음, 자부심, 억울함, 멸시, 아는 체함

긍정적 측면

─────── 고마움을 모르는 인물은 확인과 인정을 갈구하는 사람들보다 힘 있는 위치에 올라설 수 있다. 이런 인물이 드물게 감사를 표하는 경우, 인사를 받는 사람은 그것이 진심이고 공치사나 립 서비스가 아님을 안다.

부정적 측면

─────── 이런 인물은 특권의식을 갖고 있어 사람들의 호감을 사지 못한다. 이들은 주는 대신 받고, 원망으로 가득한 불균형한 인간관계를 형성하며, 끊임없이 불만이 쌓이고 언제나 불평을 늘어놓는다. 주변 인물들은 이들의 부정적인 태도에 흥미를 잃고 점차 친절하게 대할 마음이 사라진다. 왜냐하면 자신의 친절이 거절당할 것을 알기 때문이다.

영화 속 사례

─────── 〈포레스트 검프〉(1994)에서 댄 테일러 중위(게리 시나이즈 분)는 베트남 전쟁에서 자신의 생명을 구한 포레스트(톰 행크스 분)에게 고마워하지 않는다. 사실 그는 다리를 잃고 살아야 할 뿐 아니라, 자신의 운명이라 믿었던 전쟁터에서 죽을 기회를 놓친 것에 원망과 분노가 치밀어 오른다.

영화와 문학작품 속 다른 사례

─────── 〈공룡시대〉에서 트리케라톱스 세라, 《시간의 수레바퀴》에서 에이스 세다이의 전사인 니내브 알메라

이 성격이 주요 결점일 때 극복하는 방법

─────── 이런 결점을 극복하려면 인물은 자신이나 연인이 위험에 빠져 동료의

친절이나 관대함에 안위가 달린 상황에 놓여야 한다. 끔찍한 결과를 마주해야만 진심으로 다른 사람들의 중요성을 깨닫고 감사함을 느낄 것이다. 희망을 잃고 다른 누군가의 구조를 받는다면, 자신의 방식이 잘못되었음을 알고 다른 사람들의 헌신에 고마워할 수 있다.

갈등을 유발하는 다른 인물들의 성격

───── 고마워함, 통제가 심함, 관대함, 친절함, 충직함, 정확함, 복수심에 불탐

96 우둔한 성격
Unintelligent

정의	유사한 결점
판단력이 떨어지고 사리에 어두움; 논리력이나 재치가 부족함	멍청함, 바보 같음, 얼빠짐, 어리석음, 몽매함, 흐리멍덩함, 영리하지 못함, 무분별함

성격 형성의 배경

——— 제대로 교육받지 못했다

——— 격리되어 자랐다

——— 발달장애를 겪는다

——— 유전적으로 타고났다

——— 뿌리 깊은 신념과 상충된다는 이유로 배우기를 거부한다

——— 교육과 독자적 사고를 경시하는 사회에서 자랐다

——— 건강과 영양 상태가 나쁘다

연관된 행동과 태도

——— 틀린 답을 내놓는다

——— 남들이 쉽게 간파할 핑계를 댄다

——— 거짓말을 한다

——— 당황한다

——— 떠듬거리며 말한다

——— 멍하게 바라본다

——— 걸핏하면 "음", "아" 하고 머뭇댄다

——— 일을 마무리하는 데 어려움을 겪는다

- 직장이나 학교에 준비가 안 된 채로 나타난다
- 자신의 혼란스러운 마음을 감추려 미소를 짓는다
- 익숙하지 않은 상황을 기피한다
- 누군가가 신뢰할 수 없는 사람임을 알려주는 명백한 단서를 놓친다
- 자신이 마무리하지 못한 일에 대해 남 탓을 한다(충분한 정보를 주지 않았다는 등)
- 반복된 시도에도 교훈을 얻지 못한다
- 대화나 그룹 과제를 따라가는 데 정신적으로 어려움을 겪는다
- 순진하거나 미흡한 충고를 한다
- 시한을 연장해달라고 요청한다
- 사건들을 종합해서 큰 그림을 보기 어려워한다
- 자신의 지식이 부족함을 감추기 위해 남들의 말을 따라간다
- 사소한 결정을 할 때도 다른 사람들에게 의존한다
- 조롱을 알아듣지 못한다
- 쉽게 조종당한다
- 언제나 자신이 들은 대로 믿어버린다
- 이해하거나 잘하지 못해서 좌절감을 느낀다
- 성공을 거둘 수 있는 단독적이거나 단순한 직업을 선택한다
- 무지나 순진함으로 인해 문제를 일으킨다
- 안 좋은 일이 일어나면 공황 상태에 빠진다
- 다른 사람들이 어떻게 생각할지 걱정한다
- 다른 사람들의 행동을 흉내 내서 어울리려고 애쓴다
- 거듭해서 똑같은 실수를 저지른다

연관된 생각

- 제발 내 이름이 안 불렸으면!
- 어서, 아무거나 생각해봐!

—————— 헤매다 보면 여기서 나가는 길을 찾을 수도 있어.

—————— 도나에게 그의 말이 무슨 뜻인지 물어봐야지. 도나라면 알 거야.

연관된 감정

—————— 당혹감, 두려움, 좌절감, 모멸감, 수치심, 걱정

긍정적 측면

—————— 지능이 평균보다 낮은 인물은 상황을 가장 단순하게 볼 수 있고 당리당
략적인 측면이나 맥락에 발목을 잡히지 않는다. 또한 이들은 말을 붙이
기 쉽고, 다른 사람들처럼 비판적이지 않다.

부정적 측면

—————— 이런 인물은 때때로 사교적 행동의 뉘앙스를 놓치고, 자신이 웃음거리
가 되었는지를 모르며, 아무런 잘못이 없음에도 잔인하고 심술궂은 동
료의 표적이 되기 쉽다. 이와 같은 결점을 가진 인물은 상황과 남들을 이
해하지 못하는 자신의 무능함에 참을성이 없어지고 화를 내기도 하는
데, 이는 신뢰성의 문제와 불안정함의 증대, 심지어 자기혐오로 이어질
수 있다.

영화 속 사례

—————— 〈그린 마일〉에서 존 커피(마이클 클라크 덩컨 분)는 자신이 저지르지 않
은 범죄 혐의로 기소된다. 그는 낮은 지능 탓에 스스로를 방어하지 못해
유죄를 선고받고 전기의자로 끌려갈 처지에 놓인다. 사형수 감옥에 있
는 동안에도 간수와 재소자 모두에게 놀림을 당한다.

영화 속 다른 사례

—————— 〈포레스트 검프〉에서 포레스트 검프, 〈바보 네이빈〉(1979)에서 졸지에

백만장자가 되는 정신장애인 네이빈 존슨(스티브 마틴 분)

이 성격이 주요 결점일 때 극복하는 방법

────── 지능이 낮은 인물이 지식을 얻는 방법은 교육, 훈련, 연구, 적극적인 멘토 만나기로 요약될 수 있다. 새로운 상황과 경험에 자주 노출되다 보면 원리와 상황을 익히고 지적 능력을 높일 수 있다. 또한 자신의 장점에 집중하면 이런 약점은 상쇄되고, 해박한 지식이 필요한 상황에서 친절한 사람들의 동정심을 자아낼 것이다.

갈등을 유발하는 다른 인물들의 성격

────── 심술궂음, 잔인함, 비판적, 무식함, 참을성이 없음, 지적, 남을 조종함, 꼼꼼함, 완벽주의, 이기적

97 허영심이 강한 성격
Vain

정의	유사한 결점
자신의 외모와 성과에 과도하게 자부심을 느낌	자만함, 자기중심적, 자아도취

성격 형성의 배경
———— 자라면서 외모가 자신의 가치를 결정한다는 믿음이 강화되었다

———— 응석받이로 자랐다

———— 아름다운 외모 덕분에 돈을 번다(모델 일 등)

———— 나르시시즘이 있다

———— 외모에 집착하는 친구나 동료들이 있다

———— 아름다운 사람들에게 둘러싸여 있다

———— 유명해지고 성공하고 싶어한다

연관된 행동과 태도
———— 피부 관리와 미용 제품에 돈을 쏟아붓는다

———— 남들과 비교한다

———— 잘 나온 사진들만 포스팅한다

———— 우아하게 늙어가기를 거부한다

———— 운동을 과도하게 한다

———— 식이요법을 엄격하게 지킨다

———— 천박하다

———— 머리카락과 옷을 가지고 난리를 부린다

——— 비싼 옷과 액세서리를 갖고 싶어한다

——— 외모를 완벽하게 꾸며야 집을 나선다

——— 성형에 과도하게 몰두한다

——— 거울을 자주 본다

——— 외모를 망가뜨리는 장소나 상황을 기피한다(바람이 많이 부는 곳 등)

——— 유행하는 패션과 트렌드를 따라 한다

——— 아이돌을 연구하고 흉내 낸다

——— 사람들에게 자신에 대한 이야기를 한다

——— 대화가 자기 위주로 흘러가도록 만든다

——— 무엇이든 최고를 원한다

——— 자기 수입의 한계치까지 또는 분수를 넘어 무리하며 살아간다

——— 사람들이 자신을 봐주기 바란다

——— 외향적이다

——— 주목의 한가운데에 있기를 갈망한다

——— 안 그런 체하지만 다른 사람들의 생각에 신경을 쓴다

——— 친구를 외모나 재산, 지위로 선택한다

——— 심술궂다; 경쟁자의 코를 납작하게 만들고 싶어한다

——— 사람들의 성과를 깎아내려서 위안을 받는다

——— 인기 있는 관점과 신념을 받아들인다

——— 업신여기듯 쳐다본다

——— 모든 미비점과 결함에 집착한다

——— 아프거나, 속이 더부룩하거나, 발진이나 여드름이 난 모습을 남들에게 보여주기 싫어한다

——— 중요한 사람이라는 기분이 들게 하는 긍정적 보상을 끊임없이 필요로 한다

——— 나이가 드는 것에 피해망상이 심하다(아름다움이나 기술, 재능을 잃는다 는 등)

——— 더 큰 성공이나 미모로 스포트라이트를 뺏어가는 사람들을 피한다

——— 인성보다는 권력과 미모, 재력에 더 끌린다

연관된 생각

——— 이 드레스를 입은 내 모습을 모두에게 빨리 보여주고 싶어 미치겠네.

——— 저들과 어울리는 내 모습을 보면 마시가 부러워서 죽고 싶을 거야.

——— 향수는 살짝만… 좋아 보여. 앨릭스는 내 남자지만, 정말 잘생겼다.

——— 데니스는 미쳤어. 나라면 죽어도 그런 곳으로 쇼핑하러 가지 않아.

연관된 감정

——— 흠모, 자부심, 만족감, 아는 체함, 걱정

긍정적 측면

——— 허영심이 강한 인물은 외모를 엄청나게 의식하고, 건강에 신경을 쓰며, 몸매와 피부, 헤어스타일을 꼼꼼하게 관리한다. 이들은 친구들의 외모에 대해서도 솔직하게 말하고 그들에게 자신처럼 외모와 식이요법 관리를 하라고 부추길 수도 있다. 사교술에 능하며, 남들에게 좋은 첫인상을 주는 외모를 유지하려고 노력한다.

부정적 측면

——— 이런 인물은 사람들을 외모와 행동에 근거해 판단하는 경향이 있고 자신의 외모, 재능이나 장점에 대한 칭찬과 확신을 갈구한다. 허영심이 강한 인물은 자기중심적이라서 남들의 문제에 관심이 없다.

문학작품 속 사례

——— 캐스린 스토킷의 《헬프》에서 힐리 홀브룩은 자신의 이미지를 지나치게 염려한다. 다시 말해 어울리는 사람들, 활동, 외모에 매우 엄격하다. 그녀

에게 친구와 동료는 자신을 비추는 거울이므로, 그녀는 그들의 행동을 평가하고, 처세술에 대해 충고하기를 서슴지 않는다. 결국 친구들은 본인의 행동 하나하나가 힐리의 기준에 맞는지 확인받는데, 그녀의 독설이 무섭고 미시시피 잭슨 사교계에서의 영향력이 두려워서다.

문학작품과 영화 속 다른 사례

——— 《헝거 게임》에서 12구역 담당 수행인으로 쇼와 패션에 목숨을 거는 에피 트링켓, 《메리 포핀스》에서 유모 메리 포핀스, 〈토요일 밤의 열기〉(1977)에서 브루클린 뒷골목에서 아르바이트를 하며 살아가는 청년 토니 마네로(존 트라볼타 분)

이 성격이 주요 결점일 때 극복하는 방법

——— 멋진 외모 때문에 손해를 볼 수도 있는 상황이 되면 아름다움은 그 매력을 잃을 것이다. 또한 허영심 강한 인물이 겉으로 드러나는 외모나 사회적 지위, 재력이 영향을 미치지 않는 어떤 것을 바라게 되면 그 분야에서 자기성장을 달성할 수 있다. 질병이나 외모의 손상, 자연적인 노화 또한 허영심을 극복하게 도와주지만 한편으로 이는 극도의 질투심, 쓸쓸함 그리고/또는 자기혐오를 유발하기도 한다.

갈등을 유발하는 다른 인물들의 성격

——— 건방짐, 매력적, 화려함, 질투심이 강함, 말썽을 피움, 이기적, 눈치 없음, 소심함, 상스러움, 복수심에 불탐

⁹⁸ 지나치게 말이 많은 성격

Verbose

정의 장황함; 불필요한 말을 쓸데없이 늘어놓음	유사한 결점 수다스러움, 장광설을 늘어놓음, 떠들썩함

성격 형성의 배경

———— 교육을 많이 받았다

———— 학자로서의 능력을 증명하고 싶어한다

———— 불안정하다

———— 어떤 주제에 열정을 쏟는다

———— 타고난 이야기꾼이다

———— 감정과잉이다; 모든 것을 과장하는 재주가 있다

———— 언어와 그 역사를 좋아한다

———— 거만하거나 허영심이 강하다

———— 사람들에게 인상을 남기고 싶어한다

———— 대화가 주고받는 행위임을 이해하지 못한다

———— 신경과민이다

———— 천성적으로 말이 많다

———— 양극성기분장애가 있다

———— 약물을 복용한다

연관된 행동과 태도

———— 사람들과 대화하기보다 일방적으로 말하기를 좋아한다

——— 대화를 급전환한다; 갑자기 옆길로 샌다

——— 누군가를 붙들고 일방적으로 이야기한다

——— 말을 빙빙 돌린다

——— 불만이나 지루함을 표시하는 보디랭귀지를 알아차리지 못한다

——— 생각을 정확히 전달할 단어를 심사숙고하느라 잠시 멈춘다

——— 자신이 말했던 것을 분명히 한다; 지나치게 구체적이다

——— 다른 사람들에게 질문하지 않거나 관심을 갖지 않는다

——— 시간이 얼마나 지났는지에 대한 감각이 없다

——— 보디랭귀지를 자제해서 사람들의 관심이 자신의 연설에서 다른 데로 돌아가지 않게 한다

——— 요지만 간략히 적기보다는 구구절절 내용을 쓴 이메일을 보낸다

——— 즉흥적이거나 변화가 필요한 상황이 오면 마음 불편해한다

——— 대화를 가로막고서 자신이 잊어버리고 말하지 못했던 요점을 덧붙인다

——— 재미를 주거나 인상을 남기고 싶은 바람에서 거창한 단어들을 동원한다

——— 단지 자신이 답을 안다는 이유로 질문을 한다

——— 확고한 견해를 가진다

——— 사람들을 가르치려는 강박이 있다

——— 어떤 주제를 제대로 다루기 위해 완벽하게 조사한다

——— 짧은 전화 통화나 친목을 위한 다과회를 장황한 행사로 변질시킨다

——— 자신이 잊어버린 요점이 떠오르도록 질문을 한다: 원래 질문이 뭐였죠?

——— 사소한 일까지 모조리 '의논'하고 싶어한다

——— 말로 문제를 해결하려는 경향이 있다

——— 결코 빨리 확정된 견해를 말하지 않는다

——— 다른 사람들을 참지 못하게 만든다

——— 스트레스를 받거나 불안하면 말이 빨라진다

——— 자신과 생각이 다른 사람들을 돕거나 깨우쳐줄 수 있다고 믿는다

─────── 무엇을 놓쳤는지, 또는 더 강조해야 했던 것을 알기 위해 나중에 대화를 분석해본다

연관된 생각

─────── 사람들이 내가 이것에 대해 얼마나 많이 아는지 들으면 감동받겠지.

─────── 아, 내가 하고 싶은 말을 확실히 해야겠어.

─────── 그녀가 이해하지 못하면 어떡하지? 다른 방식으로 설명해보자.

─────── 이 대화에 끼어들어야 해. 안 그러면 사람들은 내가 덧붙일 의견이 하나도 없다고 생각할 거야.

연관된 감정

─────── 갈등, 결의, 의문, 불안정함, 자부심, 걱정

긍정적 측면

─────── 지나치게 말이 많은 인물은 대화 도중에 말이 끊기면 안 된다고 믿으며, 이야기 소재가 떨어진 적이 없다. 이들은 무엇이든지 의견을 내기 좋아하고, 광범위한 지식이 있거나, 적어도 남들을 생각하게 만들 정도의 폭넓은 견해를 갖고 있다.

부정적 측면

─────── 이런 인물은 다른 사람들에게 마치 자신의 목소리를 듣기 좋아하는 사람으로 보일 수 있다. 이들은 자기가 하는 말에 너무 몰입한 나머지 주변에 사람들이 있음을 잊어버리고 일방적으로 대화를 주도해 다른 사람들의 생각을 읽지 못하므로, 지루함이나 빠져나가고 싶은 마음을 암시하는 신호를 놓치기도 한다. 또한 자신이 한 말을 분석하고 요점이 명확하게 표현되었는지를 평가하는 경향이 있다. 이들은 하나의 정보라도 빼먹으면 대화가 끝난 뒤에라도 그것을 전달하고 싶은 강박에 시달린다.

영화 속 사례

──────── 〈슈렉〉에서 말하는 당나귀 동키는 거구의 괴물 슈렉과 친구가 되지만 수다를 멈추지 못해서 금세 불화를 일으킨다. 늪지대에서 혼자만의 시간을 즐기던 슈렉은 쉬지 않고 떠드는 수다쟁이 때문에 짜증이 나고 급기야 폭발하는데, 동키는 수다꾼의 천성을 다스리지 못해서 친구를 잃을 뻔한다.

문학작품 속 사례

──────── 《빨간 머리 앤》에서 앤 셜리

이 성격이 주요 결점일 때 극복하는 방법

──────── 지나치게 말이 많은 버릇을 없애려면 글과 말에서 더 간결해지는 연습이 필요하다. 인정받고, 호감을 얻고, 더 잘 어울리고 싶다면 대화와 말을 주고받는 흐름을 열심히 익혀야 하며 다른 사람들에게 배우고 그들의 의견과 생각을 귀담아듣는 것에 중요성을 더 부여해야 한다.

갈등을 유발하는 다른 인물들의 성격

──────── 괴팍함, 분별이 있음, 효율적, 깐깐함, 남의 말을 하기 좋아함, 참을성이 없음, 융통성이 없음, 버릇없음, 이기적, 얄팍함, 눈치 없음, 허영심이 강함

⁹⁹ 앙갚음을 하는 성격
Vindictive

정의 복수할 기회를 벼르고 있음	유사한 결점 증오심이 강함, 악의적, 보복을 함, 인정사정없음, 복수심에 불탐

성격 형성의 배경

——— 자존감이 높다

——— 강한 사람으로 인식되고 싶어한다

——— 지켜야만 하는 지위나 명성이 있다(마피아 두목, 조직폭력배 등)

——— 부당하게 희생당한 적이 있다

——— 통제받는다

——— 분노를 조절하지 못한다

——— 나르시시즘이나 반사회적 인격장애가 있다

——— 정신장애가 있다(반항장애, 간헐적 폭발장애 등)

——— 자신의 어두운 충동을 부추기는 일탈행위에 가담한다(폭력적인 포르노를 시청한다)

연관된 행동과 태도

——— 용서하지 못한다

——— 모욕이나 욕설에 집착한다

——— 복수 상대에게 대가를 치르게 할 방법을 공상한다

——— 불쾌감을 준 상대의 자산을 훼손시킨다

——— 적의 신뢰도를 떨어뜨릴 방법을 찾는다

——— 복수를 실행하기 위해 치밀하게 계획을 세운다

——— 앙갚음을 하는 데서 안도감을 느낀다

——— 직접 복수했다고 자랑한다

——— 협박한다

——— 증오심이 가득한 편지와 이메일을 보낸다

——— 소문을 퍼뜨린다

——— 복수 상대를 해고시키거나 그의 인간관계를 망치려 애쓴다

——— 복수 상대가 사랑하는 사람들에게 분풀이를 한다

——— 범죄를 저지른다(반달리즘, 폭행 등)

——— 사랑하는 사람들이 당했던 부당한 대우에 대해 복수한다

——— 복수 상대를 스토킹한다

——— 친구가 배신했다고 의심되면 공격한다

——— 협박과 공포 전술을 이용해서 사람들을 계속 통제한다

——— 복수 상대에게 시비를 걸고 대립한다

——— 욱하고 화를 낸다

——— 비이성적으로 사고한다

——— 복수에 중요한 가치가 있다고 믿는다

——— 다른 사람들을 이용해 복수 상대에게 복수한다

——— 충동적이다

——— 억울해하고 분노한다

——— 죄가 없는 사람들을 복수의 희생양으로 삼는다

——— 화가 서서히 쌓이다가 결국에 폭발한다

——— 아무 의도가 없는 말을 모욕과 무시라고 받아들인다

——— 애꿎은 자신의 친구, 가족, 룸메이트에게 화풀이를 해댄다

——— 상황에 지나치게 의미를 부여한다; 속단한다

——— 언제나 공격받는 느낌이 든다; 해를 당하지 않기 위해 바짝 경계한다

——— 잔인하다

연관된 생각

─────── 그는 대가를 치러야 해.

─────── 나를 찬 걸 후회하게 만들 거야.

─────── 내 소문을 맨 처음 퍼뜨린 게 제이크라고? 가만두지 않겠어.

─────── 맨디는 이 사무실로 당당히 들어와서 인계받을 수 있다고 생각하나? 생지옥이 뭔지 알게 해주지.

연관된 감정

─────── 욕망, 결의, 열의, 증오, 상심, 피해망상이 심함, 격분

긍정적 측면

─────── 앙갚음을 하는 인물은 자신이 신뢰하는 사람들에게 충성하며, 그들을 옹호하고 일이 생기면 도와주고자 나선다. 또한 이들의 욕망은 강한 집중이 필요하므로 인생의 다른 부분에도 긍정적으로 작용될 수 있다.

부정적 측면

─────── 이런 인물은 위태롭다. 이들은 더러 감정을 터뜨리기 위해 무례하거나 부당한 대우를 받아들인다. 일단 신뢰가 깨지면 용서하지 못하는 성향 때문에 관계를 개선하기가 거의 불가능하다. 설욕하고 싶은 욕망은 집착으로 변할 수 있고, 논리적으로 생각하거나 다른 것에 집중하기 어려워진다. 이들은 보복이 원래의 모욕에 상응하는지나 그 과정에서 무고한 방관자가 다치지 않을지는 신경 쓰지 않는다. 그저 복수 상대가 대가를 치르게 하는 것만이 중요할 뿐이다.

문학작품 속 사례

─────── 《몬테크리스토 백작》에서 자신이 하지 않은 범죄로 누명을 쓰고 억울한 옥살이를 하게 된 에드몽 당테스는 친절하고 관대하며 신망이 두터운

사람이었다. 하지만 감옥에서 비열하고 집착적인 인물로 변해 급기야 공동체의식이나 다른 사람들과의 관계가 단절되면서, 탈옥해 자신을 모함한 사람들에게 복수하겠다는 일념으로 살아간다. 결국 당테스는 사랑하는 연인과 인간다운 삶을 되찾지만, 그전의 10여 년 동안은 고립감과 증오심에서 헤어나오지 못했다.

문학작품과 영화 속 다른 사례

───── 《헝거 게임》에서 독재자인 스노 대통령, 〈유주얼 서스펙트〉에서 카이저 소제, 〈대탈주〉(1963)에서 로저 바틀릿 중대장(리처드 애튼버러 분)

이 성격이 주요 결점일 때 극복하는 방법

───── 이런 인물은 보복만이 자신에게 평화를 가져다줄 것이라는 믿음에 길들여져 있지만, 사실 복수한다고 비통함과 분노가 수그러들지는 않는다. 달라지기 위해서는 자신의 행동이 보복이 아니라 가해자들과 똑같은 사람이 될 뿐이라는 사실을 깨달아야 한다.

갈등을 유발하는 다른 인물들의 성격

───── 기만적, 정직하지 못함, 무례함, 엉뚱함, 재미있음, 오만함, 짓궂음, 문란함, 자부심이 강함, 눈치 없음, 비윤리적, 고마워할 줄 모름, 폭력적

100 폭력적인 성격

Violent

정의	유사한 결점
물리적인 힘으로 상대를 협박하거나 학대하거나 상처를 입힘	피에 굶주림, 잔인함, 야만적

성격 형성의 배경

——— 학대가 만연한 환경에서 자랐다

——— 유전적으로 타고났다

——— 가난하거나 열악한 생활조건에서 생겨난 절망감을 느낀다

——— 뇌 손상, 특히 이마엽(전두엽)이 손상되었다

——— 학대나 고문을 당했다

——— 또래의 폭력을 목격했다

——— 마약과 술, 기타 약물의 부작용에 시달린다

——— 공감능력이 결여되었다

——— 반사회적 인격장애가 있다

연관된 행동과 태도

——— 성질이 급하고 포악스럽다

——— 복수한다

——— 벽을 쳐서 구멍을 낸다

——— 개인 물품을 망가뜨린다

——— 문화나 예술, 공공시설을 파괴하려는 경향이 있다 (반달리즘)

——— 언어적 폭력을 가한다

——— 몸싸움을 한다

——— 무기에 매혹당한다

——— 텔레비전을 통해 또 현실에서 폭력을 즐긴다

——— 피를 보면 흥분한다

——— 도둑질을 한다

——— 사람들을 밀치고 떠민다; 충돌을 유도한다

——— 자신이 원하는 것을 얻기 위해 위협을 가한다

——— 범죄 조직에 가담한다

——— 폭력적인 게임을 즐긴다

——— 욕설을 쏟아낸다

——— 자르거나, 쏘거나, 찌르거나, 때리는 무기를 사용한다

——— 경계 태세를 취한다(땀을 흘림, 형형한 눈빛과 매서운 눈초리, 목의 힘줄 등)

——— 긴장을 풀고 싶어한다

——— 고통스러운 기분을 즐긴다

——— 파괴하고 고통을 주고 싶어한다

——— 자제력이나 상식이 없다

——— 격분하면 아무 생각도 하지 않는다

——— 야만적인 본성에 자신을 내맡긴다

——— 초래될 심각한 결과를 고려하지 않고 현재에 집중한다

——— 과거에 당한 모욕이나 상처를 잊지 못한다; 되갚아주고 싶어한다

——— 과도하게 자부심을 느낀다

——— 힘과 권력을 행사해서 남들에게 자신의 우월성을 입증한다

연관된 생각

——— 그놈 얼굴을 갈겨버릴 거야.

——— 그녀가 지르는 비명 소리를 듣고 싶어.

——— 이 방을 엉망진창으로 만들어야지.

───── 먼저 후려치고, 설명은 나중에.

연관된 감정

───── 결의, 열의, 흥분, 격분

긍정적 측면

───── 폭력적인 인물은 위험해 보이므로 사람들이 거리를 둔다. 그 결과 많은
사람이 두려운 마음에서 이들을 따르게 되는데, 다른 폭력적인 사람들
과 무리를 지으면 힘과 영향력을 더 확보할 수 있고 심지어 법의 테두리
를 넘어선다.

부정적 측면

───── 이런 인물은 남들에게 두려움을 조장하고 건강한 인간관계를 맺지 못
한다. 동료들은 이 인물을 폭발시키는 것이 무엇인지 또는 언제 흉포한
인물의 분노에 희생될지를 몰라 불안해한다. 폭력은 폭력을 낳으므로
이따금 위험에 빠지고, 이들의 가족과 친구들도 마찬가지다.

역사 속 사례

───── 역사에는 흉포한 천성이 권력과 합체되면서 치명적인 결과를 가져온 개
인들로 넘쳐난다. 유대인과 다른 이들을 향한 히틀러의 증오심과 욕망은
대략 천백만 명의 학살로 이어졌다. 히틀러가 전쟁에서 패하지 않았다면
폭력은 계속되었을 테고, 얼마나 많은 생명을 죽였을지 모를 일이다.

역사와 문학작품, 영화 속 다른 사례

───── 훈족의 아틸라왕, 네로황제, 《해리 포터》 시리즈에서 볼드모트, 〈판의
미로: 오필리아와 세 개의 열쇠〉(2006)에서 새아버지인 비달 대위(세르
지 로페스 분), 〈크로우〉에서 악당 톱 달러(마이클 윈콧 분)

이 성격이 주요 결점일 때 극복하는 방법

──────── 인물이 자신의 타고난 폭력성을 극복하려면 폭력이 어떤 결과를 가져오는지 배울 사건을 경험해야 한다. 특별한 누군가를 잃으면 이런 깨달음을 얻고, 생명과 그 가치를 더 잘 이해할 것이다. 친절함, 사랑, 또는 친구의 보살핌이 인물을 폭력적으로 만든 고통과 상처로 켜켜이 쌓인 껍데기를 뚫어서 그로 하여금 평화를 찾고 다른 사람으로 나아가고 싶게 만들 수 있다.

갈등을 유발하는 다른 인물들의 성격

──────── 대립을 일삼음, 무례함, 부도덕함, 정의로움, 소유욕이 강함, 반항적, 원망이 가득함, 비협조적, 앙갚음을 함, 다혈질

101 다혈질인 성격
Volatile

정의	유사한 결점
성미가 아주 급함; 욱하는 마음이 폭력으로 번지기도 함	과격함, 불안정함

성격 형성의 배경

——— 재정적 위기를 겪는다

——— 수면장애나 불면증에 시달린다

——— 만성 스트레스에 시달린다

——— 약을 끊거나 바꿨다

——— 술에 의존하거나 마약을 남용한다

——— 신체적 트라우마가 있다

——— 피해망상이 심하다

——— 일촉즉발의 순간에 놓여 있다

——— 자기파괴적이다

——— 무력감을 느낀다

——— 폭력에 오랫동안 노출되었다

——— 학대하는 집안에서 자랐다

——— 불안해한다

연관된 행동과 태도

——— 툭하면 소리치고 고함을 지른다

——— 평온하다가 순식간에 감정을 폭발시킨다

———— 비하하는 단어들을 쓴다

———— 누군가의 손을 거칠게 밀친다

———— 사람들을 떠민다

———— 아주 사소한 일에도 감정이 폭발한다

———— 기분이 하루에도 몇 번씩 오락가락한다

———— 예측이 불가능하다

———— 자신의 기분에 많은 영향을 받는다

———— 타인의 개인 공간을 침범한다

———— 부적절하게 반응하고, 바로 후회한다

———— 얼굴이 벌게지고, 긴장된 시선으로 쏘아보며, 몸이 경직된다

———— 물건들을 던진다

———— 비난하기 위해 자신이 이미 답을 알고 있는 질문을 한다

———— 본의 아니게 누군가를 다치게 한다; 자신의 힘이 어느 정도인지 모른다

———— 침을 튀기며 소리를 질러댄다

———— 뚫어져라 쳐다본다

———— 불쑥 방을 나간다

———— 파괴적이다; 물건들을 부순다

———— 무례하고 욕을 잘한다

———— 비이성적인 비난을 가한다

———— 말하기를 거부한다

———— 근거 없는 비방을 한다

———— 물건들에 일일이 의미를 부여한다; 아무 의미가 없는 것들을 위협적으로 여긴다

———— 사람들에게 나가라고 말한다

———— 과거의 부정적인 기억들을 끄집어낸다

———— 기분이 변하면 경련이나 다른 신호가 온다(눈꺼풀 경련, 빠른 맥박 등)

———— 감정 폭발의 여파로 좌절감과 수치심을 느낀다

———— 변덕스럽다

———— 악의를 품는다

연관된 생각

———— 왜 그는 모든 일에 관여하려는 걸까?

———— 그래. 참을 만큼 참았어!

———— 도대체 배리는 자기가 뭐라고 생각하는 거야?

———— 그녀는 왜 나를 계속 시험에 들게 할까?

연관된 감정

———— 화, 좌절감, 죄책감, 격분, 멸시

긍정적 측면

———— 다혈질인 인물은 때때로 엄청난 열정을 쏟아내며 살아간다. 이들은 자신이 보고 듣고 손대는 모든 것을 확신하고, 자신과 함께 있는 사람들에게 격렬한 감정을 가진다. 변덕스러운 반면, 어떤 인물은 핫 버튼(감정 방아쇠)●이 명확해서 이를 간파한 친구와 동료들이 그의 감정 폭발을 피하거나 어쩌면 막아줄 수도 있다.

부정적 측면

———— 이런 인물은 인간관계, 목표나 임무에 엄청난 손해를 입힐 수 있고 아니면 자신이 다칠 수도 있다. 적은 이런 약점을 이용해 반응을 자극하고, 이들을 나약한 존재로 노출시키거나 충동적으로 행동하도록 밀어붙일 것이다. 다혈질인 인물을 달래기는 매우 어렵고, 이 인물이 화난 상태에서 한 말을 남들이 쉽게 용서하지 않으면 우정이 지속되기 힘들다. 이들

● 언제 폭발할지 모르는 마음속의 잠재된 분노를 가리킨다.

은 일단 감정적 폭발이 끝나고 나면 자신이 끼친 손해를 자각하고 후회하면서 좌절감과 수치심, 자기혐오를 느끼며, 그로 인해 다시 다혈질이 되는 악순환에 빠진다. 사람들이 또다른 폭발이 일어날까봐 자신들의 감정이나 이유를 털어놓지 못하면서 인물이 이런 결점을 극복하기 어려워질 수 있다.

영화 속 사례

——— 〈인크레더블 헐크〉(2008)에서 헐크는 다혈질로 태어났기에 수시로 제동을 걸어주어야 한다. 그는 인간일 때는 온화하고 신중한 브루스 배너 박사(에드워드 노턴 분)로 살아가지만, 분노하면 폭력과 파괴를 통해 감정을 터뜨리는 괴물로 변한다.

영화 속 다른 사례

——— 〈존경하는 어머니〉에서 조앤 크로퍼드, 〈대부〉에서 장남 서니 코를레오네, 〈언터처블〉(1987)에서 마피아 두목 알 카포네(로버트 드니로 분)

이 성격이 주요 결점일 때 극복하는 방법

——— 감정적으로 폭발하는 결점을 극복하려면 인물이 진심으로 달라지고 싶어해야 한다. 어쩌면 자기통제를 통해서만 이룰 수 있는 목표가 있거나, 이런 결점으로 인해 자신의 삶과 행복이 심각하게 손상되면 변하고 싶을 것이다. 인물은 명상과 상담, 정직함, 종교를 통해 자신의 감정을 통제하는 법을 배울 수 있다.

갈등을 유발하는 다른 인물들의 성격

——— 괴팍함, 무례함, 정직함, 무책임함, 비판적, 게으름, 잔소리가 심함, 눈치 없음, 믿을 수 없음, 복수심에 불탐

102 의지박약인 _{성격}

Weak-Willed

정의 배짱이 없음; 남의 말에 잘 넘어가고 주관 없이 따라감	유사한 결점 줏대가 없음, 심약함

성격 형성의 배경

——— 지배하려 들거나 통제하는 부모나 파트너가 있다

——— 자신감이 없다

——— 자존감이 낮다; 스스로 생각하기보다 남들을 따를 때 더 편하다

——— 사회불안장애가 있거나 수줍어한다

——— 거부당하거나, 시비가 붙거나, 남들을 실망시킬까봐 두려워한다

——— 지능이 낮다

——— 동료 집단의 압력을 받았다

——— 순진하다

——— 죄책감을 느낀다

——— 승인, 인정, 사랑, 존경, 애정을 갈구한다

——— 교육, 경험, 훈련이 부족하다

연관된 행동과 태도

——— 남들의 말에 고개를 끄덕이고 수긍한다

——— 누군가에게 어떻게 생각하는지 의견을 구한다

——— 잘못인 줄 알면서도 어떤 것을 말하거나 행한다

——— 자신의 지지나 충성심을 강조하려고 미소를 짓는다

——— 자신에게 영향력을 미치는 이에게 달라붙는다

——— 어떤 행사에 갈 때 옷차림을 걱정한다

——— 아이들의 응석과 요구를 다 받아준다

——— 상대가 무엇을 하는지 알면서도 조종을 당한다

——— "아니오"라고 말하지 못해 지나치게 많이 일한다

——— 죄책감에 사로잡히기 쉽다

——— 그러고 싶지 않을 때도 돈이나 어렵게 획득한 정보를 넘겨준다

——— 사람들과 어울리기 위해 자신의 외모나 성격을 바꾼다

——— 인정받기를 갈망한다

——— 맹목적으로 남들을 따라간다

——— 좋지 않은 결정을 내린다

——— 옳은 쪽의 편에 서지 않는다

——— 자신을 변호하지 못한다

——— 자신을 통제하려는 누군가를 거스르지 못해 사람들을 실망시킨다

——— 남들에게 속거나 희생양이 된다

——— 우물쭈물하면서 솔직한 대답을 기피한다

——— 바람직한 일이 아닐 때도 하라는 대로 한다

——— 어떤 주제에 대해 자기 의견을 말하기 전에 남들의 생각을 읽으려고 애
쓴다

——— 지시해달라고 요청한다

——— 평화를 지키기 위해 용서받을 자격이 안 되는 사람들도 쉽게 용서한다

——— 일행의 옆이나 뒤에서 자리를 지킨다

——— 남들이 반응할 때까지 반응을 보이지 않는다(남들보다 한 박자 늦게 화
를 내는 등)

——— 우유부단하다

——— 자신의 결정을 곱씹어 생각해본다

——— 자신의 선택이 사람들에게 어떤 영향을 미칠지 걱정한다

─────── 두려움이나 응징이 무서워서 사람들의 말에 동의한다

연관된 생각

─────── 그웬에게 이용당하고 있다는 걸 알지만, 어린 딸에게 차마 안 된다는 말
        을 못하겠어.

─────── 팀이 베스 말에 동의하니까, 나도 그렇다고 생각해.

─────── 누구도 걱정하지 않는 것 같으니, 그냥 나만 실없는 사람인 듯해.

─────── 그렇게 하고 싶지 않은데 다들 동의한다고 하니까….

연관된 감정

─────── 혼란, 의문, 두려움, 신경과민, 꺼림, 공포, 걱정

긍정적 측면

─────── 의지박약한 인물은 사람들과 잘 지내고 싶어서 되도록 남들을 실망시
        키지 않으려 한다. 이들은 자신의 방식을 주장하거나 강제하지 않기에
        주도적인 성격의 사람들에게 매력적으로 느껴질 수 있다. 또한 이들은
        견해를 묻고 충고를 귀담아듣기 때문에 타인에게 중요하고 필요한 사람
        이라는 느낌을 심어준다. 이들은 남들을 당연시하지 않고, 자신에게 신
        경 써주는 사람들에게 고마워한다.

부정적 측면

─────── 이런 결점을 지닌 인물은 스스로 결정내리기를 매우 어려워한다. 또한
        인정을 향한 욕구가 자신의 신념이나 도덕과 충돌할 때 내적 혼란을 느
        낄 수 있다. 이런 딜레마에 빠지면 이들은 다른 사람들을 실망시킬까봐
        두려워서 죄책감을 말로 표현하지 못한다. 이들은 양심 없는 사람들에
        게 이용당하기 쉽고 이는 자존감의 하락, 좌절감, 정체성의 상실로 이어
        질 수 있다.

영화 속 사례

——— 〈애리조나 유괴 사건〉(1987)에서 하이 맥도너(니컬러스 케이지 분)는 상점을 털다가 수차례 교도소를 들락거렸다. 그는 죄를 짓고 싶지 않지만 편의점이나 슈퍼마켓이 보이면 권총을 뽑아서 계산대를 털고 싶은 충동을 제어하지 못한다. 또한 아내 앞에서는 찍소리도 하지 못하는데, 그의 아내는 아이를 너무 갖고 싶은 나머지 그에게 다섯 쌍둥이 가운데 한 아이를 훔쳐 오라고 설득한다. 하이는 옳고 그른 것이 무엇인지 알지만 의지박약해 남들의 의견과 주변 상황에 금세 동조한다.

영화 속 다른 사례

——— 〈트와일라잇〉 시리즈에서 벨라 스완

이 성격이 주요 결점일 때 극복하는 방법

——— 의지박약을 이겨내려면 자신이 누구고, 무엇이 중요하며, 자신을 행복하게 하는 것이 무엇인지를 스스로 깊이 생각하고 결정해야 한다. 또한 자존감이 중요하다는 것과 자신의 목표와 욕구가 가치 있음을 깨달아야 한다. 이들이 자존감을 형성하고 자기 삶에 대한 주도권을 회복하는 데는 친구들의 협조가 중요하다.

갈등을 유발하는 다른 인물들의 성격

——— 통제가 심함, 잔인함, 결단력이 있음, 광적, 융통성이 없음, 소유욕이 강함

¹⁰³ 불평이 많은 _{성격}
Whiny

정의 모든 것이 못마땅함; 불평을 늘어놓음	**유사한 결점** 불만스러워함, 불만족함, 조바심을 냄, 짜증을 잘 냄

성격 형성의 배경

———— 응석받이로 자랐다

———— 천성적으로 남을 조종한다

———— 특권의식이 있다

———— 책임감에 대해 배워본 적이 없다

———— 직업윤리가 없다; 게으르다

———— 자기확신과 자존감이 부족하다

연관된 행동과 태도

———— 불평이 많다

———— 원하는 것을 얻기 위해서 갑갑증, 통증, 고통이나 다른 질환을 이유로 댄다

———— 억지웃음을 짓는다

———— 사람들에게 자신이 얼마나 지루하거나 불편한지를 야단스럽게 알린다

———— 남들에게 거는 기대치가 높다

———— 멈출 줄을 모른다; 상대가 손들 때까지 집요하게 무언가를 요구한다

———— 남들과 비교한다: 지미네 아빠는 날마다 버스정류장까지 데려다준대요!

———— 책임자의 권위를 약화시켜 통제권을 넘겨받기 위해 그들을 비방한다

———— 주목을 끌기 위해 큰 목소리로 말한다

———— 희생하지 않으려 한다

———— 사람들을 일방적으로 판단한다

———— 현재의 책무를 회피하는 방편으로 향후의 계획에 동의한다

———— 못마땅해서 한숨을 깊이 내쉰다

———— 단지 누군가의 신경을 건드리려고 짜증나는 행동을 한다

———— 거짓말을 하거나 사실을 과장한다

———— 수동공격적으로 행동한다

———— 자기 마음대로 하기 위해 어떤 수단이라도 이용한다

———— 말로만 협박한다

———— 편애한다며 비난한다

———— 자신의 부정적인 감정을 털어버리지 못한다

———— 심술을 부린다

———— 시비가 붙을 때마다 싸운다

———— 모든 일에 "아니오"라고 말한다

———— 감정과잉이다

———— 면전에서 대놓고 과거의 잘못을 들먹여 상황을 더욱 악화시킨다

———— 일부러 뻔히 보이게 꾸물거린다

———— 넋두리를 한다

———— 모든 것이 얼마나 부당한지를 소리 내어 말한다

———— 모든 움직임을 과장하고, 미적거려서 좌절감과 변화를 일으키려고 한다

———— 목소리가 점차 커지고 말이 늘어진다: 하지만 으음….

———— 입을 삐죽거린다

연관된 생각

———— 이 오페라를 끝까지 봐야 한다니 말도 안 돼. 뭐가 이렇게 지루해.

———— 이 나무를 집까지 들고 가다가는 손톱이 다 망가지고 말거야.

—— 제임스 선생님은 숙제를 너무 많이 내줘. 독약을 먹고 죽어버릴까봐!

—— 아줌마네 농장은 끔찍해. 너무 덥고, 가축들 냄새에다 종일 씻지도 못하고.

연관된 감정

—— 동요, 성가심, 경멸, 두려움, 좌절감, 불안정함, 억울함

긍정적 측면

—— 불평이 많은 인물은 바람직하지 못한 상황을 타개하는 데 전문가다. 이들은 외모를 유지하는 데 관심이 없고, 바라는 결과를 달성하기 위해 필요한 말을 한다.

부정적 측면

—— 이런 인물이 곁에 있으면 짜증이 나고 감정적으로 진이 빠진다. 이들은 자신이 통제할 수 없는 사건을 포함해 만사에 끊임없이 불평을 늘어놓아서 주변 사람들의 사기를 떨어뜨린다. 자신의 두려움을 나누려는 시도는 사람들의 원망을 사면서 함께 일하고 싶어하지 않게 만들 수 있다.

영화 속 사례

—— 〈에이리언 2〉(1986)에서 허드슨 이병(빌 팩스턴 분)은 제대 17일을 남기고 부대가 에이리언에게 습격당하는 일을 겪는다. 죽음을 피하지 못할 것 같은 느낌에 허드슨은 틈이 날 때마다 불쾌감을 드러낸다. 특히 높고 징징대는 말투로 목청이 떨어져나가라 소리를 질러, 가뜩이나 불안한 상황에서 허드슨의 장황한 불평은 다른 생존자들을 못 견디게 만들고 그는 조용히 하라는 소리를 수도 없이 듣는다. 허드슨의 불평에 사람들은 그가 어떻게 해병대가 되었는지 의구심을 가진다.

드라마와 영화, 문학작품 속 다른 사례

――――〈프렌즈〉시리즈에서 고생물학자 로스 겔러, 〈스타워즈〉시리즈에서 안드로이드 C3PO, 〈인디아나 존스: 마궁의 사원〉(1984)에서 쇼걸 윌리 스콧(케이트 캡쇼 분),《샬롯의 거미줄》에서 돼지 윌버

이 성격이 주요 결점일 때 극복하는 방법

――――이런 인물에게 책임을 지우고 특정 목표가 달성될 때까지 해이해지지 않게 도와주면, 자신감과 자존감을 회복할 수 있다. 그리고 예전에 자신의 능력 밖이라고 믿었던 것을 성취하기도 한다.

갈등을 유발하는 다른 인물들의 성격

――――고마워함, 냉정함, 잔인함, 냉소적, 참을성이 없음, 융통성이 없음, 낙천적, 참을성이 있음, 변덕스러움

104 움츠러드는 성격
Withdrawn

정의 사람들과 떨어져 자신 안으로 침잠함	유사한 결점 냉담함, 거리를 둠, 서먹서먹함, 비사교적

성격 형성의 배경

———— 매우 개인적인 성향이다

———— 정신장애가 있다(폭식증, 우울증, 사회불안장애, 공포증 등)

———— 자존감이 낮다

———— 수줍음이 많다

———— 자폐증이 있다

———— 매우 지적이다

———— 술에 의존하거나 마약중독이다

———— 만성질환이나 통증이 있다

———— 트라우마를 남긴 사건을 극복하지 못한다(죽음, 이혼 등)

———— 신뢰성에 문제가 있다

———— 죄책감이나 수치심을 느낀다

———— 타인에 의해 다치거나 거부당할까봐 두려워한다

연관된 행동과 태도

———— 사교활동을 기피한다

———— 친구를 필요로 하지 않는다; 자립심이 매우 강하다

———— 주변부에서 살아간다(동아리에 가입하지 않기, 사람들을 초대하지 않기 등)

——— 일이나 과제에 집중한다

——— 새로운 관계를 맺을 때 망설이고 두려워한다

——— 단기적인 일자리를 전전한다

——— 사람들을 직접 대면하지 않아도 되는 일을 직업으로 삼는다

——— 사람들 사이에 섞여 들어간다; 자신에게 시선이 몰리지 않게 한다

——— 사람들에게 조언을 구하지 않고 독자적으로 결정을 내린다

——— 자아성찰적이다

——— 관심을 기울이지 않는다

——— 대화에 집중하거나 참여하기 어려워한다

——— 혼자 있기를 좋아한다

——— 오해받는다고 느낀다

——— 혼자 산책하고, 책을 읽고, 게임을 하고, 안전한 느낌이 드는 온라인상으로 도피한다

——— 자해나 자살을 생각한다(우울증이 있는 경우)

——— 일상에서 안전과 안락함을 찾는다

——— 나 홀로의 생활방식을 위한 선택을 한다(온라인 쇼핑, 배달 등)

——— 피곤해한다

——— 사람들과 함께 있어도 혼자라는 기분이 든다

——— 관심이 있어서 하는 질문과 간섭하는 질문을 헷갈려한다

——— 바깥소식을 듣지 않는다

——— 개인적인 질문을 피한다

——— 시선 맞추기를 힘들어한다

——— 마약 또는 대체 약물을 이용한다

——— 걸핏하면 자기 방이나 집에 틀어박힌다

——— 이웃을 피하거나 이웃이 없는 곳에서 살아간다

——— 생각이 너무 많다

연관된 생각

——— 너무 피곤해. 잠 좀 잤으면. 왜 이렇게 온갖 잡생각이 떠나지 않을까?

——— 저녁은 나가서 먹어야지. 안 그러면 여동생이 와서 모임에 오지 않은 이유를 꼬치꼬치 캐물을 거야.

——— 집에서 일할 방법을 찾아야 해. 사람들과 부딪히지 않아도 된다는 건 축복이야.

——— 이 사람들 때문에 돌아버리겠어. 얼른 집에나 가야겠다.

연관된 감정

——— 근심, 우울, 실망감, 죄책감, 위축감, 슬픔

긍정적 측면

——— 움츠러들어 자기 안에 침잠하는 인물은 쉽게 모든 사람의 소리를 무시하므로 불필요한 감정 소모를 피할 수 있다. 이들은 사람들과 함께하기보다 혼자 있기를 좋아해서 자신의 정체성에 대해 깊이 통찰하고, 대부분의 사람이 자기 자신에 대해 알아내는 것들 너머를 파악한다.

부정적 측면

——— 이런 결점이 심화되면 기능장애가 나타날 정도로 고립과 내향성이 심해져서 사회에 대한 두려움과 공포심이 형성될 수 있다. 이들이 바깥세상에 대항할 수 없음을 알게 될 경우 위험한 상황으로 자신을 몰아가기도 한다. 이들은 도움이 필요할 때 스스로 쌓은 벽을 넘지 못해 도움을 청하지 못할 수도 있다.

영화 속 사례

——— 〈밀레니엄: 여자를 증오한 남자들〉에서 리스베트 살란데르(누미 라파스 분)는 범상치 않은 천재 해커다. 그녀는 과거에 받은 학대 때문에 신뢰성

에 문제가 생겨 사람들을 되도록 피한다. 천성적으로 까칠한 그녀는 사람들을 대할 때마다 참을성이 줄어들고, 속마음을 보일 만큼 가까운 친구가 거의 없다.

영화 속 다른 사례

─────── 〈식스 센스〉(1999)에서 죽은 사람들의 모습을 보는 어린 소년 콜 시어 (헤일리 조엘 오스멘트 분), 〈인 디 에어〉(2009)에서 해고 전문가 라이언 빙엄(조지 클루니 분)

이 성격이 주요 결점일 때 극복하는 방법

─────── 이런 인물이 자신의 껍질을 벗어던지려면 그렇게 해도 안전하다는 기분을 느껴야 한다. 진심으로 자신을 대하는 누군가를 신임하게 되면 속내를 보이고 자존감을 더 발전시킬 수 있다. 자신을 있는 그대로 받아주는 누군가를 만나면 남들과 계속 교류하고 싶을 테고, 안식처에 대한 욕구 그리고 인간관계와 경험을 심화하고 싶은 욕구 사이에서 균형을 찾을 수 있다.

갈등을 유발하는 다른 인물들의 성격

─────── 외향적, 우호적, 강압적, 애정결핍, 오지랖이 넓음, 감정과잉, 무모함, 자유분방함, 말이 많음

105 일중독인 성격

Workaholic

정의 다른 관심사와 의무를 저버리고 강박적으로 일에만 매달림	

성격 형성의 배경

────── 집안의 문제를 회피하고 싶어한다

────── 자신의 가치가 생산성이나 성공에 있다고 믿는다

────── 최고여야 한다; 자신을 증명하고 싶어한다

────── 비현실적인 기대를 품은 양육자 밑에서 자랐다

────── 지위, 인정, 성공, 재력을 원한다

────── 과거에서 비롯된 갈등이 풀리지 않았다; 부정적인 기억의 해결을 피하

기 위해 일한다

────── 통제하고 싶어한다

────── 어린 나이에 양육자 역할을 강제로 떠맡았다

연관된 행동과 태도

────── 자신의 삶에서 그 어떤 활동보다 일을 중요시한다

────── 일에 대해 과도하게 생각한다

────── 이정표에 도달해서 잠시 동안 만족감을 느낀다

────── 언제나 할 일이 더 남은 듯 느끼지만, 결코 완수하지 못한다

────── 가만히 있지 못하거나 쉽게 지루해한다

────── 여유를 누리기 어려워한다

——— 일에 대한 집착으로 인간관계가 망가지거나 경색된다

——— 쉴 새 없이 멀티태스킹을 한다

——— 경쟁적이다

——— 완벽주의자다

——— 모든 일을 빨리 한다(걷기, 말하기, 먹기 등)

——— 사람들의 세세한 일까지 관리한다; 일을 맡기기 어려워한다

——— "아니오"라고 말하기 어려워한다

——— 방해받으면 짜증을 낸다

——— 사람들에게 자신의 높은 기준치에 맞춰달라고 요구한다

——— 일을 너무 많이 한다고 추궁당하면 방어적으로 대처한다

——— 집에 와서도, 밥을 먹는 중에도, 휴가 중에도 일을 한다

——— 일을 위해 사교활동이나 가족을 등한시한다

——— 밤늦게까지 일한다

——— 자신의 능력을 과대평가한다

——— 앞을 내다본다; 미래를 위해 계획을 세운다(또는 걱정한다)

——— 감정 기복이 심하다(버럭 화내기, 사람들 앞에서 성질부리기 등)

——— 책임감에 어깨가 무겁다

——— 자신이 일에서 느끼는 압박감을 가족들이 좀더 이해해주기를 바란다

——— 고용주나 고용인에게 지극히 충직하다

——— 어떤 업무가 마무리되거나 매일의 목표치가 달성될 때까지 일을 멈추지
못한다

——— 자기중심적이다

——— 불안정하다

——— 자신의 감정을 억누른다

——— 건강을 소홀히 한다(바빠서 병원에 가지 못하거나 아픈데도 출근하는 등)

——— 지나치게 몰두하느라 마감시한을 놓친다

연관된 생각

——— 이럴 시간이 없지만, 바로잡을 수 있는 건 나뿐이야.

——— 이 일을 끝마쳐야 해. 아니면 팀원이 될 수 없다거나 내가 승진을 원하지 않는다고 생각할 거야

——— 그녀는 뭐가 문제일까? 내가 그녀와 아이들에게 주는 것에 대해 그녀가 고마워해야 한다고 생각하는데 말이야.

——— 결코 오늘 안으로 이 일을 마무리하지 못할 거야. 내일 애들 축구시합 참관은 걸러야겠다.

연관된 감정

——— 성가심, 근심, 거부감, 욕망, 절박감, 환희, 좌절감, 불안정함, 짜증, 위축감, 만족감, 걱정

긍정적 측면

——— 일중독자는 추진력이 강하다. 엄격한 직업윤리에 따라 자신에게 주어진 일을 해내기 위해 110퍼센트의 노력을 한다. 일부는 지도자로 타고나는 반면 다른 이들은 훌륭한 일벌이 된다. 대부분의 일중독자가 최고가 되고자 하며, 가능한 한 완벽해질 때까지 일을 끝냈다고 말하지 않는다.

부정적 측면

——— 이런 인물은 단지 열심히 일하는 사람이 아니다. 이들에게 일은 무시할 수 없는 강박이다. 일은 이들 삶에서 가장 중요한 부분이며, 가족과 친구를 주변으로 밀어내고 부차적으로 생각하게 만든다. 처음에는 좋은 의도로 시작했을지 모르지만 강박적 욕구로 점점 더 많은 일을 하게 된다. 그 결과 일의 질은 떨어지고, 가족과 친구들에게 신임을 받지 못해 신뢰도에 타격을 입으며, 스트레스로 건강을 해친다. 그럼에도 일중독자는 정상적인 업무량으로 돌아가기 힘들 수 있다.

영화 속 사례

───── 〈인 디 에어〉에서 라이언 빙엄은 기업의 해고 전문가로 1년에 270일을 출장을 다니며 생활한다. 그는 자신의 일을 행복하게 해내는데, 업무 외에는 친구도 없고 가족과도 거의 왕래하지 않지만, 인간관계가 주는 부담감이 없는 삶을 즐기고 있다고 주장한다. 사실 일은 그를 충족되지 않는 사생활에서 벗어나게 해주며, 이동하는 동안은 아무도 없는 텅 빈 아파트를 보지 않아도 된다. 회사가 해고당하는 사람의 지역으로 가지 않고 온라인으로 해고를 통보하는 새로운 기술 도입을 고려하자 그는 격분하고, 계속 일상생활과 차단된 채 살기 위해 과도한 출장 기간을 유지하려 이를 악물고 싸운다.

영화와 드라마 속 다른 사례

───── 〈후크〉(1991)에서 피터 배닝(로빈 윌리엄스 분), 〈엑스파일〉 시리즈에서 폭스 멀더 요원, 〈크리미널 마인드〉 시리즈에서 FBI 행동분석팀의 팀장 에런 하치너

이 성격이 주요 결점일 때 극복하는 방법

───── 대부분의 일중독자는 가족보다 일을 우선에 두지 않는다고 하지만, 사람들은 그렇게 생각하지 않는다. 그러므로 이들이 무슨 일이 벌어지는지 깨달을 즈음이면 인생에서 중요한 사람을 잃었을 수도 있다. 일에 대한 강박을 극복하려면 이면의 원인을 알아내는 것이 필수적이다. 더불어 경계를 정해 자신의 방식을 점차 바꿔 일과 관련 없는 취미를 갖고, 인생에서 일순위로 삼을 다른 것을 정해 그에 따라 행동해야 한다.

갈등을 유발하는 다른 인물들의 성격

───── 통제가 심함, 게으름, 애정결핍, 완벽주의, 방종함, 이기적, 고마워할 줄 모름, 변덕스러움

106 사서 걱정하는 성격
Worrywart

정의 지나치게 걱정이 많음	

성격 형성의 배경

— 불안장애가 있다(공황장애, 공포증, 외상 후 스트레스 장애 등)

— 부모가 과잉보호를 했다

— 쓸데없는 걱정을 많이 하던 양육자 밑에서 자랐다

— 어린 시절에 보살핌을 받지 못했다

— 신뢰하지 않는다

— 과거의 실패 또는 감정적 상처를 잊거나 극복하지 못한다

연관된 행동과 태도

— 자신의 걱정이 바보 같은 줄 알지만 그만두지 못한다

— 강박관념 때문에 괴로워한다

— 건강에 문제가 있다(과민대장증후군, 편두통, 구역질 등)

— 관찰력이 뛰어나다

— 피곤해한다

— 우울해한다

— 사랑하는 사람이 다칠까봐 두려워한다

— 트라우마로 남은 사건이 자기 아이에게도 일어날까봐 걱정한다(자동차 사고, 익사 직전의 구조 등)

———— 걱정스러운 생각을 멈추지 못한다

———— 영양 상태를 걱정하거나 만성적 근심으로 걸핏하면 병원에 간다

———— 자신의 통제를 벗어난 일들을 걱정한다: 암에 걸리면 어떡하지?

———— 일정이 어긋나면 최악의 상황을 생각한다: 앤이 늦네. 앤의 자동차가 고

장이 난 거면 어떡하지?

———— 불편한 상황을 회피한다

———— 비관주의적이다

———— 변화를 거부한다

———— 자녀들을 과잉보호한다

———— 청결과 살균에 집착한다

———— 다른 사람(보모, 가족 등)에게 자기 아이들을 맡기지 못한다

———— 새로운 통증이나 고통에 집착하고, 심각한 병이라고 넘겨짚는다

———— 의심과 피해망상이 심하다

———— 속단한다

———— 여유를 누리기 어려워한다

———— 계획을 주도면밀하게 세운다

———— 결정을 내리기 전에 모든 것을 철저하게 고려해본다

———— 불면증에 시달린다

———— 입맛이 없다

———— 업무나 공부에 집중하기 어려워한다

———— 죽음이나 상실감에서 헤어나오지 못한다

———— 뉴스에 중독되어 있다; 모든 위협과 위험을 파악하고 있어야 한다

———— 사람들에게 목적지에 안전하게 도착했는지 전화로 알려달라고 부탁한다

———— 사랑하는 사람들이 잘 지내는지 확인하려고 직접 방문한다

———— 건강 보호 대책에 투자한다(비타민, 유기농 식품 등)

연관된 생각

——— 목이 따끔거리네. 독감이면 어떡하지?

——— 저 남자가 왜 쳐다보는 걸까? 무섭게 생겼는데, 호신용 스프레이를 어디에 두었더라?

——— 존이 심장마비로 죽으면 나는 어떻게 될까?

——— 뒷문을 잠갔나? 누군가 아기를 훔쳐 가도 모를 수 있다고.

——— 캐런은 제정신인 거야? 우리가 수영장에 뛰어들면 애들이 넘어져서 물에 빠질 수도 있는데.

연관된 감정

——— 근심, 우울, 무서움, 두려움, 의심, 불확실함, 경계심, 걱정

긍정적 측면

——— 모든 것에 대해 사서 걱정하는 인물은 그냥 지나치는 게 없다. 이들은 자신의 환경을 초경계 태세로 예의 주시하기에 다른 인물들이 흘려버리기 십상인 세부적인 것들을 잡아내고, 항상 위험을 대비하므로 위기에 처한 주인공에게 도움을 줄 수 있다.

부정적 측면

——— 이런 인물은 몸에 해로울 정도로 걱정하고 긴장을 풀기가 어렵다. 이들은 모든 사람의 안전을 확인하기 위해 그들을 과잉보호하거나 '엄마처럼' 보살핀다. 자신의 걱정을 누그러뜨려야 하므로 보모에게 몇 번이고 전화하거나, 가스레인지가 꺼져 있는지 확인하러 집으로 돌아갈 수도 있다. 이런 걱정은 가족들, 특히 어린아이나 10대들에게 구속받는 기분이 들게 만든다.

영화 속 사례

─────── 〈우리 아빠 야호〉(1989)에서 길 버크먼(스티브 마틴 분)은 축복받은 삶을 살고 있는 듯 보인다. 힘이 되어주는 가족, 아름다운 집, 좋은 직업을 가졌기 때문이다. 하지만 길은 온갖 일을 걱정한다. 아이들의 정신건강부터 자신의 아버지처럼 일중독에 빠지지 않을지 전전긍긍하는 것이다. 아내가 임신했다고 하자 길은 정신적, 재정적, 감정적으로 넷째를 키울 수 없을까봐 두려워한다. 그는 고마운 것들이 많지만, 만성적인 염려증 때문에 여유를 찾고 인생을 즐기지 못한다.

영화와 드라마 속 다른 사례

─────── 〈니모를 찾아서〉에서 니모의 아빠 말린, 〈빅뱅이론〉 시리즈에서 이론물리학자 셸던 쿠퍼

이 성격이 주요 결점일 때 극복하는 방법

─────── 특정한 노이로제가 원인이라면 약물치료로 뇌의 화학적 불균형을 해결할 수 있다. 그것이 아니라면, 만성적인 걱정이 자신을 어떻게 속이고 있는지를 알게 하면 도움이 된다. 길 버크먼처럼 남들이 부러워하는 인생을 살면서도 정작 자신은 걱정 때문에 평화, 기쁨, 충만감을 느끼지 못하기도 한다. 일단 걱정이 많은 인물은 자신의 안달복달하는 태도가 효과적이지 않고 내적으로도 해롭다는 것을 알게 되면, 도움을 요청하고 자신의 사고체계를 바꿀 이유를 찾을 수 있을 것이다.

갈등을 유발하는 다른 인물들의 성격

─────── 대담함, 잔인함, 느긋함, 행복함, 독립적, 신경과민, 낙천적, 반항적, 말썽을 피움, 합리적, 추잡함, 잘 믿음

부록A   인간의 기본 욕구와 거짓말

인간은 누구나 다섯 가지의 기본 욕구를 가지고 있다. 그것은 생리적 욕구, 안전과 안정 욕구, 사랑과 소속감 욕구, 존경과 인정 욕구, 자아실현 욕구다. 이 부록은 기본 욕구와 관련된 거짓말을 범주화해서 구분했다. 욕구는 인물의 동기에 따라 다수의 범주에 속할 수 있다. 예를 들어 교육받고 싶은 욕구는 안전(목적이 위험한 이웃으로부터 벗어나는 것이라면), 존경(남에게 자신을 증명하고 싶은 욕망을 추구한다면), 또는 자아실현(자신을 인식하는 방법으로서 지식을 추구한다면)의 욕구에 기초했을 수 있다.

생리적 욕구   생물학적이고 생리적인 욕구를 실현하고 싶어한다

관련된 욕구

음식, 물, 주거지, 보온, 수면을 확보하거나 지키고 싶은 욕구

고통을 피하고 싶은 욕구

성적 욕구

생식 욕구

관련된 거짓말

나는 안전할 자격이 없어.

나는 편안함과 안락함을 누릴 자격이 없어.

이 고통은 내가 자초한 거야.

누구도 나와는 자고 싶지 않을 거야.

나는 끔찍한 부모가 될 거야.

안전과 안정 욕구   자기 자신과 사랑하는 사람들을 안전하게 지키고 싶어한다

관련된 욕구

질서 정연하게 정리하면서 살고 싶은 욕구

법이나 규칙 또는 경계를 지키고 싶은 욕구

안정감을 지키고 싶은 욕구

체계를 중요시하는 욕구

안전감을 얻고 싶은 욕구

자신이나 가족의 건강관리를 보장받고 싶은 욕구

직업을 유지하고 보장받고 싶은 욕구

집이나 땅, 자산을 지키고 싶은 욕구

생계수단을 지키고 싶은 욕구

가족을 학대나 박해, 공격으로부터 지키고 싶은 욕구

나쁜 이웃에게서 벗어나고 싶은 욕구

구금당하고 싶지 않은 욕구

온전한 정신을 되찾거나 지키고 싶은 욕구

환경을 깨끗하게 청소하고 싶은 욕구

누군가를 위험에서 구하고 싶은 욕구

폭력적인 관계에서 벗어나고 싶은 욕구

나쁜 생활환경을 벗어나기 위해 교육을 받고 싶은 욕구

자유롭고 싶은 욕구

영향력 있는 사람에게 보호받고 싶은 욕구

생사가 걸린 시련에서 살아남고 싶은 욕구

비바람으로부터 자신을 지키고 싶은 욕구

건강해지고 싶은 욕구

전쟁 또는 생명이 위태로운 갈등을 피하거나 끝내고 싶은 욕구

관련된 거짓말

나는 법 위에 있는 사람이야.

체계는 폐쇄적이고 답답해. 이런 식으로 살아갈 수 없어.

내게는 그 규칙들이 적용되지 않아.

규칙은 깨지라고 있는 거야.

나는 능력이 안 돼.

나는 누군가의 보호를 받을 만한 자격이 없어.

나는 내가 가진 것을 남들에게 뺏기지 않을 만큼 강하지 못해.

나는 나 자신도 지킬 수 없는데, 다른 사람은 더더욱 못 지켜.

나는 여기서 벗어나지 못할 거야.

이게 내가 도와줄 수 있는 전부야.

나는 그를/그녀를 안전하게 지켜줄 수 없어.

나는 이런 취급을 받아도 싸.

어떻게 내 힘으로 살아야 할지 모르겠어.

아무것도 변하지 않을 거야; 남은 인생도 쭉 이렇겠지.

때때로 당신은 있는 그대로를 받아들여야 해.

배우자/아이/친구도 안전하게 못 지키는 내가 누구를 지킬 수 있다고 한들 믿겠어.

열심히 일하다 보면 내게 일어났던 일을 잊을 수 있을 거야.

사랑과 소속감 욕구　사람들과 교류하고 싶어한다

관련된 욕구

누군가로부터 사랑받고 싶은 욕구

다른 사람들에게 인정받고 싶은 욕구

배우자를 찾고 싶은 욕구

애인을 구하고 싶은 욕구

아이를 갖고 싶은 욕구

타인과 깊은 관계를 맺고 싶은 욕구

성관계를 맺고 싶은 욕구

단체에 소속되거나 어울리고 싶은 욕구(학교 동아리, 해병대, 교회, 범죄 조직 등)

자식들과 유대감을 갖고 싶은 욕구

망가진 관계를 회복하고 싶은 욕구

자신의 감정을 표현하고 싶은 욕구

관련된 거짓말

누구도 나처럼 엉망진창인 사람에게 관심이 없을 거야.

이런 아수라장 같은 세상 속으로 내 아이를 밀어넣고 싶지 않아.

나는 너무 이기적이라서 아무에게도 도움이 되지 못해.

충만감을 느끼기 위해서라면 다른 사람은 필요 없어.

나는 아무런 애착도 원하지 않아.

혼자 있는 게 나아.

내 아이들에게는 내가 필요 없어.

나는 누군가의 애정을 받을 자격이 없어.

그들은 결코 나를 받아들이지 않을 거야.

나는 그들의 인정을 바라지도 필요로 하지도 않아.

감정은 당신을 약하게 만들어.

나약하게 굴면 나만 다치게 될 거야.

내 본모습을 보여주면 나를 거부할 거야.

나는 패배자만 골라내는 선구안이 있어.

사람들이 내게 상처주기 전에 그들을 밀어내야 해.

다른 사람들을 받아들이면, 내가 그들에게 실망만 주고 끝날 거야.

나는 어떻게 사랑해야 하는지를 몰라.

그 사람이 말한 대로 내가 무엇이든 하면 결국 나를 용서해줄 거야.

내가 아버지/어머니/우상을 본받는다면, 그/그녀가 인정해줄 거야.

내 과거를 진솔하게 털어놓으면 다들 나를 미워하겠지.

나는 아무런 교류가 없는 것보다 나쁜 교류라도 있는 게 좋아.

존경과 인정 욕구 자존감을 높이고 싶어한다

관련된 욕구

자신감을 높이고 싶은 욕구

자존감을 높이고 싶은 욕구

자기가치감과 존재감을 올리고 싶은 욕구

자산을 늘리고 싶은 욕구

성취를 이루고 싶은 욕구

존경을 받고 싶은 욕구

특별나고 싶은 욕구

독립하고 싶은 욕구

지위나 특권을 갖고 싶은 욕구

고정관념에서 벗어나고 싶은 욕구

중독에서 벗어나고 싶은 욕구

그 누구도 한 적이 없는 일을 해내고 싶은 욕구

특정한 일자리나 직위를 갖고 싶은 욕구

특권층에 속하고 싶은 욕구

상을 받고 싶은 욕구

사회적 신분을 상승시키고 싶은 욕구

외모를 향상시키고 싶은 욕구

법정에서 승소하고 싶은 욕구

경기나 대회에서 우승하고 싶은 욕구

누군가의 잘못을 입증해내고 싶은 욕구

응징이나 복수를 실행하고 싶은 욕구

사람들을 주도하거나 지배하고 싶은 욕구

관련된 거짓말

나는 할 수 있는 게 없어.

나는 노력을 들일 만한 가치가 있는 사람이 아니야.

결코 성공하지 못할 거야.

나는 우리 아빠, 엄마, 형제자매들, 조상들처럼 살다가 끝날 거야.

사람들이 항상 나를 이류로 보겠지.

나는 이 일을 혼자 해낼 만큼 강하지 않아.

사람들이 나에 대해 말하는 것/생각하는 것은 모두 사실이야.

나는 그런 사람, 고위직 또는 그런 모임 등에 어울리지 않아.

나는 못생겼어.

나는 멍청해.

나는 그 수준에 미치지 못할 거야.

사람들이 뭐라 생각하든 신경 안 써.

사람들이 나를 좋아하게 하려면 완벽해져야 해.

사랑하는 사람들에게 복수한다면, 나는 결국 평화를 찾겠지.

남들이 옳은 일을 할 것이라고 믿을 수 없으니 내가 직접 해야 해.

내가 ___를 달성할 수 있다면, 사람들이 내가 얼마나 뛰어난지 인정해주겠지.

내가 누군가의 통제를 받으면, 그들은 나를 이용하려 들겠지.

그들은 나 없이는 살아남지 못해.

나는 그 사람 없이는 못 살아.

나는 이걸 바로잡을 만큼 강하지도/똑똑하지도/중요하지도 않아.

나는 해줄 게 아무것도 없어.

나는 이 중독에서 헤어나오지 못할 거야.

나는 그들보다 나은 사람이야.

또다시 실망할 수는 없어.

그들의 이혼/그녀의 죽음/그 사고는 모두 내 잘못이야.

기를 써서 그와 경쟁해도 나는 질 거야.

또다시 노력해도 지난번처럼 실패할 거야.

자아실현 욕구　자신의 잠재성을 완벽히 실현하고 싶어한다

관련된 욕구

더 좋은 부모, 학생, 직원, 친구 등이 되고 싶은 욕구

스스로를 시험해보고 싶은 욕구

예술, 자연, 문학, 음악 등에 고차원의 심미안을 갖고 싶은 욕구

개인적 성장을 이루고 싶은 욕구

정신적으로 성장하고 싶은 욕구

자신에게 충실하고 싶은 욕구

올바른 일을 하고 싶은 욕구

사람들을 교화시키고 싶은 욕구

깨달음을 얻고 싶은 욕구

관련된 거짓말

이게 나야. 난 더 잘할 수 없어.

진정한 깨달음은 없어.

내가 완벽해진다면 행복할 거야.

나는 결코 ___만큼 좋은 부모/학생/직원/친구가 되지 못할 거야.

당신은 진짜 모습을 바꿀 수 없어.

나는 결코 진짜 나 자신이 될 수 없을 거야.

부록B   인물의 배경 되짚어보기 도구

인물을 만들기 위해 인물의 배경 되짚어보기 도구를 채우다 보면 큰 그림을 이해할 수 있다. 이는 곧 인물이 원하고 필요로 하는 것, 인물의 동기, 인물의 배경이 어떤지에 대한 것이다. 또한 인물이 직접 말하는 상처와 거짓말들은 성공하는 데 어떤 성격이 필요하고, 어떤 성격이 방해가 될지 결정하는 데 도움을 준다.

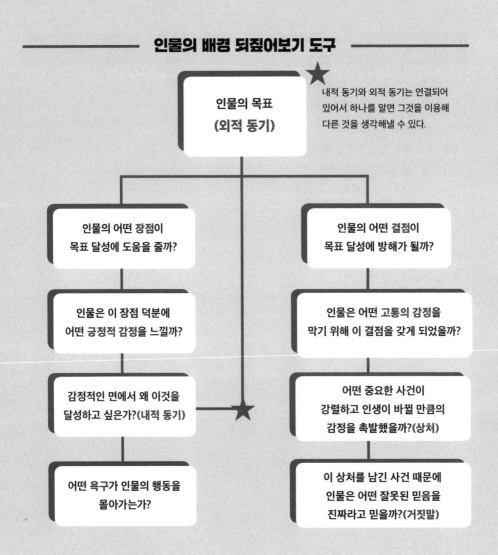

인물의 배경 되짚어보기 도구

인물의 목표
(외적 동기)

★ 내적 동기와 외적 동기는 연결되어 있어서 하나를 알면 그것을 이용해 다른 것을 생각해낼 수 있다.

인물의 어떤 장점이
목표 달성에 도움을 줄까?

인물의 어떤 결점이
목표 달성에 방해가 될까?

인물은 이 장점 덕분에
어떤 긍정적 감정을 느낄까?

인물은 어떤 고통의 감정을
막기 위해 이 결점을 갖게 되었을까?

감정적인 면에서 왜 이것을
달성하고 싶은가?(내적 동기)

어떤 중요한 사건이
강렬하고 인생이 바뀔 만큼의
감정을 촉발했을까?(상처)

어떤 욕구가 인물의 행동을
몰아가는가?

이 상처를 남긴 사건 때문에
인물은 어떤 잘못된 믿음을
진짜라고 믿을까?(거짓말)

인물의 배경 되짚어보기 도구가 어떻게 작동하는지 보여주기 위해 영화 〈좀비랜드〉에서 노이로제가 심한 주인공인 콜럼버스에게 적용해보았다.

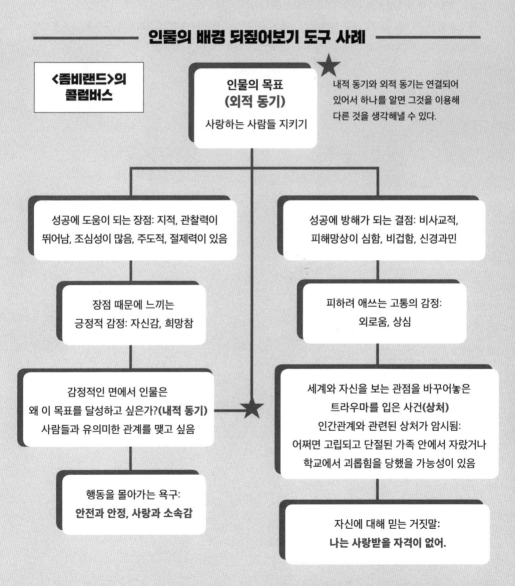

인물의 배경 되짚어보기 도구 사례

〈좀비랜드〉의 콜럼버스

인물의 목표 (외적 동기)
사랑하는 사람들 지키기

내적 동기와 외적 동기는 연결되어 있어서 하나를 알면 그것을 이용해 다른 것을 생각해낼 수 있다.

성공에 도움이 되는 장점: 지적, 관찰력이 뛰어남, 조심성이 많음, 주도적, 절제력이 있음

성공에 방해가 되는 결점: 비사교적, 피해망상이 심함, 비겁함, 신경과민

장점 때문에 느끼는 긍정적 감정: 자신감, 희망참

피하려 애쓰는 고통의 감정: 외로움, 상심

감정적인 면에서 인물은 왜 이 목표를 달성하고 싶은가?(내적 동기) 사람들과 유의미한 관계를 맺고 싶음

세계와 자신을 보는 관점을 바꾸어놓은 트라우마를 입은 사건(상처) 인간관계와 관련된 상처가 암시됨: 어쩌면 고립되고 단절된 가족 안에서 자랐거나 학교에서 괴롭힘을 당했을 가능성이 있음

행동을 몰아가는 욕구: **안전과 안정, 사랑과 소속감**

자신에 대해 믿는 거짓말: **나는 사랑받을 자격이 없어.**

〈좀비랜드〉를 모르더라도 이 사례가 콜럼버스라는 인물의 중요한 변화 요소를 보여주고, 그가 무엇을 그리고 왜 추구하는지를 드러내며, 더 행복하고 더욱 완벽한 사람이 되기 위해 극복해야 할 결점을 보여준다. 이 정보를 구상이나 기획 단계에서 (또는 퇴고를 하면서, 당신의 인물에 깊이를 더할 때) 참고하면 어떤 예민한 부분을 겨냥할지 결정하는 데 도움이 되어 인물에게 도전할 거리를 만들어줄 것이다.

당신 인물의 배경에 플롯을 만들려고 노력하는 중인가?

작가를 돕는 작가들 홈페이지를 방문해서 공백으로 처리된 인물의 배경 되짚어보기 도구를 다운로드해 활용해보기를 권한다(http://writershelpingwriters.net/writing-tools).

부록C 인물의 성격 피라미드 도구

이 간단한 인물의 성격 피라미드는 결점들을 조직해 어떤 결점이 부차적이고 덜 눈에 띄는 것들과 구별되어 인물의 성격에 추진력이 되는지를 골라내는 데 도움을 줄 것이다. 또한 이는 인물이 내보이는 행동과 생각, 행위를 계획하는 데도 필요하다. 다음은 청소년소설 작가인 재닛 거틀러의 《누구랑 키스했지Who I Kissed》의 주인공을 분석한 사례다.

인물의 결점을 정하는 데 이 도구를 활용하고 싶은가? 작가를 돕는 작가들 홈페이지에 프린트가 가능한 버전이 올라 있다.

——— 인물의 성격 피라미드 도구 사례 ———

인물이 자신에 대해 사실이라고 믿는 거짓말

인물: 서맨사
재닛 거틀러의 《누구랑 키스했지》

서맨사는 자신이 누군가를 죽게 만들었기 때문에 살 자격이 없다거나 희망을 품고 꿈을 꿀 자격이 없다고 믿는다.

결정적 순간:
서맨사는 땅콩버터를 먹은 후 어떤 소년에게 키스를 했고 그가 죽는다.

그 거짓말에서 나온 핵심 결점

비사교적, 불안정함, 내성적, 위축감

핵심 결점에서 파생된 부차적 결점

정직하지 못함, 우유부단함, 비이성적, 회피함

전형적인 행동과 생각, 행위와 버릇

서맨사는 한때 자신을 기쁘게 한 일들을 기피한다.
그녀는 자신의 꿈을 포기하고, 사람들 그리고 우정을 피한다.
그녀의 머릿속은 죽음으로 가득 차 있고 더이상 땅콩버터를 먹지 않는다.
서맨사는 불량소녀들에게서 자신을 지키지 못하고,
소년들과의 유의미한 관계를 기피하며,
사랑하거나 행복할 자격이 없다고 느낀다.

참고문헌과 자료

《Save the Cat!: 흥행하는 영화 시나리오의 8가지 법칙》, 블레이크 스나이더 지음, 이태선 옮김, 비즈앤비즈

《Breathing Life into Your Characters: How to Give Your Characters Emotional & Psychological Depth》, Rachel Ballon, PH.D.

《Bullies, Bastards, and Bitches: How to Write the Bad Guys of Fiction》, Jessica Morrell

《The Writer's Guide To Psychology: How to Write Accurately About Psychological Disorders, Clinical Treatments and Human Behavior》, Carolyn Kaufman, Psy.D.

《Writer's Guide To Character Traits》, Dr. Linda Edelstein

《Writing Screenplays That Sell》, Michael Hauge

〈The Hero's 2 Journeys〉 (CD/DVD), Michael Hauge and Christopher Vogler

캐릭터 만들기의 모든 것2
— 106가지 부정적 성격

1판 1쇄 찍음 2018년 4월 30일
1판 10쇄 펴냄 2022년 9월 19일

지은이	앤절라 애커먼·베카 퍼글리시
옮긴이	안희정
펴낸이	이동준, 정재현
기획편집	전상희, 김소영
디자인	손현주
제작처	금강인쇄주식회사

펴낸곳	이룸북
출판등록	2014년 10월 17일 제2014-000294호
주소	06312 서울시 강남구 논현로 16길 4-3 이룸빌딩 5층
전화	02-424-2410(대표전화)
전송	02-424-5006
전자우편	erumbook@erumenb.com
블로그	http://blog.naver.com/erum_book
포스트	http://post.naver.com/erum_book
페이스북	https://www.facebook.com/erumbook

ISBN 979-11-87303-17-6 04800
      979-11-87303-15-2 04800 (세트)

이룸북은 (주)이룸이앤비의 단행본 브랜드입니다.